美人記

2

目次

壹之章

初展繡藝爭名聲

因為晚餐有喜歡的紅燒肉，何冽與江念都吃得很歡實。何老娘也有些貪嘴，不過，看孩子們喜歡，她只略動兩筷子就不夾這菜了，忽然想起什麼，問沈氏：「阿素去帝都了嗎？」

沈氏道：「阿素中舉後去芙蓉縣向姊夫請教文章，姊夫說明年雖是大比之年，他去帝都春闈，文章中與不中在兩可之間。阿素想著，還是再苦讀三年，待下科春闈再去赴考。」

何老娘目光往江念身上一掃，點點頭，「這樣也好。妳姊夫考過進士，我聽妳姊姊說，進士可講究名次了。名次好當官容易，名次差的當官就難。」

何恭道：「這日子也快，年底姊夫就要出孝了。過兩天我去瞧瞧姊姊，看姊夫明年是不是要去帝都謀差使。」

「阿羽都一歲多了，我還沒見過呢！」何老娘說的是閨女何氏的次子馮羽，嘆口氣，「不知那孩子長得像誰？」

馮羽是何氏在帝都時有的身孕，後來一家子回鄉守孝，馮羽就生在守孝期內，洗三、滿月和周歲禮都沒有辦。又因馮家是喪家，路也遠，何老娘有了年紀，便只何恭去芙蓉縣瞧過幾次。此時聽老娘舊話重提，何恭笑道：「不是跟娘說過了嗎？阿羽生得像姊姊，眉眼間很是清秀，白胖得很。」

何老娘道：「你這次要是去，跟你姊姊說，走前怎麼著也得再來家一趟，不然她一去帝都好幾年，我還不知要什麼時候才能見著外孫呢。」

何恭道：「我知道了。」

待吃過晚飯，何老娘打發沈氏帶著孩子們各去睡了，單留下何恭說話。何恭以為他娘要說姊姊家的事，不料他娘張嘴便道：「阿素怎麼這般沒良心啊？」

何恭不解，「好端端的，娘怎麼說這話？」前幾年，他娘跟他小舅子關係平平，這幾年可是越來越好的。

何老娘扶一扶新做的玄色抹額，上面繡著精緻的紅色梅花，黑底襯大紅，哪怕繡工只是尋常，也透著一股大方喜氣。何老娘與兒子道：「阿念到咱們家兩個月了，阿素以往每個月必來咱們家一趟的，如今倒不來了。怎麼說阿念也是他的骨血，先時我還說阿素為人不錯，他們小夫妻情分也好。不想他先是鬼鬼祟祟在外頭生了阿念，如今東窗事發，把人往咱家一託，他倒成沒事人了。」

何恭哭笑不得，「娘，您這是哪裡的話？」誰說阿念是沈素的骨血？

「什麼叫哪裡的話，這是實話。」何老娘道：「阿念既在咱們家，他跟三丫頭又不一樣。三丫頭爹娘死絕，阿念起碼還有阿素這個爹。阿念在咱們家住著沒什麼事，不過是一口飯。有三丫頭吃的，就有阿念吃的。三丫頭是我娘家人，咱們家容得下。阿念是你媳婦娘家人，她能容三丫頭，我就能容阿念。」收留沈念，何老娘的確有多方私心，這算是原因之一。

「原我還想著，阿素叫他入籍，還不算太沒良心，起碼給這孩子一個來歷，如今偏又不聞不問。這人跟人的情分，常在一處才能處出來，不然哪怕是親生父子，離得遠了，一年一年的見不著面，也親不起來。」何老娘嘟囔：「你得多叫阿素過來，跟阿念多處一處，不然以後成親生子，哪樣不要錢的？我醜話說前頭啊，三丫頭是我娘家那頭的，我早說了，一個銅板的嫁妝都不會出的。阿念是你媳婦那邊的，你去跟你媳婦說，她的私房我雖管不著，可她也是有兒有女的，要是拿私房補貼別人，哪怕是她親外甥，只要我還活著就沒門兒！」

何恭聽得目瞪口呆，「娘，您怎麼想起這個了？阿念才多大呀？」越發離譜了。

「我是醜話說前頭！」何老娘想到蔣三妞與阿念這兩個拖油瓶就心口發悶，「真是前世不修，我是沒修來個好爹，娶個狐狸精，生出你舅那樣的孽障，到如今調理好幾年，三丫頭才勉強不算個廢物了，也能掙些銀錢來。到你媳婦這裡，不想她這命竟也比我好不到哪兒去，修來這樣的兄弟。阿素以前還好，如今託你姊夫的福中了舉，我還說他有出息，不想我竟也看走了眼，他是個驢糞球子，外面光兒。他自己造的孽倒挺會想法子，看你心腸軟，便好啊歹的把阿念託付到咱們家來。三丫頭來的時候起碼會打掃庭院燒菜做飯，今年十一，再過個四五年就能說婆家嫁人了。阿念可不一樣，現在除了吃飯，屁都不會。原我想著阿素如今做了舉人，若有一二良心，怎麼也太虧不了阿念。如今看來，阿素恐怕沒那一二良心。阿念歹命，修來這樣的爹，有什麼法子？阿素不露面，這會兒我就得替阿念打算一二。我想著，過了年叫他去你媳婦的醬菜鋪子學著幹活吧。」

何恭渾不知阿念在他家兩個月，他娘已給阿念安排好工作了……何恭剛要想怎麼同他娘溝通阿念的事。何老娘揉一揉眉心，抱怨道：「你說咱們家是不是風水不好？哪怕要做好人，怎麼淨收養這種不是爹娘全無的窮鬼，就是有爹跟沒爹一樣的孩子啊？趕明兒我得帶你媳婦去廟裡燒燒香，改改運道！」

何恭調整思路，勸道：「娘，您想多了。不是阿素不來，是子衿她娘不叫阿素來。」

何老娘聞言立刻問：「這是怎麼說的？阿素可是阿念的親爹，如何能不叫阿素來？」

何恭嘆道：「我都跟娘您說了，阿念不是阿素的兒子，您別瞎說。」

「少拿這些話糊弄老娘。」何老娘拿眼神一瞥兒子，擺明不信，「老娘吃的鹽比你吃的米都多，你當老娘瞎呀？阿念長得比阿玄都像阿素，能不是血親？行啦，我知道你媳婦要面子，你說不是就不是吧！」又說兒子：「別事事聽你媳婦的，她糊塗沒見識，你是咱們家的一家之主，可不能糊塗。阿念以後指望著誰？你有兒有女，咱們家又不是啥有錢人家，給他口飯吃沒啥，他以後用錢的地方多了去。不指著他爹，難不成你去做這冤大頭？你現在一兒一女，你跟你媳婦還年輕，再生三五個也不多。自家骨肉還顧不過來呢，哪裡顧得了他？趕緊叫阿素過來，起碼來一趟他得給阿念帶些啥，哪怕帶塊點心，他也少吃咱們家一口不是？他省了這一口，我就能留給我的乖孫！」

這些都是何老娘在兒子面前方肯說的真心話，主要是她老人家覺得兒子太心實了，就得有她這做老娘的來指點一二。何老娘將道理掰碎了揉開了跟兒子講：「既然阿素還算有父子情分，還是我的主意，先叫他自小在醬菜鋪子裡學做事學些本事，日後再叫阿素給他出些錢娶房媳婦，這樣阿念這一輩子的著落也有了。你說，是不是？」興許是晚上說話，氣氛不若白日熱鬧，何老娘聲音也放得低些，心平氣和地同兒子講道理。

什麼叫雞同鴨講啊，何恭都不知道他娘怎麼把事情歪到這個分上的。好在母子多年，何恭也有安撫他娘的終極大法，「娘放心吧，阿素已經給了一百兩，專用在阿念身上的。」

何老娘嚇一跳，聲音都變了調：「一百兩？」天啊，這可是一大筆銀子！何老娘雖然喜歡錢，可還得按捺住怦怦跳的心臟，問：「他哪來的這些銀子？」

何恭低聲道：「前些天阿素來了一趟，沒敢到咱們家來，約我出去，把這錢給了我，說是阿念母親留下的，是州府銀莊的銀票，見票兌銀。」

何老娘道：「傻蛋，你怎麼不早說？銀票呢？」

何恭老實地說：「給子衿她娘收起來了。」剛說完就挨了老娘一下，何老娘罵道：

爭氣的東西，有啥好的都給你媳婦，你眼裡還有我嗎？去給我要來！阿念在咱們家吃穿用度，哪樣不要錢？這家還是老娘在當，你們倒好，敢昧下老娘的錢？這勉強算阿念十年用度吧！」

何恭忍不住道：「娘，您真是的，一個孩子一年也花不了十兩吧？」

「廢話，給他十兩，把他扔大街上他能長大？」何老娘自覺有理，「我這都是看在你媳婦的面子上沒多要。去吧，去你屋把銀票拿來我收著，也好補貼多個孩子的用度。」

何恭跟他娘商量：「可見阿素還是會管阿念的，去醬菜鋪子的事兒娘您別再提了。才五歲大的孩子，平平安安的就是福氣了。」

何老娘催促：「快去拿銀票，怎麼這麼囉嗦？」

何恭只得回房把銀票取來給他娘，何老娘貼身揣懷裡，道：「下次阿素再來，不用管你媳婦的意思，把阿素叫到咱們家來，我有話跟他說。」

何恭虛應一聲。何老娘得了銀票，胸悶氣短的毛病暫時痊癒。大冬天的，覺得胸口都是滾燙的，她將手一揮，打發兒子：「去歇了吧。」

何恭瞧著他娘得了銀票眉開眼笑的樣子，也只有無言了。

母子兩個對江念的長住達成共識，沈氏服侍著丈夫洗漱後，對丈夫道：「我原想著，不然就另給阿念找戶人家寄養，也是一樣的。」把一百兩銀子給個尋常人家，哪家都樂意養的。如今這銀子進了何老娘的口袋，是再難要出來的。

何恭早便是個老好人，摸摸妻子的脊背，「我知妳不忍心，妳看那孩子跟著子衿進進出出的，我也不忍心。行了，子衿不是常說嗎？難得糊塗，睡吧。」要是真忍心把阿念寄養在別人家，便不會留那孩子在自家住這些時日了。

沈氏嘆口氣，「世上就是有你和阿素這樣的人，麻煩才多。」

何恭笑，「要不我們怎麼能做郎舅之親呢？」

何老娘得了銀票，小夫妻兩個在江念之事上也算有了默契。哦，不，已經入了沈家戶籍的江念，現在應該改叫沈念了。

何洌早吃飽了呼呼睡得跟小豬一般，何子衿教沈念念了幾句千字文後，翠兒打水進來，兩人一塊洗漱。洗過臉後，何子衿照舊要擦潤膚膏，她也叫沈念自己擦一些。

待收拾好準備睡覺的時候，沈念忽然湊近聞了聞何子衿，道：「子衿姊姊，江好香。」

何子衿也湊近聞聞沈念，哄他：「阿念也好香，比香包還要香。」還擔心沈念會學何洌二百五發作不喜擦潤膚膏，何子衿道：「就得擦得香香的，才招人喜歡。」

沈念彷彿黑寶石般的眼睛欲言又止地看何子衿一眼，何子衿問：「怎麼了？」

沈念躺到自己的小被窩裡不說話，何子衿拍拍他，「是不是睏了？睡吧。」

沈念閉上眼睛，呼吸漸勻，何子衿以為他睡了，誰曉得過了一會兒，沈念又問：「子衿姊姊，我香嗎？」

何子衿說：「香。」

沈念睜開眼，外頭翠兒還未熄燈，燈光微微透進帳子，沈念眼睛明亮，沒有半點睡意，他說：「阿洌擦了香膏，也很香吧？」

「是啊，可惜那不識好歹的小子，還不喜歡擦來著。冬天擦一點，皮膚不容易皴，我可都是為你們好。」何子衿道。

沈念道：「我也覺得阿冽好香，像香包一樣。」

何子衿畢竟不是真正的孩子，沈念念叨了一晚上香包，到底是咋了？何子衿細細思量，還沒思量出個一二三，就聽沈念又說：「子衿姊姊，妳喜歡香包嗎？」

「是啊，掛到身上，身上都是香的。」

沈念道：「我看妳都會親香包，那又不能吃，妳為什麼要親香包呢？」

何子衿望著沈念粉雕玉琢的小臉，只想嘔出一口老血。

你才幾歲啊，就不能好好說話嗎？

何子衿終於明白沈念為啥嘀咕一晚上香包的事了，她忍著笑，伸出手臂隔著小被子抱一抱沈念，吧唧親了沈念圓圓的臉蛋一下，說：「我家阿念比香包還要香，原打算你睡著時偷偷親一下的，你到底什麼時候睡呀，我都等不及啦！」

沈念水銀般的瞳仁漫上細細的歡喜，他有些羞，長長的羽睫像蝴蝶的翅膀撲扇一下，「我這就睡了。」說著就閉上了眼睛。

何子衿唇角翹起，幫小傢伙掖一掖被角，再啾地親了他一下。沈念睫毛顫一顫，眼睛卻是沒有睜開，何子衿故意道：「哎呀，我是不是把阿念吵醒了？」

沈念到底年紀小，立刻呼呼打起小呼嚕來。

第二日，沈念起床洗漱擦潤膚膏後，照鏡子的時間略長。

何子衿自己要對鏡子梳小辮兒臭美，把沈念自鏡子前拱開。何子衿俐落地梳了兩個包包頭，又左照右照一通照後，就帶沈念到院子裡晨練鍛煉身體了，還說沈念：「男子漢大丈夫不要太在意外表，要注重內涵。」

沈念問：「什麼叫內涵？」

「就是要有學問，要懂道理。」何子衿道：「只有這樣的男人，才是真正的男人。」

沈念道：「我爹，嗯，舅舅說站著尿尿的是男人，蹲著尿尿的是女人。」

沈氏不想聽到沈念叫沈素爹，沈念只得改口叫舅舅。

何子衿道：「勉強這麼說也沒差，只是光會站著尿尿不成，還得有內涵才成。」

沈念似懂非懂地點點頭，「阿冽還沒來。」他們三個早上是一起鍛煉身體的。

「也不知那小豬起沒起床。」何子衿嘟囔，忽地一笑，「咱們一起去叫小豬起床！」

沈氏和何恭已經起床，看模樣是剛剛洗漱好。何恭摸摸沈念的頭，何子衿問：「冽小豬是不是又賴床了？」這年頭人們都起得早，睡得也早，所以不存在睡眠不足的問題。

沈氏笑，「正好妳來了，去叫阿冽起吧。」

何子衿笑嘻嘻地往裡屋走，床間被褥尚未收拾，何冽小豬仔一樣裹在暖暖的被褥裡攤手攤腳睡得正香。他小臉圓圓的，透著粉紅。何子衿先把手搓熱再摸被子裡去，冽小豬果然是光屁股睡覺的。拍冽小豬屁股兩下，何子衿喚他：「冽小豬，起床了！」再使勁兒拍兩下，何冽哼吱兩聲，翻個身，裹著被子滾到床裡頭去。

何子衿將他連人帶被子拖出來，沈氏拿了何冽的衣裳來，說：「在炭盆上烤過了，趕緊幫他穿，別著涼了！再賴床，妳就給我揍！」沈氏這輩子的溫柔都用在丈夫身上了，對兒女都相當暴力，她自己美其名曰嚴母……

何子衿抖開被子，何冽閉著眼睛伸出一隻嫩藕似的小胖手臂。何子衿喜歡得不行，握住他的小胖手輕咬一下，「每天吃過晚飯就睡，怎麼還總是睡不夠，果然是睡神投的胎。」

幫何洌套上裡衣，再拽出兩條小胖腿，穿上褲子，順便問：「要不要尿尿？」

何洌閉著眼睛站起來，何子衿幫他拉下褲子，拍他屁屁兩下，從一旁桌上拿了何洌專用的巴掌大的小尿盆塞何洌手裡。何洌閉著眼睛尿尿，何子衿又給他套上小棉襖小棉褲，然後一張浸得涼的帕子往何洌臉上一糊。何洌哇一聲大叫，徹底清醒。

何子衿帶著兩個小傢伙在院子裡打拳鍛煉身體，沈念做事很認真，拳也打得有模有樣，比何洌歪歪扭扭的好太多。

何洌雖然沒什麼樣子，何子衿也沒去糾正他，原就是想小傢伙活動活動手腳便罷。何況何洌年紀尚小，真當回事地去教他，怕他要嫌拘束，就這樣跟玩似的才好。看姊姊與沈念都打得有章法，何洌不必人催自然會認真學。

連何恭都練了會兒五禽戲，一時蔣三妞過來，笑道：「叔父，姑祖母說叫叔父帶著妹妹、阿洌和阿念過去，有事要說。」

何恭擦擦額角微汗，笑問：「什麼事？」

蔣三妞道：「姑祖母說今天去外頭吃早點，咱們一塊去，嬸嬸已經在姑祖母那裡了。」

何恭便帶著孩子們過去了。

何老娘穿了一身嶄新衣裙，頭髮梳得油亮，就近便能聞到桂花油的香味，再細看就能發現何老娘嘴上還用了些胭脂。這些倒還好，就是一樣，何恭忍不住道：「娘，外頭又不冷，您戴這臥兔兒做什麼？多熱啊！」這東西是兔子皮縫的，多是冬天冷時戴。這會兒太陽未出，也知今日是大晴天。

何老娘扶一扶額上初次戴的淺棕臥兔兒，道：「過了冬至就是冬天了，唉，人老了，頭禁不得風，吹著一點風就頭疼。」
何恭是孝子，聽他娘這般說，便道：「那咱們就在家裡吃吧，早上外頭是有些冷。」
何老娘已打扮一新了，剛上頭的新臥兔兒都戴出來了，哪能不出門？
何老娘道：「要別時還罷了，阿念是剛到咱們家來。初來時這孩子膽小，我怕嚇著他，不好帶他出門。如今他也熟了，咱們早上出去吃一頓，別人家不都有啥，那叫啥酒來著？就是家裡剛來人，請人吃酒的意思。」
何子衿笑，「洗塵酒。」
「對對對。」何老娘插口道：「洗塵酒！阿念也是剛來，他年紀小，酒便罷了。我拿銀子請客，咱們出去吃頓早點，也是給阿念接風洗塵的意思，以後阿念就是咱們家的人了。他跟阿冽是一樣的，三丫頭、子衿，妳們做姊姊的，要多疼阿念，知道不？」
二人皆應了，只是彼此看到眼裡的吃驚，想著沈念初來時何老娘熱情了幾日，後來漸漸淡了，怎地如今又突然熱切起來？還把沈念跟自己的心肝寶貝何冽相提並論？
就聽何老娘又對沈念補充一句：「阿冽比你小，你要讓著他。」
沈念點頭，「我知道。」
何老娘高興地一撣衣裙，昂首挺胸道：「走吧，我帶了銀子，咱們吃頓好的去！」
何子衿深覺何老娘吃錯藥了，何恭和沈氏兩個心裡門兒清卻也哭笑不得：看來老太太對那一百兩銀子的確很滿意啊！
何老娘發了一筆小財，覺得養沈念不太虧了，這才大方地帶著一家幾口出去吃早點。
何子衿道：「祖母心不實，要想請客，去芙蓉樓叫桌酒席來咱們中午吃才好呢！」

何老娘心一抽，怒瞪何子衿，「妳個貪嘴的死丫頭片子，再多嘴妳就回家吃泡飯！」

何子衿笑，「那咱們去芙蓉街趙羊頭家吃羊肉，他家一大早起來殺羊，非但有羊肉包子，還會煮一大鍋八珍湯，哎喲，那叫一個香。洛哥哥帶我去吃過一回，羊肉包子也好吃。」

何老娘嘟囔：「我說去炊餅攤子買幾個炊餅就罷了。」吃羊肉得多少錢啊，還有那啥八珍湯，好像那短命鬼在的時候帶她嘗過一兩回，貴得不得了。

何老娘似不情願，奈何何洌口水都要滴下來了。何洌奶聲奶氣地說一句：「祖母，要吃包子。」何老娘腦袋不及思考就點了頭，「好好好，咱們就吃羊肉去！」

何子衿還是很滿意何老娘的大方，誰曉得這老太太竟不往南街去，就在離家最近的炊餅攤子坐下了，摸出幾十錢給蔣三妞，使喚蔣三妞道：「妳嬤嬤腿腳慢，妳年輕，去南街趙羊頭那裡買兩個羊肉包給阿洌子，我不吃那個，我吃炊餅和炸油鬼就好。」

何子衿險些氣暈，「要吃就一起吃，不然就全都吃炊餅油條！憑什麼單阿洌有羊肉包吃，我們就得吃炊餅油條？」

何老娘將眼一翻，根本不理何子衿這話，「愛吃不吃，不吃就回去吃泡飯吧！」又對蔣三妞道：「三丫頭快去快回。」

何子衿眼珠一轉，對何老娘道：「祖母不知行情，這麼幾十錢哪裡夠買羊肉包？」長年與何子衿鬥智鬥勇，何老娘也是很警覺，「少坑老娘了，五十錢還不夠買包子？妳家包子是金子做的吧？」

何恭道：「娘，我出錢，咱們一塊去吃羊肉包子吧。」

何老娘在攤子旁的長凳上坐下，對兒子道：「想吃羊肉包子，自家買羊肉包才實惠，何必非早上吃什麼羊肉包子？你理這丫頭片子呢，自個兒一個錢不掙，還成天挑吃挑喝，給阿冽嘗個鮮兒就罷了。」

何子衿倒不是饞那兩個包子，她道：「祖母口口聲聲說是請阿念的，難不成不給阿念買兩個？」何老娘為啥突然請沈念吃早點，何子衿一時實在想不出原由，但能叫勢利眼的何老娘一下子大方起來，想來何老娘是得了些好處，心中大悅方至於此的。

何子衿這樣說，何老娘只得又數了幾個銅錢給蔣三妞，道：「多買兩個給阿念吃。」再三叮囑蔣三妞：「就買四個，一個不許多買。」

何子衿哼一聲，她不想吃炊餅，就去邊上燒餅攤子要了三碗杏仁茶、兩碗山磨肉片豆腐腦。杏仁茶是甜的，用杏仁米漿混了白糖熬成，外頭再澆點兒桂花鹵子，香甜得緊。一碗給沈氏，一碗何冽，一碗給沈念。豆腐腦自己一碗，給何恭一碗。又要了二斤炸油鬼，何老娘吧嗒吧嗒嘴，何子衿道：「那邊在煮小餛飩，一會兒就送過來給祖母了。」

何老娘有點訕訕的，似乎也覺得自己這客請得好似不太大方，「沒給妳嬤嬤要一碗？」要是認真跟何老娘生氣，早氣死了，何子衿笑，「不給您老要，我也不能忘了嬤嬤呀，餛飩是一起下鍋煮的。」

何老娘聽這話便哼一聲，那點訕訕早不知哪兒去了，使喚何子衿：「我看那邊似有賣蜜蒸火腿的，給妳錢，去買一碟回來吃吧。」

何子衿接了錢就去買，待一時回來，何老娘險些氣炸，何子衿非但買了蜜蒸火腿，還買了一籠小蒸餃。不待何老娘發火，何子衿勸她道：「一年也就出來吃個一兩回，祖母要是捨不得銀錢，我還有些平日裡攢的私房，回去就給祖母，叫祖母給我存著怎樣？」

何老娘要是這麼容易哄，也就不是何老娘了，她堅持對送蒸餃過來的夥計道：「把這蒸餃退了，我們不吃這個！」

那夥計一臉為難，何子衿也不勸何老娘了，她伸出筷子尖兒對著一籠十個雪白的小蒸餃刷刷刷，挨個戳了窟窿，朝小夥計一揮手，「去吧，不退！」

何老娘被何子衿的無恥弄傻了，何恭實在撐不住，噗哧就笑了，連帶攤子上炸油鬼的夥計都笑得直哆嗦。此時攤子上來吃早點的人漸多，許多人都是認識的，還有人說：「老安人這般富貴，也忒儉樸啦！」

何老娘又是氣又是笑又覺丟臉，對何子衿道：「下半輩子都別想我再帶妳出來吃飯！」

何子衿倒還先夾個小蒸餃給何老娘，笑嘻嘻地說：「祖母嘗嘗，這裡頭有雞血鴨血、胡蘿蔔和蝦米皮兒、木耳、香菜、胡椒，味兒好得很。」

熱騰騰的餛飩送來，何子衿又殷勤地幫何老娘吹涼，何老娘也就不再計較剛剛何子衿自作主張買蒸餃的事啦。

蔣三妞買了四個羊肉包子回來，去要了碗麵茶配兩個炸得焦生生的豆沙餡兒炸糕，何老娘嘀咕：「一個個的錢沒掙多少，都比老娘會吃。」將羊肉包子給何冽、沈念一人一個。

何子衿笑，「這叫青出於藍而勝於藍。」

蔣三妞一笑，將剩下的銅錢交還何老娘。沈念得了羊肉包子，並不自己先吃，大眼睛瞅著何子衿，把羊肉包遞給何子衿，說：「子衿姊姊，妳吃。」

何子衿咬一小口，道：「我吃飽了，剩下的阿念吃吧。」

沈念這才低下頭認真地啃起包子來。

何恭笑，「這孩子真懂事。」

待大家吃飽喝足，將剩下的油鬼和兩個羊肉包打包帶回家後，何老娘將蔣三妞剩下的銅錢認真數了幾遍，又算一算吃油餅、豆腐腦、杏仁茶、小餛飩、麵茶、炸糕的帳，咕噥：「貴死個人哩，早知道出去買二斤油鬼回來，家裡煮些泡飯，配些醬菜，才最實惠呢！」

何老娘大出血，這會兒偏又想起何子衿，同余嬤嬤道：「把丫頭片子叫來，她不是有私房交給我保管嗎？」

余嬤嬤勸何老娘：「奴婢看，當時大姑娘就隨口一說，太太還是不要當真。」

涉及到銀錢，何老娘素來是極有自己主意的，道：「這還能隨口一說？妳別管，只管把丫頭片子叫來。要不是她鬧騰著，早上也花不了這些錢。」

余嬤嬤無奈，只得去叫何子衿，結果何子衿鬼精鬼精地早帶著沈念上學去了。何老娘聽了余嬤嬤的回稟，哼一聲，「她有本事晌午也別回來，我才服她！」

余嬤嬤笑勸：「看太太喲，您還真跟大姑娘生氣了？」捧上一盞新泡的茶，「太太頭上這臥兔兒還是大姑娘給您做的，早上多少人讚太太戴著臥兔兒好看富態呢！」

何老娘臉色稍緩，假假謙道：「人家奉承的話，哪兒能當真？」

當然，何老娘的面部表情完全不是這麼回事，明顯對大家的誇讚很是受用的。

她將毛絨絨的臥兔兒戴到中午，方道：「有點兒熱了，把這臥兔兒幫我除下來吧。」

這東西是後頭有個扣環，余嬤嬤幫何老娘取下，見何老娘這一腦門子汗，心說：您老不只是有點兒熱吧？

何子衿知道何老娘要跟她討論私房錢的事兒，提前一步帶著沈念腳底抹油地跑了，路上問沈念早點吃得可好，沈念點頭，「杏仁茶很好喝，包子也好吃。」

何子衿笑，「那就好。」

沈念忽然說：「子衿姊姊，等我掙了錢，我天天買羊肉包子給妳吃，好不好？」

何子衿道：「那我就等著啦！」

「嗯！」沈念握一握小拳頭，使勁兒點點頭。

如何老娘所料，何子衿早上先走一步，中午總不會在陳家吃飯。待得何子衿中午回來，何老娘就打算與她談一談私房錢的事情了。

何老娘問何子衿：「妳才多大，哪兒來的私房？」

何子衿早有腹稿，道：「偶爾祖母給我一兩個銅板的，我不花，全都存起來，現下也有一二十個了。」

何老娘道：「才一二十個？」有些看不上……

「祖母以為有多少啊？您平日裡頂給我個買糖葫蘆的錢。」何子衿問：「您要是想要，我就拿來給您。」

雖說蚊子再小也是肉，但何老娘這把年紀也是很有閱歷的，何況她與何子衿是親祖孫，打了這好幾年的交道，基本上何子衿什麼性格是知道的。在何老娘看來，何子衿雖遠不比她老人家智慧聰明，唯一的優點是就是繼承了她老人家拿錢當命根子的良好基因。想從何子衿手裡的摳出錢來怕是不易，而且只這麼一二十錢，何老娘將手一揮，略有心煩，「去吧去吧，不存財的丫頭，自己一個錢沒掙過還敢嫌我給妳的少！妳出去打聽打聽，誰家丫頭能有零用錢買糖葫蘆？別不知足了，妳個敗家丫頭！」

何子衿唇角一勾，決定詐一詐何老娘，於是，她附在何老娘耳邊，悄聲道：「我可是知道祖母在阿念身上得了大好處喔……」

何老娘臉色一變，心裡存不住事，當下脫口道：「妳爹跟妳說了？」

何子衿嘿嘿一笑，「我爹哪裡會跟我說，這不是祖母剛與我說的嗎？原來是真的啊！」

何老娘方知道上了何子衿的鬼當，一不留神，竟被何子衿詐了出來。何老娘惱羞成怒，挽袖子要揍人。何子衿一跳跳出半米遠，「祖母要是動手，我就說出去！」

何老娘簡直要被何子衿氣死，又怕何子衿這張臭嘴不牢靠，真把事情說出去就不好了。剛要叮囑何子衿一二，這丫頭哈哈一笑，抬起下巴，背著兩隻小短手洋洋得意地出去了。

何老娘對著余嬤嬤抱怨天抱怨地，「修來這等討債鬼，老娘我少活二十年！」

余嬤嬤笑勸：「大姑娘何曾出去亂說過什麼，不過同太太開個玩笑罷了。」

何老娘哼一聲，倒也知道何子衿不是那等會隨便把家裡事往外說的性子，「妳說，這丫頭片子簡直要成精，一不留神就受她騙！」

余嬤嬤笑一笑，不再說話。何老娘始終不放心，她知道自家丫頭片子不會將事往外說，就擔心沈念這不離她家丫頭片子左右的。萬一丫頭片子心軟，把這事告訴沈念就不好了。

何老娘忙對余嬤嬤道：「快去叫丫頭片子回來，我有話與她說。」

余嬤嬤只得去找何子衿，何子衿來得也快，同何老娘道：「祖母放心吧，我怎麼會把咱們自家的事說給外人知曉？」

何老娘完全沒剛剛的氣焰，她還破天荒讚了何子衿兩句：「果然大了，懂事多了。」然後叮囑何子衿：「阿念那裡也不許說，知道不？」

何子衿笑，「是不是您用阿念的撫養費請客吃早點，怕阿念知道啊？」

「屁！我會用那個錢請吃早點？」何老娘低語：「那錢得存著，暫不能動。養孩子可不是省錢的差使，吃喝拉撒不說，以後萬一有個病的痛的，沒錢怎麼成？他小小年紀，不懂事，叫他知道咱家是收了錢才收養他的，萬一想偏了就不好了。」

何老娘道：「妳還小，跟妳爹一樣，爛好心，妳怎知這世道的人心呢？許多人不是你對他好，他就知情的，人心多是不足，譬如外頭要飯的，你每天出去給他一個肉包子吃，若哪天把有餡兒的肉包子換成沒餡兒的炊餅，那要飯的就得不高興。你給是你厚道，你不給，也是常情，你又不欠他的，可你給慣得，哪天忽然不給，這恩就成了怨。」

何子衿大吃一驚，她頭一遭聽何老娘說這般富有哲理的話哩！

她想了想，說：「世上總還是好人多吧？」

「屁！」何老娘天生不是講道理的脾氣，「妳就記著，這事兒妳自己心裡有數就成，就是家裡人也不准說！」要不是被何子衿給詐出來，何老娘自己是絕不會提起這事的。

何子衿道：「您放心吧，我不會說的。」

何老娘嘆口氣，「家裡有妳跟妳爹這種人，我真是死都不敢閉眼。」

何子衿湊過去幫何老娘捏捏肩，「是啊，家裡要沒您老，哪裡過得下日子？要是您老別太偏心眼兒就更好了，我連著給您做一個抹額一個臥兔兒，累得我手指都扁了，結果您呢？就給阿洌吃肉包子，我連個包子皮也啃不上。您這可是親祖母，我真是服您了。打包兩個肉包子回來擱廚房，還打算明兒給你寶貝孫子吃個下頓兒是吧？您可真是親祖母啊！」

何老娘半點兒不覺心慚，理所當然地道：「阿冽以後可是要頂門定居的，不吃些好的怎麼成？有好的，當然要給阿冽吃！丫頭早晚是潑出去的水，這會兒有妳一口吃的妳就念佛吧！想吃好的就得爭氣，以後給妳說門富戶人家，天天吃香喝辣！」

何子衿原不過是打趣何老娘的偏心眼兒，不想被何老娘普及了一番「丫頭是潑出去水」的偉大理論。何子衿哪怕伶牙俐齒，對上何老娘也只得無語了。誰曉得何老娘又補一句：「妳以後嫁了人，要是嫁得好人家，可別忘了貼補貼補娘家，阿冽年紀小呢！」

何子衿⋯⋯

何老娘是個禿嚕嘴，她自己也沒留神，話就出口了：「萬一妳自己不爭氣眼瞎似的嫁個窮鬼，可千萬別來摳索娘家。咱家也不是富戶，經不起妳摳索⋯⋯這老話說的好，一個閨女三個賊，可見閨女多賠錢了⋯⋯唉⋯⋯」

何子衿饒是一生兩世，也不能忍受何老娘的奇葩理論，她找她爹告了何老娘一狀。

何恭聽得直樂，安慰閨女：「妳祖母逗妳呢。不說別人，妳看妳姑媽，妳祖母天天盼著她來，疼阿翼比阿冽更甚。老人家的話別放心上，妳祖母就是嘴厲害，心裡最疼妳不過。」

何子衿也知何老娘心腸不錯，就是嘴欠，小肉手拍小胸脯順氣，長嘆，「氣呀⋯⋯」

何恭笑噴。

不過，何老娘這些年也被何子衿訓練出了點條件反射，譬如她一旦說錯話得罪何子衿啥的，為了息事寧人，不讓這丫頭片子鬧騰，便會買點心給丫頭片子吃。瞧著何子衿氣呼呼走了，何老娘心疼地數出幾十個銅板，一臉肉痛地對余嬤嬤道：「一不留神就把心裡話說出來，那丫頭片子記仇得很。今兒也不知是什麼日子，主破財還是怎地？」

余嬤嬤這次可不勸何老娘了，反而是道：「太太說這話，不怪大姑娘生氣。早上還帶著人家給做的臥兔兒出門呢，剛又說閨女是賠錢貨，太太這話也忒偏了。」

「這不是沒注意嗎？行了，給妳錢，叫翠兒去飄香居買包綠豆糕來，丫頭片子愛吃綠豆糕。下午放學給丫頭片子吃。」何老娘嘟囔：「總說我不疼她，這些年給她買糕不知花了多少銀錢，阿冽也沒吃過這麼些糕呢！」

余嬤嬤笑，「太太都知道，怎麼總是說那些不好聽的話呢？」

何老娘嘆道：「我就是總愛說實話的緣故吧。」

余嬤嬤：半點不同情您了，您老就說實話去吧！

遇到何老娘這樣的祖母，簡直神人亦是無法，好在何子衿十分好哄，她把點心一人一塊的分吃了，連余嬤嬤那裡也分到一塊，獨何老娘沒有。

點心是何老娘買給何子衿的，倘是何子衿自己吃，誰都不給，何老娘也不會有意見，只當何子衿小摳兒罷了，但妳既然大散財，余嬤嬤都有，偏生不給老娘，死丫頭是要造反嗎？何老娘質問何子衿如何這般不敬老，何子衿閒閒道：「一包綠豆糕是八塊，祖母給我的一包裡只有六塊，您老早不是扣下兩塊了嗎？」

何老娘扶著額角，「死丫頭竟成了精！」

自從何子衿說吃糖多了不好，何老娘就少吃點心了，因為何子衿知道她吃點心後總會說她，連兒子何恭也時時勸她。何老娘上了年紀，就喜歡吃點甜的，兒孫不願她多吃，她反是越發饞得慌，但她的確是不多買點心了。這次大出血買綠豆糕哄何子衿，何老娘聞著那包點心的油紙包的香味就忍不住嚥口水，便偷偷打開油紙包拿了兩塊，自個兒偷偷吃了，連余嬤嬤也不知道的。她還十分機警地將油紙包稍稍紮緊些。只少了兩塊綠豆糕，外頭包裝不大看得出來。若是尋常七歲孩子，會數數的都不多，又怎知一包綠豆糕裡有多少塊？

不料何老娘這般歹命，竟遇著何子衿這樣的猴兒精孫女，不得不說是一物降一物了。

何老娘覺得何子衿忒鬼精鬼精的，如果不是有些遺傳兒子的爛好心，這丫頭的成長速度還是頗為可喜的。非但何老娘覺得可喜，便是薛先生亦覺可喜。

薛先生在陳家執教，雖有豐厚束脩可拿，可這活兒實在幹得不大順手，倒不是說陳家幾個姑娘不好。陳大妞姊妹幾個，資質只算中等，好在學習都認真，而且幾人聽薛先生意見，琴棋書畫四樣，不必樣樣皆精，只找自己最有興趣的。專攻一樣最容易出彩不說，以後也可拿出來搏個才名啥的。

甭嫌薛先生這話勢利，薛先生早便道：「這是大實話。琴棋書畫的確可以怡情養性，慢慢浸染出一個人的韻味兒，但世間少有人善於琴棋書畫的。姑娘們年紀漸長，以後是要跟著長輩們出去走動的，或是姑娘們自己辦個花會、詩會，這方面都要懂一點的，不然如何出去交際？只是琴棋書畫說到底只是小道，除非有絕世天分，否則想在這上面出頭，難矣。」

陳二妞於瑤琴上頗為用功，又是個心性高傲的，便問：「先生，什麼才叫絕世天分？」

薛先生笑，「二姑娘只要想一想，這千百年來有哪個琴師能留名青史的？」

薛先生是講過史的，陳二妞也知道幾個，當即答道：「太子長琴。」

薛先生一笑，「此乃神仙，不算凡人。」

陳二妞道：「俞伯牙。」

薛先生點頭，「伯牙作高山流水，千古名曲。」

陳二妞史學尋常，想不出來了，陳大妞道：「易水畔擊筑荊軻高歌的高漸離算不算？」

薛先生笑，「筑也是樂器。」

陳大妞又道：「竹林七賢嵇康。」

薛先生道：「嵇康，著有《琴賦》、《聲無哀樂論》，作有《風入松》，相傳《孤館遇神》亦為嵇康所作。作有《長清》、《短清》、《長側》、《短側》四首琴曲，被稱作「嵇氏四弄」，與蔡邕的『蔡氏五弄』合稱『九弄』。有《廣陵散》，乃為絕響。」

陳大妞沒再說，她也琢磨過來薛先生的意思，道：「這些人不是神仙，便是大學問家。」一便是小小少女尚不知天有多高地有多厚，面對這些巨匠，也不禁迷茫。

薛先生微微一笑，「妳們隨我學習這許久，該有的基礎皆有了，不敢說有什麼大學問，但在妳們擅長的地方，起碼比起其他同齡閨閣小姐不會太差。」見陳家三姊妹臉色微變，似乎並不服氣，薛先生笑容不變，「妳們都隨長輩去過州府，也見識過州府的繁華。我這話或許不中聽，但妳們要知道，人外有人，天外有天。蓉城在妳們眼裡已是錦繡之地，如果妳們去過帝都，便不會這般想了。同樣的道理，在碧水縣，能強於妳們的閨秀不超過一掌之數，可是在州府，略有些見識的人家都會令家中女孩識字。那些世族大家閨秀，身下來身邊就跟著教養嬤嬤的，她們的教育肯定優於妳們，比妳們強是正常的事，何必不喜呢？」

「便是她們，再往大處看看，比之公府侯門如何？再有，公府侯門較之皇室宗親又是如何呢？」薛先生笑，「二妞剛剛問我什麼才稱得上『絕世天分』，皇室宗親、公豪門、世族書宦、巨賈大富，這些只是門第，與天分無關。要我說，什麼才算天分？伯牙苦學琴技，作高山流水不足為奇，子期不過一樵夫，聽伯牙操琴。伯牙鼓琴，志在高山，鍾子期聽後讚嘆說『巍巍乎若泰山』。伯牙鼓琴，志在流水，鍾子期也聽出其意，讚道『湯湯乎若流水』，這便是天分。子期沒學過一日的琴，卻能解琴意，這便是絕世天分了。」

陳家姊妹都聽傻了。

何子衿自覺是沒啥天分的人，但她理解力好，她道：「我在書上看，說大鳳王朝時，鳳武皇帝初登基，西蠻大汗率百萬兵馬破西寧關長驅直入，圍困帝都城。當時鳳武皇帝親臨城牆指揮衛都之戰，戰事岌岌可危之際，武皇帝親擂戰鼓助陣，將士因此士氣大作，悍不畏死，由此護衛帝都城兩月未損分毫，直至援兵到來，此鼓曲便是傳世《帝王曲》的由來了。」

說到這個，何子衿就想罵人，一生兩世就算了，現在這是什麼朝代呀？隋唐之後是何子衿上輩子絕對沒聽說過的大鳳王朝，歷史自大鳳王朝拐了個彎後，就一往無前的不知道奔放到哪裡去了。自史書看，大鳳王朝是異常強大的帝國，立朝竟有八百年之久，後來被前朝取代。前朝歷史就比較短了，勉勉強強不到一百五十年，更奇異的是，據說大鳳王朝開放更甚於隋唐。在那個年代，女人都可以到朝廷做官，可到前朝，則保守得不像話，前朝太祖似與女人有仇，或是受到過女人的心理創傷吧。當然，這是何子衿的猜測，前朝是出了名的不把女人當人。女人出門要輕紗覆面，女人這張臉是不能輕易給男人看的。在家除了父母兄弟能看，出嫁便是丈夫能看。若未嫁之時被哪個男人瞧了臉，這女人就要嫁給這見過她臉的男人了。據說還有個女子出門，帷帽也是戴了的，只因忽然風起吹落帷帽，她的容顏便被街上男人看個精光，於是，當夜自盡以全名節。

更不必說，前朝對貞節牌坊尤其情有獨鍾，據聞，前朝太祖曾言：世間最美麗風景便是這一座座佇立於大地之上的貞節牌坊。

可見何其扭曲變態神經病！

這種神經病王朝勉勉強強存活了百五十年，就到了如今的東穆王朝。

這個建國未久的小小王朝，雖北有北涼，南有南越，西有西蠻，四國同存，但實際上，據說這四國疆土加起來也不比先前大鳳王朝時的廣遼疆域。就東穆王朝而言，在對待女人的問題上比前朝要寬厚許多，起碼現在貞節牌坊少了，女人死了丈夫想嫁就能再嫁了。

尤其東穆太祖皇帝曾放豪語「為帝當為鳳武帝」，可見其雄心壯志，只是立國未久，太祖皇帝便受到上蒼召喚，回到了天父的懷抱。故此，東穆太祖未能來得及實現的豪言壯志，就被交到了其後世子孫的手裡。

如今是哪個皇帝當朝，何子衿這種鄉下地方小女孩自然是不知曉的，但學過歷史之後，她還是十分慶幸自己沒穿到前朝，否則她真寧可直接自殺去地府喝茶。

何子衿的話受到薛先生稱讚，薛先生鼓勵她：「接著說。」

何子衿想了想，道：「我覺得琴棋書畫本身更是一種情志的寄託所在，像很多大師都是這樣，如高漸離，若不在易水送別好友，若不是有一種有去無回有死無生的悲壯，恐怕並不會青史留名。還有鳳武皇帝，史書上說武皇帝長於簫曲，若非蠻人圍城之困，社稷之危，而武皇帝不懼強敵，背水一戰，恐怕也不能當即播出傳世《帝王曲》。所以，我覺得非有情而不能賦好曲。技巧可以勤練習來作補充，但以情入琴，以情入畫，則是難於上青天了。」

何子衿覺得自己這番話可以入選「裝逼語錄」了，就是事後再想想，她都覺得這種話不像是自己能說出來的。

薛先生則是非常滿意的，覺得何子衿有些慧性。何子衿著實想跟薛先生說，這種神神叨叨的裝逼話，在她上輩子的一種叫「網路」的地方簡直是一搜一大把。

薛先生見何子衿如此有慧性，面上卻無半分驕矜之色，反是無所謂的樣子。倒是陳家姊妹紛紛側目而視，多瞅了何子衿好幾眼。

薛先生更加欣慰：非但慧性，心性更佳。

她這一身本事，也不算沒有傳人了。

何子衿不知道薛先生已將她的地位由普羅大眾旁聽生升級到了入室弟子，薛先生則繼續給自己的女學生們講課，她道：「所以說，琴棋書畫要學，卻也不必看得太重。真喜歡了，有興致怡情養性，便是無興致擱置，亦是無妨。不過，懂還是要懂一些的」

陳二妞忍不住問：「先生說，琴棋書畫只作消遣，不必看得太重，那依先生看，最應該看重的是什麼？」

薛先生目視何子衿，何子衿是死都不肯再做出頭鳥了。把別人比得跟傻瓜似的，這鳥定是隻傻鳥。看何子衿剛剛展示了一回羽毛，便又龜縮成了鵪鶉，薛先生亦不勉強，她道：「在我看來，所有妳們學的這些，只為將來一件事做準備，那便是交際往來。」

陳家大手筆請來女先生，如今看來，這錢銀花得真不冤。

薛先生臉色淡然，緩緩道：「要妳們學琴棋書畫、詩詞曲賦、針線女紅、穿衣打扮，並不是讓妳們做大學問家，因為學問是最有積澱的事，這是需要一生一世的專注才能完成的。令家中長輩請我來為各位姑娘講習功課，為的無非是一件事，即是交際往來。」

何子衿回家後都沒跟何老娘貧嘴，她細細想著薛先生的話，當真覺得是大實話。何老娘厚著臉皮跟陳姑媽開口，叫她來陳家跟著一塊念書，想來也不是要她學成什麼才女，而是讓她學些人情往來、交際本領，還有……

誰說古人迂腐了？

說這話的就該掌嘴，何子衿自己悄悄拍了自己的嘴巴一下。

何子衿去花房收拾了一通花草，回屋時沈念同何洌正在瞧何子衿屋裡擺設的小玩意兒，沈念問：「馮表哥就是何姑媽的兒子嗎？」

「嗯，就是馮表哥給姊姊的小木馬。」何洌嘟著嘴，「我也想要，姊姊不給我。」

沈念細瞧那小木馬，說何洌：「你得學著懂事，子衿姊姊才會喜歡你。」

何洌奶聲奶氣道：「我哪裡不懂事了？我都是大人了！」

沈念說：「你早上還要子衿姊姊去幫你穿衣裳你才肯起，還光著屁股露出小雀雀在子衿姊姊面前撒尿，多丟臉啊，大人可不這樣。」

何洌想了想，覺得沈念說的有理，「以後我要自己起床，也要自己穿衣裳。」

沈念道：「等你真的懂事了，我就勸子衿姊姊把小木馬送你，怎麼樣？」

「阿念哥，你說得動我姊？我可是求了她很多回，她都不給我。」

「要是你到年底都自己穿衣裳，過年時我保證子衿姊姊會把小木馬送你，如何？」

「拉勾！」

「女人才拉勾，男人都是擊掌的。」

接著，兩隻小肉手響亮地擊在一處。

何子衿：在她不知道的情況下，阿念這混帳小子就把她的小木馬給許出去了？還有，阿念你在外不都跟個啞巴似的神人不理嗎？你怎麼跟何冽這麼多話啊？

何子衿決定不給這兩個小子面子，竟敢私下打她屋裡東西的主意。

何子衿掀簾子進屋，說：「你們在說什麼呢？」

何冽還在愛不釋手地撫摸著何子衿的小木馬，其實這種小玩具何冽根本不缺，主要是他要這個好多回都要不到手，於是，這隻小木馬在何冽心裡便成了珍品中的珍品。

何冽不說實話，敷衍道：「沒啥沒啥！」拉著沈念出去玩了。

何子衿哼一聲，決定沈念要是敢過來替何冽討她的小木馬，她非要叫自作主張的小子吃排頭不可。她覺得何冽都不敢跟她說實話，沈念肯定起碼要拖到過年時才會同她講。

不想沈念晚上跟著何子衿學過千字文，兩人泡過腳丫子，洗漱完躺床上要睡覺時，沈念便跟何子衿講了。他是這樣說的：「子衿姊姊，今天我跟阿冽打了個賭。」

「什麼賭啊？」何子衿只作不知。

沈念實話實說：「我跟阿冽打賭說，只要他從明天起到過年都自己穿衣裳，過年的時候我就勸妳把小木馬送給他。」

何子衿問：「那是你的馬呀？」

「不是。」沈念聲音有些低。

何子衿問：「那你幹嘛用我的小木馬跟阿冽打賭啊？」

沈念道：「我沒有玩具好送阿冽，可是我又想讓阿冽早些學會自己起床，自己穿衣裳，我不想子衿姊姊太累。」

沈念的聲音很輕很軟，何子衿聽完，一顆水豆腐心頓時軟成了豆漿，她摟住沈念說：

「我並不累呀！」她明明最喜歡給光屁屁小孩兒穿衣裳。

「累的。」沈念是個很有堅定信念的人，從他會反駁何子衿的話就可以看出來，沈念絕不是你說啥他就信啥的小孩兒。

何子衿柔聲道：「姊姊很願意照顧你們啊！」

沈念非但有堅定信念，他還有自己的堅持，他堅持道：「我不想姊姊太累。」

面對這樣一個懂事可愛又體貼的小孩兒，你會拒絕他的要求嗎？

哪怕鐵石心腸都做不出來好不好？

何況何子衿可不是鐵石心腸，她是一顆水豆腐磨成的心，別提多軟和了。何子衿被沈念感動得不得了，當即答應了沈念說的事。

沈念很是歡喜，他眼睛亮亮地瞅著他的子衿姊姊，忽地湊了過去，在子衿姊姊的頰上啾了一下，然後小小害羞地表示：「子衿姊姊也很香，比香包包還要香。」

何家來了個沈念，這雖然只是何家的事，卻還是驚動了街坊四鄰。

何家最初說沈念是家裡親戚，很明顯嘛，沈念姓沈，同沈氏一個姓。大家也沒多想，就以為是沈氏娘家親戚，但沈念在沈家一住便不走了，心思活絡的人頓時覺得這裡頭有事兒。肯定有事兒，不然哪個親戚家的孩子會在親戚家長住？

八卦往往從嘴最不嚴的人嘴裡傳開來，什麼樣的人嘴最不嚴，答曰：孩子。

沈念是跟著何子衿一塊來上學的，陳二妞特意避開沈念，把何子衿叫到園子裡去八卦，她神祕兮兮地問何子衿：「阿念真是妳家親戚？我可聽人說，他是妳舅的私生子來著。」

流言傳得就是這麼快，陳家是做生意的，人面廣，沈素又是舉人……所以對的錯的，好的壞的，稍有些流言，底下人留意了，陳家人自然知道得快。

何子衿瞪陳二妞一眼，「妳聽哪個人說的？」

「外頭人都這麼說。」陳二妞自然不能說是聽她娘說的。

「我可沒聽到外頭人這麼說。」何子衿不再跟陳二妞嘀咕，「妳別聽風就是雨，妳看大妞姊，她就不會說這些有的沒的，怪道先生都讚大妞姊穩重呢！」陳二妞都這樣說，還不知別人如何呢？何子衿不喜陳二妞這樣暗地裡八卦沈念的來歷，一句話便戳了陳二妞的痛處。

陳二妞哼一聲，「是，我長舌婦，成了吧？」

「這可是妳自己說的。」何子衿笑，見陳二妞沒了八卦沈念的興致，瞅一眼旁邊一株含苞吐蕊、冷冷清香的紅梅，問她：「妳不是要辦賞梅詩會嗎？這會兒梅花也快開了，怎麼還沒收著妳的帖子？」

若說剛剛只是有一點不悅，這會兒陳二妞的臉可以稱得上冰冷了。這兩年，她與何子衿相處得不錯，不然也不能直接就問沈念的身世。每天一起上學的表姊妹，陳二奶奶雖然還沒有身孕，卻是找到了一條在陳姑媽面前穩固地位的好法子，她待何家尤其親熱。

何家是陳姑媽的娘家，陳二奶奶這樣有眼力，陳姑媽除了總是憂愁二房無子外，對陳二奶奶倒也過得去，故此，陳二妞待何子衿也格外好。一起上學兩年多，哪怕開始是刻意的，相處到現在，彼此也有些情分了。

陳二妞冷冷地道：「明年志表兄就要考秀才了，大姊姊比我大，家裡什麼不得以大姊姊為先呢？」賞梅詩會的事是她先提的，籌辦名頭卻要讓給陳大妞。陳二妞本就是好強的人，又正是好強的年紀，怎麼能心服？

何子衿勸她：「妳怎麼倒想不開了？這事說開來，大妞姊年紀比妳大，說親肯定是在妳前頭，讓她在前有什麼不好呢？妳們都是堂姊妹，大妞姊又是長姊，她能說門好親，對妳難道不好？待大妞姊的事定了，再辦花會，哪怕是三妞姊出的主意，到時也得叫妳打頭兒。」

「這道理我娘也說過。」遠遠見陳大妞一身白底紅梅的長裙帶著丫鬟過來，陳二妞伸手將梅花樹上半開的一枝花枝折在手中。

陳大妞遠遠見到便道：「說好了後兒個開賞梅詩會的，妳怎麼倒折起花枝來？」

陳二妞將手裡的花枝遞給大丫鬟黃鸝收著，勉強擠出笑意，「看著好，拿去插瓶。」

陳大妞瞅樹上那一處折損後露出青白色的斷枝，嘴裡道：「什麼時候插瓶不行？等我開完詩會，妹妹把這一整棵梅花樹挪到妳屋裡去插放，我也不說什麼了。」又吩咐丫鬟翠鶯道：「跟看園的婆子說一聲，叫她著意看緊這幾棵梅花樹，萬不能再叫人折了，再把這處殘枝修修，不然這也忒難看了。」

陳大妞吩咐完這些事，對何子衿微一頷首，高貴且客氣，「到時我這裡開詩會，妹妹也過來一道玩兒吧。」

何子衿連忙道：「我得在家看孩子，怕是不得閒了。」

聽這口氣，人家陳大妞就沒認真要她來的意思。

陳大妞一想，嘆口氣，「也是，現在又有阿念，連上學都要跟妳一塊來，妳更不得閒了。幸而他還小，不然男女七歲不同席，他再大些，可是不好這麼在內闈混了。」

何子衿笑笑，「是啊！」

陳大妞便不再說什麼，道：「我先去看書了，先生快到了，妹妹們也進來吧。」

何子衿側開身讓路，「大妞姊先。」

待陳大妞走了，饒是何子衿也不由嘆氣。以往陳大妞也就是個橫衝直撞的直性子人，有一點點虛榮心的小姑娘家罷了，如今這不知是怎地，讀了一二年書，學問學得不錯，只是沒學得寬厚些，倒學會了她娘陳大奶奶的勢利。當然，人都勢利，何子衿自己也不能免俗，但勢利到陳大妞這樣的著實不多見，譬如，自從何子衿在家裡開了個詩會後，碧水縣但凡認得幾個字的少年少女們，會不會作詩的，反正都熱衷起開詩會來。陳家這樣的人家，陳家三姊妹是特意花大價錢請了先生來調教的，自然更是詩會茶會不斷。要是陳二妞打頭，都要叫何子衿一起的。若陳大妞主持，她是一次都沒請過何子衿，總是像剛剛那樣問一句，何子衿識趣辭了，彼此雙方歡喜。

何子衿也不知是不是她哪裡得罪過陳大妞，眼下又說起沈念跟她上學的事來。何子衿嘆口氣，陳二妞興災樂禍，「好人沒好報，嗯？」剛還替陳大妞說話？活該！報應！

見何子衿倒了楣，陳二妞心情好了些，道：「剛剛大妞姊穿的裙子，是州府上好的時興料子。五嬸子娘家是開綢緞莊的，都沒這樣的好料子。聽我娘說，要十兩銀子一匹，大伯娘給大妞姊買了兩匹裁衣裳穿，家裡再沒第二個人有了。」

饒是陳二妞因何子衿興災樂禍，說到此事也頗為鬱鬱。

陳二妞嘆道：「也不止是詩會的事，以前我不是沒讓過她。她想出風頭，就讓她出去唄，我反正小兩歲，又不急。可一樣姓陳，現在她有的，我跟三妞就沒有，以後還不知怎樣。」陳二妞打小就有些心眼兒，若非今日叫陳大妞刺了眼，她也不至於同何子衿說家裡這些事。

何子衿拉拉她的手，小聲道：「妳不開心，就要想些開心的事。這梅花不錯，叫黃鸝姊姊配個瓶子送去給姑祖母，就說是妳瞧著花好，孝敬老人家的。」

陳二妞噗哧樂了，「以往看妳在課上常悶不吭聲，妳卻是越大越機靈了。」

何子衿笑，「這算哪門子的機靈？妳要是再鬱悶就想想我，不要說十兩銀子一匹的料子，便是妳身上這樣的好料子，我也從沒穿過。要不是姑祖母有意照顧，我也是讀不了書的。跟我一比，妳就幸福了。」何子衿是天生的樂天派。

「這是哪門子的歪理，我豈是那種見不得人好的？」陳二妞笑一笑，「像先生課上教的，不患寡而患不均罷了。我家的事，我不說妳也該知道些。現在瞧著都是一樣的，可我爹是次子，像大伯娘捨得拿出二十兩銀子來給大妞姊買衣裳，我娘是拿不出來的。」這些事，豈是一兩句可說清的，陳二妞吩咐黃鸝：「去吧，把我屋裡那個白玉梅瓶拿出來，襯著這紅梅最好看，送去給祖母，就說我瞧著這梅花開得好，不敢先賞，孝敬祖母先賞。」

黃鸝捧著梅花去了。

何子衿見沈念站在求知堂外向她望來，笑與陳二妞道：「妳要是覺得好些了，咱們回屋裡吧，先生也快來了。」

陳二妞也瞧見了沈念，笑道：「這都兩個多月了，阿念還這般寸步不離的。不知道的，得說這是妳親弟弟呢！」

何子衿一笑，「妳既這樣說，就拿他當我親弟弟一樣照顧。」

「這還用妳說？」陳二妞道：「妳說這人也怪，以往大妞姊也不這樣的。」

何子衿挑眉，「妳總說別人，以往妳待我也不這樣。」

陳二妞笑，「前兩年我還小些。說真的，記得小時候家裡雖有錢，祖母一向節儉，覺得每頓有肉吃就開心得不得了，後來家裡更好過了，就是現在，燕窩魚翅也不覺稀罕。那會兒突然能穿上綾羅綢緞，買了許多丫鬟下人，母親又與我說了許多大戶人家的排場，我其實心裡又是興奮又是不安，生怕出去被人小瞧，就時時端著些。現下想想，也夠討厭的，想來那時妳也該是嫌我的。」

何子衿道：「妳倒先說我？妳那會兒跟我說句話恨不得將下巴抬到天上去，但妳也肯照顧我呀！」不管陳二妞是有意還是怎麼著，的確是很照顧她，點心給過她不知多少。

陳二妞拉著何子衿的手，並不因何子衿這話生分，反而更覺與何子衿親密，「想我以前就跟大妞姊似的，這會兒看著她就得慶幸，好在真沒變成這樣，不然妳怎肯跟我說這些話？」見沈念一直在求知堂門口朝這邊望，人又不過來，「咱們過去吧，阿念真要望眼欲穿了。」

兩人便往求知堂去，陳二妞又八卦一句：「阿念到底是不是妳舅的私生子啊？」

何子衿悄悄擰她腰際一記，「快閉嘴！別人說是別人說，妳可不許這樣說！」

「知道啦！」陳二妞自以為得到什麼人間真理，笑道：「妳放心吧，要阿念真是，以後大妞姊斷不會再說什麼『七歲不同席』的話了。」何子衿她舅可是舉人老爺，她娘每每說起來便羨慕得不得了。便是家裡長輩說起沈素，也都說有出息，以後是有大前程的。

「妳理她呢！阿念是剛來，有些離不開我，等過些日子好了，叫他在家裡跟阿冽一起玩就行了。」何子衿笑，「他跟阿冽很說得來。」

沈念見她們往求知堂走，便快步迎過來，牽住何子衿的手，眼中很是歡喜。

陳二妞逗他：「怎麼，還怕我把你家子衿姊姊拐帶了不成？」

沈念在外話都不多，牽著何子衿的手道：「涼。」

何子衿道：「興許是在梅花樹下站得久了。」

陳二妞將自己的手爐給何子衿，「妳先暖暖手。」

何子衿笑，「妳也要用的。沒事兒，我火力壯，一會兒就好了。」

陳二妞硬塞給何子衿，「嬸子那醬鋪子生意越發好了，怎麼連個手爐也捨不得？」

何子衿雙手捂著陳二妞給她的黃銅手爐，笑道：「也就妳這不知柴米貴的。我娘那醬鋪子生意再好，咱們碧水縣是小地方，便也有限了。妳這一個手爐就得好幾兩銀子，便是外頭最便宜的也得幾百錢，還有裡頭燒的炭。妳們用的是上上等的竹炭，沒什麼煙的，我家可用不起這樣的好炭。有這錢，還不如多做兩身棉衣裳，平日裡多穿些也就不冷。」

「妳家啊，是勤儉慣了，便是有錢也捨不得用的。」陳二妞忽然道：「今天咱們碧水縣可有一件轟動事兒，妳知道不？」

何子衿道：「我哪裡有妳消息靈通。」

「咱們縣裡的薛千針繡了一幅竹林七賢的繡圖，妳猜繡莊給了她多少銀子？」

「這我如何能知。」

「足有一百兩。」

何子衿驚嘆，「我的乖乖，繡圖竟能賣出這樣的大價錢，實在罕見！」千萬別相信前世電視劇中等閒成千上萬銀子的事，起碼何子衿的親身體驗，她家過年時一個月能花用二兩，平日節儉著些，米麵都是自家莊上產的，菜蔬自家院裡都會種，一月一兩銀子足夠。大的開銷就是她爹的筆墨紙硯，便是她爹，也節儉得很，一張紙用完正面用反面，除非是要謄抄給先生看的文章，不然何恭不會只用一面的。一百兩，等閒人家可以寬寬裕裕地過十年了。這是一筆巨款，所以，何老娘知道沈念有二百兩的撫養費時才歡喜到請兒孫們出去吃早點。

陳二妞道：「是啊，這事兒我娘聽到也嚇了一跳。薛千針的手藝真是絕了，聽說還有州府的大繡坊來請她，可是她只願在李大娘的繡坊。不過，我爹說，這繡圖要是直接拿到州府去賣，三百兩也能賣得上。」

何子衿道：「我祖母也常說，李大娘是咱們縣第一精明之人呢。她手裡有薛千針這樣的大家，何愁生意不好？只是，這樣大幅繡圖的生意，想來也不是常有的。」

陳二妞笑，「我也這樣說，興許一年有一幅就了不得。我娘說我沒見識，像我家的繡娘我就覺得很不錯，可據說有的大戶人家，繡娘手藝更是厲害。薛千針這樣的手藝，出去就是搶手貨，而且，到她這樣的，誰肯賣身給哪家做繡娘呢，去也是到繡坊當供奉。」

何子衿道：「大約姓薛的都才幹好，咱們先生也姓薛，就有這樣好的學問。」

陳二妞笑，「三表姊不是也在李大娘那裡攬活兒嗎？她幹得怎麼樣？那天倒是見她送帕子給黃鸝，挺精緻的。」

何子衿道：「跟薛千針這樣的大家自是不能比，不過這幾年三表姊的活計越發好了。」

遠遠看到薛先生過來，兩人索性住了腳，待薛先生到了，見過禮，與薛先生進去了。

中午回家時，連何老娘都知道了薛千針一幅繡圖得了二百兩銀子的事，她正同蔣三妞念叨道：「妳要能學到那樣的手藝，這輩子便不必愁了。」

蔣三妞笑，「我還差得遠呢！」

何老娘撇嘴，「又不是叫妳立刻學會，妳得用心。」

「我自認也不笨，只是有些繡法人家不往外傳的，一時半刻也學不會。」蔣三妞比任何人都想學到好繡法。如薛千針這般一幅繡圖賣一百兩銀子，應是所有繡娘的夢想了，故此，蔣三妞便將心中難處同何老娘說了。

何老娘對刺繡只是懂些皮毛，論技術，遠不比蔣三妞，但何老娘自覺在人生道路上還是可以指點蔣三妞一二的，她對蔣三妞道：「真個笨！這是人家吃飯的本領，妳跟人家一無血親二無交情，何況妳也在這個鍋裡攪飯吃，人家如何能把吃飯的本事教給妳？偷師偷師！想學真本事，全靠偷著學！妳這繡活兒原也沒人教，妳是怎麼學會的？」

由於長期同何老娘在一處，蔣三妞心理素質還是很不錯的，她低聲道：「二妞妹妹身邊的黃鸝姊姊很肯指點我。」

何老娘臉上此方露出些許笑紋，覺得蔣三妞還有幾分機靈，「這不就對了？妳還不算笨到家，要咱家有這樣的能人，早教妳了。咱家沒有，妳就往別處去學。」

蔣三妞嘆，「只是黃鸝姊姊的繡活也有限，我到現在能從李大娘那裡領些小活計做，稍大些的活計，一則輪不到我，二則我針線還是差些。」

何老娘的法子很簡單，「妳要覺得哪裡不行就多練多做，唉聲嘆氣能嘆出個鳥用！」

何子衿問：「表姊，妳有沒有見過那幅竹林七賢圖？怎麼能賣得上那樣的大價錢？」

「這如何見得到？別說這樣的繡圖，便是我們各自領的活計，也是做好的直接交給李大娘。我見不到別人的，別人也見不到我的。像這竹林七賢，我一大早得了消息就去了，想著趁大娘心情好，說不得能得一見，卻也沒見到。」蔣三妞問何子衿：「這竹林七賢說的是什麼呀？還是四個字的名字來著。」

何老娘不懂裝懂，「這都不懂？竹林七仙，肯定就是竹林裡七個神仙的事兒。」

何子衿當下就樂了，何老娘還問：「這是哪七個神仙？廟裡有這七個神仙的像不？要是有的話，咱們也去拜拜，叫菩薩保佑妳表姊快些學到好手藝。我也不盼著妳表姊能一幅繡圖賣一百兩，能得五十兩我也高興。」

何子衿笑，「您老真不貪心啊！」

何老娘笑嗔：「妳知道什麼？我早跟李大娘打聽過了，李大娘也說妳表姊是這塊料。她手巧，幹活也俐落，多練兩年，等手藝上去，就能領些大點兒的精細活計來做了。」

竹林七仙點化了何老娘，何老娘彷彿看到了一條金光閃閃的致富大道，她對蔣三妞與何子衿道：「趕明兒咱們去廟裡拜七仙去。子衿妳也多跟妳表姊學學針線，現在妳還小，等過兩年就別去念書了，跟三丫頭去李大娘那裡領些針線，妳也做針線掙錢。」何老娘已將何子衿畢業後的工作都找好了，還是定點單位。

何子衿倒覺得這單位也還不錯，道：「成！等我好好同先生學學畫畫，將來對繡活兒肯定也有好處！」

何老娘眉開眼笑，「不求妳們學到了薛千針的本事，跟上她一半就成，妳倆一人五十兩，一年也有一百兩了。」

何子衿、蔣三妞：原來您老打的是這個主意呀！

待用過午飯，蔣三妞拿了針線去何子衿屋裡說話。蔣三妞跟何子衿打聽「竹林七賢」是個什麼來歷，她道：「光知道這麼個名兒沒用，我要是多知道這七個神仙的事兒，見著李大娘也能多說上兩句。」

何子衿道：「神仙是祖母拜佛拜多了瞎謅的，姊姊別信。」便說了竹林七賢的典故。

蔣三妞道：「以往我總覺得念書還不如學門手藝實在，現在方知短見了。」

何子衿笑，「表姊這兩年一心撲在針線上，對別的都不大入心。要是妳想學，我雖沒念過幾本書，但我知道的，都能表姊念叨念叨，如何？」

蔣三妞道：「我正想怎麼跟妹妹開口呢！」

「我想不到的，表姊直接說就是。我想到的，不必表姊開口。」何子衿沒啥藏著掖著的脾氣，何老娘送她去念書，但凡能有益於家裡兄弟姊妹的，她都不會藏私。

蔣三妞感嘆，「也就是咱們一家子了。」她又問：「白天我得做針線，妹妹也得上學，那什麼時候方便呢。」

何子衿道：「表姊天光好的時候做針線，等我下午放學，天也快黑了，妳就別做了，不然傷了眼睛可是一輩子的事。這會兒阿念和阿冽也大了，反正歷史上這些事兒，就跟聽故事一樣。叫他們來一起聽，以後對他們念書也有益。」

蔣三妞笑，「對。妹妹能不能再教我認幾個字？」

「那就得從千字文學起了，這上頭都是最基礎的字，也好記。」

「念書的事我不懂，我都聽妹妹的。」

兩人說了會兒話，蔣三妞拿出針線來做。

何子衿瞧著那盛開的牡丹栩栩如生，不禁讚道：「表姊這活計已經很鮮亮了。」

蔣三妞道：「這活計若自家用是足夠了，若用這個掙飯吃還是差些的。」

「表姊也不用太急，有許多人是做十幾二十年的老繡娘了，一時比不上人家也正常。」何子衿知道蔣三妞好強，遂出言安慰。

蔣三妞笑，「我哪裡敢跟那些老繡工比？不說遠的，東頭五嬸家的阿琪姊，與我同年，只大我兩個月，繡得比我還好呢，上個月她足足掙了一兩五錢銀子！」

東頭五嬸家也是同族，何琪大幾歲，與何子衿來往不多，但何琪的弟弟何滄，何子衿是認得的。何滄與何洛是同窗，以前何洛開學前班時，何子衿常去聽課，認得何滄的。後來何子衿改去陳家念書，還請學前班的小夥伴的來家吃飯，大家都來了，就何滄沒來。那傢伙是個道學，說什麼年歲大了，男女有別啥的。天地良心，那年何子衿才五歲……反正自此後，何子衿與何滄就沒怎麼見過面了，倒不知道何滄的姊姊有這樣好的針線。

何子衿瞧著蔣三妞飛針走線，道：「我真不敢信還有跟三姊姊一樣年紀做得更好的。」

蔣三妞笑，「所以說人外有人。」

「阿滄那傢伙是個道學，倒不曉得他姊姊這般厲害。」

「非但針線好，阿琪姊是真的下苦功的，我聽說她常做到三更天。李大娘也很喜歡她，這回我想去瞧竹林七賢的繡圖，我沒瞧見，但後來見阿琪姊從李大娘收藏繡件的屋子裡出來的，想是她見到了。」

蔣三妞有些悵然，她自問不比何琪笨，手腳也不慢，但有一樣，她沒何琪刻苦。何子衿常勸她不要在光線不好的地方做針線，還在院子裡種了枸杞子給她泡水喝，她也怕把眼睛使壞，晚上從不做針線，可如今被人比了下去，蔣三妞那爭強好勝的心又起來了。

何子衿勸道：「現在年紀都小，何必那樣苦熬？我聽說許多繡娘到三十多四十歲眼睛便不行了，就是因費眼的緣故。這會兒熬神太過，以後是要吃虧的。不如慢慢做，把眼睛護好，到時那些不注意保養眼睛的人都不成了，姊姊還能飛針走線，細水長流才是王道呢！」

蔣三妞似乎很難釋然，何子衿自詡為教育小能手，忽悠人還是很有一手的，她道：「我往時去姑祖母家念書，薛先生時常同我們說，匠人同大師的差別在哪兒呢？不在於刻不刻苦，更在於懂不懂得思考。每天針線不離手，眼睛累，手累，哪裡還有思考的時間？繡花我遠不如表姊，可是畫畫的話，妳畫一朵花，如果只仿照別人的畫去畫，這花再好也很難超越仿的這張畫。想真正畫好這朵花，便要多思多看，真正看到這朵花。花是怎樣開的，怎樣謝的，開的時候是什麼模樣，謝的時候又是什麼模樣，這些看到心裡去，才有可能畫好一朵花。我想著，事同此理，姊姊若真想成為薛大家那樣的人，下的功夫便不只是苦功了。」

蔣三妞心中一動，道：「李大娘常說我在花卉上有天分，莫非是因我常著跟妹妹收拾花草的緣故嗎？我見到花草，不必想也知道怎麼繡，但要是蟲魚鳥獸便不成了，像竹林七賢那樣有人有景的，更是想都不敢想。」

何子衿立刻道：「定是這樣的緣故。姊姊想一想，若叫妳繡朵花，雖說有花樣子，妳腦子裡也知道這牡丹是什麼樣的，可若說叫妳去繡老虎，恐怕只能瞧一瞧花樣子上的老虎。花樣子是這樣的，難道還能比花樣子繡得更好？妳又沒見過虎，這就太難了。」

蔣三妞點頭，「也是這個理。」

何子衿勸她：「還有一樣，這世上沒人是全能的，既善花卉又善人物更善花草蟲魚，這樣的天才，萬裡無一。姊姊若想出人頭地，專攻一樣更容易見成效。妳既善花草，就一意多攻花草，將花草繡好了，李大娘但有花草上的繡活，第一個想到的就是姊姊。妳在這上頭遠勝他人，那時李大娘定會對姊姊另眼相待。」

蔣三妞道：「怪道許多人要去念書，不念書的人不能做官，原來念了書的人，的確比不念書的聰明。」

何子衿笑，「姊姊肯定也早想到了，看妳的活計也多是花草一類呀！」

「以前多是花草，這會兒薛大家一件竹林七賢的繡圖賣了一百兩，讓我也忍不住對人物動了心。」蔣三妞心思轉得快，道：「妹妹，妳說李大娘單讓阿琪姊去瞧那幅竹林七賢，是不是想叫阿琪姊去學著繡人物？」

何子衿倒沒想到這個，「說不定是吧，反正總不可能白白叫她去看的。」

蔣三妞微微一笑，「那我以後就跟李大娘說，有花草的活計多分我些。」

蔣三妞又為何子衿解釋一些繡活上的常識：「其實我們繡東西，花草是最常見的，第二常見的是鳥蟲蝶魚一類，第三如風景人物，則多是用在大件上，或是一整幅的繡圖，或是用來鑲嵌屏風之類，而且花草蟲魚用在衣裳鞋襪的最多，擅長此類的繡工也多。這倒是不怕，我自覺不比別人差。如今阿琪姊若被李大娘引著繡人物，她以後肯定是要往大件東西上走的，像薛大家一樣。我們是同齡的，她也不過大我兩個月罷了。我們差不多年紀的這一撥人中，除了她，就是我了。她去繡人物，若是我也去繡人物，一則李大娘那天沒叫我看竹林七賢的圖，想是沒這上頭提拔我的意思，我也不必去與阿琪姊爭鋒了。倒是花草，我擅長這個，沒了阿琪姊，我就是頭一個。我現在繡得不如那些老繡工，過幾年也不會比她們差。就像妹妹說的，若在這上頭拔了尖兒，李大娘想來也會提點我的。」

蔣三妞眼神柔亮，說了這一通，先把自己說得歡喜了，笑咪咪拍拍何子衿的肩，「一人計短，兩人計長，有事還是要拿出來說一說，非但這心裡痛快，還能有個好主意。」

她又跟何子衿商量：「李大娘是臘八的生辰，妹妹說，我送點兒什麼才好？」

何子衿笑，「我不信姊姊沒主意。妳早想好了，肯定是繡點兒什麼唄。」

蔣三妞一陣笑，道：「妹妹就是我的那個，知、知音。」

一時，蔣三妞又叮囑何子衿：「妹妹去陳家可是要好生念書，如今我方知道，這學問才是最值錢的。」像何子衿這樣一套一套地說話，蔣三妞自問是不行的，何況何子衿還小她好幾歲呢。故此，蔣三妞將何子衿的聰明全都歸結在念書上。眼下何子衿有這樣的機會，蔣三妞自然多鼓勵她。蔣三妞想著，憑著她家表妹的學問，以後何子衿也來李大娘的繡坊裡做針線，肯定是薛千針一流的人物。

事實上，何子衿的針線雖遠不及蔣三妞，但依她現在的年紀，較之前世只會簡單縫個扣子的水準，現在真的很不錯了。起碼像簡單的抹額、帕子啥的，做慢一些，她還能繡幾朵小花上去。就是偶爾改改衣裳，有沈氏指點著也是能成的。

為什麼說是改衣裳，不是做衣裳呢？因為這年頭做衣裳真的是很不尋常的事，以往何子衿小時候一季能有一身新衣裙，何老娘就到處嚷嚷著沈氏不過日子了，到如今家裡又有了何洌，何子衿的個人待遇的確有所下降，所以她現在大多是穿改的衣裳。像何氏小時的衣裳，蔣三妞穿過了，到如今蔣三妞長高了，就是何子衿接著穿，若有哪裡不合適，就需要改一改了，因此改衣裳也是一門手藝。

再者，何子衿發現，自從薛千針一幅繡圖賣了一百兩銀子，她娘也加緊對她針線的訓練了。何子衿娘：「娘，您是不是以後也想我一幅繡圖賣一百兩銀子啊？」

沈氏道：「誰不想？薛師傅的繡圖賣了大價錢，多少人家願意把閨女免費送去給薛師傅使喚，就為能得她指點一二。我倒也想，可看妳不像那塊料。唉，妳看妳表姊做活，手那叫一個俐落，可早在妳兩隻襪子做半年的時候，我就瞧出來了，妳怕是在這上頭難出頭兒。」

何子衿：她娘還是比她奶理智的。

她娘繼續道：「手慢就要多練，妳表姊九歲才開始學針線，到現在一個月起碼能掙七八百錢，這也了不得了。妳現在七歲，開始練著，笨鳥先飛，到妳表姊這個年歲，想也能有她七八成的本事。將來不要妳一幅繡圖賣一百兩，能賣二十兩我就高興。」

何子衿：果然不是一家人不進一家門，她娘跟她奶原來竟是一路貨色！

何子衿其實也喜歡做針線，縫個小書包、小香袋兒什麼的，或是做些鞋啊襪的，她做得慢一些，但是很精細，像她為何老娘做的抹額、臥兔兒，何老娘一天戴到晚；像她給她爹做的鞋，納鞋底上鞋幫她不成，但鞋面上的青竹葉是她繡的，她爹也誇好來著；還有她給何洌繡的睡覺用的小肚兜，因何洌喜歡光屁屁睡覺，何子衿擔心她弟肚子著涼，就精精細細地做了一下，上面繡的是何洌喜歡的小木馬；還有天冷了，沈念要跟她去上學，她給沈念做了幅棉帽手套；又有何子衿給她娘做的手帕子……總之，何子衿也是個小小的針線愛好者來著。

不是一家人不進一家門，甭說她娘她奶都對薛千針的本事讚嘆嚮往，何子衿也是很讚嘆嚮往的。這個年代總要有一技在手才好過日子，要是真能在繡活上學出些成效，最不濟將來也能補貼家用。

沒幾天，蔣三妞就帶回一個振奮人心的好消息：「想拜薛師傅為師的人太多，薛師傅說年紀大了，也想收一二關門弟子，誰要是想去，先到繡坊報名，薛師傅覺得資質可以的，便會收入門牆。」蔣三妞早把先時要一意在花草上進修的心忘得一乾二淨，她兩眼放光地望著何子衿，滿臉歡喜，「子衿妹妹，這機會多麼難得，咱們去試試吧？」

何老娘一拍大腿，「好！」

沈氏亦是驚喜，問蔣三妞：「什麼時候去報名？我先叫翠兒去幫妳們報名。」

蔣三妞笑，「我已經報好了，明天我們去考試，過了關就能叫薛師傅親試了。」

何老娘立刻道：「今晚吃了飯就去睡覺，明天找最好看的衣裳穿。」又叮囑沈氏：「明早給她們倆吃及第粥。」

何子衿道：「這又不是去考功名。」

何老娘翻白眼，「妳知道個屁！明天就不去妳姑祖母家念書了，若能被薛師傅相中，這才是造化呢！一年一百兩，妳吃喝不盡！」

「哪兒那麼容易就能學到薛先生的本事啊！」

何老娘簡直快要氣死，直捶胸口，「我怎麼修來妳這麼沒出息的東西？死丫頭片子，妳就不能說些好聽的？還沒去呢，先念喪經！」

何子衿道：「我是幫祖母做些心理準備，瞧這樣子，明天恐怕只要是個女的，都會去碰碰運氣的，要是萬一……」

不待何子衿說完，何老娘忍無可忍，一指何子衿，「給我架出去！」

何子衿：她這是未慮勝，先慮敗，兵法裡說的呢……

蔣三妞已是笑得不成了。

翌日一大早喝過及第粥，時間其實還早得很，何老娘與沈氏道：「這就去吧，早點兒去，排個好位置，人家印象深不說，也能早點兒回來。」

沈念想去跟，何子衿道：「最多半個時辰就能回來了，阿念在家等著吧。你跟阿洌念我昨天教的千字文，等我回來檢查，誰要念不下來就脫了褲子打屁股。」

沈念特想說他昨天就全念下來了，只是礙於沈氏的臉色，他啥都沒敢說。要說沈氏有啥臉色，沈氏又不是何老娘，成天把喜怒掛臉上，實際上沈氏啥臉色都沒有，跟平時一樣，可沈念就有這種靈敏的直覺，他覺得沈氏不高興了。

沈念覺得，沈氏和他娘好像，以前他娘也是這樣，他娘從來不會像外頭的婦人那樣喜則大笑悲則大慟，他娘從不會對他發脾氣，可是沈念就是知道，他娘並不開懷。這種複雜的情緒，沈念並不能用言語完全表達，可心裡的直覺是不會錯的。

他依依不捨地送何子衿到門口，說：「子衿姊姊，妳跟三姊姊早點回來。」

「知道，放心吧。」何子衿嘀咕：「多半沒啥戲。」

何老娘怒，「快去快去！考不上回來揍不死妳！」

沈念連忙大聲道：「子衿姊姊，妳肯定能考上的！」生怕他子衿姊姊考不上回來挨揍，又後知後覺補一句：「三姊姊也肯定能考上！」

何老娘此方大樂，「小孩子眼睛最靈，阿念的話，一準兒靈的。」

何洌也跟著湊趣：「考得上！考得上！」

一家子都笑了，沈氏叮囑何子衿和蔣三妞道：「別擔心，人家考什麼誰都不知道，仔細考就是，中午給妳們做紅燜羊肉。」

何子衿道：「要是再有魚圓湯，我肯定考得更有動力。」

沈氏笑斥：「妳再囉嗦，可真要挨揍了。」

何子衿與蔣三妞方手把手地去了考場。

何子衿自覺來得很早，便是蔣三妞也覺得不晚，何家沒懶人，起床時間夠早，吃飯自然晚不到哪兒去，但……這人山人海的啊……

蔣三妞道：「我的乖乖，比廟會都熱鬧！」

何子衿將小胖手放在額頭上，踮著腳尖伸長脖子向遠處望去，可惜由於身高所限，除了擋前頭的萬頭攢動，啥都望不到。

蔣三妞道：「這許多人，也只得等了。」

何子衿也沒啥好法子，「怎麼也不排個隊？這般擠在繡坊門口也不是個法子呀！」

「誰不想早一個進去呢？」想著何子衿年紀小，別被人擠了，蔣三妞道：「咱們站邊兒上去，不跟人擠，早一個晚一個能差多少？」

何子衿也不樂意去擠這熱鬧，就同蔣三妞去清靜些的路邊了。何子衿四下瞅瞅，還有她認識的人哩，何子衿喊：「涵哥哥，你也來啦！」

何涵正帶著他妹往裡擠，聽到有人叫他，回頭見是何子衿，便帶他妹過來了，笑道：「子衿妹妹，妳也來拜師啦？」

何子衿笑，「我跟表姊一起來的。」

「三姊姊來正常，妳不是在陳家念書嗎？」

「一招鮮，吃遍天。要是能學到一百兩的手藝，這輩子的飯碗就有了。」何子衿笑瞅何涵的妹妹何培培，「要是知道培培來，叫她跟我們一道就行了。」

何涵往繡坊門前的人海瞅一眼，「這許多人，妳們在這兒傻站能等到什麼時候？妳們跟我後頭，我帶妳們擠進去，好排在前頭。」何涵人高馬大，很有擠一擠的實力。

何子衿道：「不如勸勸來報名的這些人把隊排好了，這麼擠不是個法子。」都是一個縣裡的，碧水縣不大，低頭不見抬頭見，其實大多彼此認識。

何涵道：「這會兒都急著繡坊開門考試呢，哪裡有人肯聽妳的去排隊？」幾人說著這人山人海的事，蔣三妞相熟的幾位繡娘也到了，其中就有比蔣三妞繡活更出眾的何琪。何琪個頭與蔣三妞相仿，生得眉清目秀，只是眼底有些發青，想是睡眠不足或是用眼過度所致。何琪帶著她妹妹何璿，何璿瞧著比何子衿大些，大家一打過招呼才知道，何璿確比何子衿長兩歲。

何琪嘆口氣，「這許多人，真不知要等到什麼時候了。」

何子衿笑，「要我說，擠也沒用，這不是個擠著的事兒。昨兒就報了名的，難不成誰擠在前頭就讓誰先考，這也就沒章法了。繡坊招人考試，定有自己的規矩，說不定接著報名的次序來。報得早的先試，晚的後試。」

蔣三妞道：「這也有理。」

何琪道：「我聽說昨兒還有許多人沒報上名的，有許多是來想補報名的。」

何子衿道：「那也不用急，她們今日報名，定得排咱們後頭。」

有個老成些姓李的繡娘道：「好在繡坊也快開門了。」

許多人都是認識的，儘管今天是競爭關係，但這一大早的來了，有相熟的便聚在一起說說話什麼的。好在如今大冷的天，太陽卻是好，大家在太陽底下曬曬太陽也暖和。

直到日頭都出來了，繡坊開門，便是如何子衿所言，完全是按照昨日報名的次序進場。至於補報名的人，要等先把這些來考試的人安排進考場，才能再行報名。

何涵將他妹託給何子衿：「要是進去在一處，顧著培培些，她不如妳伶俐。」

何涵完全是顧他妹，何培培卻早就跟何子衿看不對眼，尤其聽到她哥說她不如何子衿伶俐，何培狠狠瞪她哥一眼，「你在外頭等就是！我排在前頭，才不會碰得到！」說完，輪到何培培的次序，她睬都不睬她哥，氣哄哄地進去了。

何子衿噗哧直樂，何涵撓撓頭，直嘆氣，「煩死人，當我願意帶她來呢！」還不是他娘交代的，非要他送他妹來。

何子衿與蔣三妞也排在前頭，聽到喊她們的名字，便也進去了。別說，因為同何培培的次序離得不遠，還真在一起考。蔣三妞早就在繡坊兼職的，她的針線自不必說，何況考的針線並不難，何子衿都可應付，只是做得不大好罷了。何培培瞅一眼何子衿的針線，輕哼了一聲，得意地揚起下巴。何子衿沒理她，歪頭去瞧蔣三妞的針線，果然十分精緻。

試過針線，還有文化課，何子衿在針線上平平，文化課在碧水縣的女孩間都能有個名次的。主要是這年頭男人受教育的機會都不大，女孩兒自然更低。何子衿這個能背《千字文》、《詩經》、《千家詩》、《論語》的人就成了異數。叫何子衿說，她身上的知性光芒簡直是掩不住地在發光發亮，照耀世人啊！

考官便是李大娘，李大娘沒見過何子衿，卻也是知道她的，道：「我聽妳祖母說妳打小念書，念得真不錯。」

何子衿假假謙道：「不過胡亂認得幾個字罷了。」

李大娘笑，「妳要來學手藝，以後就不念書了嗎？」

何子衿道：「念書不在於天天跟著先生念，只要有心，處處是學問，不必拘泥形式。」

李大娘打量何子衿，十分懷疑這話是誰教她的，「妳這樣的天分，不念書也可惜。」

「念了書也不能考功名，倒不如學門手藝安身立命。」這年頭女人再有學問也不能考公務員。何子衿早想好了，反正她認得字，想看書隨時可以看，倒是沒有一技傍身，總覺得不是十分有安全感。再說了，她也很喜歡繡花。

能被李大娘這麼問幾句，何子衿已令其他考生側目了。李大娘著人給她們姊妹二人發了複試牌子，有人告訴她們複試時間，她們便回家了。

倒是何培培同學，隔壁有這兩個討厭的「小明」存在：論針線，她拍馬趕不上蔣三妞；論學問，她拍馬趕不上何子衿；論聰明，她好像也不出眾。再者，最討厭的是，她偏分到這個對照組裡，於是，何培培同學很悲慘地落榜了。

同一個考場的一塊出去，何涵擠在前頭等著接他妹，見他妹一臉晦氣樣，連忙安慰：「考不上就考不上唄，考不上的多了去，不至於為這個懊惱啊！」

何培培兩滴眼淚掛眼睫毛上：誰說考不上的多了去？她家隔壁那兩隻討厭鬼都考上了。偏生她還有個往人心口插刀的臭大哥，她哥一見何子衿和蔣三妞出來，便問：「子衿妹妹、三姊姊，妳們考中沒？」

何子衿笑，「還好，題目不難。」

能得複試，蔣三妞自然也是高興，「你知道我本就在繡坊做活，針線上的事總略好些。」

何涵是個心胸寬大之人，何況他與何子衿是自幼一道長大的，雖然他妹妹沒考中，何涵依舊為何子衿兩人高興，「我就知道子衿妹妹這麼伶俐，一定能考上，三姊姊更不必說！」

何涵道：「培培沒有考上，我娘不大懂繡花的事，她以後要是想學繡花，還得麻煩妳們指點她一二了。」

蔣三妞笑，「這有什麼，我成日在家就做這個的，培培想來，隨時過來就是。」

何涵笑著對他妹道：「雖然沒考上，妳看，我幫妳找了個好先生……」他話還沒說完，就見他妹眼淚都下來了，何涵哄她：「哭什麼呀，不就是沒考上，這不許多人都沒考上嗎？」

何涵不哄還好，他一哄，何培培哇一聲，放聲大哭：怎麼可以這麼討厭？明明知道她沒考中，她哥還一直要說她沒考中的事……還要一直跟這兩個討厭鬼說這麼久的話……她哥都不知道安慰一下她啦……

何培培這一哭，何涵頓時一個頭兩個大，更要命的是，何培培這一通哭，引得諸多落榜生的共鳴，一時間，李大娘的繡坊外，哭聲震天。

何子衿與蔣三妞回家的時候已到晌午，何老娘同沈氏等得焦急，何恭笑勸老娘：「考得上是好事，考不上也無妨，娘，您別急。」他家又不是等著閨女做繡娘方過得日子。

「呸呸呸！」何老娘往地上連啐三口，「我一早上起來在心裡念了好幾聲佛地保佑兩個丫頭片子能中，你倒給我念喪經，說這晦氣話！」又篤定道：「一準兒沒問題的！」

沈氏亦道：「是啊，三丫頭針線出眾就不必說了，子衿年紀小些，看她也不像太笨的。」

沈念和何冽如同兩隻八哥般一齊說吉利話：「肯定中！肯定中！」

何恭好脾氣地笑，「好，一定中。」

沈念等何子衿等得心焦，按捺不住，「恭大叔，要不我去迎一迎子衿姊姊和三姊姊？」

何恭笑，「李大娘的繡坊又不遠，你還小，叫翠兒跑一趟吧。」

翠兒還沒去，就見何子衿與蔣三妞回了家。簡直不必問，單看何子衿恨不得把大頭翹到天上去就知道這丫頭考得不賴，蔣三妞臉上也是喜笑不斷。

何老娘仍是禁不住問：「考得如何？考上了吧？」

何子衿哼一聲，翹翹大頭，那得意模樣再騙不了人的。

沈氏笑，「便是中了也別這樣，叫別人知道，得說妳們驕傲了。」

蔣三妞道：「今天才是第一場，明天就能去薛師傅那裡了，還得看合不合薛師傅的眼緣。今天李大娘考校書本上那些功課，妹妹答得可好了。那麼多人，沒有比妹妹答得更好的。」

何子衿笑說：「幸而念過書，不然我那針線再過不了的。」

何老娘知道兩個丫頭都通過了，喜笑顏開，「總算沒白買那些羊肉，今兒吃了羊肉明兒可得再加把勁兒。」

何子衿道：「今天祖母沒去，不知道多少人去報名呢。當真是人山人海，比廟會都熱鬧。碧水縣會不會針線的閨女們基本上都去了，能過第一關就很了不得了，我是得吃點兒羊肉補補，可是把我給累著了。」

何老娘聽得唇角抽抽，道：「自小要吃要喝的饞嘴，這要是考不中，妳都對不起妳吃過的那些好東西。」

何子衿問：「祖母，您跟李大娘還挺熟的呀？」

「勉強算是熟吧，怎麼了？」她跟那個女人，能用熟不熟來形容嗎？哼！

「要是很熟的話，能不能去走走後門兒？」何子衿道：「今天第一場比較簡單，明天去薛師傅那裡，哪個不是拔尖兒的。要是能走後門兒，不是把握更大嗎？」

「別成天想這些邪門歪道！」何老娘平日可不排斥走後門，這回卻難得一腔正氣，「讓妳三姊姊去她那裡拿活做就罷了，咱們憑的是真本事，起碼是出力氣掙銀錢。要是為這個去求那婆娘，還不知怎麼叫那婆娘笑話？丟臉！」

何子衿一聽，這裡頭大有問題，還想再說兩句什麼，沈氏已笑道：「三丫頭跟子衿都過了第一試就好，妳們去這半日，我跟妳祖母別提多惦記了。阿冽、阿念也念叨好幾遭。這眼瞅用飯時辰都過了，先吃飯吧。」

何恭笑，「是，吃過飯好生歇一歇，明天再去考，便是過不了也無妨，別太擔心。」

何老娘極力忍耐才沒訓兒子烏鴉嘴，對沈氏道：「開飯吧。」趕緊堵嘴！一屋子不長進的傢伙，沒一個說話叫她老人家愛聽的！

何子衿吃過飯就帶著沈念去了父母房裡說話，沈氏細問了考了些什麼，待何子衿一一說了，沈氏笑，「能考過這第一場就很好了，妳年紀還小，也不用急。」

何子衿道：「第一場好考得很，差不多的都能過關，就是明天那場肯定不好考。」

沈氏道：「不好考也沒什麼，原就是去試一試。妳不似妳三姊姊針線好，她是真的在這上頭有天分，妳天分不比她，年紀也小些，便是中不了，繼續去妳姑祖母家上課就是，咱們家又不一定非要妳去做繡娘。」

有個一技之長自然好，若考不上也不急，閨女還小。倒是蔣三妞，沈氏是盼著蔣三妞能中的。這一技之長，何子衿不一定需要，何子衿有爹有娘有兄弟，就是沈氏，打小給閨女攢的嫁妝，將來虧待不了閨女。再退一步說，何子衿生得模樣不差，性子也好，這會兒就學著讀書識字。何家雖是小戶，但也不是窮困人家，沈氏沒打算把閨女往高裡嫁，可門當戶對的人家絕對不難找。沈氏不過是覺得機會難得，叫何子衿去試試罷了。

此事對蔣三妞的意義則不同，蔣三妞父母皆無，太需要有一樣出類拔萃的本領了。非但現在，即便將來亦是如此。

問了閨女一番，又安慰幾句，沈氏道：「去妳屋裡歇著吧。」

何子衿忽然問她爹：「爹爹，怎麼祖母對李大娘像是熟，又似不大和氣的樣子呢？」

何恭一樂，卻是不肯多說，「妳自去玩兒吧，別成天打聽長輩的事。」

看她爹不說，何子衿更加確定這裡頭有事，但她也不追問，而是招呼何洌和沈念道：「阿洌、阿念，你們跟我來念書吧。」一回家，看到兩個小傢伙，她教育家的毛病又犯啦！

何洌膩在母親身邊，摸著肚皮，「剛吃過飯，我得歇歇！」

「你就懶吧。」何子衿知何洌這個年紀最是依賴母親，便帶著沈念去自己屋裡。

沈念問：「子衿姊姊，考試很難嗎？」

「今天的不難，明天的肯定難。」

沈念肯定地說：「難也不用怕，子衿姊姊妳這麼聰明都考不上，別人肯定也考不上！」

何子衿笑，「也有很多人比子衿姊姊更聰明啊！」

「在我心裡沒有。」沈念很認真，逗得何子衿一樂，「阿念這麼小就會拍馬屁了呀？」

沈念有些不高興，「不是馬屁，是真的！」

「好，是真的。」何子衿笑，「我也希望能考上。」

「那就肯定能考上。」沈念說。何子衿親他粉嘟嘟的小臉蛋兒，問：「睏不睏？」

「不睏。」沈念很歡喜何子衿親他，眼睛亮亮的，「我背書給子衿姊姊聽吧。」

沈念接下來就將何子衿教他的《千字文》背了一遍。要說當初何子衿跟著何洛念書，以她嫩殼老心，絕對是開掛了。不想沈念記性也極好，兩個月就能將《千字文》背熟。

何子衿誇讚了沈念一番，還從自己的小書桌上的書裡找出一張竹片壓成的有些發黃的書籤出來，用鵝毛筆在上面寫了「第一名」三個字，送給沈念以示紀念。

沈念是背過千字文的人，難得的是，他還認識這三個字，眼睛裡滿是歡喜，拿著竹子書籤在手翻來覆去看了好半天，拉著何子衿的手指了「第一名」右下角的地方，「子衿姊姊，在這兒寫妳的名字吧。」

何子衿一笑，把自己的名字添上，又在左上角寫上「送給可愛的阿念」七個字。

沈念看了好半日，重拿起來細細地吹乾竹子書籤上的字，很鄭重地收了起來，然後他認真地對何子衿要求：「子衿姊姊，妳要是沒事，就再教我念書吧。」

何子衿拿本《詩經》給沈念，她自己都不用看，教沈念背《詩經》。孔聖人不是說了，不學詩，何以言。只是，《詩經》的內容真的適合小孩子嗎？

不適合也沒事，反正這種押韻歌詞，先背下來，以後沈念大些再給他解釋意義。

這天，沈念拿了第一名。天可憐見，就他一個考生好不好，但沈念仍是受到了莫大的鼓勵，他背起何子衿教他的詩經來精神百倍，都不知疲倦。背到那首《青青子衿》時，沈念不由笑道：「子衿，原來子衿姊姊的名字在詩裡面。」

「是啊！」

沈念問：「子衿是什麼意思呀？」

「子，常用來形容美男子，或是說你。衿，衣襟。」何子衿鬱悶，「這叫啥名字呀？」

沈念咯咯直笑，「好聽！」

「好聽什麼呀？」誰家給孩子會取個「你的衣襟」或「美男子衣襟」的意思呀？她爹給她取名時，她剛剛恢復前世記憶，在這方面就是個半文盲，也不知道子衿是「你的衣襟」或是「美男子衣襟」的意思。後來知道了，她這名字早上戶口了。

沈念笑，「好聽的！子衿姊姊，多好聽呀！」

何子衿鬱悶：她爹當時肯定是色迷心竅，因此句前面兩字「青青」是她娘的閨名，她爹就給她取了這麼個名字。說來，真不如何老娘取的「長孫」二字呀！

她真寧可叫「何家長孫」，也不願叫「何家美男子的衣襟」呀！

這這這……這還是秀才取的名兒呢！

當然，那會兒她爹還沒秀才，連個小童生也不是，所以才取出這麼沒水準的名字？

何子衿鬱悶了一回，沈念道：「子衿姊姊，我的名字是什麼意思？」

何子衿道：「念，思念，想念的意思。」

沈念道：「子衿姊姊，妳說，我娘走了，她會想念我嗎？」

何子衿心中一跳，摸摸沈念的頭，「肯定會的。」

肯定會的吧？在前世那些歲月，她父母每次打電話都會說「好想好想寶貝呀」，可是據說他們在法庭上互相推諉，沒人願意要她的撫養權。不，這並不是不愛，只是現實比愛更加重要。一個平凡的離過婚的男人或女人，帶著孩子在身邊，重新組織家庭時便格外艱難。

沈念臉上的神色很是嚴肅，他道：「妳說，要是我娘想念我，怎麼會走呢？」

沈念又嘆口氣，「我娘說，她不會回來了。」

不得不說，沈念有著天生嚴謹的邏輯，他自發地給了解釋：「我跟著子衿姊姊，比跟我娘在一起時開心。」

何子衿笑，「那就好呀，不然我怎麼能認識阿念呢？」她曾偶爾聽沈氏低語時說過「既如此，當初就不該生，生了不養，自己拍拍屁股一走了之，再沒見過這樣沒心肝的」這話。

沈念聽了何子衿的話，也笑了，「是！」

如果沈氏說的是沈念的母親，何子衿其實能理解這個女人，哪怕在她前世的年代，女人想獨立撫養孩子都大不易，何況如今？只是，哪怕有前世的人生，她始終認為，一個孩子對於男人與女人的意義如何相同？男人將孩子視為自己骨血的延續，但其實父系不過是精子的提供者，孩子自母體誕生。對於母親，孩子是真正的骨中之骨，肉中之肉，要拋棄這樣的骨中骨、肉中肉，對於一個將孩子撫養到五歲的母親，肯定也是個艱難的選擇吧？

貳之章　姊妹拌嘴心機沉

何子衿給沈念小朋友做了些暖暖的心理建設，沈氏和何恭夫妻倆也在房裡說些私房話，話說沈氏與何子衿不愧是親母女，何子衿好奇的事，沈氏也很好奇來著，她一邊打發兒子午睡，一邊細聲細語地說：「母親同李大娘到底怎麼了？這一兩年，我總想著三丫頭在李大娘手底下領活計做，逢年過節的也該過去探望，只是母親總不准，我怕惹母親不悅，都是私下備些東西叫三丫頭悄悄拿去的。可我想著，總不是什麼解不開的煩難，不然母親也不能帶著三丫頭去李大娘那裡找活計做。要有能解，解開才好。」

何恭笑，「也沒什麼？」

沈氏輕捶丈夫一記，「沒什麼你倒是說啊，還賣關子不成？」

何恭道：「不知是不是真的，以前聽母親嘀咕過，說李大娘年輕時也喜歡父親來著。」

沈氏先是詫異，又是好笑，「都多少年了，母親怎麼還記在心上？」

女人的心事本就難猜，何況這位女士是自己的親娘，何恭笑道：「三丫頭畢竟在李大娘那裡做活，逢年過節的該去看看，只是別當著娘的面兒。」

娶個事事周全的老婆，日子著實太舒坦，何恭再次得意自己的好眼光，忍不住握住妻子的手說：「咱爹雖去得早些，不過，打我記事起，爹娘再沒紅過臉的。」

沈氏感嘆，「實在難得。」婆婆那個脾氣啊……

小夫妻感情素來好，在丈夫面前，沈氏也沒什麼不能說的，她道：「我聽母親說起過，父親是個多才多藝的人。倒是母親，心地再好不過，只是心直口快，想來父親常讓著母親？」

這些年，婆媳關係越發融洽，不過，沈氏憑良心說，能跟何老娘過起日子沒紅過臉的公公，當真不是凡人。

何恭笑，「豈止常讓著？娘性子急，咱爹是個大磨蹭，子衿這個磨蹭勁兒就像咱爹。兩人在一起，娘時常要冒火的，咱爹脾氣好，娘一發火，爹就去外頭買羊肉回來去廚下燉，娘吃了燉羊肉就啥都好了。」

沈氏：婆婆大人這不是饞羊肉了吧……

就聽丈夫一臉懷念道：「我跟姊姊小時候就盼著娘發脾氣，一發脾氣，家裡就有羊肉吃，尤其是爹親自燉的羊肉，那個滋味兒現在都沒人比得上。」

沈氏：這就是傳說中的熊孩子嗎？

夫妻不過私下說些私房話，不想何冽這小子躺床上沒睡著，正聽了個清楚。小孩子存不住事兒，下午就神祕兮兮地同他姊道：「姊，妳知道不，李大娘喜歡咱祖父！」

何子衿嚇一跳，問：「你聽誰說的，不會是胡亂編來的吧？」

何冽見他姊不信，不樂道：「妳自己去問爹爹，我聽到爹爹同娘說的。」

何子衿笑，「信啦信啦，告訴我就得了，別跟祖母去說，祖母會生氣的。」

何冽得意，「以後我再聽到什麼事，都跟姊姊說。」

「乖，來，給你糖吃」小間諜就是這樣養成的。

第二日一早，何子衿與蔣三妞喝過及第粥，就聽何老娘道：「去了用心考，早上叫周婆子買羊肉了。考好了，回來有燉羊肉吃。」

沈念和何冽兩個八哥齊聲說吉利話：「考得上！考得上！」

沈氏笑，「這就去吧。」

何恭道：「別擔心，考不……」不待何恭把話說完，何老娘斷然截了他，瞪兒子一眼，對何子衿及蔣三妞道：「趕緊的，趁這晦氣話沒出口，妳們趕緊走！」

何子衿同蔣三妞嘀咕：「搞得我壓力好大。」

蔣三妞倒是看得開，笑道：「也不必有壓力，便是考不上，我也知道前頭該怎麼走。妹妹才幾歲，繼續在陳姑祖母家念幾年書也是好的。」

何子衿由衷佩服，「三姊姊，我若是薛師傅，肯定要妳。」

蔣三妞道：「可惜沒能早些與妳學著念些書，不然更有把握些。」

「姊姊現在也沒多大，念書什麼時候都不遲，關鍵在有沒有這個心。」

兩人說著話到了繡坊，相較於昨日的人山人海，這回的人少了許多，十中存一尚不到。何子衿粗略算去，約莫只有二十人進了複試。

昨日見到過的那位李繡娘對蔣三妞道：「妳妹妹大概是最小的了。」

蔣三妞笑說：「我看也是。昨天我們試完就回家了，就只有咱們這幾個複試嗎？」想一想昨日的盛況，蔣三妞不知道原來第一試這般慘烈。

李繡娘唏噓，「幸而我今年只有十七，薛先生說想尋年紀小些的弟子，十八以上的都不要的。不過，也有針線不錯的被大娘留下來在繡坊做活，說來也是條路子。」

何子衿暗道這位李大娘精明，趁著招生考試來給自己招工。

繡坊依舊是老時間開門，此次複試來的人不過二十餘位，且不是在一起試的，而且分開一個個進裡面考試。何子衿排在蔣三妞後面，前頭複試的姑娘不見出來，便輪到了蔣三妞。待得片刻，依舊不見蔣三妞回來，就有個翠衫姑娘出來喊何子衿的名號。何子衿進去，不見前面複試諸人，只是一間屋，一張桌，一杯茶，一個人。

不必說，此人必是薛千針無議。

薛千針約是三十上下的年紀，相貌清秀，要說漂亮也沒有，但氣質平和，握住素色茶盞的手比茶盞還要細緻三分。如薛師傅這樣的刺繡大家，衣裙竟素靜至極，不見半絲繡紋。

何子衿行一禮，「師傅好。」

薛千針笑，「坐，要不是阿李說，我都不知有這麼小的孩子想隨我學針線的。」

何子衿道：「昨兒來的考生中還有比我更小的，只是我運道好，能得薛師傅見一面。」

薛千針見何子衿落落大方，微微頷首道：「妳叫子衿，想必名字出自《詩經》？」

何子衿笑，「是。」

薛千針問：「《詩》三百，妳最喜歡哪篇？」

何子衿為難，「這就多了，說來有好多篇我都喜歡，開篇《關雎》就很好，《蒹葭》、《采薇》、《桃夭》、《葛覃》、《擊鼓》、《木瓜》、《靜女》，還有別的許多都是越讀越有味道。不過，最喜歡的還是《子衿》這首吧，這是我爹爹給我取我名字。」

不得不說這是個刷臉的年代，有張漂亮的臉孔，再這樣清脆坦率地說話，饒是薛千針也願意多與她多幾句的，「看妳就知道在家定是備受父母寵愛的，學繡活很苦，妳知道嗎？」

何子衿正色道：「自來要學得一技傍身便沒有容易的，師傅放心，我都曉得。」

薛千針道：「我年紀大了，想找個傳人，妳覺得妳行嗎？」

何子衿想了想，道：「孔夫子三千弟子七十二賢人，但真正當儒學發揚光大的是兩百年後的孟子。師傅，我要說自己肯定行，那就是吹牛了。」

薛千針的面試根本沒考針線，和顏悅色地同何子衿說了幾句話，還問何子衿平日裡做哪些消遣，就讓那翠衫丫鬟引著何子衿去旁的房間休息了。何子衿過去才知道，先時進來考試的蔣三妞等人也都在這房間。何子衿忙問蔣三妞：「姊姊，妳過了沒？」

蔣三妞搖頭，「我也不知道。薛先生問我竹林七賢的典故，幸而妹妹妳先前與我說過，不然我再答不上來的。」

李繡娘一臉懊惱，「我只知這麼個名兒，也沒向人打聽過這名兒的來歷，薛師傅問我，我也不知要考這個的。」

「是啊，咱們又沒念過書，哪裡知道這七仙不七仙的事，我倒是聽說過八仙過海。」

「我也是，我把八仙裡去了一仙說的，也不知對不對。」

大家便七嘴八舌地說起話來。

當天並沒公佈錄取名單，何子衿與蔣三妞回家後，何老娘聽說薛千針還沒拿定主意，猶豫一二，一拍大腿對沈氏道：「去飄香居買兩包點心，趕明兒我去瞅瞅妳李大娘去。」九十九拜都拜了，就差這一哆嗦了。為了孩子們的「錢途」，哪怕是老情敵，該低頭時也要低頭。

何子衿平日裡常跟何老娘較勁，昨兒說讓何老娘去走後門，這會兒知道何老娘與李大娘還有這段淵源，反而不想何老娘去了。何子衿道：「祖母還不如把點心給我吃呢，祖母沒見過薛師傅，李大娘在她面前也很客氣。這次是薛師傅收徒，怕是李大娘也難做她的主。」

「妳知道個屁！當天不說錄誰不錄誰，這就是抻著咱們呢。要是人家全送，單妳不送，肯定是不會錄妳的。」因為要去老情敵那裡送禮，何老娘氣兒不順，說何子衿和蔣三妞：

「都是賠錢貨，錢一個還沒掙來，先得填進些個去！」

何老娘拿定主意，第二日一大早，沈氏特意吩咐翠兒去飄香居買了第一爐蛋烘糕，包紮好了給拿去走禮。沈氏想再備些紅棗桂圓之類的補品，何老娘說不必，點名就要蛋烘糕。

蛋烘糕到手，何老娘就帶著蔣三妞和何子衿去了，還在路上同兩人絮叨：「這為人處事，送禮也是免不了的，都機靈地學著些。」

祖孫三人到時，繡坊剛開門，也是無巧不成書，正遇著李大娘來鋪子裡。李大娘見著何老娘沒啥高興的，她是真喜歡蔣三妞與何子衿，蔣三妞在她這裡幹了兩年活，這丫頭非但手巧，做活也快，手腳俐落，長進極大的。再有何子衿雖是前日初見，這般好看伶俐的丫頭，沒人不喜歡。李大娘就得說何老娘這婆子命好，雖有些剋夫，兒孫運上著實不賴。

李大娘與何老娘既為情敵，年紀上便不會相差太多，瞧著卻比何老娘年輕個十歲，頭上一二恰到好處的金釵，身上一襲石青衫子月白裙，裙間繡了松針綠蘿，精緻異常。李大娘眉目帶笑，「今兒出門遇著喜鵲叫，我就說要見貴人，可不就見著阿蔣妳了。」

何老娘皮笑肉不笑，「是啊，巧得很啊！」

蔣三妞和何子衿同李大娘見禮，李大娘一手一個拉她們進去，親熱得彷彿是自己的親孫女，又請何老娘坐，然後命人上茶，笑道：「正好妳們來了，還有件好消息同你們說。昨兒晚上阿薛才拿定主意，三丫頭要是願意，阿薛想收妳為徒。」

蔣三妞喜不自禁，她轉頭看向何子衿，問：「大娘，我妹妹呢？她年紀還小，剛開始學針線，人比我要聰明多了。」

何老娘聽到說蔣三妞中了，嘴已是咧了開來，這會兒忙又巴巴地望著李大娘。

李大娘笑道：「子衿丫頭還小些，阿薛說，這事且不忙。她不是還在念書嗎？多念幾年書再說吧，便是想學，過幾年也無妨的。」

何老娘道：「要是薛師傅肯收，就不叫丫頭念書了。」

李大娘道：「多念幾年書沒什麼不好，像竹林七賢圖，阿蔣，妳就不知是哪七賢吧？」

何老娘撇嘴，得意地道：「不就是七個有學問的人嗎？」

「哎喲，不得了，阿蔣妳學問見長啊！」

何老娘輕哼一聲，抬抬下巴，顯擺孫女，「我是不比阿李妳讀書識字，不過，我家丫頭是知道的，特意跟我說過，我也就知道了。」主要是她老人家非要拜七仙，何子衿就給她解釋了一下「竹林七賢」的故事。如今遇著李大娘，正顯擺一二，很是出了一回風頭。

李大娘笑，「是啊，真難得，我一見子衿這般伶俐，都不能信她是阿蔣妳的親孫女，這孩子倒像是我的親孫女一般。」

何老娘瞥李大娘一眼，「怎麼不像？只要是見著這丫頭的，哪個不說她眼睛眉毛都跟我一個模子脫出來的。丫頭就是像我，念書有靈性。」在外頭，何老娘是不介意通過直接誇讚何子衿來間接顯示自己的優秀血脈。

李大娘險些叫茶嗆死，瞅一眼何子衿那雙水靈靈的眼，再瞧一眼何老娘那雙瞇瞇眼，李不由感嘆，「咱們認識大半輩子，阿蔣，我啥都不服妳，就是服妳這睜眼說瞎話的本領。」

何老娘知道蔣三妞入選了，也挺高興，便不計較李大娘的話了，她道：「妳還要忙，我就先帶著丫頭們回去了。」一起身要走。

李大娘瞧著何老娘把拿來的點心包又拎到手裡，笑問：「莫非這不是帶來給我的？」

何子衿實在做不出把帶來的點心再帶回去的事，便拆何老娘的臺：「是祖母特意叫我娘一大早上飄香居買的新出爐的蛋烘糕，說大娘您最喜歡。」

李大娘感嘆，「阿蔣竟還記得我喜歡蛋烘糕，可見我沒白與她相識一場。」

何老娘一看，死丫頭實在嘴快，這點心怕是帶不走了。她老人家腦子也不慢，當下將點心包拆開一包，故作情深意重地先遞一塊給李大娘，「嘗嘗吧，妳不是最喜歡這味兒？」待李大娘接了，她老人家跟著毫不客氣地分了兩塊給何子衿與蔣三妞，道：「妳們都嘗嘗，妳們李大娘最愛吃的。」然後她老人家自己也拿了一塊，就著茶水吃起蛋烘糕來。

何子衿、蔣三妞：真的太丟臉了……

李大娘笑咪咪地瞅著何老娘：果然，阿蔣還是阿蔣啊！

在李大娘那裡把帶去的蛋烘糕吃掉一半，何老娘方帶著蔣三妞和何子衿告辭。蔣三妞兩人頗覺有些對不住李大娘，哪有去送禮，自己倒把送去的禮物吃一半的道理呀？

李大娘極是善解人意，笑道：「我與阿蔣是半輩子的交情了，有空只管過來玩兒。」走時還非要把剩下的一包蛋烘糕給孩子們帶上。看何老娘的架勢是極想收下的，何子衿與蔣三妞兩個實在沒有何老娘的臉皮，她們一邊一個使勁兒架起何老娘就走，嘴裡說：「待大娘哪日閒了，我們再過來請安。」強硬地把何老娘架走了。

李大娘在後面一陣大笑，何老娘深覺沒面子，罵道：「死丫頭，快把老娘放下！」

兩人把何老娘架出老遠才鬆了手，何老娘罵：「兩個死丫頭片子，架著老娘做什麼？」

何子衿道：「怕您老人家累唄。」

何老娘哪裡能不知小姑娘的心思，哼兩聲，「傻蛋！要那不值錢的臉面有啥用？蛋烘糕拿回去給妳兄弟吃也好！」

何子衿撫一撫袖子上壓出的褶子，「我真是服您了，難道以後咱們家就不跟李大娘打交道了？就是三姊姊，學出來照樣得跟繡坊搞好關係。您倒好，對這包蛋烘糕這般計較。行了，咱們回去吧，三姊姊中了，回家好生慶祝一番才好。」

何老娘頭一遭看蔣三妞這般順眼，也不計較沒帶走的蛋烘糕了，對蔣三妞道：「妳也算爭氣，熬出頭了。好生學本事，這是妳以後的依靠。」

蔣三妞重重地「嗯」了一聲，想說什麼感激的話，卻覺得喉嚨發緊發澀，一時倆又說不出來。何子衿道：「對了，不如叫祖母出錢，咱們去芙蓉樓叫桌酒席到家裡吃。」

何老娘給了何子衿屁股一下子，「就知道吃！吃吃吃，除了吃，妳還會幹啥？平日裡這般貪嘴，剛怎麼不多吃兩塊蛋烘糕？考試也沒考中，還有臉要吃要喝，不揍妳就是好的！」

甭管何老娘說啥，何子衿都是笑嘻嘻的，「我回家報喜去，叫三姊姊陪您慢慢走吧。哼，就知道說我，我考不中，就是像祖母笨來著！」說完就撒腿跑了。何老娘對蔣三妞道：「再沒見過這般沒臉皮的，罵她一頓，她當沒事人一樣。」簡直氣死個人！

蔣三妞笑，「要是妹妹哭天抹淚，您又該心疼了。」

「我心疼她？我心疼她？丫頭片子一個！」何老娘後知後覺，「對了，這拜師得帶點兒東西去吧？也沒問問阿李，到底帶啥合適。」嘟囔一句，何老娘道：「回去問問妳叔叔，他是有學問的人。」又嘀咕：「妳妹妹考不中，就是妳叔叔那烏鴉嘴給說的。」

蔣三妞聽著何老娘嘀咕一路，把蔣三妞那點兒哽咽全嘀咕沒了。

何子衿提前跑回家來當了一回報喜鵲，沈氏和何恭都知道了蔣三妞考中的事，皆為她高興。沈氏親扶了何老娘去榻上坐下，笑道：「不枉母親這幾日總是給她們念佛了。」

蔣三妞捧上茶來，何老娘喝兩口，嘴都咧成個瓢了，還要拿捏臭架子，「唉，可惜只三丫頭得這運道，丫頭片子還是差些。罷了，以後在家跟妳三姊姊學是一樣的。」

不必何老娘說，蔣三妞便道：「姑祖母只管放心，今後妹妹的繡活就包給我了，我會什麼就教她什麼，一準兒教她學到真本事。」

何老娘笑，「這樣就好，還省了一人的拜師禮。」她又是一樂，轉而問兒子：「這繡娘拜師要準備啥呀？」

何恭又沒拜過繡娘做師傅，他哪裡清楚，不過，何恭道：「拜師都一樣的，當初兒子拜許先生為師，娘照著準備一份就成。到時叫子衿她娘帶著三丫頭過去，這便成了。」

何老娘道：「也好。」

沈氏笑，「去這半晌，母親暫歇一歇，我去廚下瞧瞧，羊肉也該燒好了。」

何老娘擺擺手，「你們吃吧，我這累得，得先歇一歇，午飯就不吃了。」

何恭忙道：「娘可是哪裡不適？」說著就要去平安堂請大夫。何老娘忙攔了兒子，「哪裡就不適了？別有事兒沒事兒地咒我，我就是不餓，你們吃吧。」

何恭素來孝順，以為他娘不說是為安他的心，更要問個究竟。

何子衿抱著肚子直樂，「給李大娘送去的蛋烘糕，祖母一人足吃了大半包，又喝了好些茶水，當然不餓啦。爹，您別總勸祖母吃東西，再吃非撐著不可。」

何老娘罵何子衿：「妳不說話沒人把妳當啞巴！」忒個多嘴！老娘吃大半包也是為了不浪費而已，怎麼啦？老娘吃自己的又沒吃別人的！

何子衿可不管何老娘怎麼罵，她嘴巴既快且脆，將何老娘如何想把糕拿回來如何再把糕分給她們姊妹吃的事說了。何恭哭笑不得，「娘喜歡吃蛋烘糕，明兒個兒子買來孝順娘。」

何老娘啐兒子，「你知道個啥？這糕原是不必送的，我是著急兩個丫頭的前程，這才走了一趟。要知這樣，合該把阿冽和阿念都帶上，還能多吃些回來。你不知道兩個丫頭多麼沒用，吃東西那個磨蹭，吃了半日一人只吃了一塊，無用得很！」還是老娘我多吃了幾塊！

何冽立刻大聲道：「祖母，要您帶我去，我能吃一整包！」

何老娘眉開眼笑，「可不是嗎？還是我的乖孫有用，比丫頭片子強多了！祖母的乖孫喲，過來給祖母瞧瞧！」待何冽過去，何老娘一把將寶貝孫子抱在懷裡親兩口，身心滿足，「還是我的乖孫好！」抱了回寶貝孫子，更兼蔣三妞爭氣被收徒，何老娘眉開眼笑地過了一日。

第二日，蔣三妞準備拜師的事，何子衿就銷假往陳家繼續上學去了。

陳二妞見了她就笑，道：「這是沒考上繡娘？」

「妳倒還笑話起人來了。」何子衿笑，「我雖沒考上，三姊姊卻是考上了。」

「這如何不知？」陳二妞道：「妳是不曉得，考試頭一日那般熱鬧，闔縣沒有不知道的，我們在家也聞了風聲。第二天妳沒來上學，我就知道妳過了初試，原以為妳興許能中。」

何子衿笑說：「沒中就沒中，我跟三姊姊兩個能中一個就是運道了。那麼些人呢，薛師傅攏共就收了三個弟子。」

陳二妞道：「妳沒中還能與我一道念書，妳要去學繡活了，豈不少個能說話的人了？」

「妳又說這話，誰還不能說話來著？」何子衿見陳二妞髮間插了一支鵲登梅的釵，瞧著有些眼生，「這釵沒見過，妳新得的？」

「祖母給我的。」陳二妞笑，「說來還是沾妳的光，那天我送了祖母一瓶紅梅，祖母說我心裡有她，就給了我這一對鵲登梅的釵。還有一支我沒戴過，是給妳留著的，一會兒我叫黃鸝拿來給妳戴。」

何子衿笑，「這就生分了，妳給我這樣貴重的東西，還不如給我兩樣點心實在。妳不是不知道，我即使得了這貴重首飾也沒處使，便是戴在頭上，還怕粗心丟了呢。妳跟三妞姊一人一支，戴出去才顯得親近。」

陳二妞原也沒真想送何子衿，不然早著人送何子衿家去了，見她識趣又說得懇切，陳二妞笑，「那我就不與妳客氣了。我再跟妳說個事兒，一會兒見了大姊姊，妳可讓著她些，她這幾日正氣兒不順呢！」

「這是怎麼了，我不過才兩日不來，倒好似有什麼事兒。」何子衿道：「縱使她有什麼不樂，與我也不相關啊！」

陳二妞剛要說什麼，就見陳大妞帶著丫鬟來了。陳大妞如今越發氣派，後頭兩個大丫鬟兩個小丫鬟，較之陳二妞和陳三妞竟多出一倍來。且陳大妞一見著何子衿臉就拉得好長，好似何子衿欠她八百吊錢。

陳大妞這幾年頗見長進，她沒直接對何子衿說什麼，反是瞅了瞅一旁的沈念，道：「阿念這麼大了，總跟咱們姑娘家在一處不妥，何況明年四妹妹也要來上學了，子衿妹妹，不如叫阿念去祖母那裡坐坐，祖母最喜歡小孩子，一會兒妳放學，再帶阿念回去就是。」

「這倒不必了，我也許久沒向姑祖母請安了，我帶阿念過去。」何子衿笑著起身，「勞煩二姊姊代我同先生說一聲，我興許要晚些時候過來。」

陳二妞雖捨不得鵲登梅的簪子，為人倒有幾分仗義，對陳大妞道：「大姊姊，阿念才這麼丁點兒大，咱們都是親戚，一道念書也無妨。待阿念大些，自然就不來了。」

陳大妞帶著幾分水秀的眼睛看向何子衿，似笑非笑，「既都是親戚，沒得叫親戚來在課堂上枯坐的，是不是，子衿妹妹？」

「大姊姊說是就是吧。」何子衿帶了沈念走了。

陳姑媽見著何子衿與沈念也極高興，正好陳四郎家的陳遠在，陳遠年紀同何冽彷彿，便讓沈念同陳遠玩。何子衿說到考繡娘的事兒，笑道：「三姊姊天生手巧，她又在李大娘的繡坊幹了這二三年，活計沒得說，這也是三姊姊的運道。祖母歡喜得不得了，昨兒就讓我娘備了拜師禮，今天叫我娘帶著三姊姊去薛師傅那裡拜師。」

陳姑媽笑，「這也是她自己爭氣，有了這門手藝，以後也不用愁了。」

「我祖母也這樣說。」何子衿瞅向陳遠，道：「一轉眼，陳遠都這麼大了。」

陳姑媽笑說：「妳專好說這些大人話，好似妳多大似的，阿遠比阿冽還大兩個月呢。」

「是啊，我聽說明年志表兄就要考秀才了，姑祖母可去廟裡拜過沒？我聽祖母說，廟裡那位神仙可靈了，我爹考秀才時就拜的那位神仙，姑丈考進士時拜的還是那個神仙。」老太太什麼的，沒有別的愛好，除了含飴弄孫，便是燒香拜佛了。

陳姑媽道：「應該是拜文昌菩薩吧。」

「等我回去問問祖母，下午來跟姑祖母說。」何子衿道：「還有個事兒我想求姑祖母，阿念年紀大些了，我去念書，他是男孩子，不好總在閨女堆裡混。他又一時半刻離不開我，我想能不能讓他在姑祖母這裡玩兒，等我放學我再接他一塊回去。」

陳姑媽笑，「叫他跟阿遠一道就是了，小哥倆年紀都差不多。」

何子衿從書包裡拿出一本書給沈念，「千字文你都會背會認了，前幾天教你的詩經，只會背，還不認字的吧？就拿著背的順序慢慢認字吧，等我中午考你。」

沈念很有些不捨，不過，他天性中就有這種會看形勢的機敏，何況路上何子衿都跟他說了，叫他乖乖在陳姑媽這裡看書，便悶悶地接了書，「子衿姊姊，妳早點過來。」

何子衿摸摸沈念的頭，「放心吧，要是看累了，歇會兒也成。」

陳姑媽笑對陳二奶奶道：「真跟個小大人兒似的。」

陳二奶奶笑，「可不是嗎？」

何子衿辭了陳姑媽與陳二奶奶，便去上課了。

到了上課的空隙，陳二妞避了陳大妞，低聲說了緣故：「妳知道陳二梅吧？」

「這如何不知，不是跟大妞姊極好的嗎？」陳大妞的狗腿子陳二梅，何子衿道：「我跟陳二梅又不熟，這又干我什麼事？」

「大妞姊開詩會，請了不少人來，陳二梅也來了，她就是個給大妞姊捧臭腳的，可誰叫人家會捧呢？」陳二妞不屑地哼了一聲，「這陳二梅也會巴結，大妞姊被她一哄二哄的，也不知怎麼昏頭轉向地答應讓陳二梅一塊來家裡跟著先生念書識字。她也不想想，難不成是個人都能來家裡讀書。咱們是姑舅至親，那陳二梅是個什麼東西？她爹就天天跟在大伯身後屁顛屁顛的，到她這裡，又是這一路貨色。」

陳二妞又道：「大妞姊也不動個腦子，就跟祖母說了，叫祖母說了她一頓。祖母還說，好幾回詩會也不見大妞姊請妳，說她傻來著，放著自己的親戚不去親近，偏去親近個外人。我聽說大妞姊回屋哭了足有半個時辰，她又不敢說祖母的不是，可不就惱恨起妳來了。」

何子衿冷笑，「這可真是無妄之災！」

「我娘說，大伯母是想把大妞姊說到州府人家去的，還多買了兩個丫鬟給大妞姊使喚，生怕她排場不夠。」陳二妞道：「反正就這麼回事，除了阿念，她也不敢挑妳的。妳去祖母那裡說一聲，祖母一準兒給妳面子。阿念年紀小，何況他早就跟著妳，又不是什麼大事。」

何子衿道：「先生早教導過，告狀不是正人君子該幹的，我何苦去說大妞姊的不是？何況阿念現在在我家也熟了，再過些日子應該就沒事了。」這事是陳大妞狹隘，可她不能去陳姑媽面前說陳大妞的錯處。自來疏不間親，陳大妞再不好，也是陳家的人，她不過是來陳家附學，挑人家正經姑娘的不是，豈不成心討嫌？

何子衿知道陳大妞的因果後，便暫且按下此事，與陳二妞回去上課了。

沈念悶了一時，陳二奶奶命人拿果子給他吃，他不吃，拿著書看一會兒，陳遠找他玩，他索性就教陳遠念書。在何子衿的影響下，沈念也很有往教育家發展的趨勢。

沈念知道何子衿念書不能再帶他在身邊，過得一二日，他主動就說不同何子衿來了，自己在家與何洌一起玩。何子衿生怕沈念不適應，可又一想，沈念這來自家也快三個月了，總不能跟在她身邊一輩子。何子衿哄他：「你好生在家，等我回來買糖葫蘆給你吃。」

沈念十分捨不得何子衿，道：「我不要吃糖葫蘆，子衿姊姊，妳放學趕緊回來就成。」然後又要何子衿教他念書。

何子衿想他年紀小，現在拿不得筆，便做了個沙盤削了根竹棍，叫他拿著竹棍在沙盤上寫字，多寫一寫，便也記得了。便是沈氏也私下同丈夫道：「越是坎坷的孩子，越知道好強。」蔣三妞如是，便是沈氏一直不怎麼喜歡的沈念亦如是。

何恭笑，「有阿念帶著，阿冽也認得許多字了。」

沈氏笑一笑，又皺眉，「我看阿冽學得似不比阿念快。」

「我像阿冽這麼大時，還不會識字呢。」何恭倒是對兒子很滿意，勸妻子，「孩子還小，學字不過是這麼個意思，慢慢來就好，妳這急脾氣，倒把孩子逼壞了。」

沈氏氣得給丈夫兩下子，「我哪裡逼他了，我分明一個字都沒提過。」

何恭忙握住妻子的手，「就這麼一說。兩個孩子，總得有一個學得好些的，妳看阿念，很會帶著阿冽認字，恐怕我來教，阿冽也不見得這般聽話。」

沈氏哼一聲，「還不知以後怎麼著呢！」

何恭笑，「我是信命的。何必想得那般長遠，好賴都有命管著呢。」

沈氏噎死。

倒是年前，沈素帶著老婆孩子來了一趟，沈氏見著沈素就沒個好臉，只是江氏帶著兩個兒子沈玄和沈絳都來了，沈氏沒理沈素，待江氏和兩個侄兒是極親熱的。

很顯然，沈素是把老婆哄好了，姑嫂兩個在一起時，江氏私下還替丈夫說了不少好話，她還特賢良大度地拿了幾身適穿的衣裳來給沈念，沈氏氣個仰倒。

江氏柔聲道：「姊姊一心想我們把日子過好，我豈有不知的？相公就是這麼個脾氣，我若一意不應，原本他沒理的事，倒顯著我沒理了。在他心裡，自是我們自己的孩子更重，只是若對這孩子不好，他又於心難安。眼瞅著大後年的春闈，若總為這孩子這般鬧騰，家裡父母年紀大了便禁不起。再者，外頭閒話多的緊，都說這孩子是相公的骨肉，倘我又在家裡鬧，他如何好受？這幾年的夫妻，我也不忍他為這個犯難。」

沈氏道：「把他看好了，再不許去做這冤大頭！」

江氏十分歉疚，「只是對不住姊姊、姊夫。」

「攤到這種兄弟，有什麼法子？他就知道出去做這爛好人。」江氏都這樣說，沈氏還能說什麼，而且看沈素那可惡模樣，人家覺得自己半點錯處都沒有。合著就她一個壞人，沈氏索性也做好人算了，反正沈念又不是沒撫養費，就當養個小貓小狗了。當然，她也會仔細盯著沈念，要是這小子越長越歪，她是絕不會手軟的。

沈氏在這裡惱恨兄弟心慈面軟冤大頭，前頭郎舅二人卻是越說越樂，尤其是叫了四個孩子到跟前，沈念、何冽和沈玄都會背些書了，沈絳還小，只知看著三個傻哥哥伸長脖子扯足了嗓子呱啦呱啦地背書擾民。沈素還特會鼓勵孩子們，不時拍掌叫道「背得好」，於是，三個傻小子更加扯著嗓子背個沒完了，直待沈氏推窗戶喊一句：「都給我閉嘴，吵死了！」

沈素哈哈大笑，喊他姊：「姊姊大人，還未息怒啊，兄弟給妳賠不是了！」

底下一群八哥，沈念、何冽、沈玄一塊學話：賠不是啦賠不是啦！

沈絳還啥都不懂，哥哥們都學完話了，他還拉著個小奶音兒：賠不是啦賠不是啦！

沈素和何恭又是一陣大笑，八哥們也跟著傻笑，沈氏揉額角，「我還不如死了痛快。」

江氏忍不住「噗哧」便樂了。

沈素來何家送年禮，何老娘面上還是挺歡喜的，只是難免私下叮囑沈素幾句，譬如「我也是倚老賣老了，阿素別嫌棄」。

沈素琢磨著這老太太是怎麼了，嘴上仍道：「伯母有話只管說。」

何老娘說的便是沈念的事，她知道沈素是舉人老爺了，身分不比從前，怕沈素要臉面，連余嬤嬤也支使了出去，方道：「阿念那孩子呀，別提多懂事了，我活了這把年紀，比阿念再懂事的都不多。我看得出來，那孩子心裡念著你呢！」

為了後面要說的事，何老娘張嘴就編了一套話出來。

說到沈念，沈素微微嘆了口氣，何老娘只以為沈素心裡對私生子歉疚，心道，你歉疚就好辦了。何老娘便繼續道：「俗話說的好，打虎親兄弟，上陣父子兵。這親父子是誰都比不了的，伯母我知道你有你的難處，咱們不是外人，我這把年紀，什麼沒見過。阿念養在我家，我待他像親孫子一般，這你只管放心。」

因為得了一百兩撫養費，何老娘對沈念算是毫無芥蒂了。

沈素連忙道謝，心說，怎麼人人都以為沈念是他親兒子呀？便是沈江兩家都對外極力否認，長水村的村民也一致默認沈素是有了私生子，鬧得沈素頗是哭笑不得。好在他這人素來心寬，並不放在心上，只是他要不要跟這老太太解釋一二啊？

不待沈素開口，何老娘又道：「阿素啊，念書上你是一把好手，只是這父子親緣上的事，你可不如我這活了五十幾年的人。」

何老娘繼續道：「都說生恩不及養恩，為何這般說？你生了孩子，孩子跟你有血親，這自是親的，可別忘了血親還不如守親呢。總要多在一處，父子才能親近。不是伯母我說你，你把孩子往我這兒一放，好幾個月不露面，這可不好，叫孩子怎麼想呢？剛沒了娘，爹又不要他了。阿素啊，你這爹做的可不成，總不能只當阿玄和阿絳是親的，阿念始終是你的骨血，人心是偏的，可你也不能忒厚此薄彼呀！」

沈素被何老娘念叨出了一身的冷汗，他都不能信說出這一番話的人是他姊的刁鑽婆婆，他知道好歹，哪怕何老娘的確誤會了，依舊道：「是我想得不周全，多虧伯母提醒我。」

何老娘點點頭，「還有一事要與你商議。」

沈素很是恭敬，「伯母儘管吩咐。」看來什麼人都有優點，非但何老娘如今待他姊好了許多，便是這脾氣，也通情達理起來。

「還是阿念的事。他現在還小，可也得考慮一下他的將來，是學門手藝還是怎麼著，得有個安身立命的本領。」說到這個，何老娘十分自傲，「三丫頭妳知道的吧？來時啥都不會，粗粗笨笨的一個，現在給我一調理，已經被薛千針薛師傅收為弟子了。不是我說大話，三丫頭一入薛師傅門下，一輩子的飯碗就有了保障。如今阿念這個，你有沒有一個打算？你到底是他親爹，他以後是種地是行商，是念書還是學門手藝，你想過沒有？」

沈素一時啞口，他還真沒想過。沈素道：「阿念現在還小吧？」

何老娘撇嘴，「小？明年就六歲了，小什麼？你要是沒個主意，就趕緊回家想一個出來，別拖拖拉拉、磨磨唧唧地耽擱了孩子。孩子可是一轉眼就長大，你以為長大就沒事了？娶媳婦說親，生兒育女，哪樣不是事兒？也就你們這些男人，只以為養孩子是給口飯吃的事。不是我說你，阿素，以往看你也不是這樣的人，怎麼就能做下這等糊塗事來著？」

何老娘說著說著便跑了題，也不管沈素是舉人還是啥了，直接就把肚子裡存了好久的話說出來：「你媳婦我雖見的不多，可她也來過好幾回的，一看就是個好的。你爹和你娘更不必說，出了名的老實人，你說說你，家裡雖指望著你出息，可沒指望著你往這上頭出息呀。

怎麼好的不學，偏跟外頭那些傻蛋們學。男人有本事，去搏功名去求富貴，難不成外頭多弄幾個不三不四的女人就是本事了？糊塗！」

「如今事已做下，阿念這個，你也不能把他塞回娘胎裡去了，只得這麼著罷。你跟你媳婦好生過吧，只是有一樣，你跟阿念的娘是不對，可這事跟阿念沒甚相關。你把他送到我這兒來，你是他老子呢，你得給他想條出路，你要想不出來，就聽我的，大些時候送他到子衿她娘的醬菜鋪子裡做學徒也罷，以後總是條路子。還有，這孩子以後成親娶媳婦，你不能袖手旁觀，該置房舍出聘禮的，這可是你的責任。」

何老娘想得長遠，當即把所有事與沈素說了。將沈念養大，一百兩是足夠了。待沈念大些，或是送去醬菜鋪子，或是送去學門手藝，便也用不著何家的銀錢了，說不得還能掙幾個錢。到了該娶媳婦時，有他親爹。如今先知會沈素一聲，何家待沈念也算有情義了。

說句老實話，沈素還真沒何老娘想得長遠，連沈念成親生子的事都想到了。沈素正色道：「如今阿念年紀尚小，資質賢愚未辨，我還是想得妥當了再來跟伯母商量，如何？」

何老娘道：「你快著些，孩子轉眼就長大，可是耽擱不起的。」

沈素忙道：「是。」

沈素私下同他姊道：「以往我竟錯看了妳家老太太，怪道人說，家有一老，如有一寶，老話再不錯的。」何老娘不算有見識，可的確算是有閱歷了。

沈氏道：「其實要我說，太太說的也不錯，過兩年送他到醬鋪子裡學些個做生意的本事，以後也是他謀生的本領，難不成你還真打算給他娶媳婦安家置業？你可別昏了頭！阿玄和阿絳才是你親生的，傻蛋！」一不留神，把婆婆的口頭禪說出來了。

沈素道：「姊，話不是這麼說，我看阿念真是極伶俐的孩子。」

沈氏冷笑，「伶俐？他爹伶俐他娘伶俐，他怎麼會不伶俐？你別給我犯傻了，咱家給他口吃的，將他養大，天大的恩情，還要怎麼著？難不成你還打算送他讀書進學考功名？你是瘋了吧？念書要多少銀子你算過沒有？難不成自家兒子不顧去顧外人？不要說你大後年春闈的開銷還沒著落，就是現在略寬鬆些，你眼下就有兩個兒子，以後難道就不生了？阿玄和阿絳，哪個不要讀書科舉？這一筆花銷你想過沒？不是不叫你發善心，你若富可敵國，愛怎麼發怎麼發。如今你自己這拖家帶口，上有老下有小的，倒拿這麼個拖油瓶沒個俐落了。你再沒個算計，我就發賣了他！」

沈素嚇一跳，「姊，妳——」

「我怎麼了？賣了他大不了老死不相往來！有你這樣的兄弟，來往也是乾生氣！」沈氏沒給沈素什麼好臉色，「我替你養著這麼個孽障，你就念佛去吧！你什麼你？你自己才該想想清楚，成天自作聰明，自命風流，到頭來不過是個傻蛋，淨被人當冤大頭耍了！你這樣的去帝都春闈，我怎會放心？聽說路上不管是碰瓷兒的還使詐騙錢的，不知有多少。」

「姊，我又不是傻瓜。」沈素忍不住辯一句：「我肯定不再對別人發善心。」

「只盼你真能明白。」沈氏嘆，「我自認不是個刻薄人，可自有了子衿就不同了，但凡我手裡有的，我總要給自己孩子的。你們男人如何懂女人的心思，孩子可是女人懷胎十月生下的，其中辛苦你們不知道。便是弟妹，你非大富大貴的家業，你自己有親生的骨肉，你聽我一句，養大他無妨，我家裡不缺這一口，再多的你就別管了，你也管不起。」

沈素聽何老娘和沈氏婆媳兩個這一通說，心思不是沒有動搖，饒是日後沈素自己都說，當初再年長幾歲，不一定會收養沈念。只是當時年輕，感情最為豐沛，亦最有惻隱之心。

所以，命運的奇妙往往便發生在人的熱血尚未冷卻之際。

沈素道：「聽姊姊的，且看日後吧，阿念還小，這一兩年且不說到日後呢。」

沈氏知這男人若是鑽了牛角尖，尤其在情愛之事上，那真是九頭牛都拉不回來的。不說別人，當初丈夫對她便是如此，何老娘相中的是陳芳，丈夫卻與她看對眼。丈夫夠孝順了吧，可那時憑何老娘要絕食上吊，丈夫都是心意不改。夫妻兩個若能相愛，自為幸事，可若是家中有妻室，而對另一個女人有情義，當真是孽緣，遑論這男人還沒能到手，那簡直就是男人心裡一輩子再難放下的了。

沈氏也不逼迫弟弟了，道：「你且安下心來苦讀吧。你這個性子，以往我十分放心，現在則十分不放心。」

沈素淡然一笑，「興許人一輩子都得有這樣一回。」

沈氏嘆口氣，「子衿待那小子好得很呢！」

沈素道：「子衿興許像我。」

「像你好，你是好人，可別像我，我是壞人。」沈氏道：「這種爛好心有什麼用？阿洌和阿玄才是她的親兄弟呢！」

沈素笑，「這才是小孩子可愛的地方，人越大越無趣，就是如此了。」

見他姊不肯開臉，沈素又勸道：「要是子衿刻薄，妳又該擔心她性子不好了。現在這樣多好，我就最喜歡子衿。」

沈氏總結：「傻蛋都喜歡傻蛋。」

沈素哈哈直笑。

何子衿不承認自己是傻蛋，她只是喜歡孩子而已。沈玄和沈絳一來，她便不去上學了，歡歡喜喜地在家帶孩子。如今孩子多了，總算能滿足何子衿開學前班的心願了。她把沈念、沈玄和何洌、沈絳叫到自己的屋裡，讓他們排排坐聽她講課。

要是哪個不認真聽，還要被何子衿拎出來扒了褲子打肥屁屁。當然，誰學得好，就會被何子衿往臉上啾啾親兩口。

何子衿瞧著一排又胖又白的圓包子，心說，這就是我的理想人生啊！

自從何家有了何子衿，尤其是何子衿大些時，諸多人都喜歡帶著孩子往何家串門子，當然，這還得是何子衿在家的時候。因為何子衿是出名的帶孩子小能手，也看不出她有什麼特殊技能哪，反正小娃娃往何子衿手裡一放，那叫一個聽話呀。

江氏把兒子們帶來也一樣，根本不必她操心，何子衿就幫她看了。每天看何子衿昂首挺胸地帶著一串弟弟進進出出的模樣，江氏就從心裡想笑。

何子衿小課堂辦得如癡如醉，沈念的表現也很令沈氏和江氏滿意。由於何子衿的特殊愛好，每天學習不好的那個都要被打肥屁屁，沈念這時候就說了，他是做哥哥的，要打就打他吧，他替弟弟挨打。當然，由於沈念比較要面子，沈念要求私下進行。

連沈氏這等對沈念不喜的都暗地思量：這小子倒還有個眼力，知道自己主動去替打。

當然，何子衿還有個特殊愛好，誰念書念得好，都要被啾啾啾親幾下。沈念就更當仁不讓了，他那叫一個刻苦呀，於是，每天都是他被啾啾啾。這獎勵，沈念就不要求私下進行了，他還極臭美地對弟弟們說：「你們也要好生念書啊！」因他上知努力念書，下知愛護弟弟，還被子衿姊姊任命為小課堂的班長啦！

何冽對他姊的啾啾啾沒啥感覺，他自小被他姊親著長大的，倒是沈玄，晚上回屋都要求他爹給他補課，沈玄氣呼呼地道：「我總是念不過阿念哥，子衿姊姊一次都沒親過我！」

沈素偷笑，說兒子：「叫你娘親你兩下，都是一樣的。」

沈玄童言無忌：「我娘那麼老，子衿姊姊多好看！」

江氏只覺天上一神雷劈下，頓時不能淡定了，她舉著手指著兒子，「我我我……我老？」一手指都是顫啊顫的。

沈玄再補一刀：「沒事兒，娘您不是比我爹小嗎？您沒我爹老。」

沈素和江氏無語凝噎：原來在兒子眼裡，他們竟是一對老爹老娘來著……

沈玄拿了書用功，催促道：「爹，快教我念書啦！」

何子衿的補習班辦得熱鬧，沈素來縣裡，幾家交好的朋友家還有許先生家都是要走動一二的。再者，還有人主動來拜訪的。

這其中便有陳大奶奶與四小叔子陳四郎帶著長子陳志過來請教文章的，這事原該是陳大郎帶著兒子過來，之所是陳四郎出馬，主要是陳大郎在州府操持生意，故此，家裡外交事宜便由弟弟代勞了。這種事原不必陳大奶奶跟著摻和的，陳大奶奶之所以親自過來，主要是挨了陳姑媽一頓罵。

沈素一來碧水縣，陳家與何家是實在親戚，他家又是做買賣的，消息靈通，自是聞了風聲。且陳家這一兩年越發闊氣，也學了些個附庸風雅，譬如對讀書人格外客氣啥的。沈素是貨真價實的舉人老爺，自然與尋常的讀書人不同。且說陳家如今發了財，吃穿自高人一等，但其中卻也有諸多不足。頭一條就是門第，再有錢，人家也得說是商賈。這年頭你縱是做了皇商，在書香門第面前還是略低一頭的。故此，陳家有錢了，進一步的要求便是求名。陳大郎五個兄弟念書是遲了，孫輩的陳志、陳行和陳遠等人皆在念書。陳姑丈就盼著孫子輩爭氣，考出個功名來啥的，也可告慰祖宗。

知曉沈素來碧水縣後，陳姑丈就跟老妻商量：「志哥兒明年就要下場一試，沈舉人不是外人，叫老四帶著志哥兒過去拜訪，帶上文章也叫沈舉人幫著瞧瞧，指點一二什麼的。」

陳姑媽自頭兩年的事後，與這老賊就有些不睦，好在閨女在寧家得寧太太青眼，這老賊也不敢再做怪。這是正經事，事關孫子前程，陳姑媽道：「再帶些禮物去才好。」

「這是自然。」陳姑丈道：「讀書人好風雅，什麼茶啊硯啊墨的備一份就成。也別太過貴重，畢竟不是外人，太貴重顯得生分。」

陳姑媽點頭，這上頭她還是信得過老賊的。陳姑媽也不傻，她道：「你教一教志哥兒，叫他機靈著些。沈舉人已是舉人了，說不得往後更有前程。咱們兩家本就是親戚，多親近些，於志哥兒沒壞處。」

陳姑丈拈一拈花白鬍鬚，笑道：「豈止於志哥兒無壞處，我早叫你們得把眼光放長遠，就是咱家，多幾門舉人進士的親戚，難不成有壞處？」復又感嘆，「說起來阿恭這舉業上沒啥進益，運道卻是極好的。」

姊夫是進士，小舅子又中了舉人，陳恭的運道，便是陳姑丈說起來，也是極羨慕的。

陳姑媽臉一臭，啐他：「你個烏鴉嘴！恭兒才多大，怎麼就知道他以後中不了舉了？」

陳姑丈忙笑，「我也就這般一說，妳可發什麼脾氣？難道我不盼著阿恭有出息？我是最盼著阿恭有出息的，說來他才是咱家的正經親戚。姑舅親，打斷骨頭連著筋，是不是？」

陳姑媽哼一聲，「這還用說？」陳姑媽內心深處是極看重這個娘家侄兒的，別看何恭是個老好人，該給姑媽出頭的時候都是當頭頂上的，特有用，特能給姑媽撐腰。陳姑媽也待何恭跟親兒子是一樣的，這時候自然容不得老賊說自己娘家侄兒半句不是。

幾十年的老夫妻，陳姑丈犯渾的時候六親不認，這會兒狐狸精早叫陳姑媽打發到不知哪兒去了，且閨女在寧太太面前似乎還有些臉面，兒孫一大群了……狐狸精雖好，奈何富貴更是命根子，離了狐狸精，陳姑丈這腦子便又清明回來了。

陳姑丈嘆道：「志哥兒他們幾個，但有一個能念出書來，我死也瞑目了。」

陳姑媽再次啐道：「要死自去外頭死，別在我跟前兒說這晦氣話，我可不想死，我得活著呢！」遇到這種老賊，真乃前世不修，若非兒子還撐不起來，家裡還需這樣個人，陳姑媽早恨不得一棍子把老賊敲死了事。

陳姑丈笑一笑，知老妻就這麼個脾氣，倒又自說自話起來：「這人家終歸得有個做官的，門第上才好聽呢！」

陳姑媽問：「你看阿志可是這塊材料？」

「我自是盼著他是的，不是也無妨，多讀幾年書，起碼考個秀才出來。這尋常與咱們一流的人打交道無妨，唉，越往上走官就多了，說起話來之乎者也，偶爾拽兩句文，娘的，聽也聽不懂。」陳姑丈嘆，「到底還是小時候沒念書的緣故。」

陳姑媽道：「只是一樣，我看許多人念書多了倒顯得不大靈光，大郎他們不在家，你可得時常提點著些阿志他們，別念成個呆子，那又有什麼用？」

「這我能不知道？」陳姑丈相當自信，「我陳某人的孫子，哪個能呆呢？」他抬腳去調理孫子了，陳姑媽這裡把陳大奶奶拎出來叫給沈素備禮。

事關兒子前程，陳大奶奶自是不會小氣，只是陳大奶奶這頭兒去備禮，陳二奶奶早瞧陳大奶奶獨攬家中大權不順眼，如今天剛良心，不給陳大奶奶下幾句小話簡直對不住這機遇，便私下同婆婆道：「唉，前兒二妞不說我還不知道，要是我說，既要備禮，也得給子衿丫頭備一兩件玩物才好。」

陳姑媽待娘家人素來大方，只是，這怎麼好端端的突然要給何子衿送東西？

陳姑媽瞅二媳婦一眼，問：「這話打哪兒來？」

那日何子衿沒告狀，陳二奶奶竟替她陳情了，陳二奶奶還是用勸慰的口氣說：「孩子是自家的好，我待大妞再越不過子衿去的，只是要我說，大妞這脾氣是有些大了，阿念才幾歲，何況咱們是親戚，外頭都說阿念是沈舉人的私生子來著。那孩子剛來縣裡，離不得子衿，叫他在身邊跟幾日，大妞做姊姊的，委實不該這樣攆了阿念。我常想著，什麼時候過去瞧瞧，雖是孩子間的事，可咱們兩家孩子也親密。二妞有什麼好的都忘不了子衿，子衿也是一樣。這事兒也就孩子間的事兒，誰還記心裡不成？依我的意思，給她兩件東西也便揭過去了。」

陳姑媽當下就有些不高興，道：「子衿倒沒同我說過。」怪道那日把阿念送她屋來央她看了一日，後來再過一兩日，沈念便不來了。

陳二奶奶道：「子衿不說，正是她知禮的地方。」原就在人家附讀，難不成還能說人家的不是？此話要是從何子衿嘴裡說出來，有理也會變沒理。何子衿不能說，陳二奶奶可不是不能說，更兼陳家乍富，當日娶的這幾房媳婦也不是什麼有底蘊的人家，便是宅鬥手段也十分低端。陳二奶奶捏了陳大妞的短，能忍到今日方說，已是耐性不錯了。

陳姑媽臉一沉，罵一句：「這死丫頭，發的哪門子病！」打發了陳二奶奶，把陳大奶奶連帶陳大妞叫來罵一頓，「目中無人的東西，叫了子衿來念書，原是叫妳們和睦的，妳倒去欺負她！妳眼裡還有誰？叫妳讀書，是叫妳明理的，妳非但理不明，反是發昏，受小人的奉承，妳就不知幾斤幾兩了！正經親戚不去親近，反將人攆走，你腔子上長的是腦袋還屁股？」

別人家姑嫂都如天敵一般，陳姑媽與何老娘卻是不同，她們兩個倒親如姊妹，能親成這樣，必不可少的條件便是：得透脾氣。

這二位壯士不要說脾氣了，人生觀也相仿，而且都沒念過什麼書，說話是直著來的。只是何老娘嘴臭吧，家裡連媳婦孫女帶侄孫女，心理素質好，你罵你的，咱渾不當回事兒。即使何老娘罵的對，咱私下改了，也落不下心理陰影。陳大奶奶、陳大妞可不一樣，這兩位委實沒有沈氏母女的修行，當下就被陳姑媽罵懵了。

待兩人鬧明白怎麼一回事，陳姑媽又指著陳大妞一頓說：「早前我就說妳了，什麼狗屁詩會，天天弄些酸不拉唧的東西。妳要弄個好名聲，家裡也由著妳，只是怎能這般不識好歹？二梅那丫頭妳都請，偏不請子衿，妳是不是傻啊？前頭我剛給妳提個醒，妳不學著機靈些，倒拿阿念的事來說道！妳說什麼說，阿念跟子衿念幾日書怎了？就礙了妳的眼，妳非要攆了他走才痛快！妳個豬腦袋，怎麼就這麼分不清裡外啊？」

陳姑媽自認不是蠢人，偏有這種蠢孫女，簡直氣得頭昏眼花。

陳大奶奶身為陳姑媽的媳婦，原要裝一裝闊奶奶的款兒，一著急便也忘了。陳姑媽無非是拍桌子罵陳大妞，陳大奶奶更直接，挽袖子就給閨女一巴掌，抽得陳大妞頭上釵都歪了，還指著閨女道：「傻蛋！我沒早跟妳說過嗎？沈念可是沈舉人的私生子，妳是不是腦袋懵了？妳哥這秀才文章還得指望著沈舉人指點呢，妳背後把他兒子給攆了！妳不是我閨女，妳是我前世冤家投的胎吧？」

陳大妞是哭著跑回閨房的，半府的人都瞧得真真的。陳大奶奶氣得直倒氣兒，倒了一回把氣兒倒勻，也不去理閨女，跟婆婆商量：「這事我竟不知，我要知道，早打了那死丫頭！」說是私生子，那也是人家的骨肉。人家自己瞧不上送到何家養倒罷了，妳去欺負人家，人家又不是沒爹，何況人家爹是舉人哩，簡直是蠢材！

兒媳婦雖勢利，好在腦袋尚清楚，陳姑媽簡直要被這蠢孫女愁死，「多備些小女孩兒的東西，就說是給子衿的。不是大事，妳也不要再提。妳舅媽不是小氣的，何況子衿沒跟我說這事，想她不是個多嘴的脾氣，給她些東西哄她高興便是了。大妞那裡妳多留心，她這眼瞅著就大了，再這麼跟傻蛋一樣，以後怎麼說親？說親也是叫人坑死的料！」

陳大奶奶也愁，「我跟她爹都不是笨的，怎麼養出這樣的傻蛋來？」

陳姑媽白媳婦一眼，遷怒道：「妳自己生的，倒來問我？」

陳大奶奶一噎，「我這就拿兩塊鮮亮料子給子衿，快過年了，叫她裁衣裳。」

陳姑媽沒說什麼，擺擺手叫陳大奶奶下去了。

陳二奶奶知道陳大妞跑回房的事，情知陳大奶奶也討不得好，心下一樂，回屋看閨女繡花去了。陳大奶奶忙忙叨叨地備了禮，決定第二日隨小叔子帶著兒子一塊去何家說話，還是這通事了了後才想起，沈念是早些時候就不再跟著何子衿來陳家了，若婆婆早知此事，定不能忍到現在方發作，想是有小人告狀。陳大奶奶再查「小人」，不料竟是二妯娌，頓時氣得半死。此後妯娌鬥法，又是一通熱鬧，暫且不提。

話說陳大奶奶與小叔子帶著兒子去了何家，自少不得一通寒暄。陳大奶奶有個好處，她雖勢利，但只要對她有用的人，她都是相當客氣。見何子衿小小人兒一個，不像會記仇的，且在言語試探間，沈氏與何老娘都不像知情的，陳大奶奶便放了心，想著何子衿小小人兒倒是不賴，並不是胡亂告狀的性情，便將此事放下，一心一意奉承起何老娘與江氏來。

沈氏素來精細，覺得陳大奶奶特意給何子衿兩塊料子做衣裳有些不對頭，待陳大奶奶走了，晚間有了空閒喚了閨女到房裡問個究竟。何子衿略一思量便知道，笑道：「興許是為著那天大妞姊的事。」便將那日的事一五一十說了。

沈氏一聽氣便上來了，她是不喜沈念，但陳大妞這樣，明明是針對她閨女。陳大妞年紀較蔣三妞還長一歲，足足大何子衿五歲，何子衿又沒招惹她。這是親閨女，自己疼得跟什麼似的，聽陳大妞平日竟是這般做派，沈氏冷笑，「我說呢，怎麼好端端給起妳衣裳料子來。」原來是賠禮！身為親娘，都是寧可不要這兩塊料子，也不想閨女去吃虧受欺負的。

何子衿天生樂觀，「不知誰令大伯娘知道了，也是湊巧舅舅過來，不然得不了料子。」

沈氏心思縝密，一想便知，道：「再無旁人，定是二房捅出去的。妳也想一想，當時大妞說阿念時學堂裡可有外人？妳回家沒提這事，難道大妞自己會說？餘者便是二妞了。二妞年紀小，不見得能憋到這時候。」

這一兩年，沈氏與陳二奶奶來往漸密，於陳家這幾房妯娌之間的事也知道些，沈氏一猜即中，「定是妳二伯娘藉這事下的套兒。」雖說陳二奶奶也可借閨女的口，只是若此事由二妞來說，陳姑媽該問她怎麼當時不說反到此時來說了。沈氏十分明白陳姑媽的性子，簡直同何老娘像一個人教出來的沉不住氣。若陳姑媽早知道，斷然等不到這時才給何子衿料子。

何子衿點了點頭，「我覺得也是。」

沈氏又問閨女：「當時二妞是為妳說話了？」

「說了，就是大妞姊可得聽她的呢！」

「後來她又叫妳去妳姑祖母那裡告狀？」

何子衿道：「我沒說，我把阿念託姑祖母照看。我哪能去告大妞姊的狀，我又不傻。」

非但何子衿不傻，沈氏更不傻，她簡直快要氣死了，罵陳大妞：「那是個傻蛋，妳不要多理，避她一時，把書念好是正經。」再說陳二妞：「這丫頭妳小心著些，說不得是心裡藏奸。要真是仗義，她早去跟妳姑祖母說了，怎會只攛掇著妳去告狀，無非也是想借妳手給大妞個厲害罷了。何況事後許多天也不見說，偏生到這時給大房個暗虧，可見不是真心待妳。虧得妳沒聽她的。妳本就是附學，哪能去告說主家的不是？妳姑祖母同咱家關係再好，大妞也是她親孫女。她知道倒罷了，只是再不能從妳嘴裡知道，不然人家要說妳不識好歹了。」

陳大妞是個棒槌她是知道的，何子衿倒沒想過陳二妞是想坑自己，如今想一想，她娘說的也有理。倘陳二妞待她真心，便是當面不好去駁陳大妞，私下也可去與陳姑媽說一說的，畢竟她們是親祖孫。當然，她跟陳二妞也沒這麼深的交情。陳家二房拿住此事給長房一個虧吃，不過是兩房之間的事，只是三番兩次挑起她這炮灰來說事兒，便委實可氣了。

何子衿鬱悶，「今年風水不好怎麼地，就是姑祖母嫌大妞姊詩會不請我說了大妞姊一頓，大妞姊才記恨我呢。如今他們兩房爭鬥，又拿我說事兒，恐怕以後麻煩會更多。」

沈氏說她：「妳又不是個傻的，左右逢源難道都不會？」

何子衿還真不會，「這要如何左右逢源？」

沈氏對陳家有氣，道：「陳家二房告長房的狀，難不成長房不知道？」

何子衿問：「知道如何？不知道又如何？」

「要是不知道，妳就跟長房說明了，那事妳可沒在妳姑祖母面前說過。要是長房知道，妳就什麼都不要說，有空便往妳姑祖母面前多走走。妳去念書又不是看他們長房二房的面子去的，是妳姑祖母讓妳去的。」

閨女連婆婆都能哄樂，難不成哄不住一個陳姑媽？

沈氏又道：「別摻和他們兩房的事兒，妳只管專心念書，閒了也只往妳姑祖母那裡去。在妳姑祖母面前有了臉面，她們哪個還敢當面輕視妳。妳自己也得機靈著些，在別人家，人家都是姓陳的，就像妳前番就很好，寧可吃些小虧，別輕易說主家的不是。但要真有人欺負到妳臉面上來了，妳也不要怵她，頂多以後不去念書，反正妳如今也識字不少了。若是一味退讓，別人只當妳好欺負，也總要欺負到妳頭上的。」

何子衿應說：「等我書念差不多，我就不去了。」

沈氏道：「再念兩年就甭去了，等大些該學學針線理家啥的了，光念書也沒用。」

看陳大妞就知道，越念越傻。何家是不比陳家有錢，哪怕叫閨女去附學聽課，也不是就要奴顏婢膝，低他家一等。何況親戚家，沈氏還真不覺得自家比陳家差多少。陳家是有錢，可何家親戚得力，馮姊夫是正經的兩榜進士，先時入過翰林。就是沈素，也是新中的舉人，說不得過兩年更有出息。沈氏頗覺得底氣壯，晚上可是好生同丈夫嘀咕了一回。

何恭聽得頭大，「怎麼丫頭間還這麼多事兒啊？」

「丫頭就不是人了？」沈氏沒直接說陳家的不是，她道：「唉，以往我總說咱們子衿呆，如今看來還是呆些的好。吃虧就是福氣，若不是今天大嫂子無端送料子來給她，我還不知道這事兒呢。以往瞧著姑媽家還好，怎地如今日子越發好過，倒不若以往和睦了？」

何恭嘆，「還不是錢鬧的。」

沈氏也嘆，「這忒有錢了也不是好事。別不信陰私報應，姑丈因鹽引發家，表妹一輩子算是搭進去了。如今這剛好了幾年便家宅不寧，倒不若咱們小家小戶，太太平平過日子。」

何恭是正經的讀書人，人不甚精明，心腸卻軟，一般心腸軟的人是非觀便強，沈氏一提小陳氏之事，何恭又想起陳家這般亂糟糟的，便道：「睡吧，不行就別叫子衿去念書了，倒叫孩子受欺負。」

沈氏笑，「若不讓她去，姑媽和大嫂子該多心了。其實就孩子間的事兒，我也叮囑她了，叫她只管用功念書，閒了就去姑媽跟前說話。」

何恭道：「極是，姑媽是有見識的。」

沈氏想，見識不見識的，起碼陳姑媽心正，這一點就強出兒孫許多了。

沈素原是厭極了陳家的，可如今陳家帶著禮物過來拜訪，且有何恭的面子在，也不能不理會。瞧了一回陳志的文章，沈素原就是八面玲瓏的人，何況又是舉人出身，給陳志瞧一瞧文章簡直是再容易不過的事，且他指點一二，還把陳志哄得挺樂，竟深覺沈素沈舉人乃可親之人，回家沒少跟他娘說沈舉人的好話。

陳大奶奶聽兒子這般說，越發後悔閨女沒輕重地攆了沈念之事，又將閨女拎出來說了一回，陳大妞氣道：「還要說幾遍，難不成非逼死我才罷？」

陳大奶奶罵她：「看妳這是什麼嘴臉，妳也讀了這好幾年的書，大家閨秀的嘴臉學不會，裝一個成不成？」

「娘要我裝什麼嘴臉，我不都認錯了？祖母罵完不算，妳還罵二遍，這都第三遭了，我是殺人還是放火了？不就把那小子攆走了嗎？本來就是，何子衿一個來蹭課聽便罷，還要帶個小的來，她以為咱家是什麼地方？要是她自家開的學堂，她願意叫誰來便叫誰來？明明是咱家的地盤，她叫個私生子來就行，我想叫二梅來便不成，這究竟是我家，還是她家啊？」

陳大妞也不知是犯了啥病，總之是百般看何子衿不順眼，尤其她想令陳二梅來家裡念書未果，而何子衿隨便就能帶沈念在求知堂出入，陳大妞簡直要氣炸了，多日不能平復，方在課堂上發作將沈念攆走了事。如今又因此事挨了打罵，心中更是將何子衿厭到極點。

陳大奶奶這做親娘的，有這樣的閨女真是前世不修，被陳大妞吼得眼前一黑，險些當場就厥過去。眼見閨女傻到如斯地步，陳大奶奶當下捶胸摧肺地一通哭。

陳大奶奶這一放聲，陳家可還沒分家呢，陳姑丈陳姑媽都還活著呢，且陳大郎陳二郎陳三郎去州府打點生意，其餘陳二奶奶到陳五奶奶四個妯娌，連帶著陳四郎陳五郎兩個叔子可都在呢。陳大奶奶這一哭，將全家人都給招來了，尤其陳二奶奶連忙扶了陳大奶奶起來，嘴裡還假惺惺道：「大嫂子這是怎麼了，可是誰惹妳不痛快了，大嫂子只管跟我說！」

陳大奶奶到底不傻，她一見闔家人都到了，若知道是閨女給氣的，豈不是壞了閨女的名聲？陳大奶奶當下，眨眨眼，收了淚，哽咽兩聲，隨口扯個理由替閨女圓場：「沒啥，就是突然想起我娘來了，這不是我娘的忌日快到了嗎？」

眾人皆無語，陳姑丈沒好當面說大媳婦是不是犯神經了，抽袖子走了，留下陳姑媽。

陳姑媽道：「哭得好，到時我死了，妳也照這樣哭啊！」

陳家亂哄哄，陳姑丈一個公公，尋常怎會說兒媳婦的不是，此次都有些繃不住，私下對老妻道：「老大家的平日裡瞧著還穩重，今日這是怎麼了？」好端端的放聲大哭，眼瞅就年下了，忒個不吉利。

陳姑媽哼一聲，「誰知道她，教出那等傻蛋閨女，要我我也得哭。」哪怕當時不知，待回房一打聽還有什麼不知道的。陳大妞那個大嗓門，半府人都聽到了。

陳姑媽也發愁，同老賊說了大孫女的事：「眼瞅著轉年就十三了，還想給她說戶好人家，這可怎生是好？」

陳姑丈還不知陳大妞做下的蠢事，與老妻一打聽便氣個好歹，連聲罵道：「這蠢才！」別看陳姑丈人品不咋地，智商還是相當可以的，不然也不能把家業鋪派到這般地步。就是拿閨女換鹽引之事，天下賣閨女的多了，也不是是個人就能拿閨女換出鹽引來的。故此，陳姑丈頗是自負於自己的智商，誰知竟有陳大妞這樣的傻孫女。

陳姑丈當即便道：「人不怕呆就怕傻，傻成這樣，妳把她給我擰過來！」大孫女的親事他都有盤算了，倘這等心性，再好的親事也沒用。哪怕糊弄著嫁了，也不是結親的意思。

陳姑媽冷聲道：「我生養了五子兩女，哪個像她？難不成我調理了兒女，還要再去調理孫女？」五個兒媳婦都娶了，就不興她享享清福了？

陳姑丈嘆道：「就是看大媳婦那樣，可像是能管教好孩子的？寧可教得笨一些，卻也不能傻了。妳也說大孫女將大，這以後要如何說婆家？」

到底是自己兒孫，陳姑媽頭疼得要命，撫著額頭埋怨：「我真是前世欠了你們老陳家的，怎麼今生這麼當牛做馬的也還不清。」

陳姑丈忙過去殷勤地幫老妻捏肩，陳姑媽打發他去了。說是老夫妻兩個和好，只是每想到在寧家的小女兒，陳姑媽這心裡便不是個滋味，再怎麼裝也裝不出先時的融洽了。

陳姑丈倒沒啥，他吃得下，睡得香，有空還要練一練五禽戲來著。

至於何家，送走沈素一家，何子衿聽說陳大妞這事後，當真是不好再去陳家念書了。事雖不由她起，可她是夾在裡頭的炮灰，陳大妞嚷嚷得闔府無人不知她與何子衿不對盤了。何子衿原就是附學，若此事沒爆出來，她裝聾作啞地去念書是無妨的，但陳大妞嚷嚷開了，她這個炮灰不好當作什麼都不知道。

沈氏同何老娘商量：「能念這兩年書也是丫頭的造化了，她也漸大了，讓她在家玩吧。什麼書不書的，認得幾個字便好，咱家又不是大戶人家，這兩年讓她學學針線，或是帶帶阿冽和阿念的都好。」

何老娘嘆口氣，「算了，姊妹們處不來，強叫她去也不好，我去跟妳姑媽說一聲就是。」

「我備了些吃食乾果，都是挑的尖兒，我服侍母親過去。」沈氏捧一回茶，道：「子衿能平白聽這兩年多的課，都是姑媽的慈心。她如今大了，即便不能再去了，也叫她去向姑媽磕個頭，是這麼個理。」

何老娘轉手將茶放在手邊的几上，拍拍沈氏的手，心下熨貼，「這樣才好，妳心裡樣樣明白就好。」發生這種事，何老娘也有些灰心，嘆道：「我跟妳姑媽活著一日，是想兩家親近一日。這親戚間啊，少不了這個那個的，可說到底還是親戚，是不是？」

沈氏自然應是，哄得何老娘樂呵了，第二日奉何老娘再帶著閨女和禮物，其間還有一份是特意備給薛先生的，一塊去陳姑媽那裡了。

何老娘與陳姑媽透脾氣，沈氏素來會哄人，何子衿也不是呆瓜，開始陳姑媽還有些不好意思，說了一會兒話，到晌午時就樂呵樂呵的了，留了這婆媳孫三人用飯，直待下晌，何老娘方帶著媳婦孫女告辭。其間陳姑丈還出來見了見何老娘，與何老娘說了話。沈氏是女眷，避到裡間去，倒是何子衿給陳姑丈見了禮。

待何老娘三人走了，陳姑媽嘆道：「我這弟媳好福氣呀！」

服侍陳姑媽一輩子的老嬤嬤勸道：「看太太說的，您五子二女，誰不說您福氣最大呢？」

陳姑媽揉著額角，「福氣在哪兒呢？我都看不到。」

主僕兩個說著話，陳姑丈一時過來，笑問：「他舅媽走了？」

陳姑媽道：「你又不是沒長眼。」

陳姑丈讚嘆：「真是人不可貌相，我頭一遭見子衿這丫頭，委實嚇了一跳，當真是粉雕玉琢，小小孩童就有一股靈氣。」何老娘生得那等形容，說醜說不上，可要說俊也違心，何恭也就個尋常相貌，只長年念書，身上透著斯文氣，除開這個，就是個路人甲，可怎地養出這般靈透漂亮的丫頭來呢？

說起何子衿，陳姑媽就想到陳大妞這個愁貨，道：「聰明伶俐的，都生別人家去了。子衿非但伶俐，書也念得好，薛先生常讚她呢。」

陳姑丈皺眉，「這點小事哪就真放心上了，不如再叫子衿丫頭過來念書，不然倒耽擱了她這靈性。」陳姑丈並不是有什麼壞心，何子衿年方七歲，說不上什麼美貌，但也能瞧出是個小美人胚子。陳姑丈在外頭見多了，殊知這不論男人還是女人，若相貌十分出挑，總是容易遇著些機緣的。甭看他敢把自家閨女換了鹽引，他並不敢對何子衿起什麼歪心。陳姑丈是生意人，生意人最會權衡利弊，他便是有些看不上何家，但馮沈兩家越發興旺，他如何會有他意呢？只是想著，這丫頭小小年紀已能瞧出眉目不凡來，待得大些，還不知出落得怎樣的相貌呢。別看何恭科舉不得力，有這樣相貌的閨女，說不得日後就有些運道。何況，何恭在陳姑丈看來的確是有些傻運道的傢伙。陳姑丈這樣的生意人，又有這樣的家業，平常哪個窮秀才日子過得忒癟了，為了邀名，他還著人送些個炭米呢，遑論這是自家正經親戚，不結善因，難不成倒結怨嗎？

不想陳姑媽卻道：「都這樣了，即使再叫了子衿丫頭來也是兩相彆扭。罷了，我得先騰出手來調理大妞這個孽障。」

說到長孫女，陳姑丈長嘆一聲，「這兩年妳費些心，務必把她教好了。」又想到自家這些個孫女，在相貌上竟無一能及何子衿一半，真是無用。

何子衿由此便成了失學兒童，年前何恭帶著年禮往馮家走了一趟，過得三五日帶回了馮家的年禮及他姊的消息，何恭與老娘道：「姊姊說了，年底下冷，怕羽哥兒乍挪動不適應。待明年開春再來，那會兒天時暖了，姊夫明年出了孝，去帝都謀差使，姊姊也要帶著翼哥兒和羽哥兒一塊去的。」

何老娘點頭，連聲道：「那就好那就好！」

何恭將馮家年禮的禮單奉上，何老娘笑咪咪地收了，又叫兒子下去收拾梳洗，一會兒過來吃飯，再命余嬤嬤去廚下說加兩個兒子喜歡吃的好菜。

何恭與妻子回了房，何子衿帶著沈念、何冽跟著。何恭換了外頭大衣裳，洗漱後挨個抱過孩子們，又問這些天在做什麼。

何子衿道：「爹，我找了個掙錢的營生。」

何恭笑，「幹啥啊？是跟妳三姊姊學打絡子，還是學做針線了？」

何子衿得意，「都不是，包准爹您猜都猜不出來！」

不必她爹猜，家裡有何冽這個八哥在，存不住祕密。這不，何冽搶著道：「抄書！」

何子衿對何冽舉舉巴掌訓他：「你再存不住話，我可擰你嘴了。」

何冽鼓鼓嘴巴，跑他爹跟前說：「姊掙了錢，買了兩串糖葫蘆給我吃。」接著又道：「還給祖母、娘、三姊姊和阿冽哥都買了糖葫蘆吃。」得，不必別人開口，這八哥把話說完了，當下把他姊一肚子想說的話憋了回了去，好不難受也。

何恭大為吃驚，瞧著閨女，「子衿會寫字了？」這抄書不必什麼太精妙的書法，但起碼得清楚整齊吧？他閨女年紀小，字是認得的，只是還沒令她拿過筆呢。

沈氏笑道：「是以前子衿搗鼓出來的鵝毛筆，拿那個寫的字，我看還清楚。她自己裝訂好了，難得人家書坊肯收。」沈氏很高興閨女長了樣掙錢的本事，也連忙說了。

何恭驚訝不已，「拿來給我瞧瞧。」

不用何子衿跑腿，沈念去幫他子衿姊姊拿了。何恭接了瞧，他閨女這字，風骨啥的委實算不上，但乾淨整齊是有的，難得字與字大小相仿。要知道，何子衿上輩子沒啥大本領，平凡路人甲一個，卻是練過鋼筆字的，這時拿鵝毛筆一試，也差不離。

何恭自然高興，將抄的書還給閨女，笑讚：「果然沒白念這幾年的書，寫得不錯。」

「我娘說了，我自己掙的錢自己存著。」何子衿嘴甜道：「爹，到時您生辰，我買好東西給您當壽禮。」

何恭樂得不得了，一路風塵的疲憊都消失了，正要感動一回，何冽在一旁道：「我姊這話跟家裡人都說遍啦，連余嬤嬤都聽了一回。」

何子衿被人揭了老底，頓時惱羞成怒，指著何冽：「你這八哥！」

臘月底，該走的禮都走了，何家熱熱鬧鬧地過了個新年。窗花對聯皆換了嶄新的，門窗院落皆打掃乾淨，到了年夜飯，雖只是小戶人家，無山珍海味，不過雞魚肘肉都是全的。再者，不論孩子還是大人，都換了新衣。如今孩子多了，單何子衿一個的時候，何子衿是一季一身新衣的，現在這許多孩子，就改為一年一身新衣了。

衣裳是新的，沈念、何冽的小棉襖後面都有何子衿給他們做的貼布繡，一人一個虎頭，簡單又喜慶。晚上年夜飯才叫熱鬧，非但有諸多好吃的，何老娘又開了回專場，只是為避免第二日嗓子啞不好招待來拜年的親戚族人，才允許何子衿和蔣三妞中間客串兩回，一家子足熱鬧了大半宿。由於何老娘堅持守夜，沈念及何冽都在何老娘屋裡的暖炕上睡著了。到了子時，何恭出去放了代表「高升」的煙火，這年三十的守夜才算正式結束，大家各去睡覺。

過年絕不是一天的事，也絕不上何子衿上輩子一星期年假的事，在這個年代，從大年初一到上元節的十五天，都是屬於年節的範疇。大家基本上就是吃吃飯，拜拜年，來回串門，到處玩耍。還有縣裡大商戶請來的戲班子來唱戲，然後大商戶炫富啥的。當然，只是在賞錢上的鬥富，譬如你賞十兩，我賞十五兩……這對於尋常人家也不是小數目。由於這兩年陳家發了鹽財，碧水縣的另一富商何忻竟有不敵之勢，最終還是叫陳家拔了頭籌。

好在兩家家主都是圓滑之人，並不因此就面上有何計較，依舊是坐在縣太爺身邊說笑。

何家是陳家的親戚，有一個比較好的看戲座次，一家子都看得津津有味，連四歲的何冽都是如此，沈念兩眼都放光了，唯何子衿，她真是寧可回家睡大覺。何老娘還特意照顧她，給她講戲來著。何老娘越講，何子衿越睏，氣得何老娘直說她：「真是個笨的，怎麼連戲都不會看，還不如我乖孫！」

何子衿就帶一兜子零食去吃。

何老娘嫌何子衿看不懂戲少了個知音，可出門啥的，她還特愛帶著何子衿，不為別的，何子衿生得漂亮呀。蔣三妞也好看，但何老娘覺得蔣三妞再好看也是姓蔣的，不是何家人。沈念生得也粉雕玉琢，偏是姓沈的，在何老娘心裡比蔣三妞還遠一層。何老娘心裡門兒清，誰親誰疏她老人家半點含糊都沒有。她就喜歡帶著何子衿、何冽出去顯擺，蔣三妞、沈念兩個是順帶腳。瞧瞧，誰見了她家孩子不誇？生得好什麼的，都是最普通的讚美啦！

這可不是虛讚，只要長眼的都知道何子衿生得多可愛，圓乎乎的還帶著些嬰兒肥的小臉蛋已經開始露出微尖的下巴了，一雙大眼睛靈氣十足，高鼻樑，小嘴巴，何況這丫頭又不風吹日曬的，既白且嫩。可以說，如今的何子衿既符合老太太的微圓潤福氣派審美，又符合正常人對五官的審美。她八歲了，個子較同齡人還高些，穿一身紅紅的裙襖，不再紮包包頭，而是梳成雙丫髻，兩邊用絹花絲帶並小銀珠子裝飾，連何冽都說：「我姊可真好看！」逗得家裡人樂不迭。

沈氏便多帶著蔣三妞，蔣三妞原是打算過了初五就繼續做針線，沈氏仍時時帶她出門，家裡有客人也叫蔣三妞出來見面，並且將手頭上的一些簡單事宜交給蔣三妞打理。

沈氏道：「學針線是學本事，別的理家的事妳也得留心，這些妳若不通，以後即使請了下人，也是被人一糊弄一個準兒。」

沈氏語重心長地道：「妳如今十二了，慢慢就是大姑娘了。針線再要緊，人情世故上也不能落下，知道嗎？」

蔣三妞心中感激，「我以為要過兩年才學呢。」

「傻孩子，東西不用趕到一處學，慢慢來，由易到難。」沈氏笑，「別的都能丟，人情世故萬不能丟。妳平日就機敏，我只給妳提個醒兒。妳想想，在繡坊，那些李大娘欣賞的繡娘如何，那些不受李大娘欣賞的繡娘如何？妳雖拜了薛師傅為師，多少繡娘羨慕妳，可越這樣，妳越得懂得怎樣與人打交道。不論是羨慕妳，嫉妒妳，還是想示好，妳心裡都要有數。」

「再者，妳也大了，還有些事我一塊與妳說了吧。自來人家相媳婦相女婿，再沒有臨上轎才扎耳朵眼兒的，都是頭三四年就相看。」見蔣三妞面露羞澀，沈氏拉了她的手，「也別總不好意思，妳到底年紀還小，先透給妳，是叫妳心裡有數。我都跟太太說了，妳戴的這幾樣首飾妳自留下，以後不用交還太太了。」

「這怎麼成？」姑祖母定會不高興的吧？蔣三妞有些擔心。

沈氏笑道：「太太的脾氣，別人不知道，難道咱們還不知道？她就是直脾氣，不要說妳，從妳叔父到我到子衿，誰沒挨過她的罵？不過，老人家心地是極好的。妳也大了，是該打扮的時候了。這打扮不僅是打扮給別人看的，也是打扮給自己看的。以後不論出門、在家或是見客，都不要太寡淡了。妳這個年紀，哪怕枝頭上掐一朵花簪了，也是最好看的時候。」

蔣三妞心裡既羞且喜，「嬸嬸，我我我……我現在就要開始說婆家了嗎？」她無父無母，這樣的事，便是羞些，也只有問沈氏了。

沈氏笑，「現在還早，但也得準備著。妳放心，女孩兒不及笄是不能出嫁的，可要是及笄再想這事便遲了。妳只管該做什麼做什麼，妳的相貌在這兒擺著，與咱家來往的人都見過。妳的本領，薛師傅都收妳為徒了，誰不誇妳能幹呢？再者，太太嘴直心軟，妳沒娘家，這不就是妳的娘家嗎？就是以後妳出嫁，不好說有多少嫁妝，卻也有妳的一份。」

蔣三妞聽著，眼淚都下來了。沈氏幫她拭淚，道：「說這個，不是叫妳哭，是叫妳心裡有數，不要總覺得自己不如人。妳既有相貌且有才幹，妳的日子才開個頭，誰能說得以後？妳只要自己爭氣，沒有過不好日子的。」

蔣三妞抽噎兩聲，點點頭，半晌道：「嬸嬸，不論給我說哪兒，我都不想離了你們。」

沈氏自己是嫁得有些遠了，與娘家來往不便，可也比大姑子何氏強些。何氏幸而是嫁得好，丈夫有出息，自己也能幹，不然離娘家這老遠，還不知要如何惦記。到了閨女這兒，沈氏是捨不得閨女遠嫁的。蔣三妞娘家早已無人，戶籍都遷到碧水縣來了，她不想遠嫁的心，沈氏也能明白。沈氏笑，「好，就是子衿，我也不欲她離得遠了。咱們一家子，哪怕以後你們該娶的娶了，該嫁的嫁了，也都在碧水縣。親熱不說，娘家也有人撐腰，到底氣壯。」

蔣三妞又笑了。

沈氏自有兒女，她自己向來節儉，蔣三妞嫁妝的事，沈氏也是輾轉好幾宿才下的決心。主要是蔣三妞爭氣，又生得好模樣，這些年相處，不聲不響的還很有眼力。這樣的好姑娘，不要說別人，沈氏自己心裡就疼她。沈氏也是女人，情知蔣三妞這情形，差的就是個娘家，可死了的爹跑了的娘，只得當沒了，對外一致宣稱死光光。女人沒有嫁妝的話就太難了，哪怕當初她與丈夫恩愛，就因她家條件有限，嫁妝稍薄，何老娘可是沒少說嘴。將心比心，蔣三妞縱有天大本領，若真的光著身子叫她出門，到婆家日子可怎麼過。

沈氏真是心疼她，方與丈夫商量：「再薄，也得給三丫頭一份嫁妝。」何恭素來心腸軟，一聽便應了，「是這個理，這樣也不枉她在咱家這幾年了。」

沈氏嘆口氣，「不知誰有福氣得了這丫頭去。」

別看蔣三妞年歲不大，經的事不少，爹死娘跑路，她竟能打聽著跟了車找到這多少年未曾來往的姑祖母家來。這幾年既是蔣三妞自己肯幹，也是她的機緣，拜了薛千針為師……實在太爭氣。倘蔣三妞真是一灘爛泥，沈氏又不是開濟善堂的，根本不消理她，奈何蔣三妞這樣爭氣，沈氏反是憐惜她，這會兒咬咬牙，給蔣三妞預備嫁妝的心都有了。

沈氏自認不是爛好人，只是跟著爛好人久了，似乎也傳染了一種叫爛好人的病。

……

何子衿覺得蔣三妞越發漂亮了，主要是蔣三妞真的是到了少女的年紀。何子衿呢，她還是小小少女，可愛更多些，但蔣三妞身上已有濃濃的少女氣息。雖然身材只是剛剛發育，少女的清麗卻已然開始顯現，一如初露枝頭的花苞，青嫩中帶了一絲天然的瀲灩。

尤其蔣三妞坐在太陽下繡花的樣子，何子衿若有相機在手，都想拍下來留念了。年節是快活的日子，小孩子有鞭炮放有糖果吃，何子衿也高興得每天隨著何老娘出去臭顯擺，蔣三妞則矜持些，因她得薛千針青眼，也得了不少稱讚。

直到上元節。

這年代的物質生活精神生活都偏於貧乏，尋常百姓家平日並沒有多少遊戲玩樂之時，因此，每一個節日，都會得到慎重的期待。

因孩子們都大些了，說好了上元節一家子去看燈的，大家把新年那天的衣裳都拿出來穿了。傍晚太陽剛落，何洌與沈念第二趟從街外頭跑回來了，兩人臉跑得紅撲撲的，何洌進門便道：「祖母，芙蓉街上都開始支攤子掛花燈啦，咱們什麼時候去呀？」

何老娘幫寶貝孫子擦臉上的汗，「別急，周婆子已經在煮湯圓了，吃了湯圓就去。」

沈念也學何洌那樣，只是他仰著小臉兒站在他家子衿姊姊面前，閉著眼睛一臉期待。

何子衿無語：你根本沒出半滴汗，擦個啥啊？

相較於何洌跑兩下就出汗的體質，沈念並不容易出汗，就像現在，不過小臉兒微紅。無奈何子衿自詡教育小能手，沈念已經擺出樣子，何子衿是不會叫他失望的。於是，她拿小帕子輕輕在沈念臉上擦兩下，笑道：「晚上有花生餡兒的湯圓。」

沈念眼睛彎彎，他喜歡吃花生，子衿姊姊也知道。

何洌大聲道：「我愛吃紅豆沙的！」

何老娘呵呵笑，撫弄著何洌的胖臉，「都有都有！」

何子衿覺得她弟有些超重的嫌疑，「別總給他吃甜的，牙壞了不說，都胖成這樣了。」

何老娘第一個不樂，「胖怎麼了？胖是福氣！我乖孫有福氣，才長得這福態！妳也才瘦下來就嫌別人胖！妳小時候那胖樣兒，我都不樂意提！」

這年頭能把孩子養胖，誰不羡慕呢？

何子衿被何老娘噎了個好歹。

何冽問：「祖母，我姊小時候也很胖嗎？」

何老娘撇撇嘴，「她可沒你好看，祖母的乖孫最好看！」又親了何冽的胖臉一口，何冽開心道：「那我以後肯定比我姊更好看！」

何老娘鼓勵且篤定，「這還用說？」

何冽美得不得了。

沈念悄悄同何子衿說：「子衿姊姊最好看。」乖巧的樣子讓何子衿忍不住在他小臉兒上啾了一下，還說：「我家阿念也最好看。」

沈念臉紅紅的，彎起唇角，又不想別人看到他歡喜的樣子，低下頭，腳尖踩兩下地，聽到余嬤嬤說：「開飯了。」

熱騰騰的湯圓香撲鼻而來，周婆子帶著翠兒捧上剛剛煮好的湯圓。這是主家吃的先盛上來，另外余嬤嬤帶著周婆子、翠兒、小福子三個在廚下吃。除了吃的地方不一樣，東西其實都一樣的。今兒是大節下，何家從不刻薄，下人們也一起吃頓好的。

湯圓餡料不少，有黑芝麻、糖桂花、花生碎、五仁、榛果、蓮香的、紅豆沙的，何子衿足吃了兩小碗才算過癮，何老娘還笑話何子衿：「剛剛還說我們阿冽胖，妳才該少吃些。丫頭家，誰有妳這大肚皮？」

何子衿感嘆：「幸虧我心胸寬廣，要不然早叫祖母您折磨出心理疾病啦！」

何老娘笑斥：「丫頭片子，胡說八道！心有病就去吃藥，少賴到老娘頭上！」

兩個小男孩兒其實沒啥吃湯圓的心，他們就一門心思想去逛燈市。

待用過飯，大家收拾妥當，主家人是必去的，小福子、翠兒年輕，也要一塊去，關鍵還需要他們幫忙看孩子。燈節人多，孩子們卻小，丟了或是出事故啥的，可不是小事。余嬤嬤和周婆子留下看屋子，沈氏給她們預備了點心茶水，兩人都有了年歲，正好一起說說話。

上元節是極熱鬧的節日，便是碧水縣這樣的小地方也辦得似模似樣，而且這一夜是不宵禁的，由得大家玩樂。街上除了各式的花燈攤子，樹上也掛上了花燈照亮夜色。有賣湯圓的，猜燈謎的，雜耍什麼的，再加上早早換了鮮亮衣裳來逛燈會的男女老少，熱鬧至極。

何恭專門服侍何老娘，沈氏牽著何冽，蔣三妞同翠兒看著何子衿與沈念。兩人都小，因沈念總喜歡跟他子衿姊姊在一處，於是四人手牽手走著。蔣三妞和翠兒在兩頭，何子衿和沈念在中間，小福子則於後管著拿東西。

事情就出在這一夜，何子衿明明覺得自己還在看燈，忽然聽到一聲「子衿姊姊」的尖叫聲，何子衿腦子驀然一清，發現手牽在別人手裡，然後跟著腰間一緊，自己身子就騰半空去了，不對，是頭朝下被人扛著走。也不是走，是跑。

何子衿立刻一邊喊救命拐孩子，一邊拔下頭上簪子就給了扛她飛奔的拐子一下，然後連戳好幾下。那拐子縱是鐵打的也架不住這種招術，何況燈市人多，一聽有人拐孩子了，當下便有許多人去攔。那拐子能幹這行，也不是善碴，只是腦子笨了些，他要丟下何子衿，自己還容易脫身，他偏生將心一橫，把何子衿往懷裡一拎，一隻手掐脖子，一隻手握著匕首，人質在手，面露凶光。

沈念是第一個發現何子衿不見的人，他總喜歡跟在何子衿身邊，這種時候出來，兩人必定要手牽手的。哪怕被燈市的熱鬧所吸引，沈念有什麼覺得好看的，也要跟他家子衿姊姊念叨一二的，誰知一回頭卻發現人不見了。

聽得沈念那一聲尖叫，何恭和沈氏臉都白了，好在他們立刻聽到閨女喊救命的聲音，沈氏當即道：「三丫頭、翠兒，看緊了阿冽和阿念！」提著裙子就跟丈夫去搶閨女了。

一見閨女被拐子劫持，沈氏險些厥過去。

何恭也擔心得緊，連忙道：「你要多少銀子都有，別傷了孩子！」

沈氏一見拐子手裡有刀，眼淚嘩嘩往下淌，自己都要嚇厥過去了，卻還提著一口氣安慰閨女，直說：「子衿，別怕別怕……」

那拐子冷笑，「乖乖讓開路，不然就叫這小丫頭同歸於盡！」帶著何子衿且往前行。

上元節這樣的大節下，又有燈會，最怕的就是騷亂、丟小孩兒的事故，因此縣太爺早有安排衙役巡邏，這會兒聽到有拐子，捕頭帶著衙役也趕到了。

到了也沒用，人家有人質在手啊！

何子衿剛拿簪子把這拐子扎個半死，拐子把她擒在手裡，她倒還有些機靈，早把簪子不知是藏還是丟了，卻還是被拐子抽了兩個耳光，沈氏心都要碎了，哭喊：「別打我孩子！」

她這剛喊一聲，立刻便有神兵天降。沈氏真不知沈念是怎麼從天上掉下來的，還好死不死正好掉到那拐子身上。小孩子分量輕些，可從上頭掉下來，也將那拐子砸得一歪。何子衿又不傻，拐子手一鬆，她一擰腰就脫了身，只是她也不能放著沈念不管，隨即縱身就撲過去了。她眼尖手狠，這時候就得打要害，她撲的也很對地方，摸出銀簪對著那拐子胯下就是刷刷刷刺三下。那拐子慘嚎一聲，這種痛楚，只要是圍觀的男人都忍不住腿軟。

拐子在劇痛之下蠻力附體，一下子將何子衿與沈念兩個都拽飛了出去。何子衿好些，她大了，後退幾步就有人把她接住扶起來。沈氏撲過去抱住閨女，眼淚險些流成河。沈念從半空砸那拐子時就摔了一下，這會兒年紀小，被摔到地上，頓時沒了知覺。

衙役們早一湧而上將拐子拿住，何家人也將沈念抱了回來，這會兒再沒了賞燈的心，直接就帶著沈念去找大夫了。

何子衿臉被人打，也得上些藥。

何老娘當機立斷，叫小福子跟著夫妻倆帶著兩個孩子去看大夫，她帶著蔣三妞、翠兒和何冽先回家，免得又節外生枝。

何子衿是皮外傷，倒是沈念身上傷的地方不少，而且頭也撞了，腦袋後一個大包，平安堂的張大夫道：「外傷好治，就是頭上這撞傷不好說。」

何子衿眼前一黑，搶著問：「可是有什麼不好？」難不成摔成了植物人？何子衿又特愛腦補，隨便腦補了昏迷的諸多後果，她自己就把自己嚇個半死，眼淚淌了下來，沈氏和何恭的臉色也很差。

張大夫一瞧，把家屬嚇壞了，連忙道：「好不好的現在不好說，我先開幾副湯藥，若是不錯，明日小公子便該醒了。待小公子醒了，再著人來請老夫就是。」

何恭道：「勞您開方。」

待張大夫開了方抓了藥，何恭將身上帶的碎銀子給他，「今日匆忙，不知夠不夠？」

張大夫道：「何相公放心，盡夠的。」身後的小徒弟收了銀錢，又安慰何家人道：「放心吧，吉人自有天相。」大夫說這種話，更讓人不放心了。

何恭抱著沈念，帶著老婆閨女告辭。

有意繞開燈市的熱鬧，沈氏心力交瘁，道：「以後再不來看燈了。」

何恭寬慰妻子：「也不關燈的事，幸而孩子們都平安，今天多虧了阿念。」是沈念機靈無比，提前爬到樹上去。那拐子也合該受些報應，劫持何子衿步步前走，就走到那樹下，沈念膽子也大，直接跳了下去把拐子砸了一下，何子衿方能脫身。

沈氏如今對沈念感激得不得了，道：「這是咱們子衿的福星呢！」要不是沈念先發現，閨女非被拐了不可。倘閨女丟了，沈氏也不想再活了。

夫妻兩個說著話回了家，何老娘略問過，忙令他們安置了，說：「今晚叫阿冽跟我睡，你們看著子衿跟阿念些。」

何冽懂事地沒說話，晚上悄悄問他祖母：「阿念哥沒事吧？」

「別擔心，我看那孩子是有福的。」

沈念豈止有福，若何子衿知曉沈念的奇遇，肯定覺得，老天爺沒給她開的金手指，說不得是開到沈念身上了。

沈念昏迷了兩天，何子衿每每摸一下他腦後的大包都擔心他摔成植物人，後來沈念昏迷中會咬牙切齒地說胡話，何子衿方稍稍放心，起碼不是植物人就好，轉而卻又擔心沈念會摔瞎了可怎麼辦？

何子衿簡直吃不下睡不香，直至沈念睜開眼睛，何子衿正守在他床前腦補，一見沈念醒了，連忙將手往沈念眼前晃啊晃，問他：「阿念，看得見不？」

沈念轉轉眼珠，仔細打量何子衿一陣，好不容易將腦中的混亂分清楚，點頭道：「嗯。」這是何家的丫頭，待他極好的。

何子衿伸出兩根手指，問：「這是幾？」

沈念：她以為我摔傻了嗎？

何子衿見沈念不言，心中一沉，眼淚都要湧出來了。

就聽沈念道：「二。」

何子衿此方歡喜起來，出去叫人，說沈念醒了。沈念望著何子衿跑開的身影，張張嘴，對著空無一人的房間虛弱地說一聲：「水……」他快渴死了啊！

何子衿把一大家子都叫來了，此刻何家人待沈念的態度相較先前簡直不能同日而語，倒不是說先前就待沈念差了，只是再沒有今日之親熱。

連何老娘看沈念都有些看親孫子的意思了，更別提沈氏，沈念救了她閨女，就是她的恩人，她早把沈念生母的事忘得一乾二淨，覺得沈念是她閨女的福星來著。見沈念醒了，沈氏念了聲佛，忙打發翠兒叫小福子去請張大夫過來，又問沈念可覺得身上好，有沒有哪裡不舒服。種種殷切讓沈念覺得，他兩輩子也沒在他親娘身上見到過這種態度呀。

只是，他怎麼會來何家呢？

在他那有些凌亂的記憶中，他先是被託付給義父，後來在江家長大的，再後面的事，不提也罷。只是，怎麼如今卻是到了何家呢？

大家見沈念不言語，也只當沈念是剛醒有些虛弱，還是沈氏倒了溫水，何子衿自告奮勇餵沈念。沈念現在哪裡要被個小丫頭餵，他一手接下飲盡，說：「我沒事了。」

何子衿摸摸他的額角，幫他掖掖被子，擦擦嘴角，用哄小孩子的口吻道：「阿念乖乖躺著哦，一會兒張大夫來給你把脈。」

張大夫來得很快，摸摸沈念腦後的大包，覺得消了些，這才痛快地宣告：「無甚大礙了，我再開些清血化淤的湯藥，吃幾日便能大安了。」

何家自上到下都鬆了一口氣，臉上露出歡喜來，連聲謝過張大夫。待送走張大夫，何子衿又道：「行啦，祖母、爹爹、娘，你們都去歇著，我守著阿念就行。他剛醒，怕吵呢。」

沈氏笑，「也好，晚上我做蒸蛋給阿念吃。」

又說兩句話，大人們便走了，讓沈念休息。何冽留下來問東問西，問沈念頭還暈不暈，身上還疼不疼。何冽小大人樣地吐了一口氣，奶聲奶氣道：「阿念哥，你可嚇死我啦！」

沈念笑了，「我沒事。」彼時他也曾期盼過有這樣的一個孩子，可惜沒有，一直沒有，到死都沒有。望著何冽白胖圓潤天真的模樣，沈念心裡輕鬆許多。

其實很快他便是明白，住在何家，真的沒有什麼不輕鬆的，這應該是他記憶中住的最輕鬆最舒心的地方了。饒是沈念用記憶中幾十年的經驗來衡量，也得說這是一家子好人，只是與好人在一起，也不是沒有煩惱的。

沈念的煩惱不是身上的傷痛，反正有張大夫的藥吃著，好得也很快，他的煩惱主要是來自何子衿的熱情，簡直令他吃不消。在他的記憶中，他是為了救這小丫頭才受的傷，繼而腦中生出那些記憶。剛清醒的前兩天，沈念有些搞不清楚自己是莊周夢蝶，還是蝶夢莊周。

然而，這些都不是最要緊的。

最要緊的是，何子衿每天照顧他無微不至不說，還天天看他吃藥，幫他上藥，後者便是求生不得求死不能的過程，沈念都寧願再去撞回頭，乾脆失憶的好。

就似如今，沈念正煩惱莊周跟蝴蝶的事呢，何子衿就叫著他一道泡腳洗漱，這還都是很正常的過程。哪怕沈念發現自己現在與何子衿同居一室，好在何子衿是小女孩，沈念也無所謂。可洗漱後事兒就來了。何子衿先拿潤膚膏幫他擦，沈念想自己動手都不行，何子衿說他手臂上有傷，非得代勞。那兩隻細細的小手在他臉上抹啊抹的感覺，叫沈念自心底生出一些說不出的感覺來。別想歪，哪怕沈念現在心理年齡突然增大，他也不會對一個小女孩有什麼心思，可就是那樣一種叫他形容不清的感覺還罷，忍忍也就過去了，關鍵是，擦完後何子衿還要對著他的臉啾啾兩下，用一種肉麻兮兮哄孩子的口吻這樣說：「阿念好香啊，阿念是姊姊的小香包！」肉麻得沈念有些支撐不住隨時都能抽過去。

接著，何子衿叫沈念上床，脫衣裳擦化淤的藥。

屋子燒得暖和，開始沈念還想使個法子支開何子衿出去自己上藥，何子衿直接說：「你自己擦？屁股、背上搆得著嗎？快脫！」看沈念磨蹭，她替沈念脫了。

沈念是想反抗來著，但他現在這個年歲反抗不了，所以，有這麼兩次，還被何子衿這丫頭嘲笑為「像逼良為娼」，沈念也就自暴自棄不反抗了。好在他上輩子有侍女服侍，一閉眼，把何子衿當侍女也能湊合下去。

譬如現在，沈念脫光光趴在床上裝豬。

在何子衿看來，這其實沒啥，小戶人家孩子睡覺不比大戶人家講究。何子衿是女孩子，沈氏養孩子精細，倒是給閨女備了裡衣，但如沈念、何冽都是男孩子，便潑辣著來了，冬天就是一身棉褲棉襖，年紀小，內褲都沒一條，睡覺脫光光，自來如此，故而何子衿才喜歡摸小孩兒的肥屁屁，軟嫩得不得了。

沈念如今的肥屁屁上是兩塊淤青，何子衿頗是心疼，說：「以後可不許這麼衝動啦，那麼多大人呢，拐子都被圍起來了，怎麼都跑不了。你暈了好幾天，我好擔心。」她知道沈念是個有情有義的孩子，卻也不想沈念這樣冒險。萬一真有個好歹，何子衿得內疚一輩子。

沈念：求您老人家快些把藥上好行不行？

何子衿先將藥膏在掌心化開，再給沈念揉屁股上，一邊揉一邊念叨：「疼不疼啊？」

沈念烈士般的咬牙，「不疼！」求您老行行好，別摸了成不成？

何子衿把沈念前後兩面淤傷的地方都上好了藥，給他蓋好被子，還要摸他屁屁一把，肉麻兮兮哄小孩兒的口氣道：「我最喜歡阿念的肥屁屁了。」

沈念羞憤地心想：讓我去死吧！

參之章 老鬼上身存舊事

沈念在何子衿的照顧下欲生欲死，其實何子衿也疑惑，她自詡為教育小能手，最有孩子緣不過，以前阿念多喜歡她親他，每次她親阿念，阿念都會羞紅耳尖。現在她親阿念，阿念卻一臉羞憤，好像她是地主惡霸在對良家婦女用強。還有，往昔阿念多喜歡子衿姊姊拍他的肥屁屁，現在子衿姊姊幫他揉屁屁上的淤青上藥，他那副裝死豬的樣子暫不提，身體還很僵硬。要說是因疼，可氣氛什麼的，何子衿總覺得不對勁。

她說不上哪兒不對，就是覺得不對，於是，更加賣力地照顧沈念。

結果沈念更不對勁了。

何子衿到底不是真正的小孩子，她有一次在給沈念揉屁屁上藥時，傷感地說了一句：「阿念是不是不喜歡姊姊了？」

沈念道：「哪有哪有！」您老只要對我少些關懷就是了。

何子衿盯著沈念趴在床上的後腦杓道：「阿念好像變了個人，不似從前了。」

沈念幾乎能聽到自己心如擂鼓的動靜，好在他那輩子也是活了一把年紀有些見識的人，如今不過重來，自覺糊弄個小女孩兒還是好糊弄的。沈念保持聲音不變，迷茫地「啊」了一聲，然後奶聲奶氣裝天真：「那是因為阿念長大了啊！」又乾巴巴補充一句：「子、子衿姊姊以後可不好再摸阿念的屁股啦！」

何子衿心中已然覺得不對，想她是個胎穿，裝天真的功力豈是「沈念」這幾日匆匆修煉可比擬的，何況剛剛她說話試探時，沈念肉體的僵硬她感受得真真切切的。再有，阿念何時叫她「子衿姊姊」打過磕巴呢？

何子衿為何此時發問試探，她就是心存疑慮，覺得沈念自醒後性情變得都不像沈念了。

別人不知道，但何子衿這與沈念同吃同睡的是知道的。細節最能反映真實，包括拿筷子的模樣，睡覺的習慣，喜惡啥的，都有些細微不同。何子衿選給沈念揉屁屁時問他，就是想，哪怕是眼睛可以撒謊，身體是不會撒謊的，只當時沈念身體驀然的僵硬，何子衿就認定，沈念果然是不對了。

何子衿非常善於腦補，她想，難不成阿念被野鬼附體了？還是說，阿念也被人穿了？

何子衿打小裝天真出身，演技比這才裝幾天的沈念高明多了，她不動聲色，還延長了幫沈念揉肥屁屁化淤的時間，直把沈念揉得恨不得再死一次時，何子衿才道：「好啦，睡吧！」睡前還親沈念的小臉一下，將沈念親得超不自在後，何子衿閉上眼睛入眠。

接下來幾日，她還對沈念進行了一連串不經意的試探，譬如說一說她舅啊，沈念竟然全都知道，還露出一種名曰「懷念」的神色來。何子衿暗道：莫非這老鬼讀取了她家阿念的記憶？那也不該是這種神色呀！

何子衿實在想不出沈念的來歷，但她還是有解決之道的。

何子衿打算……招魂。

聽著有些可怕，其實也沒啥好怕的。

甭看何子衿覺得沈念有鬼，如今在沈念眼裡，何子衿比鬼還可怕。看到他，不是親就是捏臉，沈念想死的心都有了，只是不想傷害自己少時的身體，方忍辱活著，不然受何子衿這種摧殘，還真不如死了痛快。

沈念如今但有空就與何冽在一處，他喜歡何冽這種白胖蠢嫩的寶寶。沈念避著何子衿，何子衿才有空私下同何老娘說給沈念招魂的事。

「阿念總是睡不好，我想那天可能是嚇著了。晚上說胡話，叫醒他又什麼都不記得。」何子衿早想好說辭，「祖母，要不要給阿念招招魂，興許他能睡得安穩些。」

不要以為招魂是什麼稀罕事，在這個年代再常見不過，哪家孩子夜裡總是哭，或者受了驚嚇伶俐不比從前，便有這種民間法事來作法。

何子衿一說，何老娘便極富經驗道：「總是睡不好啊？我看看是不是沖撞著什麼沒。」令余嬤嬤端來半碗黃米，用張紅紙蓋住，也不知何老娘咕噥了幾句什麼話，再揭開紅紙時，黃米中間就塌了一塊。何老娘道：「果然，小孩子魂魄不全，興許是被驚嚇著了。」

何子衿道：「咱們去給阿念招招魂吧。」

何老娘一擺手，很有經驗的樣子，「這個不用招魂，拜拜黃大仙就好了。」命余嬤嬤置辦些祭品，然後去拜黃大仙。

「要是拜不好可怎麼辦？」何子衿很是擔憂。

「拜不好再招。」

何子衿叮囑：「祖母、嬤嬤，阿念這事，妳們可不許跟別人提。我怕叫阿念知道，倒嚇著他自己。咱們偷偷拜了黃大仙，要是他夜裡安穩了就好。要是仍不安穩，就去給他招魂。」

「成！」何老娘如今對沈念印象正好，又與余嬤嬤念叨了一回：「這是個仁義孩子。」

余嬤嬤道：「可不是嗎？」若不是沈念第一個發現何子衿被拐子拐走，真要出大事了。

這事說來起因還在何老娘這兒，這幾年何子衿大些了，不再是原來的小丫頭，長得越發漂亮。大過年的，小姑娘也會打扮，打扮起來人見人讚，何老娘就喜歡帶著何子衿出去顯擺。

過年時沒啥事，何老娘顯擺孫女就顯擺得有些太勤快，何子衿這個相貌，早幾天就被拐子盯上了，人家是燈會上定點拐她，虧得沈念眼尖，何子衿也算有幾分傻運氣，方沒被拐走。

這可不是胡編，這是縣太爺嚴審拐子審出來的證詞。因何家是受害者，何恭還有秀才功名，縣太爺與何恭念叨了幾句。如今家裡沒事都不叫何子衿出門，生怕再有拐子盯上她，何老娘也再沒有出去顯擺孩子的臭毛病了。

何子衿下午便同何老娘余嬤嬤挎著竹籃，帶了幾個饅頭並香火去拜了黃大仙。回來時，何子衿才問何老娘：「祖母，黃大仙是個什麼神仙？」

「黃大仙就是黃大仙唄。」何老娘絮叨著講起黃大仙的神通來，「我跟妳說啊，黃大仙可是靈驗得緊，那一年，你曾祖母小時候的事兒了，家裡鬧災都沒吃的了，眼瞅就要餓死。妳曾曾祖母就拜這黃大仙，結果半夜聽到廚房有動靜，悄悄揭開簾子，趁著那月光一看，有許多黃大仙往廚房進進出出，妳曾曾祖母沒敢動，第二天一看，妳猜怎麼著？」

「怎麼著？」

「家裡見底的米缸都滿了，又有了吃的，一家人才沒餓死。」何老娘感嘆道。

何子衿有些不明白，問：「怎麼還有許多黃大仙？這黃大仙到底是啥呀？」

余嬤嬤一笑，悄悄告訴何子衿：「就是黃鼠狼呀！」

何子衿：我去！剛難道是去拜黃鼠狼精啦？這這這……這能管用嗎？再說，拜黃鼠狼精，帶饅頭有啥用，起碼該帶隻雞吧？

何老娘卻是來了講古的興致，「還有一回，也是妳曾祖母說的。那會兒也是年景不好，咱家來了投奔的親戚，可自家也難，家裡沒米了，她老人家就去拜黃大仙。原本就那一淺底的米麵，竟然舀一碗還有一碗，舀一碗還有一碗，直做了兩鍋飯，把親戚們招待飽了。」

何子衿唇角抽抽著道：「聽著好像這黃大仙只管著給送些米麵的事兒，這招魂的事兒，歸不歸黃大仙管啊？」

何老娘道：「先拜一拜，怕什麼？」

何子衿倒是不怕，她主要是擔心沈念。看那人對她家不似有惡意，且與何洌在一起時多有照看，可是，那到底是個什麼人呢？

不得不承認，何子衿就有這樣的膽量，她懷疑沈念的身體裡住著一個不知來歷的傢伙，還敢把沈念留在房間，還尤其對沈念好，天天啾啾啾後摸肥屁屁，主要是，她瞧著沈念那副羞憤的樣子就心裡特別痛快。

第二日，何子衿與何老娘說，拜黃大仙沒反應，阿念還是夜不安枕。

何老娘一拍大腿，「妳去拿件阿念穿過的舊衣裳，傍晚去給阿念招招魂！」

到傍晚準備招魂的時候，何子衿叫何洌去跟沈念看書，命翠兒瞧著他們。哪怕沈念對何家無惡意，可先前的阿念呢？先前的阿念哪裡去了？

何子衿跟著何老娘、余嬤嬤兩個挎著竹籃到了芙蓉街上沈念救她受傷的地方，何老娘先燒了黃紙，雙手合十拜了兩拜，嘀咕兩句，然後拿出沈念穿過的小衣裳念念有詞：「阿念回來吧阿念回來吧……」拿著衣裳在附近轉了一圈，最後帶著余嬤嬤和何子衿兩個沿著芙蓉街頭也不回地回了家。

回家便到了吃飯的時候，何恭還問：「娘，妳們做什麼去了？」

何老娘道：「沒啥，吃飯啦？洗手吃飯吧。」

倒是沈念深深地看了何子衿一眼，恰巧何子衿也在看他，兩人四目相對，都沒說話。直到晚上，洗漱後何子衿照舊給沈念的屁屁上藥。落下帷幔躺下，何子衿在沈念臉上啾一下，笑咪咪地說：「阿念睡吧。」

沈念卻是沒睡意，睜開一雙黑黢黢的眼睛盯著何子衿，低聲問：「招回來了嗎？」

何子衿險些被這傢伙嚇死。

她心跳如鼓，手腳冰冷，竟還沒暈，於是面無表情，盡量淡定，「看來是沒有。」

沈念低語：「我亦驚奇。」

何子衿追問：「奇在何處？」

沈念微微一笑，「奇就奇在，以前我可不知道何家有個妳。」

何子衿惡狠狠地道：「你給我老實著些，把阿念的身體照顧好！去！沒把人家底細問出來，倒叫人家看穿了！

沈念道：「妳還能把他招回來？」

何子衿躺在被窩裡，瞥那老鬼一眼，「總得想法子試試看。招魂不行，還有廟裡呢。廟裡不得，還有觀裡呢。」

既然大家已經攤牌，沈念嚴肅聲明：「以後不准再對我上下其手。」管這丫頭找什麼和尚道士，如今過這種倍受「摧殘」的日子，他還寧願回去做鬼呢！

何子衿眉毛一挑，湊近這老鬼，低聲道：「什麼是你？這是阿念的，你以為你一個野鬼附體，就是阿念嗎？我親是親阿念，摸也是摸阿念。如今暫叫你附體沒收你銀子錢，你就念佛去吧！再敢囉嗦，別怪我不客氣！」說著，何子衿手就伸進去，朝阿念的屁股摸了一把。

沈念氣極敗壞，「妳妳妳……妳這也是女人？」

何子衿冷笑，「誰說我是女人了？」

沈念大驚，「難不成妳以前是男人？」

何子衿掀被子給他一巴掌，冷冷撂下兩字：「睡覺！」

沈念忍著屁股上火辣辣的痛感：娘的！臭丫頭比鬼還凶！

何子衿一朝把老鬼制伏，便不偷偷摸摸的了，她每天用黃符紙抄一張《心經》，原本要燒成灰泡成符水給沈念喝的，奈何沈念寧死不喝，這傢伙撂下狠話，敢叫他喝這種東西，他立刻自殺，寧做鬼也不受這活罪。

何子衿還不能叫他死，阿念的身體得有個人來保存，無奈只得作罷。

就這樣，何子衿轉而將抄的《心經》給沈念壓枕頭底下，美其名曰：辟邪。

沈念：我他媽是邪嗎？

別看何子衿對沈念態度平平，她仍堅持每天對著沈念的那張臉念《子衿》這首詩，然後睡前對著沈念的臉說今天又做了什麼事，如何如何想他，說完後還要啾一下，摸一把阿念的肥屁屁才會睡覺。

何子衿不是一天兩天這麼幹，自從去廟裡拜了菩薩，觀裡拜了三清都沒用後，何子衿每天都這麼幹。沈念這種石頭老心都有些感動，覺得雖然這丫頭每天要肉麻兮兮地啾他，還要摸他屁屁怪叫他不好意思外，其實心腸很不錯。雖然對他不夠好，但對他此生的小時候真的是一心一意。

沈念幽幽地嘆口氣，都準備跟何子衿解釋他複雜的身分來歷了。

只是，他還沒想好要如何同何子衿開口，沈素和江氏就駕車來了。

沈素茶都顧不得喝一口，一手拉一個，先看過何子衿後，又瞧沈念，見兩個孩子都面色紅潤，沈素堪堪放下心來，道：「我的天，可是嚇死我了。聽里正說子衿險些被拐了，爹娘都坐立不安，我連忙借了車過來。不瞧一眼，再不能放心的。」又問：「究竟怎麼回事？」

一提何子衿被拐之事，何老娘這心裡就有幾分尷尬，惡狠狠地道：「殺千刀的拐子，還不是看我家子衿生得俊，就起了賊心！」

此事說來，雖何老娘是個因，但委實怪不得何老娘，誰家孩子好不喜歡顯擺，就是何恭出門聽到別人誇自家孩子，也唯有高興的。再說，拐子拐孩子，那些歪瓜劣棗的拐去了也賣不出好價錢，自然是揀著相貌好的拐。

何恭道：「燈會上人多，我還特意著意了也沒防住。幸而阿念機靈，不然真不敢想。」

沈氏亦道：「阿念真是子衿的福星，怪道兩人一見面便投緣。」

沈素笑讚沈念：「幹得好，男子漢大丈夫就得有勇有謀！」

沈念見著沈素已是激動得不得了，他他他……他兩眼都泛出淚光來了，拉住沈素的手，吸吸鼻子道：「都是應該的。」忍不住問：「義父，您可還好？」

何子衿眼睛微瞪：這老鬼怎麼叫她舅「義父」？你還這麼一副甫見親人的樣子做什麼？老鬼到底什麼來歷呀？

沈素摸摸他的頭，「好啊。阿念這般勇敢，義父自豪得很。」嗯，義父這個稱呼不錯。

沈念立此大功，沈何兩家人待他都和氣得緊，何況沈素這被託孤之人呢？

「孩子們都沒事就好，虛驚一場，也是個記性，以後再往人多的地方去可得小心。」江氏笑，「咱家孩子都生得好。」看子衿的相貌，當真是闔縣難有這樣出挑的好相貌。

何老娘道：「誰說不是呢？出了這事，我跟孩子們都說了，再不准一個人出門。」

江氏問：「聽說子衿跟阿念都受了傷，可大好了？」

何老娘笑道：「都好了，就是阿念年紀小，嚇了一下子，晚上睡不安穩。我給他拜了黃大仙，又招了魂，如今都好了。」一不留神，把事給說出來了。

反正這老鬼也早知道了，何子衿破罐子破摔，無所謂。

沈念朝何子衿笑笑，對江氏客氣且疏離道：「是啊，我都大安了，義母不必掛牽。」

何子衿：這是人說的話嗎？生硬得要死，誰家孩子會這樣說話，看江氏都雷成啥樣了？

何子衿還得幫沈念找補，她笑嘻嘻地同江氏道：「阿念自從救了我，就覺得自己長大了，非但成天裝大人，還學大人說話。我要哪天不留神說他小，他可不樂意啦。」

沈念暗道，我裝孩子的本事果然不如這丫頭啊！於是，他扭曲著一張小臉兒，結結巴巴裝天真補救：「哪、哪有？」

用何子衿毒辣的眼光看，沈念這種表現只能打四十分，好在大家只當小孩子彆扭，並未在意，就連江氏都笑道：「阿仁也是這樣，現在誰說他小，都要噘半日嘴。」

說起孩子來，大家不禁一樂。

何子衿、沈念都平安，沈素江氏便也放了心。

江氏私下同沈氏道：「是里正來縣裡聽了信兒，特意往咱家說了一聲。這可是把爹娘嚇壞了，雖聽里正說孩子們沒事，娘也一宿沒睡好呢。」

沈氏仍是心有餘悸，「我也是嚇個半死，倘子衿真有好歹，真是要了我的命。」

江氏笑，「可見子衿是個有福氣的。」

沈氏嘆，「以前我一直不喜阿念，不想他人雖小，卻極有情義。子衿也待他好，為了救子衿，那孩子摔得渾身是傷呢。」

「是啊！」江氏感嘆，「不似爹又不似娘。」

「如今我只當他與阿冽是一樣的，他救了子衿，就是救了我的命。」沈氏膝下只此一兒一女，都是心肝寶貝。經燈會之事，她都鮮少再叫孩子們離了眼前。沈氏道：「阿念的事，就這麼著吧。我養著他，你們只管把你們自己的日子過好。阿素下科春闈就要去帝都的，我再跟妳說個事兒，過些時日，子衿她姑媽要歸寧。」

江氏也知道馮姊夫一家，「我聽相公說過，馮家大爺母孝已滿，想是要起復做官。」

沈氏道：「開春就滿了孝，臨去帝都前要來瞧我們太太，到時我叫人捎信兒，妳跟阿素過來，我大姑姊是極好的一個人。阿素若準備下科春闈，少不得馮家姊夫指點。」

江氏笑，「那敢情好。相公說，秋闈時就沒少麻煩馮家姊夫呢。」什麼樣的鍋配什麼樣的蓋，沈素自來八面玲瓏，江氏自也是個機靈人，這便稱「馮家姊夫」了。

「都是親戚，不必外道。」親戚間就是這樣，講究一個守望相助。將來沈素能考出些成績，在官場上與馮姊夫也是互為助力。

姑嫂倆又說些家裡的瑣碎事，沈素和何恭郎舅二人自也是有許多話說，何子衿悄悄教育沈念：「收起那張晚娘臉，給我樂呵著些！」

沈念咬咬牙憋氣。

何子衿道：「要是叫人瞧出來，你還活不活啦？」

沈念此方面色好些，何子衿拿塊糕給他，「吃吧。」

沈念：老子又不是小孩兒！

何子衿在他耳邊嘲笑，「你以前是過的好日子吧？看你這些天飯都吃不香，除非見著魚肉兩眼放光，又擺出矜持的模樣，吃個飯都要裝腔作勢，每次都叫阿冽把肉搶走。」嘿嘿嘿，偷笑幾聲，「傻要面子！」

沈念忍不住，捏著糕點，低聲道：「女孩子要貞淑靜怡為佳，當心嫁不出去。」

何子衿偷笑，「這就不勞您老操心了。對了，你以前對我舅叫義父呀？」

不必沈念跟何子衿交代底細，何子衿腦洞大開到把他底細猜出來了。她對沈念可不是對阿念的細心，晚上還道：「都知道點兒什麼，跟姊姊說說唄。」

沈念不搭理她，何子衿就拿出本子來，用鵝毛筆寫日記，寫完後對著沈念念一遍。

阿念：

舅舅、舅媽聽說我們險些被拐，趕到家裡來看望我們。你好久沒見舅舅了吧？是不是很想他？舅舅還是老樣子，俊俏得不得了，我覺得舅舅是碧水縣第一俊男。當然，阿念以後長大了，肯定比舅舅更加俊俏。舅媽也來了，舅舅還讚阿念勇敢呢。我也覺得阿念很勇敢，可是也不想阿念再為救我受傷，我真是心疼又內疚。

中午吃的燒羊肉，還有炒青菜、炒白菜、山菇燉五花肉、蒸臘排骨、紅燒魚，一桌子好菜呢。還有阿念最喜歡吃的蛋羹，拌上小磨油，簡直香飄十里。

下午我去花房收拾花草，天氣漸漸暖和了，過些天花就能重新發綠枝了。街上的柳樹已經有些綠色了，咱們屋裡的水仙花還在開，香極了。今天舅舅舅媽來得突然，我送了兩盆過去給他們熏屋子。我想著，過不了多久，院裡牆角下的迎春就能開了。

過幾天就是我的生日了，去年我們還說，今年生日，阿念要陪姊姊一起早上吃春餅，中午吃麵條的，阿念還記得嗎？

現在阿冽都不找我教他念書了，姊姊真想念阿念。如果是阿念，肯定只聽姊姊一個人講功課的，對不對？姊姊實在太想念阿念了。

最後註明日期年月。

何子衿念著念著，自己都感動地抽了一鼻子。阿念為了救她，竟被一個老鬼給霸占了身子，她實在太對不起阿念了。

倒是沈念勸她寬心：「其實，我也是阿念。」

何子衿翻白眼，「你是個屁！」

沈念：難不成我這輩子註定要被這臭丫頭嘔死？

過了何子衿的生日沒幾天，馮姊夫就帶著妻兒歸寧來何家向何老娘請安。

何老娘見著閨女女婿外孫子，尤其是打扮得像小紅包似的小外孫馮羽，何老娘已是稀罕得不得了。因是頭一遭見，何老娘早預備了銀項圈銀手鐲給外孫，相當的大手筆。

既已出孝，一家子便不用素色，何氏穿了一身大紅衣裙，臉上微見圓潤，笑道：「這小東西可磨牙了，不比阿翼小時候聽話，總是白天睡晚上鬧，如今這剛略好些。」

何老娘抱了外孫子在懷裡稀罕著，「孩子小時候多這樣，別說阿羽，妳小時候在床上躺著睡不了覺，每次不是妳爹就是我，得抱著在地上走妳才肯睡。這會兒又說孩子，要是阿羽睡覺淘氣，妳不用找尋別人，這就是像妳。」

馮姊夫笑，「岳母這話，可是解了我的冤屈，阿敬還常說阿羽像我才這般淘氣。天地良心啊，還是岳母明察秋毫。」把何老娘哄得樂呵得不成。

何氏嗔道：「在我娘家，你倒來告我的狀！」

馮姊夫笑，「岳母疼女婿，這狀才告得。」說得大家都樂了。

唯馮翼噘著個嘴，小聲同何子衿抱怨：「自從有了阿羽，我爹我娘的嘴天天咧得像瓢一樣，合都合不上。」

何子衿簡直不用問都知為何，馮翼是個黑胖，相貌其實也還是濃眉大眼，只是占了黑胖兩樣優點，便與俊俏無緣了。馮羽則不然，這孩子會長，饒是何氏馮姊夫不算美女俊男，這孩子硬是揀了父母的優點長，怎麼好看怎麼長。這般一歲大的孩子，玉雪可愛又搖搖擺擺的剛學會走路說話，會奶聲奶氣地喊爹爹娘親。並不是何氏馮姊夫就偏疼幼子，實在是這時節的孩子就是這般可人疼，何況馮羽是小兒子，且生得格外好些。

何子衿笑馮翼：「你不會天天把臉黑得跟鍋底似的，嘴噘得能掛油瓶了吧？」

馮翼小聲道：「妳不知多可氣，我二嬸天天來瞧阿羽，來了就連聲誇阿羽生得俊，說我生得醜，氣死人了。孔夫子都說，以貌取人，失之子羽呢。婦道人家，可懂個啥？」

何子衿安慰他：「你二嬸不是沒兒子嗎？她不是稀罕阿羽，她是想兒子了。理她做什麼，你還是做哥哥的呢，難不成你不喜歡阿羽？你看他生得多可愛。」

馮翼哼一聲，「子衿妹妹，妳不會是要叛變吧？」

「叛變啥？我稀罕阿羽就是叛變你啊？」何子衿刮他臉，「幼不幼稚，你都多大了？你比我還大兩歲吧？」

馮翼比何子衿年長兩歲，今年正好十歲，他這兩年過了狗都嫌的年紀了，自覺是個大人了。本不該跟妹妹抱怨這些幼稚話的，可不知怎地，他見著何子衿笑咪咪的模樣，就有好多話要跟何子衿說。也不一定要說什麼，就是覺得這才兩年不見，妹妹竟然不是先前的小胖妞了，也不梳包包頭了，頭上簪了新鮮的迎春花，整個人比迎春花還要好看。

馮翼道：「不管怎樣，妳可得記著，咱倆是最好的。」

「記著記著呢。」何子衿笑咪咪的，覺得馮翼很可愛。

何氏笑，「阿翼一來就跟你表妹嘀咕，嘀咕什麼呢？」

馮翼道：「我是見妹妹大變樣，竟不是以往小胖妞的樣子啦，覺得驚奇呢！」

何子衿不理這黑胖，幾步過去稀罕馮羽了，抱在懷裡逗得馮羽咯咯直樂。何子衿最喜歡小孩子，親了又親，馮翼急得大叫：「子衿妹妹，說好了不能叛變的呀！」

何子衿抱了馮羽過去給馮翼瞧，馮翼道：「妳覺得我好看還是小羽好看？」

何子衿：你受刺激過度了吧？

不過，為何叫何子衿教育小能手呢，她便有這種睜眼說瞎話的本領，她認真道：「當然是阿翼哥好看。阿翼哥長得這麼高，這麼壯，我要跟你出去別人都得羨慕我有這樣的表哥呢。阿羽還是個娃娃，你看，他就是長大了，也就是一白面書生，哪裡有你威武啊？」

馮翼那顆被刺激得格外敏感的心立刻得到了撫慰，他瞥他弟一眼，捏他弟小臉兒一下，點頭道：「對，阿羽太白了。男孩子長這麼白做什麼？唉，怪可憐的。」

眾人：原來白是一種可憐啊……

何子衿還在一旁說：「男孩子就得像阿翼哥這樣威武些才好看。」

馮翼道：「像阿羽這樣也還好啦，就是他像女娃太白太嫩了，妳說是不是？」

「小孩子都差不多啦。」何子衿道：「我還是希望阿羽能越長越像翼表哥才好。」

馮翼自從他弟降生就沒得到過正面評價，關鍵是，他娘懷他弟時趕上他狗都嫌的年紀，孕婦總有些脾氣，何況那時馮翼是真的很討嫌，沒少挨揍。待他娘把他弟生下來，馮翼處於討嫌末期，他其實也喜歡白嫩嫩的弟弟。小孩子的喜歡跟大人的喜歡是不一樣的。譬如，馮翼先時喜歡何子衿，就天天說何子衿胖妞，能把何子衿氣死。相對的，馮翼喜歡他弟，便以喜歡戳哭他弟為己任。為這個，不知挨多少罵，罵得馮翼對他弟失了興趣。又受到家裡人打擊，無他，他弟生得俊唄。

將將兩年的鬱悶，硬給何子衿這睜眼說瞎話的教育小能手撫平，馮翼感嘆：「子衿妹妹，妳就是我的知音啊！」這個年紀的少年，因外形而自卑時，需要的就是何子衿這樣漂亮小姑娘的鼓勵呀。

何氏笑，「你快別活寶了吧！」

「娘，您不懂。」馮翼剛剛脫離狗都嫌的境界，正式進入「父母不理解他，家長不明白他」的境界，俗稱中二境界。

馮翼戳他弟一下，對何子衿道：「我帶了禮物給妳，還有三姊姊、阿念、阿冽的。」其實沒有給阿念的禮物，只是瞧見何家多了個孩子，既姓沈，想必是他子衿妹妹舅家的孩子，馮翼也不會小氣的。

何子衿笑道：「謝謝表哥。」

馮翼道：「妳還是像以前那樣叫我翼哥哥吧，我喜歡聽妳那樣叫我。」

何子衿道：「小孩兒才那樣叫呢。」

「妳現在也不大呀，比我小。」馮翼堅持，何子衿便又叫回「翼哥哥」。

說了會兒話，何子衿便抱著馮羽，帶著馮翼、沈念、何洌出去玩了。何恭與馮姊夫去了書房，沈氏帶著蔣三妞張羅飯菜，何氏與何老娘說著體己話。

何老娘道：「阿羽這孩子真會長，實在俊俏。」

何氏笑，「比我跟他爹長得都好，只是娘別在阿翼面前總說，我家裡二房妯娌不是三個丫頭嗎？早先稀罕阿翼得很，自從我生了阿羽，她又改口只說阿羽好。誇阿羽便罷了，還要說我阿翼生得不如阿羽。孩子家拿這話當真呢，阿翼可不樂意了。」

何老娘道：「還是孩子呢。這是他親兄弟，待他懂事，沒有不疼的。」

何氏嘆口氣，「兒子就是不如閨女懂事，您看子衿帶孩子，一看架勢就叫人放心。」

何老娘笑說：「這不在男女，子衿早就招小孩子喜歡，附近的孩子，沒有不喜歡跟她玩兒的。隔壁阿念媳婦生了個小閨女，這才一歲多，她親姊姊與子衿同年，按理她們黑天白日地守著，那丫頭倒不喜培培，反喜歡子衿，培培常因這個生氣呢。要我說，這是天生的孩子緣。妳看，她一抱阿羽就笑。」

「是啊！」何氏笑，「子衿這丫頭生得也越發好了，小時候我就說她以後是個美人胚子，瞧瞧現在這小模樣兒，真個百裡挑一。」

何老娘愁道：「就這樣也就行了，可別再往好裡長了。妳可是不知道，上元節險些出了大事。」接著將何子衿被拐子盯上的事給說了，「縣太爺親自審出來的。年下走親戚串門聽戲的，我想著丫頭大了，且又不是那拿不出手的丫頭，我就常帶著她出去見見人。她模樣生得俊，可不就被拐子給盯上了。虧得阿念機靈，要是真丟了，咱家這日子可怎麼過呢？」

「真個殺千刀的拐子，做這喪盡天良斷子絕孫的事！」何氏先罵一句，又寬慰母親：「說是虛驚一場，可見咱子衿是個有福氣的。娘想一想，要不怎麼就叫阿念發現了呢？還有，阿念這孩子怎麼到咱家來了？」

何老娘便悄悄將沈念的來歷同閨女說了，因收了沈念的撫養費，且沈念又救過她孫女，何老娘頗是通情達理，道：「這也是沒法子的事，妳弟弟、弟妹心軟，阿素求到他們頭上，又說得懇切，我便應了。也就是一口飯的事，以後有阿素呢，愁不到哪兒去。」

何氏道：「可見世上的事都是有因有果的，咱家剛收養了阿念，他就在上元節救了子衿，可見好人有好報。」

何老娘十分信服閨女這話，「很是。」

何氏又道：「以往倒看不出沈舅爺是這樣性情的人。」

若是納小什麼的，何氏絕不會說沈素的閒話，這年頭倘女人自己撐不起來，不要說略有些本事的男人，便是那些地主老財乍多收入個三瓜兩棗的，還得吵吵著要納小呢，但沈素這個又不一樣，怎麼倒弄起外室來？沈念的出身，委實不大光彩。好在倒真是個好孩子，年紀這般小，就如此有勇有謀了。

「男人啊，哪個跟妳爹似的。姑爺這樣就很好，就得要這樣，妳自己肚子爭氣，有了兒子，一輩子消消停停地過日子。」何老娘問：「女婿打算什麼時候去帝都？」

「東西都收拾好了，原是打算三月動身的，哎，娘，您不知道……」何氏很難以啟齒，何老娘以為閨女有何難處，忙問：「怎麼了？」

何氏低語道：「我們老爺要續弦，人也看好了，日子也定好了，就在五月。本來我們是要三月啟程去帝都的，老爺非要我們待那填房進門，見了禮再走。」

何老娘往地上啐了一口，罵道：「什麼東西！一個填房重要還是女婿的前程重要？這還沒進門就挑唆著你們老爺拿三捏四了，進了門還能有好？」

何老娘冷笑，「妳婆婆墳上的土還沒乾呢，妳公公就要續弦，他這速度倒還不慢！」

「這有什麼法子，公公執意要續弦，家裡二叔略多說幾句，還挨了兩下。」何氏無奈地嘆了口氣，「倘公公只是房裡收幾個人，咱們也不敢多說，只是續弦到底不是小事。」

何老娘低頭思量一二，方道：「豈止不是小事，妳公公年紀不算大，續個知理知面的倒罷了，萬一續個狐狸精，女婿再能幹，還有孝道管著呢。可得跟你們二房說好了，他們是在家守著的，多幾個心眼兒不算壞事。」

何氏道：「我們一家都在為這個發愁，小叔子一家也不好過。」

何老娘教導閨女：「妳有兩個兒子，自己但凡多留心眼兒。要說爭，也別爭家裡這三瓜兩棗的，女婿有了前程，妳就什麼都有了。可妳不爭，也得叫妳婆家這些個人知道妳可不是爭不過，只是不想爭而已。女人這一輩子，好賴大都要看男人。俗話說的好，好女不穿嫁時衣，好男不吃分家飯。別因這個事叫女婿煩心，實在沒出路時，再回來爭這家業吧。」

何氏道：「我們鮮少在家，家裡這事原就要指望二房，叫二房多得些也是應該的。」

何老娘撇嘴，又道：「豈止是多得些？不過，女婿同妳小叔子是同胞兄弟，一個娘胎一根腸子爬出來的，這些也別計較了。萬一那填房再生養一兩個出來，妳婆家可是熱鬧了！」又嘀咕：「當初妳爹可沒看出妳公公是這種花花腸子。」

何氏笑得無奈，「我婆婆活著時，公公的眼睛就不敢往丫鬟身上多瞄一下。」

何老娘再次抱怨：「妳說妳婆婆，得是八輩子沒吃過石榴啊，硬能叫石榴給嗆死！」頓一頓，又道：「真是叫人開了眼界。」

「自己死得窩囊，還連累得你們要應付這些麻煩。」何老娘簡直煩死自己親家了，死都死得這麼窩囊，到頭來兒子的福沒享上不說，妳前腳抻腿走了，死老頭子沒良心立刻續弦。何老娘暗道，當初那石榴該叫女婿他爹吃了才好。

何老娘不愧是何子衿的親祖母，她老人家突然腦補了一下，對閨女道：「當初妳婆婆吃的那石榴，不會是妳公公給她的吧？」

何氏感覺一個神雷劈下來也就是這樣了。娘啊，這話能亂說嗎？

看到閨女眼中的譴責，何老娘道：「要不妳公公怎麼這般著急續弦呢？」

何氏深悔將家中之事與母親絮叨，她揉著額角，悄聲道：「要是公公有這個本事，他哪至於被婆婆管一輩子呢？」

何老娘還以為給親家太太之死找到了原由，聽閨女一說，頗覺遺憾，「那也是啊！」

何氏：您老這般遺憾是什麼意思啊？

何老娘素來存不住事，她很快就私下把親家馮老爺續弦的事同兒子嘀咕了一回，惡狠狠地說幾句：「真個老不要臉的，一把年紀孫子都快娶媳婦了，又給兒子找小媽！」

何恭勸他娘：「這要能勸，姊夫沒有不勸的。姊夫既然沒說，娘就當不知道就好。」

何老娘不過滿心晦氣同兒子報怨一二，聽兒子這話，將嘴一撇，「我能不知這個？這還用你說？去吧，聽到有這種老不要臉的事兒跟你念叨念叨，你可不許學這種畜牲，好生與你媳婦過日子！看咱們阿冽，多招人稀罕！」說著說著，她老人家又跑了題。

何恭早知老娘的脾氣，哭笑不得地聽老娘叨咕一頓。

倒是何恭這存不住事的性子，與老娘挺像的，晚上便與妻子念叨，沈氏吃驚地道：「這把年紀了，實在覺得孤單，我聽說大戶人家不是有通房丫頭嗎？再什麼，納個妾也成啊，怎麼倒明媒正娶？續娶的是個什麼人，這可得打聽好了。」

「別提了，聽說是個十七八的大姑娘，比阿翼他二叔還小個七八歲。」何家是小戶，素來無這些是非，何恭道：「當初忻堂兄要續弦，人們就說小嫂子太年輕，阿湯他們稱呼起來尷尬呢。那起碼小嫂子還與阿湯同齡，再一看馮家這個，豈不更尷尬？」

沈氏道：「倘馮家老爺能娶個李大嫂子這種性情的，那也是馮家的福氣。」

李氏除了是續弦，娘家貧寒外，沒什麼拿不出手的。娘家貧寒不算什麼，若娘家顯赫，誰肯將個十七八的大姑娘嫁人做續弦呢？可除了這兩樣，李氏人品沒的說，嫁進來後對兩房繼子客客氣氣，連家事都不多問一句。如今生了閨女，何忻給她在州府支起鋪子來，幹得有模有樣。馮老爺這個就不知什麼性情了……

夫妻兩個說了一回馮家閒話，沈氏道：「既是姊姊在私下同母親說的，你可別在姊夫跟前提這話。」再不好，那也是馮姊夫親爹的事。男人多要面子，不見得願意聽這個。

何恭笑，「我豈是那等多嘴之人？」

夫妻倆說了會兒私房話，又為子孫後代努力了一回便歇了。

何恭摟著妻子，低聲道：「阿冽也大了，明兒後的移到隔間讓他睡吧。」

沈氏枕著丈夫的手臂，輕聲道：「還是再過些日子，阿冽不跟著我睡不著覺。」

何恭道：「子衿兩歲就自己睡一屋了，不是挪走，暫住隔間罷了，不然忒不方便……」

沈氏夜裡都將臉羞個通紅，捶他一記，「這是哪裡的話，快閉嘴！」

何恭在沈氏耳邊嘀咕幾句，惹得沈氏一陣輕笑，夫妻兩個喁喁細語，漸擁著睡去。

何冽還不知父母已經打算讓他遷居隔間了，因家裡來了表哥表弟，何冽這兩日玩得有些瘋，更讓何冽高興的是，舅舅和舅媽又把沈玄和沈絳帶來了。他對沈絳和馮羽這種小傢伙沒興趣，他喜歡跟馮翼、沈玄、沈念這樣的大孩子在一起玩。

沈玄和何冽年紀相仿，更加合拍，沈念這老鬼倒也有耐心陪著孩子們玩，唯馮翼，他現在中二期，最瞧不起小孩子的幼稚遊戲。相對的，他偏愛同子衿妹妹說說話聊聊天念念書，順便展示自己的學識。再者，馮翼在碧水縣也有好朋友，何洛和何涵他都認得的。

於是，小的同小的玩，馮翼去找自己適齡的朋友玩，還去許先生的課堂做旁聽生，沈素都讚他：「阿翼這般好學，以後必有出息。」

馮姊夫：他兒子在碧水縣的學習熱情比在家強十倍不止啊！尤其每天回來還要對著子衿表妹把當天學到的東西講一遍，兒子，你這可真是……

馮翼謙虛道：「我天資差些，唯勤能補拙。」

沈素笑，「能說出這話，可見天資不差。」

何恭心性實誠，「你多跟弟弟們講講學問，總跟你妹妹講做什麼，她不用考功名。」

馮翼心說，誰要跟那一群傻小子講學問？他道：「舅舅，阿冽他們年紀都小，講了也聽不懂。子衿妹妹聰明，我一講她就明白。」他同子衿妹妹才是知音呢！

馮翼除了喜歡跟子衿妹妹講功課，他還喜歡陪子衿妹妹逛街，買花兒給子衿妹妹戴，買果子給子衿妹妹吃，對子衿妹妹比對他娘還周到。

沈素這做舅舅的實在看不過眼，私下同自家姊姊道：「阿翼不會是對子衿有意思吧？」

沈氏嗔，「說什麼呢？他們才多大，阿翼早就同子衿投緣。」

沈素嘀咕：「就憑咱們子衿的相貌，哪個臭小子見了她都投緣。」

沈氏氣笑，「胡說八道！」

沈素叮囑他姊：「子衿再大些，妳可得叫她留心，那些臭小子要是上趕著找她說話，讓她不必理會。也別太早給子衿訂親，總要選個合適的才成。」

沈氏道：「別淨說這些沒影的事兒，子衿才八歲，還早得很。」

「反正姊姊妳可得心裡有數。」

沈素很為外甥女的終身大事著想，覺得馮翼平時瞧著不錯，這仔細一看是個黑胖，還總喜歡在他外甥女身邊說笑討好，委實令人不大喜歡。倒不是馮翼真的不好，其實馮翼不論從年齡到家世到人品，現在瞧著都不錯，起碼配何子衿是一等一的人才，只是沈舅舅心裡也有些自己的小想法，他如今已是舉人了，雖居鄉間，不若何家富庶，但門第不比何家差了，說來，他家裡也有適齡的兒子。雖以往沈舅舅也說過要兩個孩子投緣啥的，如今外甥女越發出挑，他兒子年紀小些唄，可沒瞧出與子衿表姊不投緣的意思來。就像沈舅舅說的，男孩子鮮少有同他外甥女不投緣的。

沈氏笑道：「姊夫他們今年就去帝都了，以後為官為宦的，回來的日子就少了。你別瞎尋思，我再沒有把子衿遠嫁的心思。我就她這一個閨女，你看我大姑子，就嫁到芙蓉縣，多麼不方便，好幾年才回娘家一趟。就是我，說來近些，回娘家的次數也有限。子衿我早打算好了，以後她大了也就在碧水縣給她尋婆家，不為別的，來往方便。」

馮家條件好，馮翼也不錯，沈氏是個好強的人，哪怕如今閨女小，做親娘的，心裡也是有些打算的。閨女自身讀書識字，相貌亦佳，何家不算富戶，但也吃穿無憂，沈氏自然也想給閨女尋一門好親。現成的，馮家好，就是沈家，沈玄比何子衿小兩歲，也不算不般配，何況弟弟沈素如今也是舉人了。兩家都好，但這親事，自來是男方求娶，沒有女方求嫁的。再者，丈夫至今只是個秀才，門第上比起馮沈兩家便有些不如。三家情分皆是不錯，但越是如此，沈氏越不能表現出「高攀」的意思來。反正好女不愁嫁，她閨女擺在這兒，相貌性情都知道，若有意自然是有意，若無意，難不成世間就沒別的好姻緣了？再說，孩子們還小呢！

故此，沈氏頗為悠然。

沈素勸她：「說這個還早，咱娘那會兒也料不到姊姊妳會嫁給姊夫。」

沈氏一笑，「這也是。」

聽到外頭有琴笛之聲時斷時續，姊弟兩個透窗一看，聲音是從花房傳來的。

沈素很想去瞧瞧，礙於長輩的面子就沒去，不過，晚上該知道的也知道了。他兒子沈玄夾塊小酥肉就說話了：「爹，您聽到子衿姊姊彈琴了不？阿翼哥非要吹笛子給子衿姊姊伴奏，吹得難聽得要命還非要吹。給他吹得，我出去噓噓了兩趟。」

江氏說兒子：「正吃飯呢，你老實些。」

小孩子還不懂飯桌上的忌諱，何況三家都非大戶，食不言的規矩也不大講究。何洌幫沈玄表兄補充道：「舅媽，是真的，我尿了三泡，阿羽還尿褲子了。我給阿絳拿棉花堵了耳朵，他才好歹沒尿褲子。」

馮翼聽到幾個小鬼這樣說他，氣道：「還不是你們在一旁搗亂，我才沒吹好！」

何冽道：「分明是你自己不會吹還非要吹，現在又怪我們。」

馮翼哼一聲，「果然跟你們這種小屎娃子說不到一塊兒，子衿妹妹，以後咱們自己練自己的，不理這些不懂欣賞的傢伙！」

子衿妹妹就沒尿！肯定是這些傢伙自己水喝多了，這會兒都賴他頭上！

沈玄像他爹，人也大何冽一些，嘴巴伶俐，道：「阿翼哥，甭管你什麼時候吹，晚上可千萬別吹。你要吹一晚上，我們得尿一晚上，要是不留神把姑丈家的房子沖垮就不好了。」

大人們強憋著才能不笑出聲來，馮姊夫、何恭和沈素三人齊板了臉，沉聲道：「都閉嘴吃飯！」這才得以消消停停地吃一餐飯。

晚上各找各媽各告各狀，沈玄跟他娘道：「阿翼哥好討厭，總要跟子衿姊姊玩兒。」

馮翼大些了，倒不跟他娘告狀了，他就是拿出自己心愛的小笛子，在屋裡吹啊吹的吹個不停，一會兒就吹得他弟撒了兩泡尿，等他再吹，他老子都不好了，不得不提醒兒子：「明兒再吹吧，早些睡，你弟弟睏了，別吵著他。」

馮翼道：「爹，不指望著您給我助陣，可也別扯後腿呀！我得趕緊把笛子練好，到時我跟子衿妹妹兩個一人吹笛一人彈琴，多好呀！」

「好嗎？」

「好。」

「好在哪？」

馮翼也說不上來好在哪兒，他索性道：「反正就是好，這麼一院子的傻小子，我就跟子衿妹妹合得來。」說完，他就又斷斷續續練起他的小笛子來，直把他爹吹得腿間一緊。

馮爹：娘的，老子也要去茅廁了！臨去方便前，惡狠狠地警告這沒眼力的長子：「你不睡別人還要睡！一大家子人，不許吹了！」說完，急去方便了。

馮翼放下笛子，長嘆一聲：我的知音果然只有子衿妹妹一個呀！

馮翼魔笛之威力廣大，別說他爹受不了，沈念這等老鬼也受不了，他夾著兩條小短腿往茅廁跑，何子衿在茅廁外等他。

沈念頭都大了，「我求妳，妳趕緊回屋吧。」就以前他也沒讓侍女服侍過方便啊！

何子衿堅持，「阿念都要我等他的。」

沈念頭痛地撒完尿，心裡閃過一絲自己都沒察覺的歡喜，暗自嘀咕一句：「以後妳肯定嫁不出去！」提褲子走人。

兩人一前一後回屋，洗漱後，何子衿照例把日記對著沈念聲情並茂地讀了一遍。沈念身上的淤青已經好了，不必何子衿再幫他上藥。何子衿啾他一下，摸一把肥屁屁便睡了。

躺在床上，沈念問：「妳不想知道我以前的事嗎？」

何子衿沒理他，沈念又道：「以後的事，想知道嗎？」

何子衿仍舊是不說話，沈念感嘆道：「一點兒好奇心都沒有，下科秋闈春闈的題目我也知道呢！」何恭不是一直考不上舉人嗎？沈素不是要準備下科春闈嗎？

何子衿翻個身，漸漸睡去。

三家人聚在一起熱鬧幾日，馮姊夫便要帶著妻兒回家了，臨行前自有一番依依難捨，尤其何老娘，拉著閨女的手叮囑：「去了帝都，要能捎信兒就捎個信兒回來，我也放心了。」

何氏笑著寬慰母親：「娘只管放心，帝都也不是頭一遭去了。」

何老娘道：「把孩子看好，伺候好姑父。」又對馮姊夫道：「路上寧可慢些，也別急著趕路，孩子都小呢。」

夫妻兩個皆應了。沈素送了些土儀給馮姊夫，陳家亦有禮物送上，郎舅三人說了些話，馮姊夫攜妻兒上車，起程回家。待馮姊夫走了，沈素也帶著孩子們告辭，何老娘道：「不來一個都不來，一走全都走了。」

沈素向來會哄人，「您老不嫌棄，趕明兒我把家搬來。」

何老娘笑，「那敢情好。」

沈素也要回去了，打擾這幾日，家中爹娘肯定惦記。

何老娘囑咐他：「好生作文章，記得你姊夫跟你說的話。」

其實她也不曉得馮姊夫同沈素說了啥，但自家女婿是進士，有見識是一定的。

沈氏早備好了給爹娘的東西，沈玄和沈絳十分捨不得何子衿、何洌還有沈念，絮絮叨叨說了好久的話。沈素怕耽擱了，許諾下下個月還帶著孩子們過來，此方駕車走了。

待送走沈素一家，剩下的便是陳志兄弟了。

馮姊夫一來碧水縣，拜訪的人不斷，陳姑媽帶著幾個孫子孫女來了兩三趟，還叫陳志天天來請教功課。今日馮家人辭別，陳志也帶著兄弟們來送一送，一塊送走沈素一家，陳志才同弟弟陳行、陳遠到何老娘屋裡說話。

何老娘樂呵呵地道：「都好好念書，以後考功名。」以往連個秀才親戚都少見，如今女婿是進士，小舅爺是舉人，親戚出息了，何老娘也歡喜得緊。

兄弟三個皆應了，他們倒是有心陪何老娘說話，奈何代溝太大，實在沒啥能說到一塊兒的。不一時，陳志就帶著弟弟們告辭了。

陳遠這幾日倒是與何子衿熟了，出去時見何子衿在院裡拿著繡棚與蔣三妞學繡花，當即笑道：「子衿妹妹，有空去我家裡玩兒。」

何子衿笑，「好。」與蔣三妞一塊起身相送。

陳志忙道：「兩位妹妹忙吧，我們又不是不認得路，自己出去就成。」

蔣三妞與何子衿依舊將人送到門口。

陳遠回家還跟他娘陳三奶奶道：「我看子衿妹妹挺好的呀，待人可和氣了，說話也好聽，怎麼大妞姊跟她合不來啊？」以前這位表叔家的表妹都是來陳家念書的，後來聽說跟大妞姊有了矛盾才不來了。

陳三奶奶拿著小銀刀削蘋果，聽了這話，笑道：「大妞那個脾氣，你大伯娘都被她氣得半死，誰能跟她合得來？」

陳遠年紀還小，心性也實誠，老實道：「就是覺得，大妞姊把子衿妹妹趕走，我們又去向馮家姑丈請教功課，怪不好意思的。」

陳三奶奶將削皮的蘋果遞給兒子吃，「你大哥都沒不好意思，你不好意思個啥？行了，好生念你的書，別的事不必理。」

三房母子兩個不過一閒聊而已，陳大奶奶這當事人之母，每每有用到何家的時候，其實也挺後悔閨女把何子衿從課堂上趕走之事的。都是親戚，不想在課堂上見到何子衿也可以採用柔和些的方式，何必這樣生硬急躁？瞧，親戚也得罪了，自己也落不了好，尤其還得打交道呢。好在何家不是刻薄人家，又有陳姑媽的面子，湊湊合合的，反正面上也能過得去。

陳家如何想，何家是不知道的，知道了也沒用，都是親戚，看著兩家老人的面子上，也不能怎麼著。何況，何子衿在家裡過得也樂呵。粗活不用她幹，她現在要做的就是手工，打個絡子啊，做個小針線什麼的。便是學繡花，有蔣三妞這樣盡職盡責的老師教著，何子衿進步也不慢，就是做活的速度比較慢。原本何老娘想何子衿去李大娘那裡拿些手工回來做的，看她這速度，何老娘道：「妳還是抄書掙錢吧。」

何子衿抄書寫字快，只是小小的縣城，便是抄書的活兒也沒多少，何子衿還得時不時抑制沈念的種種誘惑：「想發財不？我有發財的法子喔！」

何子衿根本不理會他。

沈念都得感嘆，何子衿是他見過的最「無欲則剛」的人了。

何子衿並不覺得自己是「無欲則剛」，沈念說的那些事，她心裡如何不想知道，秋闈的題目、春闈的題目，知道這個，他爹他舅便能再向上一步，可是，承沈念這樣的情，她就得感恩。感恩後必有交集，慢慢的，她是不是就會忘了小小的那樣依戀她因為救她而不知去了哪裡的阿念？

所以，何子衿才不會理沈念。何子衿自有一套處事哲學，她對沈念道：「人這一輩子，福是註定的，禍也是註定的。該是我家的終歸會來，不該是我家的，勉強得到也非福事。」

沈念嘆口氣，「其實我就是沈念。」

何子衿道：「你是你，阿念是阿念。」寫完日記，何子衿又對著沈念讀了起來。

沈念覺得何子衿絕對不是尋常人，不論他怎麼解釋他是沈念，何子衿依舊天天對著他念日記，而且，一念就是兩年。這兩年裡，沈念年歲漸長，他主動要求與何子衿「分居」，正巧何洌也大了，便收拾了屋子，叫他兩個睡在一處。沈念原就喜歡何洌，很肯照顧何洌。

只是，就這樣不住一處了，也沒能阻止何子衿對著沈念天天念日記的決心。又是一年上元節，何子衿十一歲了，自從險被拐後，何子衿就再沒去逛過燈市。她倒不怕再被拐，她是一去燈市就想到不知去向的阿念，心裡怪不是滋味的。

何子衿不去逛燈會，沈念和何洌是要去的，兩人還買了好幾個燈籠回來，送了何子衿一個畫著小豬崽的燈。何子衿瞧著喜歡便掛在屋裡，沈念忽然說道：「我看燈市上好些燈都寫了字，這個沒字，子衿姊姊，妳在上面寫幾個字吧。」

何子衿道：「寫什麼呢？」她正尋思著在燈上寫啥，猛地一愣，繼而瞪大眼睛瞧向沈念，一把將人抓到跟前，問：「你叫我什麼？」

沈念顯然自己也嚇了一跳，他摸摸自己的臉，又低頭看看自己的手，震驚得好一時說不出話，直待何子衿喚他「阿念」，他方張張嘴，結巴道：「我、我能說話了？」

何子衿一把抱住阿念，眼圈兒微紅。

何子衿啥都沒說，先抱著阿念的小臉兒一頓啾。

沈念耳尖紅得險些冒煙，何子衿摸摸他火熱的耳朵，欣慰道：「果然是真的阿念，不是那個老鬼騙我！」

阿念腳尖使勁踩踩青地磚，瞅著地面半日，結結巴巴地說：「子子子子子衿姊姊，妳要是再想試一下也沒事。」
何子衿笑著抹一把眼角的淚，「不用試了，我知道肯定是。」
阿念要求：「再試、試一下吧，比較有把握，是不是？」
何子衿便又捧起阿念的臉，響亮地啾一下。
阿念忍不住翹起唇角，臉紅紅的，腦袋裡有人提醒：「這麼小就會拐小姑娘了，我小時候可不是這樣的。」
「閉嘴！」阿念冷冷道。
何子衿驚訝地望著阿念，沈念很委屈地同子衿姊姊說：「我也不知道怎地，話也說不出來了，可是能看到子衿姊姊。開始害怕得很，後來看子衿姊姊不怕鬼，我也就不怕了。妳每天跟我說話，我也每天試著跟妳說話，只是妳一直聽不到。也不知為何，突然又能說了。」
身體裡突然多了個人，或者那並不是人，便是成年人恐怕都要嚇死，何況沈念是孩子。其實要最初始，他意識是混亂的，慢慢的才開始清醒，恢復邏輯。他看著沈念與何家每一個人都好，何家其他人都不知道那不是他，只有子衿姊姊知道，而且只有子衿姊姊堅持著他還在。子衿姊姊每天對他說話，每天還啾他，只是那人太討厭了，還嫌棄子衿姊姊的啾啾，真是身在福中不知福。阿念氣得要命，可是依舊沒人知道他的存在，但支配他身體的那人也不知道。他仍然每天跟子衿姊姊說話，就像子衿姊姊每天同他說話一樣。阿念覺得，肯定是子衿姊姊感動了觀世音菩薩，他才能再重新支配自己的身體，把老鬼趕走。
然而，好像趕得不太徹底，老鬼還在。
何子衿悄聲問他：「老鬼還在你身體裡呢？」

阿念臉微白，極力控制住不要害怕，「嗯，像在腦袋裡一樣，又在說話了。」

何子衿道：「不要理他，你就當咱家來個租房客一樣就行。」

阿念小小聲問：「他會不會把我吃了？」

「不會。他要有那本事，早把你吃了。你看，你不是又回來了？他奈何不了你，你才是自己身體的主人，牢記這一點就不用怕。」何子衿對這種一身住兩人的情形很陌生，不過她自己的來歷便有古怪，再加上跟這老鬼相處兩年多，知道老鬼對自家無惡意，也放心許多。

何子衿說得篤定，阿念道：「他總是跟我說話。」

何子衿罵道：「以前就裝不知道你一樣，這個死鬼，害我擔心那麼久！」

沈念：真冤死，先前他真的沒有感知到阿念好不好？這小鬼怎麼突然又出現了？現在這是怎麼一回事？他們兩個明明都是沈念！

沈念在阿念的意識裡唧唧咕咕，阿念年紀小，再加上最信任子衿姊姊，雖然討厭老鬼，還是向子衿姊姊說了說他現在的情形。何子衿不愧是穿越來的，她對於沈念、阿念之事別有見解，思量片刻，道：「說不得是平行空間紊亂造成的。」

接著何子衿向沈念和阿念做了平行空間的知識普及以及闡述。兩人這古代腦子，不論是老的還是小的，都聽得稀裡糊塗，阿念還用意識與沈念溝通：「照子衿姊姊說的，你以前有沒有遇到過子衿姊姊？」

沈念道：「沒有。」

阿念對這支配他身體好幾年的沈念沒啥感情，道：「既然你不是這兒的人，還是想法子回去吧。你不回去，該有人惦記你了。」

沈念相當灑脫，「沒事，我是死了才來了，以前是做鬼來著。」

阿念：難道他要一輩子腦袋裡住著個什麼古怪地方的自己死後的老鬼？

沈念一把年紀，甭看何子衿油鹽不進，他還是相當能揣測阿念的心思的，他道：「其實我也不是外人。」

阿念怒，「那你也不是內人！」

他一急，又把話嚷出去了。

何子衿看他，阿念鬱悶，「他還不肯走。」

沈念在意識裡回一句：「我也不知道怎麼走，我要是知道，早回去做鬼了。天天跟這丫頭片子在一起，你知道我受了多少罪？」

就這一句話，以後饒是沈念絮叨啥，阿念整整一個月沒理他。

用何子衿一生二世的傳奇智慧來分析，沈念當然是沈念，卻不是阿念。要何子衿說，說不得沈念是從某一個平行空間穿過來的，不然，按沈念的話說，他那輩子何家並沒有何子衿的存在，如今卻是有了。

這種差別並不難理解，在何子衿前世生活的時空，連東穆王朝都是不曾存在，如今照樣有了。沈念奇就奇在，他突然到了這個空間，然後這個空間還有個小阿念，所以，他是沈念，卻不是阿念。哪怕他們的經歷有所類似，仍然是不同的兩個人。沈念那一世沒有何子衿，可阿念這一世非但與何子衿相遇，就是寄養的家庭也先後由沈家、江家變成了何家。

所以，想來阿念這一世，與沈念也是不同的。

因為阿念的歸來，何子衿一連多天都是樂呵呵的。

轉眼到何子衿生辰，何子衿生在龍抬頭這一日，習俗早上要吃春餅的。阿念一大早起床就去子衿姊姊屋裡，祝子衿姊姊生辰快樂。其實這句話還是子衿姊姊給阿念過生日時，阿念學會的。那會兒雖然他說話沒人聽到，他還是記住子衿姊姊對他說的每一句話。

沈念到時，何子衿剛洗完臉，正梳頭呢，家裡雖有丫鬟，可沒有人會服侍她梳頭，紅樓夢裡才說，大觀園裡的大丫頭比小戶人家的小姐都強些。何子衿一早就是自己學著梳，熟門熟路地梳好頭，沈念指著妝臺上一朵紅色絹花道：「戴這個，子衿姊姊，這個好看！」

何子衿便簪了那朵，沈念待子衿姊姊戴好花兒，暗暗握一握小拳頭，才定了神道：「子衿姊姊，我有禮物送給妳！」

「什麼禮物啊？阿念還準備禮物給我啦？」

沈念已經九歲，個子瘦且高，他下巴微尖，一雙眼睛既大且亮，俊俏得很。如今何子衿坐著，他站著，說來還是阿念高些。沈念還沒說禮物是什麼，臉先紅了，飛快湊過去在子衿姊姊頰上啾了一下，有些害羞，「這個，就是給子衿姊姊的禮物。」

老鬼於意識中撇嘴，「啥禮物啊，明明是占人家小姑娘的便宜。」

沈念根本不理他，上次這老鬼說子衿姊姊是「丫頭片子」，沈念的氣還沒消呢。

何子衿見左右無人，湊過去回啾沈念一下，「我很喜歡。」

沈念臉紅撲撲的，「子衿姊姊，咱們出去打拳吧。」他也喜歡同子衿姊姊一道晨練。

何子衿起身，沈念很自覺地牽住子衿姊姊手。兩年多沒牽手，現在怎麼牽都牽不夠。還有，他現在大了，屁屁也不肥了，還有男女之別。子衿姊姊雖會在沒人時偷偷啾他，只是再不會摸他屁屁了。一想到這個，沈念就覺得特遺憾。

「阿冽那懶鬼還沒起呢？」

「沒，我趕著給子衿姊姊賀生辰，就先起來了。」阿念自告奮勇，「我去叫阿冽？」

何子衿道：「我去吧。」

「不，不成。阿冽七歲了，子衿姊姊不能去了，他光屁股睡覺。」

在何子衿眼裡，七歲還是小屁孩呢。唉，不過世道講究男女七歲不同席，於是，何子衿只得遺憾地道：「哦，那你去吧。」

沈念跑去叫何冽起床，要是他七歲的時候能醒來，他是絕對不會拒絕子衿姊姊叫他起床的。都怪老鬼，好端端的不在自己的世界裡，賴他這兒不走。

老鬼不知自己討嫌，沈念不理他，他也絮絮叨叨自言自語：「你是不是不想人家丫頭去叫阿冽呀？看那丫頭，可是想去得很。她要是去了，肯定要拍阿冽的肥屁屁，還要親阿冽。」說完，還一陣嘲笑。於是，更討嫌啦！

甭管老鬼說啥，沈念依舊不理他，誰叫這傢伙說子衿姊姊是「丫頭片子」。這話難道是人就可以說嗎？何況，這傢伙根本不是人，而是一隻鬼。

不知不覺，好像沈念對於自己腦海裡住著一隻鬼也習慣了，好在這鬼不算外人……老鬼真不知哪裡得罪了阿念，他就是做鬼的時候，也有幾隻鬼友可以交流呢。如今不知怎地見到自己這一世的小時候，偏生沒人理了。

這死小子，他小時候可不是這臭脾氣啊！

由於沈念不理他，老鬼寂寞得要命，「我到底哪得罪你了，你倒是說一聲呀！」

沈念回屋把還睡得像小豬一樣的何冽叫起床穿衣裳，洗漱後拉人一塊去晨練打拳，依舊不理老鬼。老鬼越發憂愁，他覺得自己早晚不是愁死，就是憋死。

晨練後，一家子吃春餅。

何子衿對沈念尤其照顧，先裹了一個給沈念，沈念吃完，自己又裹了一個給他家子衿姊姊。蔣三妞笑，「你們怎麼突然又好了？」

何子衿道：「我跟阿念一直很好。」

蔣三妞是個細心人，「打前兩年，阿念就不纏著妳了，倒是常帶著阿冽玩兒，如今你們又跟小時候一樣了。」

阿冽也道：「現在阿念哥老是『子衿姊姊』長，『子衿姊姊』短呢。」

沈念笑笑，也不說話，裹個春餅給阿冽堵嘴。

沈氏暗笑，小孩子就是這樣，一時好一時歹的。

吃過早飯，沈念就帶著何冽去書房念書了。何恭自己是秀才，啟蒙親自來便可，待兩人大些再去學堂不遲。沈念每每念書，腦子裡的老鬼便要出來絮叨，說何恭這裡講得不透徹，那裡又狹隘了些，反正是滿嘴的挑剔。沈念硬能裝聽不到，老鬼還屢屢道：「聽何相公講課，還不如我給你講呢。」沈家於他有恩，何恭學問雖不咋地，卻是個大好人，老鬼對他很是尊重，就稱何恭為「何相公」。

阿念足憋了他一個月，方同這老鬼道：「以後你要對子衿姊姊尊重些。」

老鬼忽聽得沈念肯理他，而終不是他一人喃喃自語，感動得險些流出兩缸淚來，只是他現在是靈體狀態，便是想流淚也是無淚可流，不過他還是假假地抽噎兩下，為自己喊冤：「真個冤死，我哪裡有不尊重那丫頭啊？」

沈念道：「你怎麼能叫子衿姊姊『丫頭』，你還叫她『丫頭片子』！」說到後半句，已很是不悅了。

「你不會就因我說句『丫頭片子』，你就一個月不理我吧？」

天啊，他這一世的小時候怎地這般心胸狹窄，好討厭喔！

沈念哼一聲，「反正你尊重些。」

「我這個年紀叫她『丫頭片子』怎麼了？」

「不怎麼，就是聽不慣，我一輩子都不會這樣不尊重子衿姊姊的。」沈念道：「你不也是我嗎？我就是不能聽。」

老鬼腹誹一回，又怕沈念再不理他，「好啦，你倒是早說，至於悶不吭聲這麼久嗎？」

阿念淡淡地道：「我整整兩年多，說話沒人能聽到。」

老鬼好奇地問他：「那你怎麼沒憋瘋啊？」

關鍵是，還沒給他嚇瘋，還能「回來」並掌握身體的主控權。

「因為我不是你。」

老鬼被他噎一回，道：「你這古怪性子，也就這點兒像我。」

有韌性，他若不是憑此，想也不能出人投地。

沈念道：「上午姑丈講的，你再給我講一遍吧。」

老鬼拿捏，「你這也不是有求於人的態度吧？」

沈念道：「我要怎麼求自己？」

「這會兒又說你是我了，你這可變得真快。」老鬼也就絮叨一回，再怎麼樣，他也不希望自己這一世的小傢伙過得苦哈哈。他那一世的苦，自己吃過就夠了，小傢伙自有機緣，何妨助他一臂之力，何況又不是幫外人，便盡職盡責地給他講起功課來。

何恭是傾囊相授，老鬼也是傾囊相授，但兩者的差別實在太大。何恭只是秀才，囊裡東西有限，老鬼則不然，講到哪裡都是旁徵博引、引經據典。雖是淵博，學起來卻不如何恭教的簡單。沈念想：看來我在別處也不算草包。

老鬼想：這小子可真好命，想當初老子求學時那叫一個艱難，還真是同人不同命呀！

老鬼道：「放心吧，到時候你考秀才、舉人、進士，我都把題目給你，包你能考過。大不了，我再捉刀代你寫文章，包你名列前茅。」

沈念執拗道：「我要是自己學不會，靠你捉刀難道就不是草包了？」子衿姊姊都不要老鬼告知題目，他也不要！他要自己學，自己考！

老鬼勸他：「年輕人何必死心眼兒？我當年要有人告知題目，我得歡喜得暈過去。」

沈念：我怎麼有這麼丟臉的一世？現在就有老鬼想要告知他題目，他也不會歡喜得暈過去。怪道老鬼那一世遇不到子衿姊姊，肯定是人品太差，所以沒運氣。

沈念的記性非常好，老鬼講過一遍的功課，他便能記得不差分毫，用鵝毛筆默下來。何子衿嘆為觀止，「阿念，你這算是過耳不忘吧？」給沈念手邊放盞冰糖燉梨。

沈念道：「以前記性也沒這麼好。」他是那兩年日日聽何子衿念日記給他聽，聽得用心，便不會忘了。

「有什麼訣竅不？」何子衿活兩輩子也沒過耳不忘的本事。

沈念笑，「精力集中，就是暫時記住也要在腦子裡多背幾遍，不然還是會忘。」

老鬼回憶自己當年的豐功偉績，「我那時沒錢買書，經過書鋪子時就蹭老闆的書看，看一遍便能記得七七八八。」

沈念道：「那是你沒遇著子衿姊姊。」

老鬼嘖一聲，「那丫頭，不，子衿小姑娘又不是神仙，難不成還能給你變出書來？」

沈念道：「子衿姊姊變不出書來，不過，她跟書鋪子的老闆熟，我要看什麼書，子衿姊姊可以借回來抄兩冊，一冊自己留下，一冊送給書鋪子老闆，這樣只用出筆墨紙張，可比買書划算多了。」

沈念一邊跟老鬼交流，筆下不停，就聽子衿姊姊悄聲問：「老鬼還挺有學問的啊！」何子衿看沈念在上面寫的內容，比她爹平日裡講的要透徹深刻的多。

沈念點點頭，「他以前也念過些書。」

老鬼強調：「什麼叫念過些書？沒見識的小子！你這輩子能跟得上我，是你的造化！」

何子衿問：「他有沒有跟你說要告訴你秋闈題目、春闈題目這類的話？」

「說了。」

何子衿叮嚀：「千萬不能信！」

老鬼：實在不識好歹，難道他會害小傢伙不成？

何子衿道：「讓他教你學問倒罷了，人不能總取巧，你自己學會了，這才是你自己的，不然今日取巧，後兒個就會又想著取巧了。他是突然來的，若是哪天不見了，可要怎麼辦？學就學真本事，等你學會了，難道還怕秋闈春闈的考試？我聽說那些有學問的人都是倚馬千言的人物，倘你因知道題目取得好名次，結果應答起來名不符實，那時要怎麼辦？跟他學習學問，但不能事事倚靠他。阿念是男子漢，是以後要讓人倚靠的人。再說，你們雖身世相同，可性情上，你跟他完全是兩個人，他的人生是一個樣，你的人生肯定是另一個樣。」

老鬼……

沈念點頭，「我聽子衿姊姊的。他要跟我說，我沒要。」

「乖。」何子衿摸摸沈念的頭，「先吃燉梨吧，別冷了。」

沈念道：「還有點燙吧。」

何子衿端起來吹兩下，「不燙了，吃吧。」

沈念先舀一勺給他子衿姊姊，何子衿道：「我在廚房吃兩碗了。」這梨就是她燉的，還能餓著廚子不成？何子衿現在還多了個愛好：廚藝。只是現在燒菜做飯火候還不大好控制，她的水準也只發揮出兩三成罷了。

沈念就自己吃起來，待他吃好，何子衿就將碗筷端出去收拾，沈念繼續抄寫。

老鬼感嘆：這小鬼運道的確是比他好，他小時候可沒人這樣專門給他送燉梨吃。當然，他小時候也沒小鬼這樣有心眼兒，吃個燉梨還要糊弄小姑娘給自己吹吹涼。

沈念在屋裡用功，沈氏說何冽：「去跟你阿念哥一道念書去。」

何冽守著他娘吃燉梨，道：「等我吃完。阿冽哥天天看書，也不說歇一歇。」

沈氏道：「你也要跟阿念學學啊，念書哪有不用功的，不用功可考上不功名。」

何冽道：「我爹是不是就沒用功才考不上舉人？」

何恭笑斥：「用功不一定考得上舉人，不用功肯定是考不上的。」去歲何恭秋闈失利，好在他心寬，並不覺得有什麼，如今便在家專門教授兩個孩子啟蒙功課。

何洌道：「爹，等以後我給你考個舉人回來。」

何恭笑，「好，我是秀才，你考舉人，等我孫子就是進士了。」

何洌道：「爹，到時你就是進士他祖父，我就是進士他爹了。」

何恭哈哈大笑。

沈氏無奈，「就會貧嘴，不用功念書。」

何洌幾口把燉梨吃光，撂下碗就去書房同沈念一塊念書去了，正撞上進來的何子衿。何洌叫聲「姊」就跑了，何子衿進來收拾碗筷。

沈氏道：「一會兒叫妳三姊姊過來一趟。」

何子衿把碗筷收了，問：「什麼事啊？」

沈氏笑道：「不告訴妳。」

何子衿道：「那我也能知道。」

何子衿是個愛打聽的性子，家裡啥事都瞞不過她的，她端著碗筷走了。

沈氏瞧著寶貝閨女也挺樂，「一轉眼就大了。」閨女今年就十一了，這會兒就能看出苗條的身段來，模樣也俊。沈氏覺得，閨女比她年輕時生得更好，當然，沈氏如今也不老，她年不過三旬，因平日裡善於保養，比同齡的媳婦都顯年輕。

沈氏與丈夫道：「三丫頭今年是及笄的年頭了，咱們家不比那些大戶有諸多排場，可我想著，也得給三丫頭過回生日。把親戚們都請來，見見三丫頭。她模樣好，本事更不必說，上個月一幅繡圖足賣了三兩銀子，闔碧水縣算下來，也沒有她這樣出息的姑娘了。」

「三丫頭在咱家這好幾年，女兒家長大了，咱們就得張羅起來，說親訂親的，兩年差不多也能挑好了。到時三丫頭十七十八，年紀不算大，也不小，正好可以出嫁。」沈氏同丈夫商量道：「你覺得如何？」

何恭握著妻子的一隻手，「三丫頭是五月的生辰吧？」如今才二月。

「難不成上轎再扎耳朵眼兒？過生日請客還好說，提前個兩三天就能預備好。」沈氏笑著道：「衣裳鞋襪總要做身新的，要不說你們男人粗心呢！」

何恭道：「還是妳跟三丫頭說吧，這些個瑣碎事，妳心細。」

沈氏道：「先知會你一聲。」

蔣三妞來了，問了叔叔嬸嬸好，道：「嬸嬸叫我可是有事？」

沈氏見她一身海棠紅的襦衣配長裙，梳的是垂鬟分肖髻，髮間別兩枝海棠絹花，一副垂珠耳墜子，一副韭葉銀手鐲，腰間懸一枚手編的連環同心結，同心結下面墜著細線流蘇。身上並沒有什麼貴重物件，可蔣三妞生得這般好相貌，當真是柳眉杏目、瓊鼻珠唇，便是何子衿日後長大，有沒有蔣三妞的好相貌也得兩說。當然，何子衿相貌自來也是一等一，只是蔣三妞年紀大些，到了及笄之年，女人一生最好的年華就在這裡。

沈氏先叫蔣三妞坐下，對丈夫道：「你不是說要去書房看兩個孩子念書嗎？」

何恭心知妻子這是要支開他，一拍腦門兒，道：「是啊，瞧我這記性。」便抬腳去了。

蔣三妞起身相送，何恭擺擺手，「跟妳嬸子說話吧。」

沈氏笑咪咪地看著蔣三妞，越看越喜歡，其實收養孩子不算什麼，關鍵得看收養的是什麼樣的孩子。要是收養如蔣三妞這樣的好姑娘，再叫她收養兩個她也樂意。能幹又爭氣，這會兒就能靠繡活每個月掙二三兩銀子呢。

沈氏從櫃子裡取出兩塊料子，對蔣三妞道：「也沒什麼事，這是我託妳姑祖母家五表嬸買的料子。我跟妳叔叔商量好了，今年不比往年，妳及笄的年頭，咱們只是小戶人家，沒有大戶人家的那許多排場，就想著也請親戚們來，給妳熱鬧熱鬧。妳自己裁的衣裳比外頭裁縫做的還好，這料子拿去，好好做兩身衣裙。妳既會裁，也會做，在上頭繡些花樣，也是很不錯的，到生辰時拿出來穿，也喜慶不是？」

蔣三妞忙道：「嬸嬸，我還有衣裳穿呢，姑媽有好些衣裳都很好。」

沈氏笑，「妳姑媽的衣裳也好，只是，及笄要穿新衣，也取個好兆頭。過生日呢，不比往時，就圖個鮮亮喜慶。」

蔣三妞深覺不安，「就咱們自家吃頓飯就行了，不用請親戚們，弄那樣的大排場，怪、怪麻煩的。」又不是姑祖母做壽，家裡只有姑祖母做壽才會將親戚們都請來。

沈氏道：「我及笄那年，說是在村裡，不比縣城，我爹娘也把親戚們請來熱鬧了一回，就是妳姑媽，聽妳叔叔說，也是一樣的。無妨，妳只管安心受用，提前把衣裙做出來就好。妳及笄之年這樣，以後子衿也是一樣的。」

蔣三妞看這料子雖不是綢緞，卻是上好絲棉，摸在手裡柔軟得很。蔣三妞是做繡活出身的人，裁剪也做得很好，只一看就知這料子多了，蔣三妞道：「嬸嬸，我哪裡用得著許多料子，我拿一塊就夠使了。留一塊給妹妹做衣裳穿，到時我們姊妹都是新衫才好看呢。」

沈氏道：「我早預備了她的，這是給妳的。拿去慢慢做，這樣的好年紀，正該穿好衣裳的時候。」家裡尋常家境，拿不出太多東西給女孩子打扮，不然憑家裡女孩子們的相貌，也不比大戶人家的小姐們差。

在一起生活這幾年，蔣三妞早沒了家，心裡早把何家當家的，沈氏這樣說，她也便不推辭了，悄悄同沈氏道：「嬸嬸，要是有人說親，我想晚兩年再出嫁。」

沈氏摸摸她的頭，「我也這樣想，起碼得十七八，太早我也捨不得。」再說，太早出嫁，懷孕生子，對女孩子的身體也是不小負擔。

蔣三妞垂眸一笑，說到親事，臉上還是有一點羞。

沈氏將蔣三妞及笄之事私下同何老娘提了，何老娘垂眸思量片刻，道：「三丫頭這幾年也知道爭氣，是該給她做臉。」關鍵時刻，何老娘還是很能分清輕重的。

蔣三妞自己爭氣，又有謀生的本事，這年頭不要說女人，便是大男人，一個月能掙二兩銀子的也沒幾個。當然，為官做宰的那些不算。那樣的人家，也相不中何家，何老娘說的是尋常人家的男子。

蔣三妞既有手藝，不要說生得這般美貌，便是生得粗笨些，照樣是搶手貨，打從前年開始，就有人跟何老娘或沈氏打聽蔣三妞。蔣三妞自身條件絕對拿得出手，但蔣三妞也是有短板，哪怕沒娘家也好說，她在何家長大，何家是寬厚人家，蔣三妞拿何家當娘家也無妨。只是，沒爹沒娘，就這一樣，有些刻薄人家就得說蔣三妞命硬了。

何老娘對沈氏道：「及笄的年頭，是要熱鬧熱鬧，妳姊姊及笄時，我也給她擺了酒。三丫頭這個，也照著來吧。」

何老娘生怕沈氏不理解，又解釋道：「主要是她還不算無能，都到這會兒了，給她張羅一下，她要能說個體面人家，也算沒白養她這幾年。」

沈氏笑，「是。」

沈氏陪著何老娘說幾句家長裡短的閒話，便說到去賢姑太太家的事，「母親的壽辰也快到了，我抄了經書送到賢姑媽那裡供著。回來時遇著住賢姑媽隔壁的李嬸子，可是聽了李嬸子一通抱怨呢。」

何老娘道：「她有什麼好抱怨的，不是剛娶了媳婦，正該受用的時候。」

沈氏嘆道：「說的就是這新娶的媳婦呢，李嬸娘話裡話外的就嫌這媳婦嫁妝單薄，說那日成親傷了臉面。」

何老娘習慣性地將嘴一撇，「這事兒不怪妳李嬸子絮叨，再沒見過那樣辦事兒的，十好幾個箱籠打開來，就沒個像樣的東西，擱誰婆家誰能高興？」

沈氏順著何老娘的話道：「是啊，嫁妝弄成這樣，也不怪李嬸子生氣。我聽說那新娘子也是十里八鄉有名的能幹人，可就這一樣，在婆家便要被說嘴。這說一二年是輕的，倘真遇著刻薄的，一說說一輩子，這做媳婦的再能幹有什麼用，短處在人家手裡，一輩子都要抬不起頭呢。」世人眼淺，要沈氏說，娶媳婦娶的是這個人，可因嫁妝寥寥受一輩子氣的女人，也不罕見。便是沈氏當年，何老娘也刻薄過她嫁妝的事。

何老娘不傻，知曉沈氏拿出這個來說的用意，「三丫頭的事妳別管，我心裡有數。」

「母親的閱歷見識，豈是我能比的？我自是知道母親心裡早想好的。」沈氏笑，不說嫁妝，只說蔣三妞，「三丫頭在咱家這幾年，委實是個招人疼的孩子，我心裡待她，同子衿是一樣的。這孩子命苦些，可自己爭氣。只要自己爭氣，以後再不愁過不好日子的。」

沈氏笑著又道：「都說女人嫁人是投第二次胎，像我就是會投胎的，有福氣，遇著母親這樣寬厚的婆婆。」在這裡，不得不說，何子衿這睜眼說瞎話的本事，除了她是穿越來的外，興許血液裡就帶了沈氏的遺傳。

聽沈氏這一套套地拍馬屁，還把何老娘拍得挺受用，何老娘無奈地翻個白眼，道：「放心吧，虧不了三丫頭，總不會叫她光著身子出門。」

沈氏道：「我跟母親就是心有靈犀，這些天我也在想，將來三丫頭成親嫁人，不管薄厚，嫁妝總要有她一份的。看，我與母親又想到一處去了。」

何老娘嗔這媳婦一眼，「子衿那張嘴呀，就是像了妳。」

沈氏笑，「像我不好，像母親才好。」何老娘除了嘴不好，為人真正不壞，所以，這一兩年，沈氏也樂得哄著老太太。

何老娘道：「自然，也是像我的。」蔣三妞是能幹，而且比起她父祖來，她是唯一能進何老娘眼的。當然，何老娘也沒與蔣三妞父祖打過交道。不過，蔣三妞再好，在何老娘心裡，自然還是自家丫頭片子更可人疼。

當然，這些年相處，何老娘又不是鐵石心腸，蔣三妞自己爭氣，她也不打算刻薄了蔣三妞，反正好好地發嫁了蔣三妞，以後好賴就是她自己過的了。

既說到蔣三妞的嫁妝，何老娘就同沈氏商量了一下蔣三妞的親事。人選啥的，自來好女不愁嫁，蔣三妞哪怕命硬些，在碧水縣也是熱門人選。

第二日，何子衿寫了一幅大字送給老鬼。

「送他什麼呀？不是送我的嗎？」沈念心裡怪彆扭的，他子衿姊姊向來不理老鬼的，怎麼倒送老鬼東西？嘀嘀咕咕打開，看上頭就寫了十個字：授人以魚，不如授人以漁。瞧到這十個字，沈念立刻不彆扭了，對老鬼道：「子衿姊姊送你的。」

老鬼瞧一眼，評價：「一手孬字。」

「你懂什麼，子衿姊姊還小呢。她又不參加科舉，練字要費很多墨，她才不練字的，其實寫得也好看，關鍵是意思好。」在沈念眼裡，他家子衿姊姊就沒半點不好。沈念對子衿姊姊道：「一會兒弄些漿糊，我貼到牆上。」

何子衿笑，「讓老鬼記心裡就成。」

老鬼嘖一聲，再次回憶起自己的少年時光，於是，又感嘆阿念真是走了狗屎運。

何恭帶著何冽過來書房上課，瞧了一回何子衿寫的字，何恭笑讚：「越發齊整了。」整個碧水縣，如他閨女這樣會讀書寫字的丫頭也不過十餘人，故此，何恭頗是自豪。

何子衿見他們上課，便自去忙了。

沈氏叫著閨女去她屋裡裁衣裳，順便說了蔣三妞及笄禮的事，怕閨女吃醋，沈氏道：「等妳十五歲，也這樣辦。」

何子衿哪會計較這個，「三姊姊及笄禮一過，不知多少人來提親呢。」

「那是。」沈氏道：「早就有打聽妳三姊姊的人家，只是她那會兒還好，暫未應准。」

何子衿打聽：「都是什麼人家？」

沈氏笑，「還得再看看。」蔣三妞自身出眾，沈氏也不想她明珠暗投。

何子衿悄與她娘道：「娘，您看涵哥哥如何？」

沈氏嚇一跳，「阿涵看上三丫頭不成？」

何子衿道：「昨兒麗麗拿了她家的杏花來給我插瓶，傍晚涵哥哥來接麗麗，恰遇著三姊姊從繡紡回來，我看涵哥哥都不大敢看三姊姊一眼呢。」

何麗麗是何涵的二妹，這位妹妹與她姊姊何培培同學不一樣，何麗麗是極喜歡跟何子衿在一處玩的，她倒是不怎麼喜歡自己的姊姊何培培，以致於何培培同學更討厭何子衿了。如今見著何子衿都鼻子不是鼻子眼不是眼的，哼來哼去，陰陽怪氣。

沈氏略放了心，「這是阿涵懂禮，彼此都大了，妳還好，咱們是同族。妳三姊姊畢竟不姓何，是要避一避的。」

何子衿道：「三姊姊相貌好，沒人會不喜歡她。娘就等著挑吧，只別把眼挑花才好。」

沈氏笑，「還得看妳祖母的意思，妳祖母眼光比我好。」沈氏是個周到人，也寬厚，蔣三妞的嫁妝她都考慮到了，自不是個小氣的人。只是，終身大事不比別的，蔣三妞自來命苦，沈氏更得小心。於這大事上，肯定是婆婆丈夫一塊商量著大家拿主意才行。再者，也得蔣三妞看得上，孩子們彼此有意了，以後也圓滿。

沈氏瞧著閨女把衣裳裁了，便道：「做好了，等妳三姊姊及笄時，妳也一起穿新衣。」

何子衿笑說：「我不急。」

「不急是不急，可妳也漸大了，女孩子家，這時候就不能再跟孩童時一樣了，得注意打扮，穿戴上也得細心。」

沈氏細細地教導女兒，「就是出門說話行事也得留心了。」

何子衿點點頭，「娘，您說我衣裳上繡什麼花好看？」

「五月穿當然是繡桃花。」

母女倆正商量繡什麼花樣子，就聽翠兒進來回稟，說舅奶奶與娘家兄長帶著兒子來了。

沈氏連忙問：「可是阿素她媳婦到了？」

翠兒笑，「正是呢。」

沈氏喜笑顏開，說著就起身去迎，「還不請弟妹進來。」

江氏笑道：「哪裡用姊姊來迎我，我自進來就是。」身邊是八歲的沈玄與五歲的沈絳，還有娘家兄長江順帶著兒子江仁。

江仁瞧著何子衿就歡喜，眉開眼笑地打招呼：「子衿妹妹！」

沈玄和沈絳先見過姑媽，才跟子衿姊姊說話，沈玄吐槽：「阿仁哥念叨子衿姊姊念叨了一整路，我耳朵現在還嗡嗡嗡呢。」

沈絳現在接替了他哥的八哥工作，道：「就是就是。」

江仁大方道：「我想子衿妹妹嘛。」

沈氏與江順早便認得的，稱江順為阿順哥，何子衿自然叫舅舅。一時何恭帶著何冽與沈念過來，大家又是一番見禮，略說幾句話，便移步去了何老娘屋裡。

江氏攜兩個兒子讓兄長帶她來縣城，不為別的，就為了去芙蓉寺給丈夫燒香，保佑丈夫春闈得中。沈素去歲過了中秋就去了帝都，今科春闈也不知怎麼樣呢。江氏把長水村附近的神靈都拜過了，這次是特意來縣裡拜芙蓉寺的菩薩的。

何老娘對江氏道：「不是我吹牛，芙蓉寺委實靈驗。當初妳姊夫去帝都春闈，我也是去芙蓉寺給他燒的香，可不一下子就中了，還進了翰林做官老爺。」這說的是馮姊夫當初春闈的事，難得何老娘說得有鼻子有眼。說來何恭每次秋闈何老娘也是去芙蓉寺燒香，不知是沒燒好怎地，何恭這許多年也沒中舉人。不過，何老娘依舊認為芙蓉寺的香火是極靈的。

江氏道：「承您老吉言。」

何老娘道：「拿黃曆查個好日子，咱們一道去給阿素燒香，我也盼著他出息呢。」

沈素中舉人後，何家跟著沾了不少光。都是實在親戚，何老娘如何會不盼著沈素出息？再者，自沈素中舉後，何老娘便一改先時對沈家不大親近的態度，如今親近得不得了。這不，一道燒香的事都說好了。

何恭自請江順去書房說話，何子衿與蔣三妞招待一群小朋友，江仁見著蔣三妞先是嚇一跳，他素來直率，瞅著蔣三妞驚道：「三姊姊，妳高了好多，怎麼這麼好看啦？」

蔣三妞逗他：「這話就該打嘴，難不成我以前難看？」

江仁搖搖頭，又點點頭，很實在地說：「沒，以前也不難看，但現在更好看了。」

蔣三妞將手裡捧著的果碟放下，「看你嘴甜，吃吧。」

江仁先拿一個給子衿妹妹，沈念在一旁兩眼珠子盯著江仁的手，恨不得給他剁下來。江仁只顧得在一邊跟子衿妹妹說話，根本沒理沈念，他還反客為主道：「子衿妹妹，妳嘗嘗這蘋果，聞著味兒都覺得甜，這個最大，給妳吃。」

何子衿接了道：「這麼大一個，我可吃不掉。」

江仁和沈念異口同聲，「吃不掉分我一半！」然後兩人互瞪片刻，各自別開臉去，紛紛覺得：好討厭喔！

何子衿分了一半給江仁，對沈念道：「阿仁哥是遠道來的，咱們得照顧他，是不是？」

阿念自己從盤子裡撿個蘋果，悶不吭聲地吃起來。

江仁得了蘋果，嘿嘿直樂，「我就知道子衿妹妹有情有義。」幾下把半個蘋果吃光，又遞給何子衿一個，說：「子衿妹妹，妳半個，我半個。」

何子衿：……

何冽小幾歲，說話向來實在，道：「阿仁哥，你可真笨。我姊吃不掉那一大個才分你一半的，她現在吃飽了，哪裡還會再吃？你跟阿念哥分吧，阿念哥很喜歡吃蘋果。」

我會跟那討厭的小子分蘋果吃？

江仁肚子裡哼哼一聲，搖頭道：「不用啦，我吃得下。」

沈念斜睨江仁一眼，說得他好像要跟討厭鬼分蘋果吃似的，哼！

很快沈念就知道，討厭鬼可不只江仁一個。江仁是走嘰呱路線的，嘴巴沒個消停，天天圍在他子衿姊姊身邊說話。沈念就已經很煩他了，不想還有一個也很討厭。與江仁的嘰呱路線不同，沈玄是走賣萌兼拍馬屁兼臭顯擺路線的。

沈玄主要是這樣說的。

「子衿姊姊，妳這衣裳可真好看！」

「子衿姊姊，妳字寫得真好！」

「子衿姊姊，這是鵝毛筆啊？妳教我用鵝毛筆寫字行不行？」

「子衿姊姊，我也會吹小笛子了，我吹給妳聽好不好？」

沈念特想替他子衿姊姊回一句：「不好！」

可惜他子衿姊姊的反應是這樣的。

「是嗎？阿玄的衣裳也很好看。」

「我字平平，倒是阿玄不是也學寫字了嗎？寫幾個給我看看。」

「行啊，鵝毛筆好用得很，你喜歡到時我送你一套。」

「嗯，你吹吧，我聽著呢。」

沈念深深覺得，他家子衿姊姊真的太善良，太沒有防人之心了，竟然沒有看出江仁和沈玄這對姑舅兄弟的猥瑣用心來。

老鬼感嘆：「你競爭力好大，我看你勝算不大。」

沈念義正辭嚴地回道：「我可沒想過那些事，我自知是配不上子衿姊姊的，可是阿玄年紀小，資質難辨，也不大穩重，我看他是不如義父的。阿仁更不必說，討厭鬼一個，看他長得那歪瓜劣棗相，更配不上子衿姊姊。子衿姊姊又不大，以後肯定有更出色的男子。」

沈念小小年紀就早熟得很，已經開始為他家子衿姊姊的終身大事操心了。

被沈念說不大穩重的沈玄正在教訓弟弟沈絳道：「阿絳不准再喝水了，晚上總是撒尿。」不知什麼毛病，就喜歡睡前喝水。

沈絳捧著碗咕咚一口，道：「不喝水，渴死。不撒尿，憋死。」

沈玄挽袖子，「我乾脆現在就揍死你算了！」

沈絳還是很怕他哥的，貧嘴後見他哥要冒火，忙把碗放下，不敢再喝水了，乖乖地脫衣裳睡覺。江氏摸摸小兒子的臉，「怎地這麼愛喝水？」

沈絳鑽被窩裡道：「我哥說我上輩子是水缸。」

江氏被小兒子逗樂，說大兒子：「不准胡說。」

沈玄道：「子衿姊姊說明天做綠豆糕給我吃。」

沈絳糾正他哥的說辭：「子衿姊姊明明說的是，做綠豆糕給我們吃，怎麼就專成做給你吃了？哥，你可真會吹牛。」

沈玄眼裡露出「再不閉嘴就割舌頭」的凶光來，沈絳嚇得一縮脖子，鑽他娘被窩去了，撒嬌道：「娘，我跟您睡。」

江氏拍拍被窩裡的小兒子，為兒子們打圓場，「好了，天晚了，睡吧。明兒個歇一天，後兒個是好日子，咱們給你爹燒香去。」

被沈念說相貌歪瓜劣棗的江仁正在挽鏡自憐，江順說兒子：「男子漢大丈夫的，總照鏡子像個什麼話？」

江仁十分惆悵，「爹，您哪裡知道我的心。」

江順好氣又好笑，「你有什麼心？」

江仁嘆氣，「子衿妹妹小時候就很招人喜歡，如今越長越好看啦！」

江順道：「這可真是廢話，小時候長得好，大了自然更好。」

江仁鬱悶地放下鏡子，跟他爹說心事：「我沒子衿妹妹好看啦！」

江順：……

江順糾正兒子：「男子漢大丈夫，好看有什麼用？不當吃不當穿，最重要的是有本事。」一再說，他兒子生得虎頭虎腦，也是很不錯的。

江仁越發惆悵，給了他爹一刀，「我念書不如爹您，您都考不上秀才，我更考不上。」

江順這屢試不第的青年秀才也顧不得兒子啥心情了，他哼一聲，就聽兒子捧著一顆火熱的少年心，望月長嘆：「真是愁死人了。」

江順半點不同情兒子了，道：「愁死你算了！」

江仁：……

沈念打發何洌睡下，自己卻是失眠了，他琢磨著：依子衿姊姊這樣的人品，凡夫俗子如何配得上？何況子衿姊姊這樣善良的人，就怕被花言巧語蒙蔽，說不得，他得要多為子衿姊姊把把關才行了。

肆之章 少年懷春鬧家門

說來沈何兩家的孩子不過一家兩個，不算多，更何況江仁還是獨生子，再加上蔣三妞和沈念，三家湊在一處，七個孩子也熱鬧得緊。

何子衿早早起床，打完拳就去準備蒸綠豆糕的東西，待吃過早飯，她把綠豆糕蒸上，叫周婆子看著火候，一時綠豆糕出鍋，何子衿還裝了一盤叫翠兒送去給隔壁的何麗麗。

不一會兒，何培培就帶著她妹何麗麗來了。何麗麗不過四歲，比最小的沈絳還小一歲，很喜歡何子衿，老遠就奶聲奶氣地喊人：「子衿姊姊，我娘叫我和我姊拿山核桃給妳吃。」遠親不如近鄰，這年頭鄰里關係大多不錯，何況兩家又是同族，平日城來往也親密。

何子衿過去抱起白白嫩嫩的何麗麗，「給妳送去的綠豆糕，吃了沒？」

「吃了，很好吃。」何麗麗抓著何子衿一縷頭髮，望著沈玄和江仁幾個，驚嘆道：「子衿姊姊，妳家來了這麼多親戚啊？」

何子衿笑道：「是啊！」將江仁、沈玄和沈絳介紹給姊妹二人認識。何麗麗同沈絳年紀相仿，兩人說起話來也很合拍，很快就一塊玩去了。

何培培年紀與何子衿一樣大，只是生日小何子衿幾個月，她與何子衿素來看不對眼，放下核桃後還彆扭著一張臉。

蔣三妞哄她：「培培，吃果子吧？」

何培培如今也大了，不是小時候，就是討厭何子衿也會裝個相了。何況，她娘叫她看著她妹哩。何培培禮貌地道謝：「三姊姊，我不吃，妳們自己吃吧。」

江仁在旁對著他家子衿妹妹獻殷勤，「子衿妹妹，我砸核桃給妳吃。」

何培培瞟江仁一眼，心說，這傻小子怎地這般討厭？還給何子衿砸核桃？何子衿難道沒長手？真是太討厭了，越看越討厭！

江仁見何培培歪著眼看他，就從給子衿妹妹砸的核桃裡塞給這丫頭一顆，道：「別看啦，想吃就吃唄，是不是饞啦？剛三姊姊叫妳吃妳還不吃，裝什麼樣呀？」

何培培多要面子的小姑娘啊，頓時臉漲個通紅，氣得險將江仁塞給她的小核桃砸江仁臉上，怒道：「你才饞呢！」馬屁精！除了給何子衿剝核桃，還會幹啥？討人厭的馬屁精！

江仁看她清清秀秀的一小姑娘，雖然鼓著臉頰，也如同小青蛙一般，心下暗笑，道：「我饞我饞，麻煩這位妹妹把核桃還我吧！」

何培培頗有些小蠻脾氣，脆生生道：「美得你！給人的東西還往回要，我才不還！」

江仁笑，「那妳就吃吧。」又給了何培培幾個，「我知道妳們小丫頭家力道小，自己砸哪裡砸得開，妳們吃，我幫妳們砸。」

何培培竟賞臉一笑，「我哥在家的話，都是我哥幫我砸的。」

「喲，妳還有哥哥呢？」

「當然有啦，我哥比你還高比你還壯，肯定也比你有學問。」何培培說起自家哥哥還是很自豪的，如果他哥不要總拿何子衿當另一個妹妹就更好了。

江仁暗笑，終於碰到個傻丫頭了。子衿妹妹漂亮又聰明，江仁在子衿妹妹面前一直沒啥心理優勢，如今遇著何培培這有啥說啥的實在丫頭，江仁的優越感猶然而生，就多送了何培培兩顆核桃吃，還自我介紹：「我姓江，單名一個仁字。瞧著妳比我小，叫我哥哥就行了。」此傢伙還無師自通泡妞術。

何培培細細地揭去核桃仁上的細皮，笑道：「那我叫你江哥哥吧？」

「成！」江仁道：「做我妹妹，可是有很多好處的。」

「有什麼好處，不就是砸幾個核桃嗎？我哥也會幫我砸。」又強調了自己有哥的事。

江仁道：「好處多了去。」放眼一望，沈絳正帶著何麗麗在鞦韆上玩。何麗麗坐鞦韆上，沈絳在後頭推人家盪鞦韆，賣力得很。

江仁道：「咱們也去玩鞦韆，我推妳，如何？」

何培培道：「讓他們小孩子玩吧。」她妹正在上頭呢，何培培很知道讓著妹妹。

江仁拉她，「沒事兒，阿絳能有多少勁兒，他們玩一會兒就累了。」

何培培拍開江仁的手，板起臉，「不許拉拉扯扯！」她漸漸長大了，她娘早跟她說過，可不能叫臭小子占了便宜。

「哎喲，妹妹，我求妳了，這叫拉扯呀？快點兒，妳不過來，我可不推妳了。」江仁對何培培可是非常放得開的。主要是，何培培只是個清秀小丫頭，不似他子衿妹妹，生得太漂亮。因為要欣賞子衿妹妹的美貌，一見子衿妹妹，江仁的腦袋運轉速度就有所下降。不過，對何培培是沒這種妨礙的，江仁在何培培面前很有智商的優越感。

何培培便跟著江仁去鞦韆那裡玩了。

何麗麗還在鞦韆上坐著，她年紀小，人也不重，奈何推她的沈絳不過堪堪大她一歲。沈絳是個實在娃，為了給何麗麗推鞦韆，多苦多累也不說，硬咬著一口小奶牙累出一身汗來。江仁一揮手，令絳表弟退下，「為了給人家推鞦韆，小命都不要了，別一會兒累厥了你。」

何麗麗是個懂事的小姑娘，聞言也不在鞦韆上坐了，連忙跳下來，邁著小短腿跑過去扶著沈絳的小手臂，小臉露出擔憂模樣，連聲問：「絳哥哥，你很累了嗎？怎麼不跟我說？」

她在鞦韆上坐著，不知道沈絳哥哥快累得翻白眼了，從口袋裡取出小帕子幫沈絳哥哥擦臉。

沈絳不愧小男子漢，小小年紀已深諳男子漢大丈夫要臉不要命的道理，依舊強撐著，「不累不累，一會兒我還推妳。」

何麗麗拉著沈絳哥哥汗涔涔的小手，說：「我不坐了，咱們去看子衿姊姊的花吧。子衿姊姊的花房裡有好多好看的花，絳哥哥你看過沒？」

沈絳其實早見過了，他善解人意地道：「沒呢。」

「來，我帶絳哥哥去看。」兩小便手牽手地去花房看花了。

何培培望著她妹與沈絳的背影，手裡的帕子抖啊抖的。她見沈絳一腦門子汗，原是要給沈絳擦的，結果根本沒用著她……

江仁笑，「要不，妳幫我擦擦算了。」

何培培給他一記白眼，過去坐鞦韆上，道：「你還要不要推我啦？」

「推。」江仁便推著何培培盪鞦韆。他口齒伶俐，特會逗小姑娘，說幾個笑話就逗得何培培咯咯笑，江仁也挺樂呵，可他總覺得哪裡不對來著。往回一瞅，眼珠子險跳出來。

幫子衿妹妹砸核桃的人換成了沈玄，沈念坐在另一旁悠悠然吃著子衿妹妹做的綠豆糕，蔣三妞正慢慢地喝茶，四人還說著什麼，一時有輕輕的笑聲傳來。

那輕淺的笑聲卻彷彿一九天神雷劈醒了江仁，江仁心下暗罵：他娘的，老子這不是擅離陣地叫那兩個死小子挖了牆角嗎？

江仁悔得直想撞牆，再一推何培培，力道就沒控制住。何培培還是小姑娘，膽子不大，一聲尖叫，從鞦韆上摔了下來。江仁這會兒也不想撞牆了，連忙跑過去救何培培。何培培屁股著地，兩手撐著，摔得眼裡淚光閃爍，直說江仁：「你幹嘛？突然用這麼大力氣！」

江仁陪笑，「沒留意沒留意！我不是瞧著妹妹喜歡盪高些嗎？嚇著妹妹了吧？」忙將何培培自地上扶起來，問：「屁股疼不疼？」

何培培的臉立刻羞成個猴屁股，惱羞成怒，「不疼！」疼死了！死江仁這麼一說，她又不好意思揉一揉。

蔣三妞和何子衿瞧見何培培自鞦韆上掉下來，連忙過來看。

何培培抹一把淚，也不理江仁了，道：「我回家去了！」

江仁是個機靈人，連忙道：「我送妹妹。」

「我才不要你送！」

「求妳了，讓我送吧，我好內疚的。」江仁可憐兮兮，他也沒想到把人家姑娘摔下來。

何培培哼一聲，一瘸一拐往家裡走，江仁狗腿地跟在一旁，不停地向何培培賠禮道歉，何培培才肯理他，道：「以後你可不能用那麼大勁兒推我了！」

「再不會了。」江仁送何培培回家，還跟何培培的母親王氏賠了一通不是，道：「培培摔著屁股了，大娘給她瞧瞧，一會兒我去買藥送來。」

何培培見江仁到處把自己摔了屁股的事兒拿出來說，氣得不得了，大聲道：「我才不要你的藥！你趕緊走趕緊走！」

王氏說閨女：「這是怎麼了，阿仁也不是故意的。」

江仁撓頭笑笑，「妹妹定是惱我呢。我推她推的力氣大了，要不，她也摔不下來。」

何培培簡直要氣死了，「不准再說我摔著的事兒！」

江仁忙道：「不說不說！」

「我不要你買的藥，也不許再跟別人說！」何培培最要面子的。

江仁再次保證：「絕對不說。」

何培培屁股疼得很，想去屋裡躺一躺，「你先回去吧，等我消氣，你再來找我玩兒。」

江仁又跟王氏賠了一回不是，便回何家了。

待下午，江仁買了化淤的藥和兩包桃花酥送來給何培培，跟王氏道：「我聽培培妹妹說她喜歡吃桃花酥。這藥大娘收著，是在平安堂買的藥，可好用了。」

何培培的屁股是真的摔青了，王氏原本也有些生氣，覺得這江家小子沒個輕重把她閨女摔了。江仁這三番兩次上門兒道歉，到底只因小孩子玩耍，何況她閨女也沒摔多重，王氏也不是沒心胸的人，笑道：「沒什麼大礙，還拿果子來做什麼，你自拿回去吃吧。」

江仁不肯，道：「我特意買了給妹妹，給妹妹吃的。」

王氏便也不怪他了，臨江仁告辭，還裝了一小布袋的乾紅棗給江仁帶去吃。

江仁回去後，何子衿好生勸他：「放心吧，培培並不小氣，她不會怪你的。」

江仁道：「我沒留心，力氣也太大了。」

何子衿道：「等明兒培培好了，你再叫她來玩兒，不就沒事了？」要不是何培培與她看不對眼，何子衿肯定陪江仁去瞧瞧何培培。

江仁笑，「也是。等她好了，我輕輕推她，就當給她賠禮道歉了。」

沈玄跟著子衿姊姊的腳步來安慰江表兄，道：「阿仁哥放心吧，我看你跟培培姑娘很說得來，等她好了，你再跟她說幾句好的，她肯定不會放心上的。」

沈念點頭，「嗯，你們是挺合適的。」

江仁：兩個死小子的話裡是不是有啥歧義啊？

孩子們玩了一日，第二天，何恭雇了兩輛馬車，三家人一塊去廟裡燒香拜佛，祈求沈素春闈得中。

如今非但春闈將至，一年一度的秀才試也快到了。芙蓉寺是碧水縣唯一之佛教場所，香火頗為旺盛，且遇著的熟人不少。其間就有何洛的母親孫氏，還是帶著何洛一道來的。

孫氏笑道：「聽說芙蓉寺的文殊菩薩很靈驗，阿洛今年秀才試下場，我帶他來拜拜。」

「可不是嗎？靈驗得很。」何老娘立刻拿出切身經驗說得活靈活現。

何洛見過長輩後與何子衿說話：「妳這是來給誰拜的？」

何子衿道：「我舅舅今科春闈。」

何洛一拍腦門兒，「這幾個月念書都念傻了，沈大叔去年中秋後去帝都的。」又道：「放心吧，沈大叔一準兒沒問題的。」

何子衿笑，「你秀才試準備得怎麼樣了？」

何洛伸出一個巴掌，悄悄道：「五五之數，這次就是下場碰碰運氣，哪怕下次再考，起碼咱熟門熟路不是？」

何子衿引用一句名言：「這叫戰略上藐視，戰術上重視。」

何洛想了想，點頭道：「有理。」

何洛正同何子衿說話，江仁溜達過來，一拱手，也不知跟誰學的滿嘴江湖氣，道：「這位大哥怎麼稱呼？」

沈玄實在受不了他，奈何這是他舅家表兄，沈玄道：「阿洛哥是子衿姊姊的族兄。」阿仁哥這是發什麼神經啊？

沈玄不知道的的是，他家阿仁哥的神經現在才開始發。江仁一聽說與他家子衿妹妹是同族，立刻親熱地握住何洛的手，笑呵呵地自我介紹：「原來是阿洛哥啊，久仰大名，我聽子衿妹妹說起過你。我叫江仁，你叫我阿仁就行了。」

何洛溫文爾雅地道：「好。」

江仁不知是腦子裡哪根筋搭錯，他對蔣三妞道：「三姊姊，這是阿洛哥，妳認得不？」

沈玄都想掩面而遁了，天啊，他竟然有這樣的白癡表兄。早上梳頭去他娘那裡借桂花油把頭髮倒飭得跟狗舔過的暫且不提，怎麼智商一出門就這麼不夠用啊？

蔣三妞掩唇一笑，「阿仁，我跟阿洛是一個縣的，你說我們認不認得？」

江仁尷尬地吐吐舌頭，嘿嘿一笑，不用人勸，自己就釋然了，「我就只顧得跟阿洛哥說話了，別的沒顧上多想。」

何洛對蔣三妞微微行禮，道：「三妹妹。」兩人同年，論生辰，何洛大一些。

蔣三妞還禮，「你們來得早。」

「我娘說要看後山的杏花林，故而早些來。」何洛溫聲道：「我先過去服侍母親了。」

蔣三妞頷首，「好。」

與何洛家寒暄完，接著又遇著陳姑媽帶著幾位媳婦還有孫子孫女們來燒香。陳姑媽與何老娘一見，這話可不是三言兩語能完的，大家索性邊走邊說了。

陳姑媽喜上眉梢，同何老娘道：「今兒個我得謝阿冽他娘。」

沈氏就在何老娘身邊，聞言一笑，「姑媽這話從哪兒說起？」

陳姑媽嗓門亮堂得不行，簡直天然自帶一高音喇叭，「二郎他媳婦有身子了，如今已四個月，我聽她說是妳介紹大夫給她的！這回要能給我生個孫子，我重禮謝妳！」

沈氏道：「二嫂子定能一舉得男。重禮我可不敢當，到時姑媽多送我些紅蛋吃，叫我沾沾喜氣就成。」

陳姑媽很是歡喜，「這不用說！」

何子衿負責把陳家四姊妹與陳志陳行陳遠幾個兄弟介紹給表兄弟們認識，孩子們也鬧騰騰地說起話來。何子衿見陳二妞臉上喜氣洋洋的，朝她眨眨眼，「恭喜二伯娘了。」

陳二妞自也歡喜，這年頭兄弟是女孩兒們在娘家的靠山，「我娘也嚇了一跳呢。說來，還得謝妳娘。」當初那送何子衿二十兩的小琴總算沒白送。

「是二伯娘命中有子，命裡有的，早晚都會來。」何子衿道：「姑祖母帶一大家子給二伯娘這一胎燒平安香，可見姑祖母對二伯娘這一胎的重視了。」

陳二妞笑，「哪兒啊，我娘原不想動身的，是祖母說這不快秀才試了嗎？便帶著志大哥來燒香。還有大妞姊也要燒香的。」附於何子衿耳畔，小聲道：「求姻緣。」

何子衿掩唇淺笑，「大妞姊還要求姻緣？我聽說妳家門檻都要被媒婆們踩平了。」

陳二妞只笑不語，她道：「我好些時日沒去找妳，三姊姊可真漂亮。」

「妳又不是頭一遭見三姊姊，難不成才知道三姊姊好看？」何子衿笑。人長得俊，真不分穿什麼衣裳戴什麼首飾，真正的漂亮肯定是荊釵布衣不掩其國色天香，而且，正是最好的年華，蔣三妞只一身有些褪色的茜色襦衣襦裙，髮間也只一朵新開的杏花，但她這樣美麗，褪色的舊衣反襯得她越發美麗。此時此刻，不知多少人或明或暗地朝蔣三妞看呢。

陳家是芙蓉寺的大戶香客，早提前一日打了招呼，廟裡足空出了一處小院兒供陳家女眷歇腳，還有知客僧前來招呼。

陳姑媽道：「燒香是正經事，先燒香，再來歇著。」

於是，一大群人便去大殿燒香。

烏拉拉二十多口子，除了燒香，女人們還喜歡搖個籤啥的。陳姑媽搖出來給方丈一瞧，是上籤，頓時大樂，招呼著其他人都搖一搖。

何子衿瞧著笑咪咪的老方丈，十分懷疑這老禿子有鬼。

和尚方丈慈眉善目地站著，何老娘轉眼也搖了個上上籤出來，不待方丈解籤，陳姑媽斷言道：「比我的還好，下科恭兒定能中舉人，侄媳婦有福了。」

沈氏果然也搖一好籤，眉開眼笑地同江氏道：「妳也搖一個吧。」

陳姑媽道：「要是求阿素春闈，一準兒沒問題的。」話音剛落，江氏便搖一籤，上書：春風得意馬蹄急，一日看盡長安花。正是上好兆頭，江氏笑，「姑媽這話果然是極準的。」

陳姑媽還挺謙虛的，「菩薩準，是菩薩準。」

有陳姑媽這位預言大戶，大家的籤都不差，何子衿超佩服芙蓉寺的和尚，弄虛作假一連二十幾套也不帶累的，這裡的和尚不會是魔術師出身的吧？

大家搖得好籤，陳家添起香油也格外大手筆。江氏為丈夫求功名，雖不敢與陳家這樣的大戶比，也足添了一兩銀子的香油錢，看得何子衿直咋舌。

燒過香磕過頭搖過籤，陳姑媽便約著何老娘去廟裡預備的院裡歇著去了。芙蓉寺建在碧水潭畔背依芙蓉山，春日風光正好，何老娘對沈氏道：「舅奶奶他們難得來一回，妳陪著在廟裡逛逛，我跟妳姑媽說會兒話。看著孩子些，別叫他們亂跑。」家裡險丟過孩子，故此，何老娘每次出門都特別留意孩子的事。

沈氏應一聲「是」，便與江氏出去了。

陳家如陳二奶奶這樣高齡有孕的，定是要在房裡歇一歇的。如陳大奶奶，長子長媳，原定是要在陳姑母身邊服侍的，不知怎地，陳大奶奶與陳姑媽悄聲說了幾句，留下陳三奶奶服侍，自己同陳四奶奶、陳五奶奶一塊出去遊玩了。

沈氏除了與陳大奶奶不大對盤外，與陳家其他四位奶奶倒是說得來。江氏說是村裡人，卻是正經的舉人娘子，其夫又去春闈了，倘沈素一朝得中，江氏便要從舉人娘子升格為進士娘子，故此，大家說起話來頗為客套。再加上沈玄和沈絳模樣不錯，家教也很不錯。陳家是有錢人家，添了給人見面禮的排場，小哥倆連帶著江仁也跟著沾光，得了幾樣不錯的東西。

陳四奶奶讚蔣三妞：「這才多少時日不見，好似一眨眼的功夫，三丫頭就成大姑娘了，這丫頭生得可真好。」

陳五奶奶接了話：「是啊，我看咱們碧水縣也沒幾個這樣俊俏的丫頭呢。」

「非但俊，人也能幹。我聽說李大娘的繡坊裡，三丫頭是數得上的好手藝。」陳大奶奶也湊趣，笑問：「三丫頭多大了，可有人家了？」

沈氏道：「今年正是三丫頭的及笄之年，待三丫頭及笄，我家裡定要擺酒的。妳們這做伯娘做嬸子的，可得來熱鬧熱鬧。」

陳五奶奶道：「一定去的。」

陳四奶奶道：「是啊，可有人家了？」

沈氏笑道：「倒是有人來說過幾家，我不想三丫頭遠嫁，最好是在碧水縣尋一戶守禮的人家，到時離得近，來往也方便。」

陳大奶奶今日話特別多，瞧著有些興奮，「是這個理。倘一嫁老遠，不說別人，便是敬表妹，嫁到芙蓉縣去，說來還不算遠，來往也不方便。」這說的是何氏。

陳五奶奶道：「敬表姊有福，嫁哪兒都一樣，還不是要隨著表姊夫到處做官的。」又跟沈氏打聽：「如今表姊她們還在帝都嗎？」

沈氏道：「早不在帝都了，馮家姊夫謀了外放，如今在晉中做六品官呢。」

具體什麼官職，沈氏一時倒想不起來了。

大家便七嘴八舌說起馮家來。陳家再有錢，到底只是這幾年發起來的，說起來，並不比官宦之家體面，於是，話裡話外皆帶了幾分豔羨之意。

婦女們已在八卦中，少男少女們對那個沒興趣，因春光難得，大家便去後山看杏花。陳志年紀最大，便是他打頭。話說，何子衿對陳家感觀平平，尤其對陳家長房印象很差。陳大奶奶勢利還好說，陳大妞無端遷怒她的事，何子衿可沒忘呢。怎知陳志竟不似其母其妹，或許是念書的緣故，他甚至也不似其父祖，十九歲的陳志有一張斯文安靜的面孔，生得比他妹陳大妞要好些，說俊俏談不上，但身為有錢人家的少爺，飲食足夠精細，衣著足夠講究，細皮嫩肉的年紀，也算一乾乾淨淨的青年。

陳志非常懂得照顧沈絳和何洌這兩個小傢伙，吩咐兩個男僕瞧著他們，不准近水邊，不准在山路崎嶇的地方跑跑跳跳，生怕有危險。賞杏花的地方自有一草亭，陳大妞張羅著去那裡坐坐，陳二妞幾個隨她去了。一時，陳大奶奶和沈氏等人也到了，便也去了亭子裡歇腳。蔣三妞和何子衿推說還要在杏林裡看杏花，依舊在杏花林漫步。

如斯美景，江仁、沈玄也顧不得在何子衿身邊殷勤了，這裡逛逛，那裡看看，歡喜得不得了。唯沈念還跟在何子衿身邊，聽著何子衿同蔣三妞說話。

陳二妞在亭中捏一粒蜜餞笑，「阿念與子衿還是這般要好。」

陳大妞將嘴一撇，沒說什麼。她也大了，過了直來直去的年紀，便是不喜，頂多憋著不言，也不會衝動地脫口而出去得罪人。只是養氣功夫到底不大到家，嘴還是要撇上一撇。

沈氏心中不悅，只當沒瞧見。

陳志望去，一笑道：「阿念這孩子倒是乖巧。」

沈念非但乖巧，他眼睛賊尖，戳戳子衿姊姊的手，往另一方向指去。何子衿就見何洛陪著其母孫氏正在與什麼人說話，定睛細瞧，何子衿與蔣三妞悄聲道：「是許太太。」

蔣三妞問：「是那位許舉人家的太太嗎？」

何子衿點頭，「他家規矩可大了，許太太身邊那一位是許姑娘，許太太的老生閨女，聽說鮮少出門的。」

蔣三妞反應亦快，「難不成這是在相親？」

「相親不好說。」何子衿笑，「得看阿洛能不能中秀才了。」

蔣三妞道：「這些讀書人真是，難不成沒功名便沒前程了？世間有功名的畢竟少數。」

何子衿輕笑，「不過，看來許舉人對阿洛哥很有信心。」

蔣三妞再望一眼，一扯何子衿的袖子，「咱們去另一邊吧，不然走近了，是說話還是不說話，倒擾了人家。」

兩人說著話，便轉向另一方去賞春光了，怎奈剛走沒兩步又遇著何珍珍與其母杜氏。陳大奶奶不是個細緻人，明明帶了丫鬟，興奮之下忘了命丫鬟去請人家，當下便在亭子裡喊了一聲：「在這兒呢！」

何珍珍有些不自在，杜氏倒是笑咪咪的，帶著閨女上去了。

何子衿感嘆：真是個春意盎然的季節啊！

陳大妞那個樣子，連江氏都瞧出來了，待回了家，姑嫂兩個私下說話時，江氏道：「陳家那位大姑娘可是跟阿念不睦？」沈念入的是沈家戶籍，江氏既瞧出不對，總要問一句。

沈氏倒了兩盞梅子茶，一人一盞，「哪裡是跟阿念不睦，她是跟子衿不睦。」提起陳大妞，沈氏也來火，「無緣無故的，她就是看子衿不順眼。以前小姑娘家弄個什麼詩會，大妞也照貓畫虎地弄那個，子衿一次都沒去過。還是陳家姑媽說她，妳連外人都請，怎麼不請子衿，那會兒還一塊念書呢。大妞就因這個便惱了子衿，妳說這是不是無緣無故的？她在她家裡發了好大的脾氣，我就不讓子衿去念書了。就是現在，她還是瞧子衿不順眼，也不知是怎麼回事？」

「看那丫頭就不是什麼聰明人，都是親戚，哪裡有她這樣的？便是家裡略有些個銀錢，也不能這樣高低眼。」江氏挑眉，「興許是嫌子衿比她聰明，模樣也比她漂亮。」

沈氏道：「子衿小她五歲，兩人天生命裡不投緣吧，二妞姊妹就與子衿很好。」

江氏道：「也不必理她。她家雖好，咱家也沒求著她家的地方，倒是風水輪流轉，誰知道就到誰家呢？」丈夫今科春闈，江氏又求得好籤，心下暢快，說話也硬氣許多。

沈氏笑，「這也是。」

姑嫂兩個慢慢地喝梅子茶，沈氏道：「阿素這一走，把小瑞也帶走了。爹娘年紀又大了，家裡的事全靠妳，春耕可怎麼著了？」

江氏道：「這也不必愁，相公走時都安排好了，尋了幾戶佃戶把田包了出去，還有我哥幫著看著些，沒什麼大問題。」

「這就好。」沈氏道：「到時瞧著收租也方便。」

江氏說起蔣三妞來：「這樣能幹的丫頭，十里八鄉都少見，又是這樣的俊模樣。」

沈氏笑，「是啊，就是我，看她這幾年自己一門心思上進，心裡也疼她。說句心裡話，女孩子有了三丫頭這般心性，真不怕過不好日子。」

江氏道：「來時我那嫂子還叮囑我，叫我細看看三丫頭，說要真是好姑娘，讓我跟姊姊打聽一二呢。」

沈氏道：「怎麼？阿仁他娘也知道三丫頭？阿仁還小呢。」

倘是給江仁說媳婦，雖蔣三妞略大兩歲，這門親事倒是門實誠親事。

江氏也不藏著掖著，嫂子是親近，她與大姑子感情也不差，便直接道：「倒不是阿仁。阿仁還是毛孩子一個，是我嫂子娘家兄長家的兒子，今年十七了，比三丫頭長兩歲。這不是因我時常來姊姊這裡，我也不知道什麼時候提起過三丫頭，阿仁他娘就入了心。她也著人打聽了，知道三丫頭很是能幹，這回是想我順道問問，姊姊，妳家太太是想給三丫頭說個什麼樣的人家？若合適，阿仁他娘便回娘家去說說。」

沈氏道：「三丫頭的意思，是不想離了碧水縣的。」

江氏道：「阿仁他外家姊姊也知道，說不是富戶，家裡也有百畝多田地的，不愁吃穿。再說，都是親戚，貴在知根知底。」

沈氏不好一口回絕江氏，「妹妹知道我家，這事我不能做主，得跟太太商量才成。」

「這是自然。」江氏笑，「三丫頭這樣的好相貌，少不了說親的人。親事嘛，成也好，不成也好，都沒啥。只是阿仁他娘來前特意託了我，怎麼著我也得跟姊姊說一聲。」

「不瞞姊姊，還是上次阿仁他娘來繡紡買繡件，才知道三丫頭一幅繡件就能賣好幾兩銀子，心裡驚嘆得不得了。」江氏笑嘆，「三丫頭真是一雙巧手。」

江氏見蔣三妞如今出落得好模樣，覺得自家大嫂的打算怕是不成的。這樣漂亮的丫頭，自己又有吃飯的手藝，不知多少好人家要打聽。她嫂子娘家雖有百畝多田地，但家裡兄弟三個，兄弟下面還有兒子，以後分家各人頭上能有多少呢？可也正因這樣，才更加相中了蔣三妞這一雙巧手，她嫂子都說了，哪怕蔣三妞沒嫁妝也不嫌棄的。沉一沉心，江氏悄悄地將這話也同沈氏說了。

沈氏呷口梅子茶，心知張家定是細細打聽過三丫頭了，沈氏道：「三丫頭在我家這幾年，妹妹也知道這丫頭多麼可人疼。我不敢說拿她跟子衿是一樣的，不過，太太也說了，不會叫三丫頭光著身子出門的，家裡總有她一副嫁妝。」

江氏想何老娘素來摳門，怎料如今這般明理，江氏忙道：「可是我想差了。」

「妹妹也是好意，張家說出這話，可見是真心求娶，我必跟太太說的。」沈氏道：「說來人跟人的情分真是處出來的，女孩子嫁人，嫁妝好賴總要有的，不然也叫婆家人小瞧。三丫頭自己爭氣，這個時候不幫扶一把，我這心裡也不落忍呢。」

江氏這回確定嫂子的算盤要落空，她也能理解沈氏說的，蔣三妞樣樣不差，差的就是娘家跟嫁妝，何家這是扶蔣三妞一程。有了嫁妝，蔣三妞的親事不一定會更好，但起碼蔣三妞就多了層底氣，只是張家這樣的農戶是甭想了。

果然，第二日江氏與兄長帶著孩子們向何老娘告辭時，沈氏送他們出去，悄悄在江氏耳邊道：「太太說也不欲三丫頭離得太遠。」

江氏道：「我也猜著了。姊姊不要放心上，我回去與阿仁他娘說就是。」

沈氏道：「要有合適的，只管跟我說。」

江氏笑應了。

及至門前送別，非但孩子們難捨，何培培也帶著她妹過來了。何培培抱著一小布袋的紅棗送給江仁，「江哥哥，給你和弟弟們路上甜甜嘴。」

江仁笑，「多謝妳了。」又問：「摔著的地兒可好了？」

何培培白他一眼，「早好了！你就不會說點兒別的？」

「說啥？」江仁裝出一副哭臉，「我捨不得妳，我不走了，以後我就住妳家吧！」

何培培咯咯直笑，「那也行，你就別走了吧。」

江仁眼角餘光一瞅，呵，沈玄那小子正拉著子衿妹妹的手依依不捨地說話呢，江仁立刻撲過去，自己搶過子衿妹妹的手來拉，還很會自說自話，道：「子衿妹妹，妳別太想我，等有空我會來瞧妳的。」

沈玄磨牙，恨不得撲過去一口咬死江仁。

沈念不客氣，啪地打掉江仁的手，朝何培培努努嘴，「阿仁哥，你怎麼能跟培培姊說話說一半就跑掉呢？」

何培培瞧見江仁正與她說著話，中途跑去找何子衿獻殷勤，臉都綠了。何培培一把搶回剛剛給江仁的紅棗，轉手就塞給沈玄，怒氣騰騰地說：「阿玄跟阿絳路上吃，一個都不准給江仁！」又氣呼呼地詛咒江仁：「你敢吃我家的紅棗，晚上滿嘴牙都要掉光光！」

江仁摸著被沈念拍到的手背，喊何培培：「這……這是怎麼回事？妳怎麼就生氣了？」

何培培翻白眼，「我才不會跟馬屁精生氣呢！」死馬屁精！

江仁還在那兒貧嘴：「下回我拍妳馬屁還不行嗎？」

江順實在受不了他這兒子，一把將江仁拎到車上，再把沈玄和沈絳抱到車上，令江氏也上去，辭別何家人，回家去了。

江仁推開車窗喊道：「子衿妹妹、培培妹妹，下次我還來找妳們玩兒！」

沈玄朝何子衿揮揮手，「何家祖母、姑媽、姑丈、三姊姊、子衿姊姊、阿念、阿冽，你們回去吧，天兒還冷呢！」

江順揮起鞭子趕起馬車，內心默默道：兒子的智商好像不太高！

送走江氏一家，轉眼便是秀才試。

秀才試後，何家收到了兩份帖子。一份是陳志中秀才的擺酒帖子，另一份則是碧水縣近年來最年輕秀才何洛的宴客帖子。

何子衿悄與蔣三妞咕噥：「吃完這秀才酒，接下來多半就是訂親酒了。」

兩家的秀才酒都很熱鬧，莫欺少年窮，何況少年半點兒不窮，如陳志能在十九歲上中秀才，比何恭當年還要年輕好幾歲，遑論何洛這十五的，他大概是碧水縣有史以來最年輕的秀才了。大家都說何洛家祖墳的位置挖得好，旺子孫。

這兩家擺酒，親戚朋友能去的都去了，熱鬧得緊。

尤其陳家，陳姑丈大手筆擺了三天流水席，若不是陳志攔著，他非要請兩個戲班子回來唱兩天戲不可。就這樣，陳姑丈也多了個毛病，如今一說話，開頭必然是「子曰」，反正是沒有子曰簡直過不了日子。

陳姑丈還出銀子給縣裡修路，就為了在縣誌上記一筆。主要是，他孫子陳志中了秀才，縣誌上必有其名的。陳姑丈如今大把銀子賺著，衣食豐足，也就求個名兒了，還特別要求在縣誌上寫一句「秀才陳志之祖父」，可見陳姑丈對於長孫中秀才之事多麼欣喜了。

陳家有財，陳志有才，先時因未有功名，陳志方一直沒有說親，如今一朝秀才得中，給陳志說親的人竟比給何洛說親的都要熱鬧三分。

由於兩家說親的人太多，還一度躍居碧水縣八卦熱門榜，今日說陳何結親，後兒個說陳李結親，大後個兒又不知說啥了，反正這兩人的桃花運，讓諸多年輕人眼熱得很。

秀才功名到手，且俱是年輕人，家世也不差，兩人一時間也成了碧水縣的熱門人物，端看哪家姑娘有福氣嫁過去。

何子衿從未想過，這兩人的姻緣能與自家扯上什麼關係，可似乎何洛時不時就喜歡來何家，或是送些東西來，或是來跟何恭請教學問。天地良心，何恭多年於秋闈無所收獲，何洛這藉口用得，當真不咋地。

不光何洛來，連何志也時不時過來。

何老娘和何恭素來不是會多想的人，何洌年紀小，但沈氏機敏，何子衿乃腦補達人，沈念身體裡住著個老鬼，這三人可不是瞎子。

一日，在與蔣三妞一起繡花時，何子衿就悄悄問了蔣三妞。

蔣三妞嘆道：「女人最金貴的日子就在此時了。」

這一看就知蔣三妞心裡門兒清，何子衿問：「三姊姊，妳喜歡哪個？」

「妳覺得他們哪個會娶我？」蔣三妞望向何子衿，眸光清湛，嘆道：「子衿，妳以後也得記住。男人要是心誠，會正經找媒人過來提親，而不是這樣鬼祟含糊著，不然，如總來咱家的這樣的男人，不過是想占些風流便宜罷了。」

何子衿稍稍放心，「我就覺得不大對，阿洛哥以往偶爾也會來，只是不若現在來得殷勤，阿志哥以往更是鮮少來的。」這事兒要擱何子衿上輩子生活的年代，簡直不算個事兒，可此時此際卻是一樁大事，何子衿又是個好打聽，她問：「三姊姊，他們跟妳表白了沒？」

蔣三妞疑惑，「表白？」蔣三妞是個聰明人，不待何子衿解釋啥叫「表白」，她道：「妳是說他們有沒有把話跟我說開？」

蔣三妞道：「要是他們肯說開，我早叫他們滾遠點別來了。」偏生這兩人啥都不說，面上一片太平，只是來來走走的總要跟她說上兩句話。蔣三妞簡直不堪其擾，卻又不好說什麼，只得躲在屋子裡不露面罷了。無奈何家畢竟不是大戶，沒那麼多僕人可使，基本上來了人就直接進來，時有躲避不及，還是要碰面的。

何子衿問：「三姊姊，妳對他們有沒有意思？」

「妳是不是傻了？」蔣三妞一指戳到何子衿額角上，「現在多少好人家要給他們說親，難道能輪得到我？既沒這個可能，何苦去出這個風頭，倒招人眼。何況咱們女人不比男人，倘名聲壞了，後半輩子甭想過好。」

再者，何洛和陳志現在是碧水縣的知名人物，倘有人留心，何洛和陳志不過是被人說聲風流罪過，她自己一輩子卻得搭進去。蔣三妞躲還來不及，怎會真與那兩人有什麼聯繫？

何子衿道：「那咱們就得想個法子叫他們知難而退。」

外頭人可不是瞎子，叫人說出些捕風捉影的閒話可就不好了。

蔣三妞道：「我原想著，要是他們再來，我就跟姑祖母說一聲。」

何子衿知蔣三妞為難之處，事關蔣三妞本人，蔣三妞再不好自己去說的，何子衿道：「這話三姊姊怎麼好開口，我私下同祖母說吧。」

蔣三妞一笑，「那也好。」

何子衿便私下跟何老娘提了，何老娘卻以一種「妳腦子沒病吧」的目光盯著何子衿看半日。何老娘道：「別成天胡說八道，有空多養兩盆花，等天兒冷了還能賣個好價錢！」

何子衿跟賢姑太太在一起久了，早便喜歡養些花草，拿來熏屋子是極好的，前幾年她養的綠菊還賣出過大價錢哩。本想叫何老娘追加點投資，可何老娘只進不出，任憑何子衿如何巧舌如簧向何老娘描繪發財的願景，何老娘也沒動搖，何子衿只能自己慢慢養著。

何子衿也不貪心，除了一些日常喜歡好活養的茉莉月季之類，只要一開花就能拿來熏屋子，但這類花便宜，賣不上什麼價。何子衿養來賣錢的就三樣，即菊花、臘梅、水仙。

前幾年花有限，不過是零碎每年賣個三五盆，就這樣，何子衿也要先跟家裡談好賣花的分成，總不能叫她一兩銀子不得，何況家裡都不肯投資。

賣花掙了銀子，何老娘還是一分錢不投，何子衿漸也明白何老娘的心思，這位奶奶是想著，反正賣花的銀子分一半給丫頭片子了。她一分不出，叫丫頭片子使這分的銀子自己搗弄吧。何老娘覺得，碧水縣就這麼巴掌大的地方，每年賣花也多是在秋冬，分了一半給丫頭片子，這些銀子也盡夠丫頭片子使了。

也就何子衿心寬，才沒給何老娘的小算計鬱悶死。

其實後來何子衿想想，這也正常，以往她年紀小，何家並不是富戶，這些年何恭秋闈顆粒無收，但也一直在念書，筆墨紙張便是一筆開銷。再者，孩子們也漸漸大了，嫁娶更是大頭，家裡一向都很節儉，何子衿那會兒不過七八歲，怎麼可能給她銀子叫她專門種花呢？小小孩童，誰知她是不是一時興起，過兩天便丟開手呢？

好在何子衿這人也沒啥大志，家裡不給資金支持，她便慢慢養唄。養到現在，沈氏又給她收拾了一間屋子做花房，何老娘閒了都會去瞧一眼，這會兒雖依舊不肯給何子衿投資，還是會督促何子衿一下的，多用些心思在花草上啥的。當然，何子衿閒了還會去書鋪子裡接抄書的活掙些零花，這個錢不多，沒人要她的，她便自己存著。

當然，此乃閒話，暫可不提。

此時要說的是何洛、陳志頻頻來何家的事，何老娘覺得何子衿在胡扯，因事關蔣三妞的聲譽，何老娘也沒大聲，低斥何子衿：「這都哪兒跟哪兒？阿洛跟咱們是族人，你們早就好得跟親兄妹似的。以往他忙著考秀才，如今秀才考上了，多過來幾趟怎麼了？阿志更是咱家親戚。妳知道外頭有多少人給他們說親？說的都是大家閨秀，他們怎麼可能看上三丫頭？」

何子衿道：「三姊姊這般漂亮，只要長眼的，誰會不喜歡她呢？」

何老娘自言自語：「我說三丫頭怎麼這幾回都在屋裡悶著不露面了。」也不管何子衿說的是真是假，又道：「以後叫妳三姊姊少出來就是，我看她如今大了，也知道避諱著些。」

自始至終，何老娘根本不相信何洛、陳志會對蔣三妞有意思。

沈氏則不這樣看，做為一個自由戀愛成親的女人，沈氏深知容貌對一個男人的吸引力。蔣三妞正值妙齡，憑良心說，不看家世，蔣三妞的相貌在碧水縣當真是無人能及。便是沈氏年輕時，也不敢說比蔣三妞更漂亮。

這樣漂亮的丫頭，先時還有媒人拿著大筆銀錢來打聽蔣三妞做不做妾室。好在何家人心正，便是何老娘也只是對著銀票流了回口水，沒拿蔣三妞換了銀子。事後，何老娘說：「我要做這豬狗不如的事，與三丫頭她爺她爹有啥區別？」

原來在她老人家眼裡，蔣三妞父祖、何老娘娘家兄弟侄兒是豬狗不如的……

話說回來，這也說明蔣三妞的相貌是當真出眾。

何老娘是不相信何洛、陳志會看上蔣三妞，在沈氏看來，這種可能性卻很大。

何陳兩位小秀才或是唐突或是情不自禁，也有些招人惱的，起碼沈氏與蔣三妞就有共同觀點，你有心你是正兒八經三媒六聘來提親才是正經，這樣三不五時過來是什麼意思？

便是蔣三妞不說，沈氏也不能坐視的。家裡不只蔣三妞一個女孩兒，何況這種事關乎著一大家子的名聲。這年頭，名聲比命都重要。

沈氏正心煩著，聽翠兒回稟說何洛過來了。

沈氏便沒去何老娘屋裡，倒是何洛素來知禮，不管是過來幹啥，總要過來見一見沈氏。沈氏亦和顏悅色，請何洛坐了，笑道：「阿洛越發出息了。」

何洛小小年紀，為人有禮謙遜，道：「嬸嬸過獎了。」

「不是過獎，是實話。」沈氏道：「前兒見著你娘，聽你娘說正給你相看親事呢。這一成親，可不就是大人了嗎？」

何洛讀書聰明，別的方面也不差，到底穩得住，溫聲道：「我年紀還小，倒是不急。」

「怎麼不急？成家立業，先成家後立業。」沈氏笑咪咪的彷彿還是先時慈和的長輩，「何況，你小小年紀便已有功名，我出門聽到不少好人家打聽你。就是你不急，你爹娘也急的。」

何洛笑笑，沒有說話。

沈氏便不再說，道：「去吧，阿念前兩天還念叨你呢，說你學問好。」

何洛施一禮，去了書房。

及至何洛臨晌午告辭，何子衿送他出門，何洛輕聲問：「嬸嬸知道了？」

何洛臉色不大好，何子衿悄聲道：「你什麼時候……」何洛並不是輕薄人，以往偶有來何家，都十分有禮數，何子衿都不知道他什麼時候看上蔣三妞的。當然，憑蔣三妞的相貌，何洛又不缺眼光，對蔣三妞有些愛慕之情也不為怪。

何洛輕嘆，「我也不知道，或是哪一回見她在院中繡花，或是哪一回聽她說話，不知不覺就總想過來。」就是那樣一種感覺，就有那樣一個人，你見她喜則喜，見她憂則憂，於是便一次又一次的想見她。

「這樣說不清道不明總是不妥，倘你有心，該正正經經求娶才是。」何子衿聲音也低，「只是你怎麼做得了自己的主？」

何洛抿了抿唇，告辭離開。

不要小看少年人的愛戀，便是何洛這樣以溫文知禮聞名的，也很有膽量跟家裡提一提。

不過，何洛到底不是個衝動的人，他沒跟自己娘說，他是跟自己祖母說的。劉太太可不是何老娘這般粗肚腸的潑辣人，這位祖母素來精細，聽了孫子的一番話，她並沒有太強烈的情緒波動，反是有一番釋然，道：「怪道這些天你總去你恭五叔家。」

為了考這秀才，去歲孫子一直在家苦讀，耗神得很。如今秀才到手，劉太太也想著讓孫子好生歇一歇。何洛同何子衿平素間很說得來，又是同族，早便時有來往。同族兄妹，多些來往也不算啥，卻不知孫子相中了蔣三妞。

劉太太拉孫子坐在身旁，問：「是何家叫你來跟我說的？」

何洛並不傻，他道：「不是，五嬸子見我總去，沒直接說，那意思瞧著是不樂意的。」

劉太太稍放了些心，溫聲道：「這是你五嬸子知禮呢。你說你喜歡人家，你知道她喜甜還是喜酸？知道她性子是好是歹？你漸大了，少年慕艾，人之常情，倘蔣三妞生得無鹽女，你還會不會喜歡她？這話我說，你細思量是不是吧？你想明白了告訴我。」

何洛腦子轉得快，道：「祖母，便是這些天給我說的親事，我也不知人家姑娘是喜甜還是喜酸，性子是好還是歹呢。」

「對，但是，現在給你說的這些，家裡即使不是念書的清貴人家，也是有家資的人家。這些姑娘父母雙全，兄弟俱在。」劉太太心平氣和地分析道：「便是模樣，不一定比得上蔣三妞，也說得上清秀。阿洛，不要說祖父母，便是父母，都不會陪你到老的，你以後這輩子是跟自己的妻兒過。你說你喜歡人家，到底喜歡人家什麼呢？」

「若是美貌，哪個女人不會老去？人結親為什麼要講個門當戶對？」劉太太輕嘆，「倘咱家是公門侯府，或真的是官宦之家，你想娶誰，管你是不是只看中那姑娘的美貌，便是只看中美貌，誰不喜歡美人，我為什麼不讓我的孫子如意呢？可現在我還是希望你細想一想，阿洛，家裡這樣，你要更進一步，秋闈、春闈，考功名的事，家裡還能幫幫你。以後有功名，並不是就沒事了，功名才是仕途的開始。你要做官要交際，咱家祖上沒有一個做官的，這些事家裡兩眼一抹黑，可就真幫不上你了。」

「你娘總想著給你定下你舅家的表姊，我娘家也有適齡的侄孫女，我那娘家嫂子不知來了多少趟，就是想與你結親，可我想著，你的親事還是暫放一放。你天資還可以，年紀又不大，倘能在弱冠前後再進一步，屆時不怕沒有更好的親事。」劉太太一五一十將心中所想告訴孫子：「老師會教你如何寫文章，父母教你如何做人，可做官的事，誰能助你一臂之力呢？同科同年同鄉同僚，這些人是助力，未嘗沒有個爭強好勝。你要做官，家裡掌家事的就不能沒有見識，你的妻子不但要理家事，你的人情往來，官場打點，還有女眷之間的交際……這些，都是為人妻的責任。」

「還有，倘真能結一門好親，岳家也是你的助力。」劉太太溫聲道：「阿洛，這就是結一門好親的好處。我不是說蔣三妞不好，聽說那姑娘也是個能幹的姑娘，可現在你可以選一個門第更好的，卻偏偏選了她。將來倘一朝她年華不在，不能勝任做你妻子的責任，然後你看著明明不如你的人，因岳家顯赫，因妻子得力，而在你之上，你會不會怨恨此時的選擇？若真到那時，誤了你，也誤了她，一輩子卻也過去了。」

何洛自幼念書，自然是對功名有所追求，但凡能於功名上有所斬獲，踏入仕途是再自然不過的事。非但家人皆盼他出人頭地，便是何洛，也想有朝一日能封妻蔭子。此時此刻，何洛當真心亂如麻，還好劉太太善解人意，她摸摸孫子的頭，溫柔又心疼，「你也大了，這些事好好想想，自己拿主意吧。」

何洛便起身要回自己屋，劉太太又叫住他，問：「這事你還跟別人說過沒？」

何洛搖搖頭，「沒。」

「萬不要再對其他人說起，就是你爹娘也莫要提。」劉太太慈愛地望著孫子，「這於你不過小事，可是於蔣三妞，事關名節，不可不慎。」

何洛應下，劉太太便令他去休息了。

待何洛離開，劉太太微不可聞地嘆了口氣，怎地這般孽緣？

心腹張嬤嬤捧上一盞杏仁茶，劉太太無心去喝。

張嬤嬤勸道：「奴婢看，洛哥兒不是個糊塗的。」

對孫子，劉太太還是有把握的，劉太太低聲道：「這事妳也不要再提了。」

張嬤嬤應一聲，便悄聲退下了。

可見何洛能有今日，不是何家祖墳埋得好，絕對是何族長這媳婦娶得好。劉太太非但給兒子何恆娶了進士家的閨女做媳婦，還惠及孫輩。

蔣三妞這裡有沈氏，何洛家有劉太太這位睿智的祖母，何洛這一段戀情便由此悄無聲息地結束，知道它存在過的人不過一掌之數。

世間有些情緣便是如此，還未來得及開始便已結束，連聲嘆息都來不及。

看蔣三妞的神色，並無什麼惋嘆之情，只是在與何子衿一起收拾花草時道：「花能經年常開，人卻不可能一輩子都好看。」

何子衿道：「是啊，不光女人這樣，男人也一樣。」

蔣三妞給一盆茉莉鬆了土，對何子衿道：「妳才幾歲，就知道男人女人了？這話可不准在外頭說去。」

「我說的是實話。女人怕老，難不成男人不怕老？我時常看到女人四十還乾淨整齊，身材保持得也好，但許多男人就大腹便便了。」何子衿還扶腰學了幾步，逗得蔣三妞險把茉莉摔了，何子衿道：「就像懷胎十月一樣。」

蔣三妞笑得花枝亂顫，「快別耍寶了，真真笑死個人。」

「本來就是啊！」何子衿頗是自信，且她素來想得開的，道：「再說，以咱們的美貌，就是老了，也是個漂亮的老太太，怕什麼老呢？」

蔣三妞笑得不行，自己笑一回，還得叮囑何子衿不准出去這樣吹牛。她們姊妹雖相貌略出挑些，也再沒有這般自吹自擂的。

兩人正說著話，翠兒過來稟說李氏帶著何康過來說話，兩人便去了沈氏的屋子。

李氏這幾年越發悠然了，有了何康這親生的骨肉，聽說她在州府的醬鋪子還開了分店，生意頗是興旺。何忻有了些年紀，再如何的美妾，似乎還是覺得李氏最好，夫妻兩個感情不錯。何康較何洌長一歲，今年八歲，因生產時略有不足，這些年補養調理下來，並不顯什麼了，只是頭髮略有些發黃，不若別的孩子黑亮。李氏聽了何子衿的偏方，天天給閨女吃黑芝麻糊，盼著哪天能把頭髮吃好呢。

何康自幼就喜歡跟何子衿玩，見著何子衿極是歡喜，打招呼：「三姊姊，子衿姊姊。」

李氏笑，「錯眼不見，丫頭們就都長大了。」

「是啊，康姐兒都八歲了呢。」沈氏令翠兒拿了藤蘿餅過來，「嘗嘗，院裡的藤蘿開花兒了，這是三丫頭和子衿頭晌做的。」

李氏嘗了讚味兒好，何康更乾脆，「跟飄香園做得差不離了，三姊姊、子衿姊姊，等我大些，妳們也教我做吧，我做了給我娘吃。」

兩人自然應好，李氏臉上笑得跟朵花兒似的。

嘗了回藤蘿餅，李氏便叫閨女與蔣三妞、何子衿兩個出去玩了。蔣三妞和何子衿瞧著，李氏興許有事同沈氏說，就帶著何康院裡看花去，哄著她玩。

李氏委實有些難開口，只是又不能不說，她抿了口茶，還是不知該如何說。倒是沈氏樂了，笑問：「妳這是怎麼了？」這般欲言又止的。

李氏打發了身邊的丫頭去院子裡瞧著閨女，方嘆道：「唉，也不知怎麼這事兒就叫我趕上了，康姐兒她爹非要我來問一問，妹妹，妳可別怪我唐突。」

沈氏斂了笑，忙道：「倒是什麼事，嫂子與我說個明白才好。」

李氏道：「妹妹也知道，珍姐兒在跟你們姑太太家的長孫阿志議親的事吧？」

「這如何不知，上次我娘家弟媳特意去芙蓉寺給阿素燒香，我們一家子也跟著去了的，還瞧見珍姐兒她娘帶著她跟阿志她娘相看呢。孩子們彼此都見了面，我也是眼見的，不也問過妳？」只是這事能與自家有什麼關係呢？

李氏看沈氏確實不知情，嘆口氣道：「妹妹知道，珍姐兒是家裡的大孫女，她平日裡也很得老爺喜歡，不欲她遠嫁，便說了陳家這樁親事，說來門戶也般配。這親事是早便議著的，只不知為何，如今陳家傳出消息，說陳家志哥兒相中了妳家蔣三妞……」李氏為難得緊，「這是怎麼說的，兩家都談妥了的，這就要過禮了。突然這樣，珍姐兒小人兒家要面子，出家的心都有了，老爺叫我過來問問，到底有沒有這回事？」

沈氏立刻道：「實不知嫂子這話兒是打哪兒來的。前些天阿志過來我還跟他說呢，過不了多少日子就要吃他的訂親酒，我家太太連他訂親禮都預備著，如何能有這事？就是三丫頭，每天就是在家做繡活，因她大了，去繡坊或是去薛先生那裡我也不叫她一人去的，都是翠兒伴她一併去。倘真有此事，我焉能不知？」

李氏問：「會不會私下……」

「這絕不可能！」沈氏斷然否認，聽這話已有些不喜，還是按捺著脾氣道：「嫂子細想，倘是在外頭，我在家不知，可咱們碧水縣就這麼丁點兒大的地兒，咱們都是縣裡的老住家，誰不認得誰？便是在家瞞了我，縣裡定早有風言風語，哪裡等得到現在嫂子來問我？倘是在家裡，我跟嫂子實說吧，三丫頭也到了說親的年紀，但有男子來，哪怕是親戚，我也要她回屋避一避的。不為別的，家裡兩個丫頭都大了，這會兒雖不比前朝，可男女大防也要緊得很，我豈是那等糊塗人？不說別個，我家子衿今年十一，過幾年也到說親的時候。閨女家的名聲比什麼都要緊，怎會有那等事？再說三丫頭也不是隨便的閨女，嫂子別是被人騙了吧？」

李氏十分過意不去，拉著沈氏的手道：「好妹妹，妳別嫌我，我這也是沒法子。家裡現在亂哄哄的沒個清靜，我也是煩透了。」

沈氏緩口氣，「我怎能不知嫂子的為難，只是這話嫂子可別再提了。我家三丫頭清清白白的一個人，就因模樣生得好些，招了人眼，便是沒事，那些好事之徒也想編出些事兒呢。

她在我家這些年，嫂子跟我時來時往的，焉能不知她的品行？我要有個同齡般配的兒子，再不能叫三丫頭外嫁的。嫂子還是往陳家仔細問問，好端端的，總不能說變就變。」

李氏嘆道：「不論是結親還是悔親，我只求痛痛快快的有個結果就好。別的事想不著我，這等事就都想到我了。」對長房不是沒有怨懟，得罪人的事不自己出頭。

沈氏亦嘆，「嫂子這好歹是有個由頭，再怎麼說，妳是嫡母，硬賴到妳身上讓妳出頭，妳能怎麼著？妳說我家，還不是沒來由的。就因我家丫頭生得好些，倒成不是了。」

李氏忙又道了回歉，兩人素來交好，沈氏也不想抓住此事不放，勸李氏道：「嫂子是瞧著康姐兒不得已罷了，我如何不知？」

李氏被逼出頭幹這尷尬事，本就心裡不痛快，沈氏一說，她險掉下淚來，輕聲道：「沒孩子時，我是日夜盼著。如今有了康姐兒，我是日夜勞心，康姐兒到底沒個同胞兄弟……」

沈氏少不得又勸了李氏一回，至晌午，李氏便帶著閨女告辭了。

沈氏好臉色地送了她們母女出門，回屋也沒與旁人提這事兒，當初她先打發了何洛，接著同樣手段打發了陳志。何洛倒是個明白的，後來就沒過來。陳志也沒露過面，沈氏還以為他們都消停了，如何陳家又傳出這樣的話兒來？

沈氏覺得，得快些將蔣三妞的親事定下來了。

待此事想通，沈氏又叫了蔣三妞來私下叮囑了一番，讓她近期都不要出門。

話說李氏回了家，家裡還等著她的信兒。

李氏將沈氏的話同大兒媳杜氏說了，杜氏咬牙，「若真沒這事兒，如何陳家會反口？」

李氏累得要命，見杜氏不信，也有些冒火，「妳要不信，自己去問吧。」

杜氏忙道：「太太莫誤會，我不是不信，只是咱們親自著人往陳家打聽的，而且，先時都說好阿志秀才試後就把事兒定下來的，如今陳家反推脫起來。」

李氏揉揉額角，「猜度這些有什麼用，我都去問了，根本沒妳說的那回事兒。妳去陳家找陳大奶奶問個明白，咱家珍姐兒又不是嫁不出去，如何能容他們這般怠慢？」

若能捨得這門親事早捨了，杜氏道：「阿志這樣的人才，闔縣也沒幾個。」

李氏索性不再理她，她雖是繼母，該出的力也出了，該說的話也說了，還要怎地？

便是何忻回家，李氏也是照樣同丈夫說的。

「我細問了子衿她娘，斷沒這事兒的。」李氏服侍著丈夫換了家常衣裳，道：「是不是陳家有意推脫呢？」

何忻眉心微皺，李氏輕聲道：「我可是聽說，阿志中秀才後，不少媒人往陳家說親的。」倘陳家有了更好親事呢？

何忻搖頭，「不至於。便是有了更好的親事，他家說一聲，反正親事沒定，咱家也不至於賴著他家。」

李氏道：「若不然，我帶著珠姐兒她娘往陳家走一趟，也問個究竟。」

何忻鬢間幾縷銀白，燭影下越發亮眼。他少時便走南闖北的人，也猜度了幾分，道：「少年人，總有糊塗的時候。若他能明白，親事也結得。若一味糊塗，另給珍姐兒尋一門好親事便是，又不是只他一戶好人家。倘不是阿志念書尚可，我也不會想結這門親。」

陳姑丈家的門第與何忻家相當，哪怕這幾年陳姑丈賺了大筆銀子，但論生意穩定性，還是何忻更勝一籌。何忻之所以想結親，是看中陳志會念書，以後若能考個舉人進士的，說出去也體面。最後，何忻道：「妳跟珍姐兒她娘說，莫哭天抹淚的，若有媒人上門說親，看看好賴。陳家這事，暫放放無妨。」

李氏應了，捧上一盞涼熱適口的茶，還是忍不住為沈氏說話：「子衿她娘千萬保證的，斷不會有那等不才之事的。」

「咱們本就是族親，恭五弟的性子，我還是知道的。他家本就不至於有這事，不過是以防萬一讓妳去問問，莫誤會了。」何忻呷口茶，細分說道：「怕就怕是阿志動了心，這少年人不動心還好，倘一動心，實不好回轉過來。他如今倘真對那位蔣三妞有意，便是咱兩家結了親，珍姐兒嫁過去怕日子難過。再者，明知他這般，還要結親，倒叫人小瞧了。」

李氏稍放下心來，「還是老爺透徹。」

何忻問：「孩子家我見的不多，倒是那個蔣三妞，當真相貌極好？」

李氏道：「咱們縣裡再沒一個比她生得水靈。說來也怪，蔣三妞是子衿她祖母的娘家侄孫女，與子衿她祖母生得半點不像，聽說蔣三妞的祖父與子衿她祖母是同父異母的兄妹。」

「那就難怪了。」何忻道，這世間，男人只要有才幹，便是相貌差些，也有大把好閨女肯嫁。女人當然也要看家世，但若相貌真正出挑，想得一門好親事也不是不可能。

李氏感嘆，「真不知是不是她家的風水格外好，孩子們一個個水靈靈的，蔣三妞就是數一數二的美人兒。子衿你是見過的，她如今還小，過兩年大些，相貌絕不比蔣三妞差。」

何忻笑，「這有什麼，咱們康姐兒也標致得很。」

孩子都是自家的好，李氏笑，「這倒是。」

何忻將事情看得透透的，人也明理，長媳杜氏則不這般想，她簡直恨透了蔣三妞。其實這與蔣三妞有何相干，只是越是無能的人越會遷怒罷了。得罪不起陳家，覺得蔣三妞是個軟柿子，自然要捏一捏的。

杜氏說得有鼻子有眼，她與丈夫道：「你記不記得那回我帶著珍姐兒去芙蓉寺與陳家大奶奶相看，也是叫孩子們見個面，不做盲婚啞嫁。我可是眼見子衿她娘帶著她家那兩個丫頭在一塊的，說不得早有了首尾。咱們珍姐兒這樣的老實丫頭，如何比得上那等狐媚手段。」

何湯皺眉，「這事且不急，我跟父親商量後再說。妳管住妳的嘴，珍姐兒就夠不痛快了，妳再這樣叨煩起來沒個完，還叫不叫閨女活了？」

「我又不會在閨女面前說，就是給你提個醒兒，你跟父親說一說這事。」

何湯道：「太太不是去了恭五叔家，說沒這事兒嗎？」

「太太早便跟恭五嬸交好，還不是人家說什麼她信什麼，說不得是給蒙蔽了呢。」杜氏早有結論，她已斷定蔣三妞就是狐狸精投的胎，「你是沒見過蔣三妞那樣貌，也不知怎麼就生得那般妖妖調調的，一看就不是正經閨女。」

何湯道：「好生寬慰著珍姐兒，狐狸精的事兒不要跟她提，親事不成倒罷了，倘成了，倒叫孩子心裡彆扭。」

「咱們丫頭你還不知道，她比我還精呢，她能不知道？早知道了。」主要是杜氏這張嘴實在不嚴謹，早同閨女說了。

何湯一嘆，「叫她莫急，我總不會叫她吃這個虧。」

何湯與父親何忻說這事的時候，倒是被何忻說服了，主要是何忻說的有理，何忻道：「你恭五叔年紀比你還小兩歲，你自己琢磨琢磨，他是不是個老實人？今兒是叫康姐兒她娘親自去問了，再說，先時咱們也著人打聽過這位蔣三妞，若她實有手段，咱們怎會打聽不出來？可見的確與你恭五叔家無關。」

何湯道：「那阿志怎會跟著了魔似的……」

「這有何稀奇，男人哪個不好色？」何忻道：「陳志年紀小，又沒見過什麼世面，聽說蔣三妞相貌極佳。他少年慕艾，稀鬆平常。只是為個女人這般糊塗，先時倒是高看了他。」陳家這事鬧得何忻心煩，他孫女又不是嫁不出去，何苦一棵樹上吊死。

何湯卻是極想結這門親的，「陳志年少，見的少，故而一時糊塗罷了。倘他能明白，也不失為一門好親事，咱們縣裡比他更出挑的少年也不多。」關鍵是家裡有錢，還會念書。

何忻道：「還是暫放一放，珍姐兒今年才及笄，也不必急。這親事自來是男家趕著女家，沒有女家上趕著男家的。便是為珍姐兒日後著想，也別叫你媳婦太熱乎了。陳家不提，咱們也別提，我再瞧瞧，若有比陳家好的，也不是非陳家不可。」

何湯雖對父親續弦有些意見，不過李氏這些年很識趣，且只生得一女，如今李氏也進門這些年了，何湯對李氏向來是恭敬帶著些疏離。他素來信服父親的眼光，聽父親這般說，心思也活了，恭敬地應下。

只是杜氏不甘心，何珍珍緊攥著拳頭，咬牙道：「世上也不只陳家這一棵老歪脖兒樹，只是丟不起這個臉！難道我是他家想相看就相看，想不要就不要的？」

杜氏忙拉開閨女攥著的拳頭，見因用力太大，指甲刺破掌心，流出血來。杜氏心疼，一邊吩咐丫鬟去拿藥來敷，一邊開解閨女：「何苦生這樣的大氣？妳爹說的對，難道就沒別的好人家了？我還看不上那陳家背信棄義哩！」

何珍珍垂眸思量，任母親給她敷好藥，也沒再說什麼。

兩家正因陳志心煩的時候，陳大奶奶接著鬧出一大雷，當下把兩家雷了個好歹。

陳大奶奶哭哭啼啼地跑到何家求蔣三妞發發善心，別再攪和她兒子的親事了。蔣三妞當下臉就綠了，立刻道：「實不知大奶奶這話從何說起？妳家公子我攏共沒見過三五面，如何能與他有什麼牽扯？大奶奶別是認錯了人，賴到我頭上！便是您不在乎臉面，我還要臉呢！」

陳大奶奶見著蔣三妞也火大，眼淚也不流了，氣衝衝地問她：「妳說得清白，那怎麼阿志就非妳不娶了？」這狐媚子的德行，一看就是會勾引男人的！

蔣三妞氣得不得了，冷笑道：「我怎麼知道令公子在想什麼？您這當親娘的都不清楚，倒來問我！妳問問姑祖母和嬸嬸，我倒是認不認得妳家公子！我好端端在家裡坐著，大奶奶這是來做什麼？我是哪裡得罪過妳，叫妳這般來敗壞我名聲？」

「妳有證據就拿出證據來，平白無故來我家裡撒潑說這些胡話，乾脆一刀捅死我！」說著，蔣三妞抄起做針線小笸籮裡的剪刀就塞到陳大奶奶手裡，陳大奶奶哭天抹淚有一套，這上頭卻沒啥膽量的。

蔣三妞拿出不要命的態度來，陳大奶奶枉活這一把年紀，也不是那麼容易就被蔣三妞鎮住的，陳大奶奶厲聲問：「當真絕無此事？」

蔣三妞指天起誓，「若有此事，便叫我天打雷劈，不得善終！若無此事，大奶奶冤了我，大奶奶敢不敢也照樣起個誓給我？」平日裡看不出來，一遇著大事，蔣三妞性子裡強硬的那面便顯了出來。

陳大奶奶嘴唇動一動，她是不敢起誓的。

這會兒功夫，何老娘也明白事情原由了，指了陳大奶奶道：「妳莫不是失心瘋了？好端端的這是來做什麼？妳婆婆知不知道妳過來？」

陳大奶奶抹淚，「舅媽也體諒我做娘的心吧，阿志簡直是失心瘋，非三丫頭不活了。」

蔣三妞冷聲道：「得了失心瘋就去找大夫吃藥，大奶奶來我家有什麼用？」

陳大奶奶險些噎死，「妳這丫頭，無風不起浪，若不是有個影兒，阿志怎非妳不可？」

「妳家的事，如何與我相干？我誓都起了，還要怎麼著，莫不是不逼死我不甘休？」蔣三妞道：「妳再逼我，我就是死，也得撞死在妳家大門前，給妳家好生揚一揚名聲！我把話撂下，大奶奶也是有閨女的人，今天有人敢壞我的名聲，明兒個令嬡嫁人，別怪我跑去說有人為令嬡要生要死！我光腳不怕穿鞋的，大奶奶還是別以為我太好欺負！」

陳大奶奶徹底被蔣三妞噎死了……她怎麼來就怎麼回去了。

何老娘氣得不得了，陳大奶奶走了好半日，何老娘還罵道：「這腦子不清楚的婆娘，吃錯藥了吧？」待罵一陣，何老娘方回頭問蔣三妞：「妳真沒事兒吧？」

蔣三妞驟然發狠，「她敢壞我名聲，我要她命！」

何老娘被她嚇死，連忙道：「快別這樣，我跟妳嬸子去妳姑祖母家走一趟，總得要問個明白，不能這樣糊塗著。」

因蔣三妞爹娘活著時活得不大體面，蔣三妞的成長過程中，何老娘是下過大力氣給蔣三妞灌輸榮辱觀的。這幾年看下來，覺得蔣三妞早在她老太太的培養下，脫離了那對噁心爹娘的低級血統，有了她老太太的高尚節操。故此，何老娘也不大相信蔣三妞跟陳志有什麼瓜葛，而且後來陳志再來何家，蔣三妞都是避回自己房的，當真是說話見面都有限。

何老娘素來是個偏心的人，在家裡孫輩中，她最偏孫子何洌，不過，有陳志比量著，何老娘自然是偏心蔣三妞一些。再者，何老娘活了這把年紀，如何不知名聲重要。她家裡不止蔣三妞一個閨女，這會兒便是心下有些埋怨蔣三妞無故惹是非，可她親孫女何子衿還小呢，萬萬不能真叫蔣三妞壞了名聲，以後親孫女的親事便要艱難了。

何老娘同沈氏道：「這事兒不能這麼算了，咱們這就去走一趟，總得說道個明白。」

「母親說的是。」沈氏臉色亦是極難看的，心下真是煩透了陳大奶奶，咬牙道：「原就知大嫂子糊塗，卻不知糊塗到這步田地，別是她自己得了失心瘋吧？」

婆媳兩人顧不得怎麼收拾，便去了陳家。

陳姑媽太陽穴上貼著兩帖膏藥，病歪歪地靠在榻上，何老娘一見，顧不得說陳大奶奶的事，連忙問：「姊姊這是怎麼了？」

陳姑媽嘆，「還不是叫那孽障給氣的。」

見大姑姊這般，何老娘那話就有些說不出口，怕叫大姑姊更添煩憂。沈氏卻是不管這個的，沈氏道：「我們在家，也不知姑媽身上不好，不然早該來問安的。倒是大嫂子，如何不在姑媽身邊服侍？」

陳二奶奶肚子已經顯懷，卻仍是在婆婆身邊服侍，聞言嘆道：「弟妹有所不知，大嫂身上也不好呢！」

沈氏道：「我有些私話想同姑媽說，能不能請二嫂暫且迴避一二？」

陳二奶奶瞧一眼婆婆的臉色，便退下了。

沈氏直接同陳姑媽說了，沈氏道：「我們在家都不知什麼緣故，大嫂子就上門一通鬧，直要逼死三丫頭的意思。姑媽素來明白，倘阿志真與三丫頭有什麼，姑媽不至於不去問我們太太一聲。姑媽既自始至終沒說，就知阿志的事與三丫頭是無干的。阿志糊塗，大嫂子好生勸導他就是，這般去我家吵鬧，親戚家不會計較，可倘事情傳出去，叫三丫頭怎麼活？大嫂子實在糊塗，還是說真打著逼死三丫頭的念頭要阿志死心？」

陳姑媽氣得眼前一黑，問：「真有此事？」

沈氏道：「大嫂子前腳剛回來吧？我實在是不解大嫂子的意思，又知此事要緊，實在耽擱不得，故而過來問一問究竟。」

「這個混帳婆娘！」陳姑媽向外喊：「把老大媳婦給我叫來！」

陳大奶奶正在屋裡跟閨女商量：「好像真與三丫頭無關。」

陳大妞是典型的陰謀論者，冷笑道：「娘，您真是耳根子軟，難道平白無故的我哥就中了邪？我哥怎麼不要死要活非他人不娶，就黑上那狐狸精了呢？早就看她不是什麼正經貨，每天妖裡妖氣的。」最後一句話的結論真不知陳大妞是如何推斷出來的。

母女兩個正頭對頭地商議如何拗回陳志的心腸，就聽到陳姑媽的傳喚。陳大奶奶剛從何家回來，聽說是何老娘婆媳找家來了，畢竟有些心虛，陳大妞卻是膽子壯不怕事兒的，道：「我陪娘您過去。」

陳大奶奶便帶著閨女過去了。

陳姑媽險些叫這長媳氣死，當頭便是一通喝問：「妳去妳舅媽家做什麼了？」

陳大妞道：「祖母，我娘就是去問個清楚，也是怕冤了三妹妹。」她較蔣三妞長一歲。

沈氏道：「怎麼大嫂子的事侄女這般清楚，莫不是大嫂子跟侄女商量後才去的？」

陳大妞看向沈氏，沈氏似笑非笑，「都不是外人，大侄女別拿這謊話哄人了。大嫂子有沒有跟大侄女說，大嫂子去問，三丫頭當場就起誓了，若與她有關，天打雷劈不得善終。大嫂子敢不敢也起個誓，若冤了三丫頭，妳要如何？」

「大嫂子一樣是有閨女的人，既知妳家的事與三丫頭無干，還要去我家大吵大鬧，到底安的什麼心？」沈氏道：「我勸大嫂子一句，難不成妳毀壞了三丫頭的名聲，就不影響志哥兒了？他年紀輕輕的，真有了什麼耽於美色的名聲，略講究些的人家，會不會把閨女嫁給他？此事與三丫頭無干，大嫂子非要遷怒，我也沒法子，只是大嫂子怎不為志哥兒考慮清楚呢？您這鬧一通，以後叫志哥兒怎好說親呢？」

陳大奶奶實在是被兒子這牛心折磨得沒了法子，陳大郎回家捆起來打一頓，陳志倒更鐵了心。總不能把他打死。陳大奶奶便想了這個法子，先把蔣三妞搞臭，最好叫蔣三妞自己主動去死一死，也算掐了這禍根。奈何蔣三妞真不是那種你壞我名聲我就去死的人，她絕對是我死也要拖一墊背，陳大奶奶論狠勁兒，真狠不過蔣三妞。再有，沈氏也不是好惹的，陳大奶奶一朝失算，臉面全無。

更有沈氏一提陳志的聲名，陳大奶奶哭道：「事到如今，阿志哪裡還有什麼聲名呢？」沈氏道：「若不是大嫂子去我家鬧一通，此事我是聞所未聞的，又有誰能知道？大嫂子自己要潑三丫頭一身髒水，壞了阿志的名聲，能怪誰去？」

陳大妞不管這個，她道：「既如此，嬸子早些發嫁了三妹妹，不就清白了？」

沈氏冷笑，「大侄女當真打的好主意，妳這般有智謀，莫不是與妳娘商量好的？逼不死三丫頭也要逼她嫁了？」

「我也是為三妹妹著想。」陳大妞道。

「哪天我也過來如法炮製一回，屆時還請大侄女也早些嫁了吧！」沈氏道。

陳大妞到底還是黃花大閨女，頓時臉色漲的通紅，道：「嬸子如何這般輕薄？」

論口才，陳大妞如何是沈氏對手，沈氏道：「我看大侄女隨口便是婚嫁之事，不知這竟是輕薄。我沒念過幾本書，原是不知道這是輕薄的，大侄女念了多年的書，方知這是輕薄，那就請大侄女自重些吧。」

陳大妞登時又羞又怒，渾身打顫。

陳大奶奶對沈氏道：「弟妹也是長輩，如何這般說話？」

「大嫂子比我還年長，同三丫頭也沒客氣呢，我如今都是有樣學樣跟大嫂子學的。」

沈氏一人幹翻母女兩個，淡淡地道：「今天當著姑媽的面，我把話說開了。我有閨女，大嫂子也有閨女。我有兒子，大嫂子也有兒子。我家自比不上大嫂子家有銀錢，可我也不是窩囊的。大嫂子說的那些話，我家裡不會往外傳，可要傳出一星半點兒，咱們沒個完。誰要壞我閨女的名聲，就是我一輩子的仇人。三丫頭要說親，大侄女比三丫頭還大一歲吧？大嫂子不要臉面，我也豁出來不要這臉面了，大不了一道去死，咱們到地下也有個伴。」

事關名節性命，沈氏也不來那客氣的一套，說完就扶著何老娘走人了。

陳姑媽被這對蠢母女氣得厥了過去。

何老娘出了門還勸沈氏：「說不到死不死的地步啊，忒不吉利。」

沈氏道：「母親放心，不過是嚇唬嚇唬大嫂子。她也忒目中無人了，成心要壞三丫頭的名聲，三丫頭以後可怎麼辦呢？」

何老娘也沒好主意，恨恨地罵陳大奶奶一句「這油蒙了心的賤貨！」又道：「咱們回去商量商量再說吧。」

家裡何子衿也守著蔣三妞發愁呢，她生怕蔣三妞想不開，蔣三妞反而勸她道：「這也不必愁，船到橋頭自然直，難不成我真去死？我死了倒成全了那一家子。」

何子衿心裡倒是有個主意，「三姊姊想通便好，不如咱們去賢姑祖母那裡住些日子。」

蔣三妞很是心動，「只怕賢姑祖母不願惹這麻煩。」

「不會。認識賢姑祖母這些年了，怎麼著也有幾分薄面在。」人跟人的感情都是處出來的，何子衿小時候便常去賢姑太太那裡玩，就是侍弄花草的本事，也多是同賢姑太太學的。何子衿覺得，賢姑太太雖淡漠些，卻不是那等絕情之人。

何子衿道：「三姊姊別擔心，我去同賢姑祖母說。」

這不是客氣的時候，蔣三妞也應了。

待何老娘沈氏婆媳回來，蔣三妞和何子衿已想好對策，沈氏道：「這也好，不過有我在，不必妳小孩子家出面，還是我去賢姑媽那裡走一趟。只是可惜了三丫頭今年及笄，如此倒不好大辦了。」

蔣三妞道：「這沒啥，只是叫那一家噁心得夠嗆。」還沒法報復回去，這虧吃得窩囊！

何老娘道：「這個往後再說。說親的事也略停一停，反正妳不大。若妳賢姑祖母同意，先去妳賢姑祖母那裡住些日子，也就清靜了。」

何恭聽說此事後，原要去陳家走一趟的，何老娘攔了兒子道：「你姑媽身上不大舒坦，我跟你媳婦剛回來，你就別去了，叫你姑媽心裡難受。」

何恭道：「以後再有這事，娘跟我說。」

何老娘揉額角，「一時被那瘋婦氣得頭昏腦脹，沒顧得上多想，就跟你媳婦過去了。」

何恭便不再說什麼，只是道：「娘跟媳婦多勸著三丫頭些，跟她說，這事不怪她，叫孩子放寬些心。」

「還用你說？」何老娘便將讓蔣三妞去賢姑太太那裡住些時日的事與何恭說了。何恭皺眉思量，道：「會不會有好事者說咱們心虛呢？」

何老娘道：「這會兒也管不了那許多，你賢姑媽那裡清靜。」

沈氏誠心相求，且賢姑太太早便喜歡何子衿，也認得蔣三妞的，很痛快地應下了。讓沈氏有些意外的是，族長太太劉太太也為蔣三妞說了話。

劉太太是直接與陳家族長太太說的，劉太太道：「我聞知此事，深覺不妥。三丫頭在阿恭家長大，那丫頭品行如何，有目共睹，且我便可以做保，絕對是知書識禮的好姑娘。陳老爺家的大奶奶無緣無故說出些沒根據的話，明白的，說她胡言亂語，不會誤會。可這世上，還是糊塗人多一些，尤其陰私之事最傷人名節。三丫頭自小在我族中，傷她名節，就是傷我族中閨女的名節。我們家姑太太的貞節牌坊是先帝親筆賜下的，這幾十年來，我們何家閨女的品行也是人所盡知的，再不能容人無故玷辱，還得請您說句公道話。」

沈氏和何老娘聽說劉太太竟為蔣三妞出面，心下很是感激，親自備了禮去謝了一回。

劉太太笑得慈和，「我是看著孩子們長大的，好生生的丫頭，我如何能坐視她們受這無妄之災？」她知道長孫的脾氣，這孩子理智，可少年人哪那麼容易忘情。與其叫長孫牽掛，劉太太將能做的都做了，便是兒媳孫氏剛得知此流言時，一臉興奮又興災樂禍的模樣同她說起時，劉太太也訓斥了孫氏，劉太太說得明白：「三丫頭不姓何，卻是在何家長大的。妳也有閨女，別人說三丫頭，難免說咱們何家如何的。這種閒話，非但不能去傳，便是聽到有人講，也要駁斥一二的。不為別的，就當為自己閨女積德吧！」

家有這等兒媳，真是死也閉不上眼。劉太太愁得要命，想著往後定要給孫子挑一門妥妥當當的親事才好，尤其孫媳婦的性情，一定要明白才行。

劉太太利用族長太太的身分給陳氏家族施加了一些壓力。

話說，陳姑丈雖有大把銀子，卻不是族長。

陳家族長如今不比陳姑丈富庶，卻也是一族之長，碧水縣有頭有臉的人物。因這幾年陳姑丈發了大財，陳族長嘴上只有好話，面上也親熱，心裡作何想就不知道了。或者，陳族長對陳姑丈一支是稍有嫉妒的，也許心裡還盼著陳姑丈倒個小楣啥的，卻不希望陳姑丈這支真的出什麼事，特別是在陳志身上。如同何洛是何氏一族的希望，年紀輕輕便中秀才的陳志何嘗不是陳氏一族的希望呢？便是陳族長對陳姑丈偶有嫉妒，也是盼著陳志出息的。無他，這年頭，真是出息一人，能旺一族啊。

何況，事關名聲。

陳族長聽妻子說了，夫妻兩個當天就去了陳姑丈家。

陳太太去尋陳姑媽說話，陳族長親與陳姑丈說的：「阿志這才開了個好頭兒，萬不能壞在風流之事上。且這事也極不妥，何家可是有貞潔牌坊的家族。這會兒說在何家養大的女孩子名聲上有礙，何家如何能坐視不理？咱們都是有頭有臉的人家，在碧水縣扎了根的，莫因些小事壞了情分。何況，你家與何恭家可是實在親戚，如何鬧到這般地步？也忒傷臉了。」

陳姑丈剛從老妻那裡出來，老妻被陳大奶奶氣得不輕，便是陳姑丈聽著陳大妞在一旁聒噪，一時沒壓住火給了她一巴掌，終於打了個清靜出來。陳姑丈安慰了老妻幾句，族長夫婦就來了，陳姑丈在外人面前素不缺風度的，他溫言悅色地笑道：「阿兄說的是，其實這都是誤會，說開就好了。」

陳族長道：「那就好那就好。」

陳姑丈還請陳族長留下用飯，陳族長客氣婉拒，見天色不早，便帶著老妻回家了。

陳姑丈這些日子正是春風得意之時，誰曉得最讓他有臉面最出息的長孫竟然鬼摸頭一般瞧上了蔣三妞，還非君不娶了。

陳姑丈原也沒當什麼大事，想著長孫這些年一意念書，沒開過眼界方會如此。按陳姑丈的意思，找兩個漂亮丫頭給長孫伺候一回，長孫定能通透了。結果，漂亮丫頭找來了，長孫非但沒通透，反是越發一意就撲在那蔣三妞身上了，真是著了魔。

陳大郎打了一頓，陳姑丈耐心勸了一回，黑白臉都用了，均失敗告終。

陳姑丈正要再想法子令孫子回心轉意，大兒媳就做出這等蠢事來，叫陳姑丈火冒三丈。孫子突然鬼迷心竅，陳姑丈也不喜歡蔣三妞，但他做生意這許多年也不是白混的，早把孫子身邊的小廝拷問了，又著人細細打聽，實在與蔣三妞無干。那姑娘就是生得貌美，被孫子相中了而已。倘蔣三妞真做過勾引他孫子的事，他老人家定不能這樣算了的。

就因著蔣三妞沒做過，且何家是正經親戚，何老娘那性子，陳姑丈雖不大喜歡，也得承認何老娘是個正派人。哪怕何恭幫著阿姑媽拆過他的臺，陳姑丈心裡明白，這位內甥是個可靠的人。陳姑丈在外多少年，哪怕心底覺得何家有些無能，也得說，何家這門親戚不賴。如今沒事看不出來，倘一朝有事，就得指望著實在親戚拉扶一把。

甭看陳姑丈如今富貴，且性子毒辣，他心裡是門兒清的，故此，雖難免遷怒蔣三妞些，此事他根本就沒跟何家提。本就不關人家的事，跟人家提什麼？不但不能提，還得瞞著些，不然傳揚出去，孫子的名聲也要受影響。

風流對男人不是大罪過，可孫子正是說親的時節，巴結陳家的人家或者不在乎這個，可那些講究的人家，尤其讀書人家，最在乎名聲。

孫子若有了這般名聲，如何能說一門好親？

何況，先時與何忻也口頭上定了親事的。

陳姑丈正想著祕密解決了孫子的心結，不想陳大奶奶做出此等蠢事。妳要損人利己，陳姑丈也不說什麼了，就怕這種損人不利己的，得罪了親戚不說，遺害在後頭呢！

陳姑丈再次後悔，給老大結親時家裡條件差，娶了這等沒見識的女人，真是禍害滿門。

陳姑丈先跟老妻商量著，命陳二奶奶備了份厚禮給何家。陳姑媽也甭養病了，扶病去了何家賠禮。沈氏當時雖撂下狠話，可這親戚怎能說斷就斷呢？何老娘嘆，「我跟姊姊認識這些年，有什麼事也不會放在心上，只是害了三丫頭的名聲。」

陳姑媽正想說幾句好話，就見翠兒跑進來，滿面喜色道：「太太、大奶奶，小福子說州府裡傳下來的信兒，咱們大舅爺中進士了！」

何家現在只一位舅爺，便是何恭的小舅子沈素了。聽說沈素中了進士，何老娘與沈氏驚喜地都從座椅上站了起來，連聲問翠兒：「可是真的？叫小福子進來！」

小福子早在外頭候著，聽到裡頭有話，忙歡天喜地進去，眉飛色舞道：「太太、大奶奶，再沒差的，縣衙門口都貼出大紅榜來了，小的親自去瞧的，就是咱家小舅爺，估計這會兒縣衙報喜的人已往親家老爺家去了呢！」他是何家買來給何恭做書僮的，也認得些字。何恭出門小福子做書僮，若何恭不出門，他便去沈氏的醬菜鋪子裡給沈山做個支應。

沈氏喜得都說不出話來了，陳姑媽笑，「這可是天大的喜事！」

何老娘笑，「是啊！趕緊把恭兒叫過來！」

何恭已帶著孩子們到了，「小福子先去的書房，這小子實在腿快。」又道：「阿素著實爭氣。小福子去恆大哥家問問他家車馬可有空，明兒個我同你大奶奶去岳家賀喜。」

陳姑媽立刻道：「哪裡要去打聽別家，你姑媽家難道沒車馬？」

陳姑媽將旁事擱一旁，很為娘家高興，「明兒一早我就著車夫過來，這可是天大的喜事，買他一萬響鞭炮放個痛快才好。」

沈氏笑，「姑媽說的是，我都忘預備了。小福子去買些鞭炮來放，咱們也喜慶喜慶。」

小福子應一聲就撒腿跑去買鞭炮了。

何子衿是最後一個到的，她手上還有些麵粉的白，身上圍裙未摘，一看就是剛從廚下過來，歡喜地問她娘：「我舅中進士了？」

沈氏喜不自禁，「是啊，真是佛祖保佑！」說著還雙手合十念了聲佛。

何子衿道：「祖母、娘，我去把三姊姊接回來吧！」

她舅都中進士啦，家裡有了大靠山，還叫蔣三妞躲個啥啊？

何子衿不愧是她娘的親閨女，她舅的親外甥女，脫口而出的一句話就捅了陳姑媽一刀，叫陳姑媽喜慶的老臉有些下不了臺，陳姑媽心道，這丫頭是不是故意的？何子衿卻依舊是那副笑吟吟的模樣。

沈氏道：「這也好，叫三丫頭回來吧。妳別這麼著去，把圍裙脫了，手也洗乾淨。」

何子衿應了，自去收拾，沈念則悶不吭氣地跟在子衿姊姊身旁。

何子衿洗了手，去了圍裙，到廚下裝了一碟剛炸出來的香椿魚放在食盒，捏一個塞沈念嘴裡方蓋上蓋子，問：「香不香？」

沈念眼睛彎彎，大聲道：「香！」過去幫子衿姊姊提食盒。

何子衿自小就常到賢姑太太那裡玩的，帶著沈念先見了禮。蔣三妞自然也在的，何子衿笑道：「早上我看香椿芽能吃了，就摘了些，炸了香椿魚給姑祖母嘗嘗。」

蔣三妞接了何子衿帶來的香椿魚，「我還說要過幾日才好吃，這頭一撥最是鮮嫩。」

賢姑太太見著何子衿也高興，「晌午就在我這兒吃飯吧。」

何子衿道：「今天不行，還有件大好事要跟姑祖母說呢，我舅舅中進士了。」

賢姑太太拊掌一笑，「真乃大喜！」

蔣三妞也很歡喜，何子衿同兩人道：「姑祖母，我祖母叫我接三姊姊回家去。」何子衿很是開心，誰願意過窩窩囊囊的日子，原本就不是蔣三妞的錯，蔣三妞卻要避到賢姑太太這裡來。如今家裡有了大靠山，也該舒展一二了。

賢姑太太活了這把年紀，自是明白其中關要，「這也好。」

蔣三妞卻有自己的想法，她道：「我正跟賢祖母說想多住些日子，隨賢祖母學佛。」

何子衿一驚：三姊姊這不是想出家了吧？

賢姑太太道：「妳還沒到看破世情的時候，學什麼佛？我沒出家，也不會教人學佛。」

蔣三妞有些為難，何子衿拉著她的手，對賢姑太太道：「姑祖母，我先同三姊姊回去了，等明兒我再過來。」

賢姑太太道：「去吧。妳這幾日定要去妳外祖母家賀喜的，忙完了再來也不遲。」

三人到家的時候，陳姑媽已經走了，何老娘喜笑顏開地望著兒子媳婦，又吩咐余嬤嬤拿錢給翠兒現去集市些買些羊肉回來吃。如今何老娘再不提當初嫌棄沈氏出身寒微之事了，她只覺得兒子眼光好，一眼就相中了沈氏。原本沈氏只是秀才之女，如今成了進士之姊，他家又有了一門進士姻親。瞧她老人家的眼光吧，閨女嫁了進士，兒子娶了進士他姊。

哎呀，這就是本事啊！何老娘心裡美得能流出蜜來。

哪怕何恭科舉上暫時只是個秀才，可誰嫌家裡好親戚多呢？

何老娘眉開眼笑，極是大方明理，「明兒個帶著你媳婦還有子衿、阿冽去你岳家看看。阿素不在家，有什麼要幫襯的地方幫襯一二，多住幾日也無妨的。」

何恭笑應了，「今日報喜的衙差定能到岳父家的，岳父和岳母不知多麼歡喜。」

「這是不必說的。」何老娘道：「也不枉阿素去帝都一趟。」她老人家又道：「果然芙蓉寺的菩薩是極靈的。等下次你秋闈，我好好去芙蓉寺給你燒香。」這菩薩也真是的，怎麼她給女婿燒香靈，給兒子的小舅子燒香也靈，偏給兒子燒香就不靈了呢？

何恭哭笑不得。他這人有一樣好處，脾氣好，性子也好，而且不只是好說話心腸軟，他是真的寬心腸。姊夫小舅子都中了進士，就他還在秀才這裡打轉，何恭不急也不惱，照樣樂呵樂呵地過日子。知足常樂，就是何恭的寫照啦！

見著蔣三妞家來，何老娘也是和顏悅色，她道：「回來住吧！咱們家行得正坐得端，身正不怕影邪！」接著又道：「妳沈家舅舅中進士了，妳知道了不？」

蔣三妞笑，「聽妹妹說了。」

何老娘道：「咱們中午吃好的。」

午飯豐盛自不必提，何家這麼一通鞭炮放了小半個時辰，鄰里都打聽他家有何喜事，聞說是沈素中了進士，恭喜之聲不斷，連何洛他爹何恆聽說後都過來了一趟。

沈素是何家的姻親，與何氏家族便是正經的親戚，何況沈素善交際，以前他搗鼓村裡的出產，與何氏族人相熟的委實不少。如今沈素一朝得中，何氏家族自然是歡喜的。更有，何恆萬分慶幸母親為蔣三妞同陳家的事說了話表明了態度，哪怕蔣三妞不姓沈，到底在何恭族弟家這麼些年。是灰就比土熱，看來以後還是要多與族弟親近才好。

午飯後，因蔣三妞的行李在賢姑太太那裡沒取回來，何子衿就叫蔣三妞在她屋裡歇著。姊妹兩個在一起這些年，情分自是極好的。何子衿的繡花、打絡子、做衣裳、做鞋的手藝，除了她娘指點，很多都是蔣三妞教的，而蔣三妞讀書識字看帳本，則是跟何子衿學的。

何子衿泡了梅子茶，姊妹倆喝茶消遣，何子衿問：「三姊姊，妳怎麼不願回來呢？」

蔣三妞也不瞞何子衿，道：「我是瞧著賢姑祖母日子過得清靜，倘我也能過著那等舒服日子，就是清清靜靜一個人，也是願意的。」

何子衿勸她：「陳家的事又不怪妳，妳別放心上。妳真放心上，倒叫小人得了意。」

「我並不是因這個才有此想。」蔣三妞自有心事，她輕聲道：「小時候我沒見我爹我娘過過一天消停日子，我是跟著大姊二姊長大的，後來她們都不在了，有一天，我爹也死在了外頭，過了幾日，娘把屋子賣掉跟人跑了。這世上，有我爹娘那樣的人家，也有叔叔嬸嬸這樣的人家，可我總覺得，倘女人不成親活不下去便罷了，若自己能掙得銀錢養活自己，清清靜靜的日子倒比冒著風險成親好。一朝嫁人，服侍丈夫公婆生養兒女，咱們女人自己在哪呢？我誰都不羨慕，我就是羨慕賢姑祖母。」

何子衿道：「賢姑祖母的日子是過出了境界，可等閒人哪裡有她的福分。賢姑祖母是在娘家這頭守的寡，何況她手裡自有產業，又有朝廷頒的貞節牌坊，闔族女眷的名聲都是她撐起來的，族中誰不敬她三分。若換了尋常人守寡，也不過隨波逐流，任人安排罷了。」

「是啊！」蔣三妞無奈嘆道：「我可不就跟妳回來了？」

何子衿瞇著眼睛道：「這天底下最難有清靜地方，聽說就是尼姑庵也有藏汙納垢的。」

蔣三妞到底年紀小，驚道：「妳聽誰說的，這可不能瞎說。」

聽紅樓夢上說的……不過，何子衿胡謅也謅得有理有據，她道：「除非是一庵的無鹽女尼姑，倘真有庵裡是那等水靈靈的小尼姑多的地兒，就得多留心了。」

蔣三妞咋舌，「還有這種事？」

「天下之大，什麼腌臢事兒沒有呢？」兩人說著說著便歪樓到不知什麼地方去了，反正既回紅塵，還是要在紅塵中討生活的。

蔣三妞嘆了幾口氣，便恢復了往日活力。

陳姑丈消息也靈通，知道了沈素中進士的消息，他見多識廣，還與老妻感嘆一番：「我看他舅母家的運道來了。」姻親都這般發達了，哪怕何恭一輩子考不上舉人，有這兩門得用的姻親，兒孫輩總能沾光不少的。

陳姑媽道：「是啊，孩子們也都出息。」

陳姑丈問送禮的事如何了，陳姑媽道：「趕緊趁著沈家小舅爺中進士這個喜事，叫家中下人閉了嘴，再不要提。」

陳姑丈道：「放心，我早叫人閉嘴了。」

陳姑媽又說了明天何恭用車的事，陳姑丈笑，「順便備一份給沈進士的賀禮才好。」

「我知道。」陳姑媽恨恨地拍兩下小炕桌道：「看人家的孩子，怎麼看怎麼出息，咱家裡就沒一個爭氣的！」何子衿、何冽都是四平八穩的孩子，起碼沒有他家孩子這些糟心事。便是收養的蔣三妞和沈念，就說蔣三妞，雖因陳志這事，陳姑媽也有些遷怒，可陳姑媽不是陳大奶奶，她老人家眼還不瞎，看得出蔣三妞是個心正的。便是沈念，聽說也乖巧，以前還救過何子衿。再想一想自家這些糟心貨，陳姑媽便想一閉眼嚥了這口氣，還有個清靜。

陳姑丈倒是不上火，他慢悠悠道：「孩子們還小，這也急不得，妳瞧子衿那丫頭如何？」

陳姑媽道：「挺好的，怎麼了？」相貌不必說，讀書識字，平日瞧著也夠機靈。家裡不愁吃穿，雖是小戶人家，也挑不出哪裡不好來。

「我想著，子衿在咱家念過書，知書識理，看著她長大的。咱家同他舅母家素來親近，孫子輩的這些孩子，挑一個兩家結親豈不是親上加親嗎？」陳姑丈瞧著何家運勢好，他家孫子多，拿出一個與何家聯姻也好。再者，何子衿相貌的確不差，以往陳姑丈就見過，小美人胚子，長大後也差不到哪兒去，何況讀書識字，也不算委屈了自家孫子。倘一朝何家發達，孫子也跟著沾光。

只是，陳姑丈一提親上加親，陳姑媽就想到嫁去寧家的小女兒，不禁一陣心煩，「孩子還小，說這個做什麼？」原是想小女兒與何恭結親，後來何恭相中沈氏，陳姑媽心裡彆扭，哪怕娘家侄兒，陳姑媽不是沒想過何恭死活看上沈氏這麼個鄉下丫頭，哪有結親她家實在？心下覺得何恭無福。後來小女兒在寧家守了寡，倒是沈家一路青雲直上，便是陳姑媽早對沈氏改觀，如今想想，或者真不是何恭無福，而是女兒無福罷了。

「妳先留意著。」

陳姑媽支應兩聲將老賊攆走。

第二日一早，何子衿命人又摘了香椿芽送去給賢姑太太。

香椿芽是時令吃食，穀雨前後就能摘來吃了，而且這也有講究，要分初芽、二芽、三芽的，摘得越早，香椿的那種香味越濃。何家一棵香椿樹也有幾十年了，只是這東西就吃個尖兒，昨兒何子衿命小福子爬樹上摘了些試做香椿魚，覺得不賴，今一早就把頭撥都摘了，攏共沒二斤。除了自家吃的，用細水蒲紮好，分了小把往親戚家打發，是這麼個意思。

昨兒是炸的香椿魚，早上用鮮豆腐和了香油涼拌，味兒也極鮮香。

翠兒從賢姑太太家回來，帶回了賢姑太太給的點心，翠兒道：「賢姑太太說，知道姑娘今天要去外祖家，這些叫姑娘帶了路上當零嘴兒。」

待用過早飯，陳家的車馬過來了，一家四口便去了長水村賀喜。

伍之章 舅爺高中漲底氣

沈素中了進士，哪怕人還沒回來，闔村子都沸騰了。真的，這毫不誇張，在這個宗族文化做主導的年代，一個人出息，真的是闔族闔村的大喜事。當初沈素去帝都春闈，沈氏家族還湊了五十兩銀子給他路上花用。故此，沈素中進士，這絕不是沈素一個人的榮譽，這是沈氏家族闔族的榮耀。

沈素中進士的消息一傳到長水村去，沈父喜得手腳發顫，險些厥過去。沈母和江氏婆媳則是眼淚直流，打賞差役的事都忘了，好在差役見這種情形也見多了，待沈家人略恢復了神智，拿了厚厚的喜封，又說了一串吉祥恭喜話便告辭了。

何家一家人剛進長水村，就有鄉親滿面笑容地說起沈素中進士的事來，還未來到沈家門口，便有鼎沸歡笑聲傳出。

沈父已令人將家裡養的一頭肥豬宰了祭祖，何家人到達的時候，沈家剛祭完祖，族人親戚們都聚在沈家說話，熱鬧得很。中午還有宴席，村裡女眷多有過來幫著做湯水的，還有人明裡暗裡打聽沈玄和沈絳的終身大事，想著沈家是不是有意給兩個兒子結個娃娃親啥的，各家可有不錯的閨女等著哩。便是江仁，這位進士老爺的內侄兒，也沾了他進士姑丈的光，成為長水村婚姻榜上熱門人選。

見何家人來了，大家先是一通見禮歡笑後，以往對何恭這位縣城裡秀才相公的奉承今日早拋諸腦後，提都不再提，人們再次七嘴八舌說起沈素中進士的事，簡直是沒有不交口稱讚的。其中沈里正就表示：「先前我就請朝雲觀道長瞧過，咱們這村子背靠芙蓉山，近處芙蓉溪蜿蜒而過，可謂風生水起。阿素比阿禎晚幾年，也是咱們長水村的第二位進士老爺了。聽道長說，以後咱村子的後生還有出息的。」長水村的第一位進士不是沈素，而是一位外姓進士，姓徐名禎。徐進士自中了進士就沒再回來長水村，何況徐進士不姓沈。沈素才是沈氏家族的人，故此，沈里正對沈素中進士，可比當初徐進士金榜題名時高興多了。

接著大家又讚起沈玄和沈絳兄弟：「兩個孩子一看就靈秀，日後肯定跟他爹似的，也是進士老爺。」說得比朝雲觀的道長還神棍。

當然，也少不了讚江氏好福氣，江老爺好眼光，給閨女相得這麼個好女婿，又打聽江氏是不是也要收拾行李跟著沈素一塊去帝都做官太太享福。

江氏笑，「得看相公怎麼安排。」

江老爺道：「也不知女婿什麼時候回來？」

沈里正拈著花白的鬍鬚道：「這中了進士老爺不是就直接當官了嗎？還有空回來？上回阿禎中進士可是沒回來的，不過也把阿蘭接去享福了。」

里正太太李氏道：「是啊，咱們闔村的閨女算起來，就是阿素媳婦跟阿禎媳婦最有福氣，都是官太太的好命。」

沈母惦記兒子，攬了外孫何洌在懷裡跟丈夫商量，道：「要不，就託人往帝都送個信兒，看阿素如今是怎麼著？」

沈父思量片刻，道：「好像還要再考的。」

沈母不解，「這已中了進士，如何再考？」

沈父是多年老秀才，有些記不清了。

何子衿抓了一把乾炒花生米在手裡搓了皮吃，道：「外祖母，我聽先生說，這新科進士，除了前三甲直接授官翰林院外，餘者還得考試。要是考上庶起士，也是在翰林當官。沒考上庶起士的，才是去吏部等著分派。不管去哪裡做官，新科進士都有探親的假期。我看，舅舅不多時就要回來的。」

沈母念佛，「這就好。」

里正太太嘖嘖道：「衿姐兒連這個都知道？」

何子衿道：「以前聽先生講過。」

里正太太讚：「果然是讀過書的大戶人家的姑娘，就是有見識。」

何子衿笑笑，謙虛一二。

江仁特想說，他家子衿妹妹非但很有見識，好處多了去，不過，屋裡閒雜人等太多，他就強忍著沒說。江仁跑回家揣了一兜松子回來，悄悄給何子衿，「吃這個。」

沈玄眼尖，瞧見江表兄悄悄給他家子衿姊姊松子吃，他倒不是嫉妒，而是問：「阿仁哥，你不是說你家沒松子了嗎？」

「傻不傻，松子貴得很，咱自家人吃就算了，哪裡能拿出這許多來招呼流水席？流水席有花生米就夠意思了。」江仁把松子給何子衿放荷包裡，說：「妹妹，妳這個荷包小，吃完了再跟我說。」

何子衿眉眼彎彎地道：「好！」

何子衿年歲漸大，沈氏不叫她總跟表兄弟在一處玩，喚她進屋陪著外祖母說話。待何子衿去了屋裡，江仁捂著胸口同沈玄道：「剛剛子衿妹妹一笑，我心跳得好快啊！阿玄，你說我是不是病了？」

沈玄翻個白眼，面上一片泰然，「是啊，阿仁哥你好好找個大夫瞧瞧，可別是什麼大症候才好啊！」呸，心跳好快！

江仁擔憂，「莫非這就是傳說中的天妒英才？」他不是真的生病了吧？

沈玄：讓我去吐一吐吧！

沈家實在熱鬧，何家一家人當天沒回縣裡，直接住下了。

江仁是個純真少年，晚上他憂心忡忡地跟他爹他娘說了他可能得病的事，江仁他娘張氏險些笑死。這年頭雖有禮教，但江仁是懵懵懂懂、情竇初開，何況他小小少年，全憑天性，並無違禮之事，故此，家裡人只覺好笑，並沒有訓斥他。

江順道：「你現在大了，子衿也大了，都不是小時候了，你少總是找人家說話。」

江仁有些不服氣，「就是大了，我跟子衿妹妹也是朋友啊！」

張氏笑，「好了，在你姑媽家玩了一日，也累了，去睡吧。」

江仁哼哼兩聲，「要不要買兩劑寧神散來吃啊？」

江順訓斥：「你又沒病，吃什麼藥？快去睡覺！」

江仁覺得爹娘不關心他了，只好去睡覺。

張氏笑與丈夫道：「傻小子開竅了，自己還傻著呢。」

江順搖搖頭，哭笑不得，「真真是傻小子一個。」

張氏眼睛一亮，「別說，咱兒子還挺有眼光的，我看子衿那丫頭很不錯。念過書識得字，可有見識了，當官的事也懂一些，咱們阿仁說來也是一表人材。」

張氏越說越覺得兩個孩子簡直是天造地設，自己都歡喜起來。

江順道：「我也瞧著不錯，就是怕人家看不中阿仁。」

「這有什麼看不中的，阿仁多實誠的孩子，咱家也不是破落門戶，以後家裡這些，還不都是阿仁的。何況，咱們村是子衿外家，又不是別的不知根底的地方。就是咱家，現在有佃戶有幫傭有丫鬟，也用不著媳婦做活計，跟她在縣裡做大小姐又有什麼差別呢？」張氏頗是自信，「咱家也不是刻薄人家，又有她外家看著，難不成我會刻薄媳婦？更難得，你看咱兒子那傻樣，子衿也和氣，兩個孩子性情都好，是打小的情分，以後不怕處不好。再者，年紀更是同齡般配，阿仁正好大子衿兩歲。」

江順慢吞吞道：「不說別人，阿玄跟子衿也差不離，不過小兩歲罷了。」小舅子中進士，門第也起來了。江順不是自欺欺人的性子，這年頭姑舅做親不要太尋常，倘他是何家，肯定也願意閨女嫁到進士門裡，而不是鄉紳門兒裡。

張氏挑眉，「小舅爺都是進士了，以後為官做宰的，難道還能瞧得上鄉下丫頭？」何家雖不錯，可跟官宦之家到底沒得比。

江順道：「孩子們都小，再說，哪怕不與阿玄結親，人家子衿讀書識字樣樣不差，長得也好，難道碧水縣沒有好人家？」

張氏一想，丈夫說的也有理。張氏一拍大腿，道：「趕明兒有空我去朝雲觀給咱們阿仁拜拜，其實我娘家侄女也不賴。」

覺得何家這可能性的確有些低，張氏腦子飛快，轉口又自薦了娘家侄女。

「我說妳是不是傻？」江順瞧妻子一眼，「自來嫁出去的閨女潑出去的水，妳潑到我家都十好幾年了，怎麼還胳臂肘往外拐？」

張氏不樂，「你就是瞧不起我娘家。」

說來娘家這幾年也的確有點不爭氣，張氏才想幫扶一把。

江順道：「我哪裡有瞧不起？妳私下貼補，我可有說過一個『不』字？岳家不是外處，可咱們就阿仁一個兒子。別人都是高娶低嫁，要是侄女們真正出挑，我也不是沒心胸的，但總不能為了幫襯岳家，就給阿仁說個拿不出手的媳婦吧？不說別的，妳也想想阿仁相中的是什麼樣的？」他想說何家這門親事暫時是有些勉強，但兒子眼光還是有的。

張氏嘀咕：「我難道會委屈自己的兒子。」她自然也想要個出挑的媳婦。

夫妻兩個就兒子的終身大事念叨一番，夜深便睡下了。

何家人是第二日告辭的，約好了待沈素回家再過來。江仁裝了許多山上的乾果給他家子衿妹妹路上吃，看兒子這熱乎勁兒，張氏頗是心酸，想著兒子一片童男子的赤誠，可惜自家只是村裡小鄉紳，家資不比何家，怕人家是不樂意做親的。如今兒子越是熱乎，張氏越是替兒子難受。誰知他兒子跟子衿妹妹嘀咕半日後，指著另一小布袋裡的乾果對何家姑娘道：「子衿妹妹，這是給培培的，妳代我給她吧。」

何子衿點頭笑應。

張氏回家問兒子：「培培是哪個？」小屁孩，老娘只生你一個，你哪來的這些妹妹啊？

江仁赤誠坦蕩，「上次去子衿妹妹家認識的，培培妹妹是子衿妹妹的鄰居，我推她玩鞦韆不小心把她推地上去給摔了一下。培培妹妹也很好，不似別的丫頭那樣嬌氣。我上次回家，她還送我棗子讓我路上吃呢。」

張氏忍著頭疼問：「這個培培妹妹多大了？」

「跟子衿妹妹同歲，生日小子衿妹妹一些。」

「長得好看嗎？」

「不如子衿妹妹漂亮，也還成。」

張氏鄭重警告：「你現在是大小夥子了，男女有別，不要總跟人家小姑娘走得太近。」

江仁不以為意，「又不是不認識，再說，妹妹們也喜歡跟我玩。」

江仁簡直為姊姊妹妹們操碎了心，他問他娘：「大妞姊是不是說婆家了？」

「哪個大妞姊？」妹妹還沒說清呢，你又來了個大妞姊，張氏覺得自己的兒子簡直像花花公子，一顆老心頓時憂愁得不得了。

江仁哪知他娘的憂愁，跟他娘打聽：「就是姑丈鄰家，沈大家的大妞姊唄。」

張氏道：「大妞也十六了，說婆家怎麼了？」

「我瞧見媒婆往她家去了。」

張氏道：「成天只管姊姊妹妹的，能有什麼出息？好生念書，以後才有大出息！」

這些天他聽這話聽得耳朵裡長了繭子，江仁翻個白眼，「娘，您也得給我生個聰明腦殼，我才會念呢。沒把我生成讀書胚子，非逼我念，都快逼死我了！」

張氏抄起雞毛撣子將不孝子打出家門。

話說何子衿回了家，非常盡職盡責地把江仁給何培培的乾果送了過去，道：「上回的事，阿仁一直覺得對不住妳，他家裡有山地，這是他自家山地裡產的，託我帶給妳。」

何培培的母親王氏覺得江仁懂事，笑道：「就那一點小事，怎麼還惦記著呢？」孩子間玩耍少不了磕碰，雖然摔了她閨女一下，也並沒摔得怎麼著。先時江仁送了藥賠了禮，如今又託何子衿送東西，王氏想，怪道江仁的姑姑能嫁給進士，想來江家也是知禮之家。

何培培也沒想到江仁居然還惦記著她，她出娘胎頭一遭給了何子衿一個好臉，笑咪咪地接過一小布袋的乾果，還倒了盞茶給何子衿，「早上我就聽說姊姊和五叔五嬸去了妳外家，阿仁哥可是還好？」

何子衿道：「他呀，好得很，就是來前託我帶這乾果給妳當零嘴兒。」

何培培笑，「多謝阿仁哥了，以後他來縣裡，叫他再來我家玩吧。」

何子衿道：「行，等我再見他，一定將妳這話送到。」

何培培道：「姊姊哪天再去妳外祖家，跟我說一聲。」

總不能光收江仁的東西，她還得還禮才行呢！

傍晚何涵回來見家裡有乾果，嗑了兩個，聽他娘說是江仁託何子衿送來的。何涵對江仁沒啥好感，隨手又將松子扔回碟子裡，道：「早那小子就喜歡圍著子衿妹妹轉，怎麼又給培培送東送西，誰理他？」

何培培羞惱道：「哥，你說什麼呢？」

王氏道：「上回不是把你妹妹給摔了一下嗎？人家孩子託子衿送來的，也是好意。」

何涵道：「上回要不是娘您攔著，我非給那小子些個好看不可。」

王氏笑，「孩子家，當得什麼真呢？」

何培培哼唧道：「哥就會說我，你早上命都不要地爬榆樹上折一串串的新鮮榆錢，還不是腆著臉去送了給蔣三妞吃。」

何涵當下就想把他妹的嘴給縫上，真是個多嘴的丫頭！何涵強調：「昨天吃了子衿妹妹家的香椿芽，今天我送些榆錢去怎麼了？禮尚往來懂不懂？我是拿給子衿妹妹吃的！」

何培培偏生要較真，半點面子不給她哥，「子衿姊姊昨兒一早就去她外公家了，你又不聾不瞎，難道不曉得她不在家？分明是拿去給蔣三妞吃的！」

王氏皺眉，「都閉嘴！胡說八道什麼？妳哥就要說親了，傳出去誰還肯嫁妳哥？」

何培培哼一聲，「娘，您別瞎給我哥說親了，您看他那樣子，他喜歡蔣三妞！」這實在是個太實誠不過的小姑娘，以致於她娘也想把她的嘴縫上了。

何涵彆扭著個臉偷瞧他娘的臉色，王氏臭著臉，「還吃不吃飯了？一個個的，就會磨嘴皮子較真兒！培培去給我把菜擇乾淨了，阿涵去念書！」把兩人打發走，王氏心裡直犯難。

晚飯時何子衿瞧見榆錢餅，笑道：「祖母知道我愛吃榆錢餅啊？」

何老娘嘖一聲，「真個會往自個兒臉上貼金，這是早上阿涵送來的，正是吃榆錢的時候，這東西說是粗些，味兒也成，還能省下些細糧。」

蔣三妞笑，「姑祖母就是想著妹妹愛吃，特意放到晚上才叫周嬤嬤做的。」

何子衿拿個著小榆錢餅道：「尤其是摻了苞米麵，烙的時候鍋底刷層素油，烙出一層焦黃來，剛出鍋時吃著最帶勁兒。」

何老娘將嘴一撇，「愛吃這個好說，以後只要有榆錢，天天烙來吃，還省錢。」說到這，何老娘就覺得何子衿是天生窮命，嘴刁的時候，非飄香園的點心不吃，說好養活的時候，隔三差五她得吃回粗糧。什麼苞米麵烙的小薄餅，蕎麥麵擀的麵條，糙米飯，或是高粱麵做的窩窩頭……被何老娘諷刺為天生不吃好糧食，上輩子窮鬼投的胎。

何子衿咬一口榆錢餅，吃得有滋有味，道：「嗯，明兒個別烙餅了，做榆錢飯，那個也好吃。單烙苞米餅，再叫周嬤嬤早上記著買一碗牛乳回來，先用杏仁和茉莉花茶煮過一遍去了奶腥味兒，烙苞米餅和麵時別放水，就放這煮過的牛乳，那烙出來苞米餅才好吃呢。」

看，說她天生窮命吧，有時又特會糟踐東西！

何老娘罵：「妳個死丫頭片子，還牛乳和麵，妳怎麼不用參湯和麵？敗家的東西！」

何子衿一哂，瞅著何老娘道：「參湯有啥好喝的，那是藥，苦不拉嘰，誰會用那個和麵，又不是傻子。」因此話有影射何老娘智商之嫌，何子衿晚飯是在何老娘的罵聲中度過的。

余嬤嬤還自發幫何老娘解讀：「大姑娘一回來，太太就格外歡喜。」

何子衿笑呵呵的，「我就知道祖母早想我想得不行，愛我也愛得不行了。」

何老娘被何子衿噁心得炊餅都拿不穩了，何子衿還道：「老話說的好，打是親罵是愛，祖母沒別的不好，就是不善表達，只得天天罵我兩句，委婉表達對我的感情了。」

何老娘炊餅都抖桌上了，生氣地直笑，「妳就不叫我消停地吃頓飯！」

何子衿道：「我食不言寢不語了。」

何子衿不說話，何老娘又覺寂寞，主動與何子衿道：「一年大似一年，在別人家可不許這般貧嘴，叫人笑話。」

有這祖孫倆一問一答一、訓一貧的，何家的飯桌上，不想熱鬧都不成。

如今沈素考中進士，何家又多一個靠山，陳志的事兒有陳家死命壓著，陳大奶奶與陳大妞都被教訓了，陳家五個房頭都老實得很，沒人敢往外多嘴。主子都這樣了，做奴婢的自然也知閉嘴的道理，這事到底沒傳揚出來就被何家小舅爺中進士之喜壓過去了。

何老娘與沈氏就琢磨著給蔣三妞好好相看個婆家，隔壁何念、王氏夫婦也在為兒子的終身大事煩惱。王氏問丈夫的主意，道：「這可如何是好，阿涵似是瞧中了蔣三妞？」

何念道：「妳不是瞧好大舅兄家的杏姐兒了嗎？」

「是啊，我都打算跟大嫂子開口了。」王氏滿是心煩，「你不知道，阿涵一大早爬樹上折榆錢枝子，就是為了送去給蔣三妞吃。」

何念沒多想，道：「既然還沒跟大嫂子開口，妳就去問問隔壁孀子的意思。妳不是說蔣三妞挺能幹的，一幅繡圖能賣好幾兩銀子。」這般能掙錢的姑娘也不多啊！

王氏不滿意蔣三妞，「沒爹沒娘，命硬啊！」

何念道：「要不悄悄打聽了八字，先合一合，若八字合得來就給阿涵說說看。這幾年妳不也常誇蔣三妞出息能幹嗎？這娶媳婦，一則最好合了孩子的心，二則品行正經就成了。雖沒爹娘，她在孀子家這幾年，孀子家不就是她娘家嗎？」主要是蔣三妞有手藝，現在一幅繡圖掙幾兩銀子，待得出師薛千針，肯定掙的更多。給兒子娶個會掙錢的媳婦，手藝還能一代代往下傳，何念覺得挺划算的。

說一回命硬，王氏又道：「也不知有沒有嫁妝呢？」

何念笑，「看妳說的，她在孀子家這好幾年，能沒嫁妝嗎？只是太豐厚想來也不能。」

王氏問：「你說，阿涵怎麼就瞧上蔣三妞了呢？」

何念靠床瞇著，「咱們兒子又不瞎。」因是鄰居，時常來往，何念也見過蔣三妞的。那丫頭實在生得夠好，他兒子這漸漸大了，哪個少年不喜美人。蔣三妞是出了名的能幹，且何恭的家也信得過的，故此，何念對這門親事倒不是很反對。

王氏嘀咕：「我嫂子可喜歡咱們阿涵了，說杏姐兒嫁人能陪送五十畝田地。我出嫁那時，家裡才給了二十畝。五十畝地算算也有二百多兩銀子了，這是能傳給兒孫的產業，蔣三妞再能幹，一年能掙二十兩嗎？她得十多年不吃不喝才攢足這二百多兩呢。」

何念家在縣上有個雜貨鋪子，郊外還有一二百畝的田地，論家境與何恭家相仿。何念一聽大舅兄家肯拿出五十畝地來陪嫁內侄女兒，也頗是心動，立刻改了口：「要不，妳再勸勸阿涵。總得勸得他轉了心意，不然這終身大事，說是父母之命，也不好不問問孩子的意思，否則如今彆扭著，將來成親也過不好日子。」

王氏道：「我也這樣想。蔣三妞是有手藝，可實在單薄了些。子衿她爹娘心腸好，收養她這幾年也算慈悲了。像你說的，孀子就這麼一個侄孫女，不至於不給蔣三妞備份嫁妝，可哪怕有嫁妝，畢竟還有子衿呢，那才是孀子的嫡親孫女，有什麼好的也得存著給子衿。咱家雖只阿涵一個兒子，可下頭培培是與子衿一個年歲的，將來親事肯定也挨得近。咱們這左鄰右舍的住著，我可不想到時培培的嫁妝不如子衿。還有麗麗，轉眼就大了。兒子是傳宗接代給咱養老送終的，閨女也不能太委屈。就這麼點家業，到時給兩個丫頭一陪嫁，能剩多少？往後孫子孫女吃啥喝啥？我琢磨著，還是要給阿涵說一門殷實的媳婦才好。你想，倘杏姐兒真能陪送五十畝田地，到時培培、麗麗出嫁，我一人陪嫁三十畝田地，咱們這樣豐厚的嫁妝，閨女到婆母家腰桿才能直，以後咱孫子也不至於失了家業。」

夫妻多年，何念頓時被妻子說服了，道：「妳把這道理也跟阿涵講講，他大了，得知道些家道艱難了。」

王氏想到兒子的性子，道：「只盼他能聽得進去。」

若真有勸服兒子的把握，她不至於拿這事兒與丈夫念叨，早私下勸服兒子了。

何念不愧是一家之主，道：「聽不進去妳跟我說！」

知子莫若母。

何涵聽母親與他念叨舅家表妹的親事，就一句話：「我不喜歡表妹，娘回了吧。」

王氏立刻覺得不好，道：「你不喜歡你表妹？親事哪家不是父母說了算？你不喜歡阿杏，你想娶誰？」準備兒子一說蔣三妞的姓名就給他個一哭二鬧三上吊。不想何涵沉默半晌，硬邦邦道：「誰也不喜歡，不想成親！娘再逼我，我就出家！」

何涵沒出家，他娘想上吊了，轉而找丈夫哭天抹淚地抱怨。

何念尋兒子談心，何涵還是老話：「不成親！誰也不喜歡，想出家！」

何念哼一聲，「你小子少跟我來這套！要是你娘給你去說蔣三妞，你喜不喜歡？」

何涵冷硬得如芙蓉山的青石，「不喜歡，她又沒五十畝地的陪嫁！」

何涵自小喜舞刀弄棒，他家裡一門心思想他念書出人頭地，不准他去觀裡拜師，可何涵自有心思，他一有空就去朝雲觀幫著砍柴挑水，觀裡道長見他勤快，時常教他些招式，還傳他一套調內息的法子配著拳腳練。可以說，就差個師徒之名了。何涵功夫不賴，昨兒夜裡就把爹娘的談話聽得一清二楚，此時一句便把他爹噎個半死。

何念羞惱成怒，把何涵抽打了一頓。

王氏原被兒子氣得頭疼，結果丈夫這一動手，她立刻頭不疼了，開始心疼。王氏一邊哭一邊捶打丈夫，怨天怨地，「讓我看看你的心是不是肉長的，怎地下此狠手？我兒子有個三長兩短，我也不活了！」

女人就是這樣一種令人費解的生物啊！

何念被妻子捶打一通，忍怒道：「妳不知這混帳東西多可恨！」竟敢對他一噎一個死！

「放屁！我自己生的我難道不知我兒子咋樣？」因兒子被打得狠了，王氏翻臉道：「我是叫你勸勸他，哪裡叫你動手了？你乾脆把我們娘兒幾個一塊打死算了！」

王氏朝丈夫發了通潑，也不再提兒子的親事了，只一心叫兒子在家養傷。何涵傷好了，先把學給輟了，他自問不是念書的料。何念就此一子，一門心思盼著兒子出息，結果兒子自做主張地肄業了，當下又打了他一頓。待何涵二次養好傷，他留書後去州府鏢局尋了差使，索性家也不回了。

這真要了王氏的命了，王氏對著丈夫抹淚道：「你趕緊去把那孽障叫回來，那鏢豈是好走的？萬一有個好歹，我活著還有什麼意思？我這就去跟嬸子打聽一二，他死活相中了人家，反正以後好賴都是他的命，他也怨不得別人！」

何念也是著急上火，生怕兒子出事，當天就叫著同胞兄長何懷一起租車去了州府，何涵還梗著脖子道：「等我掙夠五十畝地的銀子就回去！」

何念抽他後腦杓一巴掌，道：「立刻跟我回去，你娘這就去你恭五叔家為你提親！」

何涵神色一軟，他爹娘怎又允了？

何念不理這混帳東西，拽著何涵去跟鏢局的管事送了禮物，說要帶何涵回去成親。那管事原就與朝雲觀的道長有些關係，見何念又帶了禮物來，笑道：「等阿涵什麼時候想來了，只管過來，你功夫不錯，只是欠些歷練。」

何涵應了，何念又客氣幾句，婉拒管事要請吃午飯的提議，帶著兒子回家了。

先把人弄回家，一到家，何念就又打了何涵一頓。無法無天的東西，家裡老爹老娘，就敢去做鏢師。倘有個好歹，可不是叫白髮人送黑髮人？

何念罵道：「你想送死自己去！要是敢害我以後無人送終，我敲不死你個混帳東西！」

何涵覺得他爹這邏輯頗有問題。

王氏先把丈夫打出去，將兒子救下，對著兒子就是捶胸頓足一通哭，「你走前怎麼不把你娘勒死，也叫我少操些心啊！」

何涵道：「我想給娘掙五十畝地！」有五十畝地，想來他娘就樂意他娶蔣三妞了吧？

王氏抱著兒子大哭，「就是給我五百畝肥田，我也不換我兒子！」

何涵內疚至極。

王氏將眼哭成個核桃，用熱毛巾敷過用冷毛巾敷。何培培一邊服侍她娘敷眼，一邊脆生生地數落她哥：「你走幾天，娘念了幾天的佛！你可真行，就為個蔣三妞就這樣！以後娶進門兒，你眼裡還有誰呢？」

何涵深覺對不住母親，瞪妹妹一眼，「聒噪！閉嘴，叫娘歇歇！」

何培培哼一聲，跟她娘說：「養兒子有什麼用啊？您還不如生三個閨女，起碼我跟麗麗不會偷偷摸摸跑鏢局去！」

兒子回來，王氏心就安了，也有心思嘆氣了，「乖女，給娘倒碗水來，娘渴了。」

何培培依言去倒水，服侍著她娘喝了。王氏打發兒子：「去你屋裡歇一歇吧。唉，出門在外，哪裡能吃得好？叫你妹給你熱點飯，別空著肚子。」

何培培頗有是非觀，道：「我不去！他還有功了？」

何涵快被他妹擠兌死了，默默回屋面壁去了。

王氏在屋說閨女：「人誰還沒糊塗的時候，妳這張嘴啊，怎麼這樣得理不饒人？不是求妳哥給妳剝核桃的時候了？」

何培培幫她娘眼睛上換了帕子，道：「我這是就事論事！娘，您就別偏心眼了，看吧，這就是您偏心眼兒的報應！」

繼把她哥擠兌死後，何培培再接再厲地把她娘擠兌了個半死。

王氏把眼睛養好，將心情調節了一下，明明心裡苦得跟黃蓮似的，還得裝出一副歡喜無限的模樣，帶了兩包飄香園的點心來何老娘這裡串門。

這年頭，窗上糊的是窗紙，屋裡採光不如外頭，故此，只要天兒好，何子衿與蔣三妞都是在院裡繡花的。王氏來的時候，兩人就正在何老娘院子外守著新出苗的菜園子繡花，瞧王氏過來，便起身見禮。王氏細瞧了回蔣三妞手上的繡活，果然鮮亮得很。想蔣三妞好歹有門掙錢的本事，說給兒子自家也不算太虧，且以後這本事還能傳給孫女呢。

王氏笑道：「妳們繼續做活吧，我有些事同嬸子說。」抬腳進去了。

沈氏正在何老娘屋裡商量蔣三妞嫁妝的事，見王氏來了便停了話頭，同王氏說起話來。「咱們這些年的鄰居，又是同族，我不是拐彎抹角的脾氣，有話就直說了。」客套幾句後，王氏就直接問了：「嬸子，不知三丫頭可有人家了？」

何老娘頗驚訝，「三丫頭還沒及笄呢，倒是有人給說親，我還沒定下來。怎麼，妳這是給三丫頭說親來了？」一家有女百家求，王氏來說親，何老娘也高興。

王氏臉上繼續保持微笑的面部表情，內心深處被五十畝地割得七零八碎，「不瞞嬸子，您瞧著我家阿涵如何？」

不要說何老娘，沈氏也驚了一下。親事不比別的，沈氏有話也直說了，道：「前些日子，我聽說嫂子不是要給阿涵說他舅家的姑娘嗎？」

「自來姑舅做親、兩姨做親的還少了，我就是沒那個心，也有人往那上頭想。大家開玩笑罷了，哪裡做得真？」王氏笑，「咱們左鄰右舍這許多年，我也是看著三丫頭長大的。不瞞嬸子弟妹說，高門大戶的咱不敢高攀，就說同齡女孩兒裡，不論模樣，光憑本事，有幾個有三丫頭這份手藝？我不圖別的，孩子能幹踏實，我家阿涵不說多出眾，也是實在孩子，嬸子弟妹瞧著他長大，最是知根知底。還有，兩人年紀相仿，咱兩家也只隔一堵牆，以後也不怕我委屈了三丫頭不是？」

何老娘自覺這是難得的親事，何涵兄弟一個，底下就兩個妹妹，以後嫁出去，也沒兄弟分家產。何涵家的家底，何老娘也知道，比自家不差，不說多有錢，也是殷實人家。何老娘心裡已有七分肯了，只是做為女方家裡，總不能一口應下，該有的架子還是要有的。

何老娘道：「妳倒是親自上門說親，還省了媒人錢。」

「這哪兒能，自來沒有婆婆親自上門說兒媳婦的，這也不合規矩。」王氏笑道：「我是想著，咱們兩家知根底，就厚著臉皮一問。嬸子要覺得行，趕明兒我就請媒人上門提親，咱們先把親事定下來。若嬸子不願意，私下拒了我，沒人知道，我也算保住顏面。」

王氏多希望何老娘拒了她啊！

不想何老娘笑得歡暢，「我怎會不給妳這面子，剛正跟妳兄弟媳婦商量三丫頭嫁妝的事，妳就來了，也巧得很。」

一聽蔣三妞還有嫁妝，王氏放了些心。

沈氏是個機敏的人，先前的確是聽說王氏想給何涵說娘家侄女做媳婦親上加親的，怎又突然來她家提親？想到何涵前些天突然去州府做鏢師的事，沈氏心裡隱隱有了些猜測，順著何老娘的話道：「是啊，三丫頭的能幹，我不說嫂子也知道。我跟母親正商量著，咱家不是大戶，也不能委屈了孩子，想著買上幾十畝地給她做陪嫁。土地來不了大錢，但每年出息一些糧食，也能貼補幾兩銀子。」

一聽說何家打算給蔣三妞陪嫁田地，王氏整個人都亮了，與先時裝出的歡喜不同，她簡直喜笑顏開，彷彿沐浴在聖光之中，連聲道：「要不大家都說孀子弟妹良善呢？是啊，這田地可是最實在不過的東西。」

沈氏細觀量王氏的神色，心裡越發有了準頭，「還得跟嫂子說一句，我家裡孩子多，雖有心想多陪嫁三丫頭些，田地大概也只有二十畝左右。」

王氏忙道：「哎喲，看弟妹說的，我豈是那等嫌貧愛富眼皮子淺的？來說親前，我可沒想著三丫頭有田地的陪嫁。咱們不是外人，我也有閨女，以後培培她們出嫁，陪嫁田地，我也得咬咬牙。俗話說的好，好男不吃分家飯，好女不穿嫁時衣。以後日子好賴，全憑他們自己過。陪嫁多少，是薄還是厚，我單取中三丫頭這個人。」

雖比娘家侄女五十畝是少些，可能有二十畝也是意外之喜了。將心比心，就是她陪嫁閨女，滿打滿算，咬咬牙，每人也只能陪嫁三十畝田地的。

知道蔣三妞嫁妝不薄，且自家與何恭家又著實親近，王氏心裡對此親事已是千肯萬肯，連忙道：「孀子弟妹都瞧得上阿涵這小子，那趕明兒我看個黃道吉日，就請媒人上門。」

「嫂子總得容我們太太跟三丫頭說一聲。」沈氏道：「三天內我給嫂子個准信兒。」

王氏此時方是真正歡喜了，「那我可就等著啦！」

沈氏又笑咪咪地同王氏說起些兒女瑣事來。蔣三妞的嫁妝的確是不少的，沈氏自己當然沒給蔣三妞預備田地。說來還是何老娘的提議，這位沈氏認為有些刻薄的婆婆，何老娘把蔣三妞這些年往繡坊掙的銀子一文不差捏手裡，半文錢都不往外漏，私下攢起來叫莊子上的管事零散買了田地，如今算給蔣三妞，有個十五畝左右的樣子。都到這會兒了，沈氏也得感嘆婆婆的用心，索性直接再給蔣三妞五畝，湊個整數，說出去也好聽。甭管王氏是因何來提的親吧，知道蔣三妞嫁妝不薄，只看何氏這歡喜模樣，想來也不會慢待了蔣三妞。

送佛送到西，養了蔣三妞這一場，能給她尋個不錯的婆家，且蔣三妞自身能幹，自家再幫襯些，也不枉這些年的情分了。

何子衿偷聽得一半就拉著蔣三妞回屋了，悄與蔣三妞說王氏是來給何涵說親的。

蔣三妞對何涵不大熟，以往何涵與何子衿倒能玩到一塊兒，後來見她就結巴或臉紅，不過，因是鄰居，也知何涵是個實在性子，會些拳腳功夫。就是何涵家的環境，蔣三妞也是了解，家裡祖父母是跟著何涵大伯過的，何涵下面兩個妹妹，麗麗年幼，培培也是個率直人，很好哄，且兩家就一牆之隔。

蔣三妞面上沒什麼羞澀，點頭道：「這倒是不錯。」是戶能過日子的人家。

何子衿笑說：「以後涵哥哥見著姊姊更要臉紅結巴了。」便是何子衿也覺得何涵不錯。

蔣三妞繼續繡手裡的針線。何涵是個穩重人，她清楚自己的相貌對少年人是極有吸引力的，見她臉紅結巴的不在少數，還有一次她自繡坊回家，一少年見她看愣神，一頭撞樹上，也是好笑。但這許多人，唯有何涵是說服了家人來上門提親的，最適合婚嫁的選擇。

王氏是強顏歡笑提親去，高高興興回家來。

何培培正是愛打聽事兒的年紀，她又不用出門，天天在家學做針線做些家務帶帶妹妹啥的，順便關注家裡的一切事宜。她娘一大早吃過飯，愁眉苦臉半日，咬牙拿錢叫她去飄香園買了點心，磨蹭良久，心不甘情不願，瞧著他哥在院裡拉磨似的轉了十來圈，她娘方嚥下一口氣，窩窩囊囊地帶著點心去隔壁打聽蔣三妞的親事去了。如今見她娘滿面春風地回來，何培培迎上去，眉飛色舞問她娘：「是不是子衿她祖母沒同意啊？」這個年紀的小姑娘，哪怕自家哥哥娶個天仙，她也不一定看得順眼。

呸呸呸！王氏往地上啐了三口，「阿彌陀佛，小孩子家胡言亂語，菩薩莫要怪罪！」

咦？她娘這態度不對呀！何培培又問：「娘，這是成啦？」

「當然了！妳哥是什麼樣的人？這樣的高大健壯，還會武藝，又念過書，知道這叫什麼不？」王氏誇兒子絕不嘴軟，她對閨女道：「這就叫文武雙全！」

王氏自倒盞茶喝了，挑眉道：「我兒子這般文武雙全的人才，哪家姑娘能不樂意？」

何培培目瞪口呆，「娘，您去子衿家的時候，可不是這樣說的啊！」這也變得忒快了？

「小孩子家懂什麼？」王氏問：「衣裳做好沒？」

「哪有這麼快，我又不是神仙。」

王氏道：「妳去瞧瞧蔣三妞，那活計真叫一個鮮亮，當然，她靠這個掙錢，做好這是應該的，可子衿也比妳強，繡的花比妳好。」

何培培此生一大恨事就是總有人拿她跟隔壁小明做比較，哪怕是親娘，也不能觸此逆鱗啊！何培培頓時氣鼓鼓道：「是啊，誰都比我好，好像娘您是薛千針似的！您要有薛千針那巧手，我現在肯定有一手好活計。」還說她繡得不好，她娘根本不會繡花，她自己起碼會繡個葉子片小紅花啥的！

王氏嘖嘖兩聲，「瞧，我就這麼一說，妳怎麼就不樂意了？我是說，咱們兩家現在不是外人了，妳也多過去走動走動，跟蔣三妞學學針線，她一準兒用心教妳。」

到時讓蔣三妞教閨女幾年，到閨女出嫁時，閨女這針線活還得更好。

因為被她娘拿去跟隔壁小明比較了一回，何培培還是氣哼哼的，揭她娘老底，「一大早上給菩薩上了三炷香求人家別答應，這一回來就歡天喜地的……」

「說什麼呢？我可是誠心替妳哥求娶！」王氏笑咪咪地問：「妳哥呢？」

她哥正在門外偷聽呢，聽到他娘有傳，何涵立刻現身，臉上那喜色是憋都憋不住，殷勤地給他娘倒了盞茶。王氏嗔兒子一眼，心下倒也歡喜，同兒子道：「我看一準兒沒問題，你就等著當新郎官吧！一會兒我就把那大紅的料子找出來，先把衣裳做好。還有成親用的被褥，現在不比以前了，以前兩鋪兩蓋就體面得很，現在人們講究，婆家得預備六鋪六蓋，人家說六六大順來著。哎呀，還得去合八字、算日子……今秋得買新棉花彈了……」王氏這一通嘮叨，就沒一句重點。何涵是專門聽重點的，他問他娘：「子衿她祖母沒應嗎？」什麼叫「一準兒沒問題」啊，聽著好像還有問題似的。

王氏一口將茶喝光，瞇著眼睛樂，「這就不懂了吧？傻小子，誰家說親人家女方當場就能應的？心裡再樂意也得抻咱們兩天，這是女方的架子。子衿她娘說了，最多三天就會給我回信兒！去，再往樹上折些榆錢給子衿她家送去，蔣三妞不是愛吃嗎？」

「誒！」何涵歡天喜地跑到院裡爬樹上折榆錢去了。

他家榆樹有些年頭了，長得老高，這年頭人們都是平房，接地氣，何涵爬樹上正瞧見蔣三妞和何子衿正一手拎著裙子，一手舀了水澆菜園子。何涵坐在榆樹上眺望著，一時癡癡，就有些下不去了。

蔣三妞和何子衿不知有人在偷窺，沈念過去幫著他家子衿姊姊澆水，他身體裡的老鬼絮叨道：「隔壁傻小子在榆樹上偷看呢！」

沈念直起身子往何涵家看去，何涵情急之下拿著一大捧榆錢往臉上一擋。他少年郎最要面子的時候，手往粗枝上一撐，人撲通一聲就跳了下去。

沈念：看就看唄，他又不會說破，只要別看他家子衿姊姊就成。

沒過多久，何涵捧著一大束榆錢送來，面紅耳赤地道：「給三姐兒跟子衿妹妹嘗嘗。」

沈氏笑，「多謝你想著。」命翠兒收下了。

何涵紅著臉，「嬸子，我、我回去了。」根本沒見著蔣三妞，蔣三妞還在後頭澆菜。

沈氏笑咪咪的，「好，去吧。」

翠兒這腿快的跑到菜園子那裡傳話：「阿涵大爺送榆錢來了。」

送就送唄，蔣三妞這會兒是不便出去相見的。

何子衿打發小跟屁蟲沈念，道：「阿念，你去瞧瞧。」

沈念真沒興趣去瞧何涵，他想幫著子衿姊姊澆菜園子啦，不過，他很聽子衿姊姊的話，便去瞧何涵，正趕上何涵告辭出去。

沈念送何涵出門，到門口，沈念道：「我沒說你在樹上的事兒。」

何涵重重地一拍沈念的肩，險把人拍地上去，何涵稱讚：「好兄弟，哥哥就知道你是個爺們兒！」對著沈念，何涵立刻恢復正常，臉也不紅了耳也不赤了嘴也不結巴了。因為被人高馬大的何涵稱讚為爺們兒，沈念小小心靈頗是受用，他便日行一善地給何涵提個醒兒：「阿涵哥，你不要一來我家就臉紅，這樣不大好。」長得跟熊似的，怎地這樣容易害羞呢？

何涵就算長得跟熊一樣，也是頭情竇初開的少年小熊，他撓下頭，道：「你不知道的，等你跟我這麼大就知道啦。我在別人面前不這樣，就是一離她近了，就覺得腦袋燒得慌，話都不大會說了。」

沈念心裡問老鬼：「阿涵哥不會是病了吧？」

老鬼一陣樂，「少年人都這樣啦，你哪天遇到這樣的丫頭，就能成親啦！」

何涵回一句：「真不要臉！」他小臉兒微紅，送走何涵，回頭去找子衿姊姊。

老鬼：實話實說怎麼就成不要臉啦？這小鬼，他小時候沒這麼清純吧？

何子衿已經澆好菜園子，在何老娘屋裡說話。

何子衿道：「一會兒做了榆錢飯，送些去給阿涵哥吃。」

何老娘說她：「笨蛋，怎地這般沒個心計？」拿些個破榆錢來還要做好巴巴地給人送去，傻不傻呀？

見蔣三妞也在，何老娘正好教導家裡兩個丫頭，道：「這男人啊，不能待他們太好。妳得打一棍子給個甜棗，他們才能覺出妳的好來。若是樣樣體貼，時時周全，他們覺得妳理所當然，哪裡還能覺出是好日子來？」

何子衿拊掌讚嘆：「祖母好有智慧！」怪道當初能打敗繡坊李大娘把她祖父弄到手！

何老娘嗔一聲，得意地道：「這是最簡單的。自個兒琢磨著些，別忒實在，光靠實在可過不好日子！」也抓不住男人的心哩！

何子衿和蔣三妞偷笑，拍何老娘的馬屁。

沈念正聽到何老娘傳授兩位姊姊人生智慧，一會兒，何子衿去廚下看飯菜，阿念跟去，在路上，悄悄同他家子衿姊姊道：「子衿姊姊，妳就是一直對我好，我也知道妳對我好，不會覺得是理所當然。」

何子衿笑，「別聽祖母瞎說，我肯定對阿念一直好的。」

「嗯！」沈念遂歡喜起來。

老鬼：……

何涵送了榆錢回家，臉上紅暈未消，王氏見兒子這傻樣，心中好氣又好笑。好在蔣三妞雖沒五十畝地的陪嫁，二十畝地也不賴。丈夫晌午回家吃飯，王氏就樂不顛兒把這好消息跟丈夫說了，何念也覺意外，「真想不到孀子這般大方，這可真是太陽打西邊出來啊！」

王氏含笑，倒了盞溫茶給丈夫，「看你說的，我早說孀子那人不錯，就是嘴上硬些，心裡不差的。子衿她娘是有名的賢慧人，心腸也好，如何會委屈蔣三妞呢？」

想到兒媳婦嫁妝尚可，何念笑道：「總之是意外之喜，兒媳婦又有一手好針線，以後何愁家業不旺呢？」

王氏笑，「是啊，將來還能把手藝傳給咱孫女。孫女有這門手藝，以後更好說親。」

何念呷口茶將茶盞往手邊桌上一放，道：「到時拿了八字，往芙蓉寺跟朝雲觀都去算算，看看命裡有沒有妨礙。」蔣三妞如今條件是不錯了，就怕命硬。

王氏道：「這我能不知道？該預備的東西，也得預備起來了，人家給蔣三妞這許多嫁妝，咱們聘禮也不能寒酸了。還有，屋子也得開始收拾了，孀子還得來量尺寸好打家具。」

總之，因蔣三妞的嫁妝超出何念和王氏夫妻的想像，以往對此親事還有些猶豫的夫妻，被這二十畝地徹底收服，歡歡喜喜地討論起兒子的親事來。

晚上吃過飯，何老娘召集一家人開會，就是說隔壁何涵求娶蔣三妞的事。蔣三妞自然是願意的，何恭也覺得何涵家再妥當不過，且兩家一牆之隔，離得也近，他與何念是族兄弟，做這許多年鄰居，關係自是不差。便是何涵他娘王氏有些潑辣，心是也不壞。見大家都沒意見，何老娘又說起蔣三妞的嫁妝。何子衿只聽了個前半截，她還不知道何老娘把蔣三妞賺的錢買地的事呢。

何老娘堂堂正正對蔣三妞道：「這幾年妳自己掙下的錢，買了十五畝地，妳嬸子大方，又給妳添了五畝，總共二十畝。妳也算有田地陪嫁，在咱碧水縣也不差了，以後只管挺起腰來過日子。我再拿些錢給妳打幾樣家具，也算對得起妳那死鬼的曾祖父了。那地有空帶妳去瞧瞧，分了一戶佃戶種著，以後出息了是妳自己的。家具妳甭想要多好的，待阿涵家收拾好屋子，去量了尺寸，弄幾塊榆木板子打一套便罷。以後想要好的，自去掙吧。」

以何子衿前世的國度，小時候老師常教導孩子們，有一種精神叫做好事不留名。

何老娘倒不是做好事不留名的性子，但何子衿覺得，能把做的好事說到這臭臉的程度，也是一種天分。好在蔣三妞不是不知好歹，她知道會有嫁妝，可再沒想著姑祖母能給自己買這些地，感動之下，眼淚都下來了。

何老娘這叫一個瞧不上，沒好氣道：「哭個啥？眼淚又不值錢！倘值錢，妳哭個一缸來，也叫我發一筆！」想到還要自拿些銀錢出來給蔣三妞打家具，何老娘便沒個好氣了。

何子衿道：「我說祖母怎麼先時把三姊姊掙的錢收著，還以為都進了祖母的私房呢！」

「我哪稀罕這三瓜兩棗？」這麼說著，其實何老娘稀罕得不得了，如今土地也得四兩銀子一畝啊，蔣三妞這些年往繡莊攬活兒，滿打滿算的，這幾年也就攢了五十多兩銀子。在何老娘腦袋裡，啥投資都不如買田地。好在蔣三妞還能自己掙錢，也不需她貼補太多，再花幾兩銀子打套家具也就齊全了。都怪她那臭不要臉的老爹，納小生個孽障兄弟，孽障兄弟再生孽障侄子，留下這麼個丫頭，投奔了來，又不能掐死，只得貼些銀錢發嫁罷了。

蔣三妞拭去眼淚道：「姑祖母教導我這些年，又教我學針線，天大的恩情，我哪裡能要這些田地？還是姑祖母留著吧。我會做針錢，以後還能掙出來呢。」

「嘖，妳以為我像妳那死鬼曾祖啊？當初陪嫁我百十畝地就跟割他肉似的，到頭來還不是全給那孽障祖孫敗完了。早知這樣，還不如都陪送了我。」孽障祖孫專指蔣三妞父祖。何老娘抱怨了一回自己早死了多年的親爹，謾罵了一回自己的庶兄與庶兄生的侄子，道：「親事定了，以後好生過日子。我貼補妳就這一遭，以後想都別想。」

何老娘此人，總能叫人說不出再推脫的話來。

蔣三妞知何老娘就是這脾氣，眼圈兒還紅著，也不禁笑了。

何老娘翻白眼，心說，知道老娘割了肉，看這可不就高興了嗎？

何老娘轉頭對何子衿道：「妳三姊姊還算不賴，能自己攢下嫁妝。妳以後不管賣花還是抄書的錢也給我，我幫妳攢著，等存夠了一樣給妳置地。」

何子衿道：「我才有幾個錢啊？」

「我不嫌少！」蔣三妞的嫁妝何老娘割了肉，這會兒正肉疼，便想自何子衿這裡找補點兒回來，起碼掙點兒是點兒，以後自己能掙幾畝地，也省得家裡出太多陪嫁，剩下的可不就是他寶貝孫子阿冽的嗎？何老娘深為自己的智慧得意，非得她當家做主，才能旺家哩！

何子衿勉勉強強道：「等賺了錢再說，我得考慮考慮。」

「不知好歹的丫頭，這還用考慮？我還把話撂下，妳三姊姊這出嫁給她打家具，妳出嫁家裡也給你打家具，妳自個兒不掙地，以後休想家裡陪送妳田地啊！」何老娘道：「地都是阿冽的，誰也不准動，以後阿冽照樣傳給我曾孫！」

何冽這年紀不懂啥田地，他道：「祖母，要是有很多，給三姊姊和姊姊一些也沒啥。」

何老娘頓時如被摘了心肝兒一般，自何冽出生以來第一次板著臉教訓了他：「屁！這是你的嗎？這是給我曾孫的！以後不管是誰，都不准動家裡的地，知道不？買進一些倒罷了，誰要是敢分出去，就是咱們老何家的不孝子孫！」

何冽不敢說話了。

一時，何老娘將人都打發走，唯獨留下沈念。

何老娘道：「你看，三丫頭是個丫頭，都能給自己掙副嫁妝。阿念，你是男孩子，以後更得頂門定居，可得好生想想自個兒以後。你義父就是給你，他家裡還有阿玄阿絳，那才是人家正房養的兒子。三丫頭打九歲上就從繡坊拿活計做，到現在能掙下十五畝地，嫁誰都能拿出手去。你今年也九歲了，天天念那勞什子書，也念不出金子來。自個兒琢磨琢磨，以後做什麼營生。」一念不出個好歹還罷了，如今家裡非但兒子要念書預備秋闈，孫子也在念書，阿念也跟著一道念，兩人開始學寫字了，這紙張筆墨也是一筆花銷啊！儘管阿念有一百兩撫養費，何老娘覺得，這筆錢養阿念是夠了，但念書是個費錢的活兒，是供不起阿念念書的。好在這會兒阿念也識得了幾個字，還不如趁年紀小學門手藝，以後也好過日子。

沈念了聽何老娘的話，覺得不是沒道理，問：「祖母，有什麼營生適合我幹嗎？」

何老娘分析道：「你如今小細手臂小細腿兒的，種地肯定幹不了。要我說，學門手藝最合適。俗話說的好，一招鮮吃遍天。有了手藝，以後討生活就容易。」

沈念問：「我學什麼手藝好呢？」

何老娘道：「你要有這個打算，過些天你義父回來，你跟他說說學手藝的事兒。我去幫你打聽個可靠鋪子，你去學門營生。」

沈念道：「我要學手藝，也能掙到十五畝地嗎？」

何老娘道：「認真幹活，怎麼掙不來？到時你把掙的銀錢給我，我替你置地。」

沈念道：「到時祖母置了地，不要給我，我不要，給子衿姊姊做嫁妝。」他家子衿姊姊又不像三姊姊一樣會繡花賣錢，他知道子衿姊姊是沒什麼錢的，所以，他才要學著掙錢給子衿姊姊當嫁妝，不然以後子衿姊姊去了婆家會沒面子的。

何老娘感嘆：「我果然沒看錯你啊，你果然有良心！」看他家丫頭片子不像有能掙出十五畝地的本事，好在挺會哄人，有傻小子幫著掙。

沈念認真點頭，「那我想想學手藝的事兒再跟祖母說。」

待沈念回屋認真想出路去了，何老娘自得，「這家裡哪樣能離了我呀？」

余嬤嬤笑，「是，都得指望太太呢。」奉承得何老娘順心順意後，余嬤嬤道：「我聽大爺說，阿念念書挺有靈性的。」

「有靈性有什麼用，沒這個命啊！」何老娘道：「兩個小的自念書起，這剛一學字兒，每個月筆墨紙張的開銷就五百多錢，這哪裡上得起？以後要拜師進學堂，要跟著許先生念書，一個月就得二兩銀子。阿素說是中了進士老爺，可也沒錢啊。先前去帝都時，我就聽說他族裡湊了五十兩給他路上花，他岳家說是有個一二百畝田地，能資助他多少？他自家也不是有銀子的。倒是子衿她娘，肯定給了阿素銀子叫他花用。這都去帝都大半年了，回來時能不能剩下一二還得兩說呢。」

「馮姑爺是做官的，我聽阿敬說，這頭回上帝都，先籌銀子，才能謀個好差使。」何老娘唉聲嘆氣，「妳想想，阿素回來，雖說中了進士，可他還得去帝都，官又還沒當呢，不再來借銀子就是好的，難不成他還有錢供阿念念書？」

「就是阿素自己，這都快三十的人了，念了二十年的書才中了進士，阿念這個，誰供他念二十年的書？何況，還不一定能念出來呢？趁早學門手藝，還有個著落。」何老娘心裡自是有一本帳。

余嬤嬤想一想家裡供何恭和何冽父子念書已是不易，哪怕阿念再有天分，要多供一個也艱難得很。余嬤嬤道：「沈小舅爺能中進士，以後做官，就是暫且艱難，也會好的。若是實在手頭緊兒，借些個也無妨。」

何老娘嘿嘿一笑，「我就不管這個了，反正家現在還是我當，咱自家的田地是不能動的。子衿她娘手裡有錢，鋪子都開十來年了，她平素又不大手大腳，外頭地也置了百十來畝。她愛借就借唄，反正是她私房借她娘家兄弟，以後丫頭片子到成親的時候，咱就給阿素寫封信哭窮，就這一個外甥女，他好意思不添妝的？那會兒他也當差有幾年了，總不能再說沒錢吧？這一添妝，我再添幾個，妳大奶奶又有私房，也不會短了丫頭片子。丫頭片子的嫁妝也就齊全了，包管體體面面。祖上的東西也動不著，到時全都傳給阿冽，讓阿冽傳給我曾孫。」

余嬤嬤讚道：「還是太太有智謀。」

何老娘假假謙道：「星點兒小事，不值一提啦！」

沈念一意要給他家子衿姊姊攢嫁妝，起碼不能叫子衿姊姊的嫁妝薄於三姊姊，跟老鬼商量道：「我看祖母的話挺對的，你說，我去學個什麼手藝好？」

老鬼險些炸了，道：「愚蠢！學成文武藝，貨與帝王家！學什麼也不如念書，你是不是傻了？讀書之利，豈是學門手藝做門營生可比的？」

阿念沉默半晌，「三姊姊十五就訂親了，子衿姊姊再過四年也十五了，這四年我怎麼也考不到舉人進士，就給子衿姊姊攢不了嫁妝。我聽人說，要是嫁妝少了，去了婆家沒面子。」子衿姊姊不大會做繡活，手腳也慢，每年賣花抄書存不了多少錢的。

老鬼道：「你看何家太太嘴上厲害，心卻是軟的。再說，何家大奶奶，你子衿姊姊的親娘那醬菜鋪子生意也不賴，人家早悄悄置地了，難不成以後何家大奶奶不給閨女陪嫁？哪裡用得著你操這閒心？你把書念好，考個好功名，以後叫人知道你家子衿姊姊有你這樣能幹的兄弟，誰家敢怠慢她啊？」

老鬼不得不給今世的小鬼做心理建設，又道：「再說，你難道不喜歡子衿啊？」

「喜歡呀，子衿姊姊對我這麼好。」

「那你幹啥總說子衿去嫁別人的話，你是不是傻呀？」老鬼都不能相信他小時候是這種智商，明明念書挺上道的呀！

沈念義正辭嚴：「子衿姊姊這麼好，豈是我能般配的？子衿姊姊配得上更好的男子！」

老鬼：我這輩子竟成了聖人？

老鬼不理這些小兒女之事，他道：「總之，你甭想學手藝的破事兒，一心一意地念書，早日考出功名來！」

沈念感嘆，「這樣子衿姊姊出嫁前我就不能給子衿姊姊攢嫁妝了，再說，我念書的話，紙張筆墨要很多錢的。以後要去學堂，每個月還要二兩銀子。」

老鬼實在受不了這一世的自己，沒奈何地翻個鬼眼道：「倒是還有一筆銀錢，不要說供你念書，以後娶媳婦也足夠。」

阿念問：「哪裡有錢？」

老鬼嘆，「當初盛叔叔送你到義父家，應該給了義父一百兩銀子。義父不是貪財的性子，我那時後來住江家，這筆錢是給了江家的。你這回是寄居何家，想來應是給了何家的。」

阿念默默思量，「我與三姊姊不一樣，我跟子衿姊姊畢竟沒血緣關係，這應該是我吃飯的錢，念書怕是不夠的。」

「還有一筆錢。」老鬼道：「要是沒差錯的話，你來那日穿著的鞋裡夾著一張銀票，州府的銀莊就能兌出來。」想來是她特意留下來的，只是不知為何她沒告訴他，所以，前世他最需要錢的時候，並不知身邊有這一筆錢。

阿念問：「真的？」

老鬼道：「反正我那時候是這樣，你自去瞧瞧吧。」

沈念就跑去拆鞋了，他的東西都是子衿姊姊收著的，尤其他被送到長水村的時候就那一身衣裳，再無他物。這一身衣裳鞋襪，後來小了穿不下了，洗乾淨後，子衿姊姊都妥當地收到櫃子裡放了起來。

沈念啥都跟子衿姊姊說，何子衿道：「不會有銀票吧？你那鞋我都刷過好幾水了，有銀票也早被水淹沒了。」誰家藏銀票能長時間縫鞋裡呀，鞋都會刷洗，銀票有防水防偽的措施，可也禁不住水洗的。這樣說著，找出阿念的舊鞋，又尋了剪子來給阿念拆鞋。

老鬼信誓旦旦道：「反正我那輩子是有的！」

沈念這雙鞋很破了，鞋面上還有補丁，洗得卻乾淨。因沈念就這一身衣裳鞋襪是親娘留下的，故此，不能穿後，何子衿也給留了下來。因為知道裡頭藏了銀票，何子衿拆得很小心，果然鞋底裡夾了幾層油布，不一時，她就從阿念的鞋底裡拆出個小油紙包。那油紙包包得頗是嚴實，待何子衿展開來，裡面真的夾了一張銀票，細瞧去，嚇一跳，「是五百兩耶！」

沈念這窮孩子也兩眼放光地去瞧這五百兩的銀票是啥樣子，他歡喜地說：「子衿姊姊，妳收著，以後用來置辦嫁妝！」這樣以後子衿姊姊就不怕沒嫁妝在婆家沒面子了！

「你還知道什麼叫嫁妝了？」何子衿笑，「我看，你這銀錢該置些田地，有個出產。」

沈念堅持，認真地說：「這是給子衿姊姊置辦嫁妝的，我以後會自己掙！」

老鬼在沈念腦袋裡囉嗦：「起碼留出一百兩，以後考功名也得用錢啊，傻小子！」傻小子到底知不知道這是怎樣一筆巨款啊！以後當然不用在乎，但現在對傻小子還是相當要緊的！

沈念根本不理老鬼，執意把銀票交到子衿姊姊手裡，硬要子衿姊姊收著以後置辦嫁妝。

沈念突然有了這一大筆錢，何子衿問他：「老鬼知不知道這錢是哪兒來的？」阿念他娘可不窮啊！六百兩銀子，節省著些，阿念以後蓋房娶媳婦的錢肯定是夠的！

沈念道：「應該是我娘留下的。」

何子衿問：「老鬼知道你娘去哪兒了嗎？」

沈念對他娘的情感明顯不如他對子衿姊姊的情感，肚子裡問老鬼，老鬼輕嘆，「我也想知道呢！」他也想知道他的母親究竟去了哪裡？他的母親究竟是不是……究竟為什麼……

沈念就老實地跟子衿姊姊說了，「他也不知道。」

何子衿把銀票收起來，道：「這年頭也沒好的投資途徑，還是置些田地，以後每年出產雖不多，可也不少，你念書也足夠了。」

沈念相當執著，「給子衿姊姊置辦嫁妝的。」

何子衿摸摸他的頭，「來，咱們一塊商量商量，得弄個長久的營生。」

這也就是何家了。

何子衿想著，阿念他娘為何把銀票給他縫鞋裡，怕就是想著財不外露。可縫雙破鞋裡，萬一把鞋扔了拆了或是給別的小孩子穿，這錢豈不是不能到阿念手裡了嗎？

真不知阿念他娘是怎麼想的，這事辦得不大周全啊！

五百兩這樣一大筆銀子，擱個黑心腸的人家，真能把阿念賣了獨吞了銀錢，好在何家不是這樣的人家。何家雖不是大戶，但也衣食不愁。何老娘雖愛財，嘴也壞，卻是個取之有道的人，不然何老娘完全可以隨便弄副薄嫁妝打發了蔣三妞。

何老娘沒貪蔣三妞掙的銀子，如今瞧見沈念這大筆銀錢，眼睛火熱是真的，但何家也沒變成榮國府，沈念也沒變成攜家財投奔的林妹妹。要不說，仗義每多屠狗輩呢，何家比屠狗輩要強，仁義也是有的。

主要是，阿念他娘可還活著。雖然人家杳無音信，可能給兒子鞋底子裡藏五百兩銀票的女人，萬一哪天有了音信，這可不是個好惹的人。

何子衿道：「這銀子約莫是阿念他娘留給他以後用的，我看，不如連上回舅舅給的那一百兩一併置上百來畝地。到時每年收益我給他記帳，以後阿念念書的開銷就從這裡頭出了。」

阿念道：「地以後給子衿姊姊做嫁妝。」

何老娘半點也不客氣，再次感嘆：「阿念這孩子真仁義。」小子，你以後可也得記著啊，你這地可是給我家丫頭片子做嫁妝了。何老娘也不打算全要了阿念的，但如果阿念真要給子衿一些田地做嫁妝，她老人家將來也不會拒絕的。

沈氏沒說啥，她也沒拿阿念的孩子話當真，反正置了地正好貼補阿念的開銷。阿念當初救過她閨女，如今看著也是個好孩子，沈氏道：「這樣也好，不如就讓妳祖母安排著給阿念置辦了田地吧。」

何子衿便將銀票交給何老娘，道：「到時官府過地契，可得叫阿念去。」

「還用妳說，我買地買老的！」何老娘笑咪咪地瞅了回銀票，說來，何老娘大字不識一個，銀票卻是認得的。如今蔣三妞那裡剛割了肉，阿念這裡轉身找補回來，現下先置了地補貼阿念日常花銷。既然阿念有錢，想念書就念唄，這些銀子能置百多畝地，將來有這些地，尋房媳婦也夠了。到時他家丫頭片子成親時，再提醒下阿念今日給他家丫頭片子贈地的話，說不得還能真得幾畝地來著。得了地她也不要，全給她家的丫頭片子做嫁妝，爭取嫁個好婆家，以後省得來摳索娘家，不然閨女嫁不好實在後患無窮，一個閨女三個賊哩。

東想西想的，得了這麼一張大額銀票，何老娘歡喜得緊。

老鬼對沈念道：「倘到你科舉時，這地還在，何家一輩子值得來往。」

阿念一片坦蕩赤誠，「要是子衿姊姊都不可信，這世上就沒可信的人了。再說，我本來就是打算給子衿姊姊做嫁妝的。」

老鬼不置可否，少年人一腔熱血，是最不容易被說服的，將來自有生活用血淋淋的事實來教他看清這世道人心。

沈念陡然從寄人籬下變成了吃穿不愁的大戶，何老娘此方才正視起沈念的讀書問題，關鍵是，沈念如今讀得起書。若能讀個功名出來，以後也體面。

何老娘叫了兒子來問：「阿念念書如何？」

說到這個，何恭不知阿念開掛，私下有老鬼輔導的事，當然，阿念本身資質也不差。何恭一臉喜色，道：「聞一知十，融會貫通，比兒子少時強多了。時有隻言片語，振聾發聵，阿冽若有阿念的資質，以後還愁什麼？」

何老娘不樂意聽兒子這樣說孫子，道：「阿冽也很聰明，那天背書給我聽，可流利了。」

何老娘再三問：「阿念這樣的，以後能不能念出個名堂來？」

何恭道：「肯定比我強。」

「那中秀才沒問題吧？」

何恭自信滿滿，「只要阿念一心念書，不要說秀才，舉人亦可期。」

何老娘心裡琢磨了會兒，「既這樣，就叫阿念專心念書吧。以前我總想給他尋個鋪子當學徒，他如今有了銀子，學不學營生也不要緊，反正有田地，一年總有出產，念得起書。」

何恭不料他娘近期竟打過這種主意，連忙道：「娘，您以後再有這種事也問問我！阿念這樣的資質，怎麼能去做學徒當夥計呢？豈不可惜？」

「你知道什麼？他要是沒這地，哪裡念得起書？」既然阿念發了財，何老娘也就不提前話了，「行了，那你就好好教他們吧。也別忒耽誤了自個兒，後年秋闈再去試試。」

何恭感嘆：「屢敗屢戰啊！」

何老娘道：「這急什麼，咱家又不是念不起書，你就是四十上能中舉，你爹泉下也高興。就是一輩子中不了舉，也比你那死鬼爹強多啦。」

一輩子中不了舉啥的話，也就他娘會說了，幸而何恭素來心寬，笑道：「這也是。」他自己中舉比較艱難，倒是阿念，小小年紀已可見天資，阿冽也不是笨人，能把這兩個小的調理出來，比他自己中舉也差不了多少。

何恭已決定，五月節的時候帶著兩個小的去許先生那裡走動一二。

何老娘因阿念成了小地主，有地中產出可供其念書，又聽兒子說阿念腦袋不算笨，估計將來能念些個名堂出來。自此之後，何老娘再未提過讓阿念去學手藝的事，在何老娘看來，倘阿念將來能考個秀才，再有百十畝田地，也夠體面了。

放下阿念這樁事，何老娘轉而同沈氏商量著給蔣三妞準備嫁妝的事來。

王氏拿到了蔣三妞的八字，親自去芙蓉寺和朝雲觀找大師道長都算過了，兩人八字極合適的，尤其朝雲觀的朝雲道長指著蔣三妞的八字道：「此人命裡無父母緣，自八字來看，是水中金命，少時恐有災厄，好在命裡運道夠旺，時能化險為夷，且微有福澤。」又指了指何涵的八字道：「此人八字如汪洋大海，五行旺水，則是海中水命，兩人一處，可謂天造地設。」

王氏再三問過，絕無相剋的意思，又照著八字投了幾個吉日，給了銀子，高高興興地回了家，與丈夫商量後，託了媒人去何恭家提親。

這樣兩家都商量好的親事，媒人如何不樂意去白賺這媒人錢？王氏素來精明，沒便宜外人，叫自己妯娌常氏去的。常氏是個微有圓潤的中年婦人，個子不高不矮，這把年紀，沒啥身段兒，因性子活絡，圓圓的臉上長年帶著笑，是個和氣又精明的人，閒著沒事就愛幹些做媒拉纖的事。王氏託她，她自然一口應下。

那日何念是叫了她男人何懷一塊去州府鏢局叫回了何涵，故此，何涵這點事兒，常氏一清二楚。今日來做媒人，常氏特意換了身嶄新的石青襦衣配天青色長裙，頭上簪一二溜金金釵，耳上掛著金墜子，腕著戴著壓箱底的金鐲子，配著她圓潤的身材面孔，頗是富貴體面。

常氏與王氏道：「你們鄰居家的蔣三妞，闔縣出了名的能幹，那薛千針攏共就收了三個徒弟，可不就有她一個。我聽說，如今那蔣三妞一幅繡圖就要好幾兩銀子呢。她這今年才及笄的年紀，妳聽我的，弟妹呀，妳的福氣在後頭呢。要不是我家老三比阿涵小些，實在不大相宜，哪裡輪得到弟妹占了先？」

王氏笑，「我也不圖別的，就圖那姑娘能幹。」

常氏與王氏甭看是妯娌，沒有別家那些妯娌間的事兒，兩人關係正經不差，不然王氏也不能叫常氏來白掙了這媒人錢。

常氏輕聲道：「不知隔壁族嬸給蔣三妞多少嫁妝？就這麼個侄孫女，想來也薄不了？」

王氏實在想低調些，只是人逢喜事話間仍是帶了一絲炫耀，「族嬸倒是跟我透了個信兒，她家裡孩子也多，正經的除了子衿和阿冽姊弟兩個，蔣三妞是娘家侄孫女，還養著一個子衿舅舅家的孩子呢。族嬸說，多了也拿不出來，起碼有二十畝地給蔣三妞做嫁妝。」

常氏頓時羨慕得不得了，「我的乖乖，咱們阿涵當真是有大福氣的小子呀！」伸出兩根茁壯的帶著金鎦子的手指，「二十畝田也有八九十兩銀子了，再加上其他嫁妝，咱們碧水縣，肯拿出百兩銀子陪嫁閨女的，數得著！」

「我的天，侄孫女都捨得這樣陪嫁，族嬸真正敞亮！」常氏又道：「怪道當初分家，咱家老太太寧可多花十兩銀子，也要給你們買這處宅子跟族嬸做鄰居呢。其實東頭五嬸子家隔壁那處宅子同你們如今這處一樣大小，這處卻貴十兩。咱家老太太說的就是有道理，這有個好鄰居，事事都好。妳看東頭他五嬸子，她閨女琪姐兒跟蔣三妞年紀差不離，前兒有人託我打聽她家琪姐兒。說來琪姐兒也是個好閨女，與蔣三妞一樣跟著薛千針學針線。那丫頭也是小小年紀就在李大娘的繡坊拿活計做，我聽說她不分日夜這樣苦幹，先前比蔣三妞掙的還多。五嬸子這沒良心的，全都補貼了兒子。琪姐兒這到了說親的時候，因琪姐兒有這份手藝，五嬸子家日子也尚可，不少人家打聽琪姐兒。妳就猜不出他五嬸子給琪姐兒幾分嫁妝，我說了都嫌寒磣，家裡有田地，外頭還有個鋪子，家裡就滄哥兒一個在念書，念書是花費大，可閨女給家裡掙了這些年的錢，怎麼能只出十兩銀子的嫁妝就打發閨女出門呢？這還是親娘呢！」

因五嬸子這摳八兒樣，琪姐兒這親事難說得很，好些人家雖看中琪姐兒有手藝，卻嫌她嫁妝微薄，人家都不樂意。常氏跑斷腿也還沒給琪姐兒說成親事，這媒人錢自然不能到手，也因五嬸子這刻薄性子，十分來火。

王氏聽了都不大信，「不是吧？十兩銀子打發閨女出門？又不是窮家破戶！」

「誰說不是？」常氏挑著畫得彎彎的兩道眉毛，「琪姐兒真是個實誠閨女，聽說她白天晚上做活，眼睛都熬壞了，現在看人都瞇瞇的呢。可惜就是命薄，妳說，這倒是有親娘，還不如蔣三妞這跟著姑祖母過活的呢。要不我說族嬸仁義，要我，我也寧可多花十兩銀子跟個仁義之家做鄰居，真遇著五嬸子那樣的，還不夠悔的。」

王氏嘆，「就看誰有福，不嫌琪姐兒嫁妝單薄了去，這也是個會過日子的丫頭呢。」

「有什麼用，五嬸子還有話呢，說要留琪姐兒十八後再出門。」常氏譏誚道：「只肯給閨女出十兩銀子的嫁妝，難不成是捨不得閨女出門？無非是想留琪姐兒在家多掙兩年銀子補貼娘家罷了。」

王氏道：「我少往東頭走動，倒是聽人說五嬸子精細，這也精細得忒過了。就是不用她自家出嫁妝，把琪姐兒這些年掙的錢算一算，也能置一副妝奩了。」

常氏冷笑，「那還不得要了她老命！」

說了一回刻薄的五嬸子，常氏就起身去隔壁說親了。其實兩家早談妥的，不過是走這麼一道流程過場而已。何涵是自家親侄兒，常氏又幹慣了說媒拉纖的營生，此時更將何涵與蔣三妞讚得天上有地下無，兩家正式定下了訂親的時間。

常氏連帶著將何子衿也讚了一番，她原就是個熱心腸的人，不然也幹不了媒人這差使。

常氏對何老娘與沈氏道：「我住得遠些，也沒能常過來向嬸子請安，同弟妹說說話。以往只知三姑娘是難得的美人，我常說，誰家有三姑娘這樣的閨女那真是運道，有一個已是難得，妳家竟還藏著一個。子衿也生得伶俐，怎麼咱們碧水縣的那點靈秀全生在孀子家來了呢？」

何老娘被常樂奉承得笑個不停，樂道：「小丫頭一個，她大伯娘也太讚她了。」這都是她兒子的好眼光啊，不但娶了進士之姊，沈氏模樣也還成，主要是孫子孫女會長，挑了父母的長處來長，自然長得伶俐。

常氏笑吟吟的，「這話要擱別人家是奉承，擱嬸子家，可是我掏心窩的話。三姑娘這個是我做的媒，待子衿大了，嬸子只管把說親的事交給我，我一準兒給說門妥當的好婆家。」

何老娘笑，「成啊，那就託給妳了！」

常氏說這話絕對真心實意，沈氏的兄弟是進士，何家連蔣三妞都捨得陪嫁這許多東西，可見是寬厚人家。與蔣三妞這無父無母的不同，何子衿可是父母雙全的，舅舅還是進士，這模樣生得，將來肯定不比蔣三妞差。這樣的美貌，家境尚可，父親是秀才，何況瞧著眉眼就知這閨女伶俐。因常氏是來說親的，蔣三妞早避了出去，何子衿是個愛聽事的性子，她就在屋裡幫著端茶倒水地招待常氏。常氏家裡只有三個兒子，她實在稀罕何子衿這樣的小閨女，拉了何子衿的手問：「子衿可念過書？」

何子衿笑，「念過兩年。」

「跟她姑祖母家的女先生念過兩年，學的不多，就知道些琴棋書畫、四書五經的事。」何老娘隨口一句解釋，險把天吹破。

哪怕狀元公估計也就知道這麼多了，何子衿頗是汗顏。

常氏卻不覺什麼，這年頭，說親時誰家不吹啊，就她這侄兒何涵，念書沒念出個一二，習武是跟道觀的老道士學了個三招兩式，聽說鏢局肯收，到底武功如何常氏也不曉得，可到了常氏嘴裡就是文武雙全的人才。何子衿這念過兩年書就很不簡單了，尋常人家，兒子供給尚且困難，何況女兒？何子衿哪怕是附學，能跟女先生學兩年，知道些琴棋書畫的事就相當不簡單了，常氏不料她竟如此出息。

常氏在心裡隨便一盤算也有好幾戶人家合適呢。要知道，身為一個職業媒人，日常資料收集是基本功。常氏不算專門做媒的，不過，她是個愛攬事的性子，丈夫在衙門做書吏，碧水縣人面廣，尤其條件好些的人家，哪家有幾個兒女，都什麼年紀，常氏心裡自有一把算盤的。故此，這一劃拉，何子衿將來的親事，她便有數了。

常氏把親說成了，自何家告辭，自然又去跟王氏交代一聲。

先將正事兒說完，常氏同王氏道：「真真是了不得，我不常去族嬸家，只知她家有個十一二歲的小孫女，卻不知生得這般好相貌哩，真個百裡挑一的美人兒！」

王氏遞了盞茶給常氏，「嫂子說的是子衿吧？」

「可不是嗎？實在是個標致丫頭，咱們闔族也沒幾個能比得上她的。」常氏兼職媒人這行，見的女孩子也多，呷口茶又道：「難得還念過書，一看那眉眼就伶俐，說話也叫人稀罕。我算了算，我娘家倒是有年紀相當的侄兒，只是族嬸家連侄孫女都捨得陪嫁二十畝田地，親孫女更得豐厚，我娘家侄兒怕是配不上人家。弟妹，妳娘家富庶，要是有合適的孩子可得提在前頭，不然這丫頭一及笄不知有多麼緊俏，媒人得把她家大門檻踩平了。」

王氏自乾果碟子裡抓了把乾炒的葵花籽嗑著，「我倒也動過心，只是子衿還小，聽她娘的意思，捨不得閨女嫁到外處去呢。」她娘家條件是不賴，可惜不在碧水縣。

常氏兩眼晶晶亮，「子衿她姑媽，敬妹妹不也是嫁外縣，芙蓉縣馮家。那馮家姑爺才是有本事，一兩年的先中了舉人後中了進士，誰不說敬妹妹命好。要是實在好人家，如何捨不得？再說，妳娘家也不算太遠。」

「我如何不知這個？」王氏其實早就相中了子衿，她娘家有鋪子有田畝，也是使奴喚婢的日子，王氏擔心的是另一事，「嫂子不知道，敬妹妹家裡長子叫阿翼的，只大子衿兩歲。子衿她舅舅家表弟，只小她兩歲。您想一想，她這麼個好模樣，還念過兩年書，聽說琴棋書畫的也學了些。我們這隔著一堵牆，以前還聽過她彈琴呢。這兩家，不論哪家做親，都是姑舅親，親上加親，極好的親事，哪裡輪得到別人？」

常氏另有看法，道：「倘這樣，那是沒緣法。不過，待子衿過幾年大些，弟妹還是記著問一問。這丫頭自身是出挑，模樣相貌沒得說。姑舅做親是好，可惜她爹只是秀才，她家門第扒高兒配個舉人家還成，配進士第恐怕不易。」

「成，我聽嫂子的。」王氏笑，「嫂子既給阿涵做了媒，以後全福人還得麻煩嫂子。」全福人一般是指父母兒女雙全的，管著給接媳啥的事，最得是體面人才能幹這差使。常氏沒閨女，不過全福人對有沒有閨女要求不嚴，關鍵是得有兒子，常氏家可是有三子。

常氏笑，「不必妳說，這差使也當是我的。到時接親什麼的，弟妹不必煩惱，一切有我。倒是聘禮妳先預備著，族嬸這樣的大手筆的陪嫁，聘禮是阿涵的體面，妳就阿涵這個兒子，有粉抹臉上，豐厚著些沒壞處。一則給族嬸面子，二則咱們自家面子也好看，三則妳名聲好了，以後培培和麗麗說親也有大好處。妳看五嬸子就知道一門的摳門兒，刻薄閨女，等著瞧阿滄說親吧，但凡心疼閨女的人家也不能給閨女找這樣的刻薄婆婆。」

妯娌兩個說了不少體己話，常氏見天色不早，便告辭了。

因王氏要預備聘禮，蔣三妞五月初及笄，恰好有個吉日就在五月中，蔣三妞及笄後最近的日子，兩家便選了這個日子訂親。

親事定了，何涵現在多了個毛病，有事沒事的愛在大門口晃悠，以致於何培培說：「親還沒定呢，就恨不得給人家去做門神，天天在人家門口晃！哥，你得拿出老爺們兒的架子來，別這麼上趕著成不成？真是叫人沒面子！」

何涵道：「以後給妳說個會拿架子叫妳有面子的小女婿！」

何培培既羞且氣，扭身不理她哥了。何麗麗與何子衿和蔣三妞關係好，而且天生一副熱心腸，知道她哥要娶蔣三妞給她做嫂子後，就總問她哥：「哥，你要有什麼東西帶就跟我說，我幫你帶。」這位同學可能上輩子是紅娘投的胎，幸而他哥與蔣三妞的親事已定下來了。

何涵還真有東西，拿私房去集市上買根簪子買盒胭脂啥的，他見著蔣三妞就面紅耳赤結巴嘴，話都說不俐落，便讓小妹妹何麗麗幫他去送給蔣三妞。還教何麗麗如何保密著來，險把她妹培養成保密局特工。總之，蔣三妞收到何涵送她的東西，哪怕對何涵了解不是太深，也覺得這是個用心的人。

何子衿有空也同蔣三妞說一說何涵的性情，有意讓他們彼此增加一些了解。

蔣三妞的及笄禮尚未到，考中進士的沈素沈進士就衣錦還鄉回了家鄉。

沈素是搭車，到碧水縣的時候天就快黑了，再回長水村時間來不及，何況，天黑路不好走，他便先去了何家。

沈氏一見著弟弟，歡喜得眼淚都下來了，拉著沈素看了良久，「可算是回來了！」

何恭聞信兒也帶著孩子們過來相見，見著小舅子亦是歡喜，「家裡都知道你中進士的事，高興了許久，如今就盼著你回來，果然進士是有探親假的。」

沈念和何冽一起向沈素見禮，何子衿在花房伺候她的寶貝花兒，小瑞哥跑去站她身後，嚇了何子衿一跳。何子衿瞧著小瑞哥，既驚且喜，道：「小瑞哥，你怎麼長高了這許多？」天啊，小瑞哥比她大不了幾歲，這會兒就已威風凜凜一個大漢了。

小瑞哥咧嘴一笑，露出兩排小白牙，「這叫威武！」

何子衿與他一起過去見沈素，沈素模樣沒大變，只是氣質與在家時略有不同，如同一片璞玉經過打磨露出雅致光華。何子衿斂衽一禮，笑道：「舅，您怎麼瘦啦？這回來可得好生補一補。」沈素只帶著沈瑞一道赴帝都，舉目無親，又要備考，勞神不少。何況本就不是胖人，如今趕回家探親，瘦了不少。

沈瑞道：「大爺路上還病了一場呢。」

沈氏頓時嚇個好歹，拉著沈素連聲問：「如今可好了？到底怎麼病的？」

沈素輕描淡寫道：「早沒事了。從沒出過這樣的遠門，那會兒天冷，不留心就著了涼。有小瑞照顧著，沒個三五日就好了。」

「虧得有小瑞，不然人生地不熟的，家人都離得遠呢。」

大家略說了幾句話，就去了何老娘屋裡。

何老娘此時瞧見沈素比對親兒子何恭還要親熱，囉哩囉嗦問了沈素不少在帝都的事兒。沈素笑，「多虧大姊夫給我的信，我住在寧三爺家裡，受了寧三爺不少照看。要不是他成了親，寧家還有意給他說門親呢。」

何老娘道：「出門在外，親戚間就得多幫襯，你們出息了，寧家自也高興的。」

沈素笑，「伯娘說的對。」

何老娘又叫余嬤嬤去廚下預備好飯食，一會兒就讓沈素自去與沈氏說話了。沈氏細問了沈素路上生病的事，又問他在帝都如何安置的，最後將沈念鞋裡拆出五百兩銀票的事同沈素說了，沈氏道：「這銀子放著也是放著，家裡商量了，就給阿念置了百多畝地，以後每年也有個出息，足夠阿念念書了。他的事，你就別擔心了。」

沈素笑嘆：「阿念他娘做事，還是這樣喜留後手。」

沈氏哼一聲，「這算什麼後手，要不是子衿閒著沒事拆出來，哪天扔了丟了的，也到不了阿念的手裡。」

「一般孩子身上就一身衣裳，又是寄養，總要留著。」沈素道：「可見她不很信我。」

「天生那路貨色。」沈氏哪怕對阿念改觀，對阿念父母也沒好話，道：「幸而阿念不像他那爹娘。你說也怪得很，爹娘一個賽一個的涼薄，阿念倒是有情有義，真個破窯出好瓷，歪缸釀好酒！」

「這怎麼好說？」沈素道：「對了，姊，阿念念書如何？」

「聽你姊夫說不錯，我又不懂這個。」沈氏關心的另有他事，她問：「你差使下來沒，到底去哪兒做官？」

「來前已考過了，分到翰林，做庶起士。」關鍵時候，沈素從來是實力與運道並存的。

沈氏念聲佛，聽說庶起士是極好的差使，以前馮姊夫也做過幾個月，可惜馮太太被石榴籽嗆死，馮姊夫這庶起士沒做幾個月就回家守孝了。沈氏問：「那弟妹、阿玄他們你預備怎麼著？還有爹娘，在家安穩，且有我與你岳家照看著，你只管放心。可有一樣，你在帝都也得有個知冷知熱的人，不然像這樣在路上病了，僅靠小瑞哪裡成呢？一聽說你在路上生了病，我這心就是一哆嗦，幸而小瑞忠義，否則真有個好歹，寧可不叫你去考這功名了。」

沈素安慰姊姊：「早就好了，人吃五穀雜糧，哪能不生病？我是想著帶了爹娘他們一塊去帝都的。帝都裡暫不必置辦房屋，我們有官職的可以租朝廷的房子住，方便得很。咱家人又不多，租個兩進的小院子也足夠了。何況我自有薪俸，養妻兒並不難。」

沈氏點頭，「這也成。既要帶著爹娘一起去，家裡的房屋田地，你心裡有個數。」

沈素笑，「我知道。」

何恭打發小福子去族長家借車馬，第二日送沈素回長水村。郎舅二人也說了許久的話，沈素探親假有限，還檢查了阿念與何洌的功課。

沈素可不是何恭那樣好糊弄，如何恭所說，阿念時不時有振聾發聵之語，何恭只當作驚喜，覺得阿念天資不凡。沈素一瞧阿念平日裡整理出的老鬼給他講的課業就覺得不對。一個孩子剛剛啟蒙，沈素不是說姊夫何恭的學識不好，但阿念要是跟著翰林院的學士念的書，寫出這樣的課業來不足為奇，如今嘛……

沈素特意叫了阿念到跟前親問他課業的事。

老鬼道：「要糟！肯定是被義父瞧出不對啦！你怎麼叫義父看到啦？」

沈念根本不理老鬼，先時老鬼占著他的身體，他過了兩年真空生活，他看得到人，人看不到他，他聽得到人說話，人聽不到他。這兩年的日子，是不足以用任何言語來形容的。沈念這樣的年紀，身體裡有一個號稱是自己的老鬼，他還沒瘋，所以，他鍛煉出了超一流的心理素質。這些課業，他早給何恭和何洌看過，何恭只當阿念天資如此，並不多追究，而且，他自己也從阿念整理的課業中所得良多，便越發認為阿念資質卓絕。剛與小舅子說到兩個孩子的功課，還大大稱讚了阿念一番。

沈素卻不是好騙的，面對沈素的目光，沈念冷靜地說：「我也不知道為什麼，姑丈給我講功課，他一講我好像就全明白，一想就覺得應該是這樣的道理，就寫在本子上了。」

沈素皺眉，「難道竟真有生而知之的事？」天才倒也不是沒有，沈素小時候也覺得自己是天才來著，但也沒天才到阿念這種程度。

阿念展示了他的本領，道：「書看一遍就不自覺能記住，覺得很簡單。」

生而知之不知有沒有，但阿念的確是過目不忘，他親身表演給沈素看。沈素嘆為觀止，何恭樂呵呵地同小舅子道：「我說阿念聰明吧？假以時日，阿念定能考取功名的。」

總之，這是好事。沈素一笑，叮囑沈念：「你雖比別人天資好些，切不可驕傲自負，須知人外有人，山外有山，只靠天資，難到高峰。這世上有天資的人從來不少，有天資，還要勤勉，才有出路。」

阿念認真應了，老鬼已感動得淚汪汪，道：「世間如義父這樣的可信人不多矣。」

沈念回一句：「我還是覺得子衿姊姊最好。」

因何恭是打發小福子去族長家借的馬車，何族長連同兒子何恆帶著孫子何洛都過來了。沈素早便認得何洛，聽姊夫說何洛今年中了秀才，大為讚嘆：「比我當初強多了，我二十一上才中秀才。阿洛有此天資，好生念幾年書，舉人、進士可期。」

何洛有些瘦了，精神不錯，他生得好，人也斯文，小小年紀便中了秀才，可見靈性是有的。沈素問他些書本上的事，何洛答得尚可，沈素又指點了他考舉人的竅門。何族長祖孫三個就在何家吃飯，男人連帶男孩兒們熱熱鬧鬧圍坐一桌，何族長也知道沈素這是剛自帝都回來，明日就要回家，便不擾他太久，用過飯便起身告辭。

沈素執意送他到門口，何族長面上客氣，心下十分受用。

沈素與何恆道：「阿恆哥莫要與我生分，咱們情分不比尋常呢。」

何恆笑，「我倒不是生分，就是這輩子除了陪我家岳父那位老進士吃過酒，就是跟你這位新進士吃酒了。」

沈素一笑，「多吃兩次阿恆哥就知道我還是我了。」

何恆本就有心親近，見沈素毫無架子，自然更生親近之意。

沈素拍拍何洛還單薄的肩道：「我在帝都等你金榜題名。」

總之，沈素自帝都轉一圈，非但金榜題名，還賺了個庶起士當，便是為人處事，也沒有半分進士老爺的高傲，反是更接地氣了。

何子衿算是服了她舅。

沈素只在何家住了一晚，第二日便回了家。

沈素衣錦還鄉，長水村免不了熱鬧之後再熱鬧一回，只是，新科進士的探親假有限，故此，擺了三日酒後，沈素就同家裡商量著收拾行李，準備回帝都的事了。

其實他時間也還充裕，只是老婆孩子老爹老娘的，這一路就得慢慢走，還有家裡田地房屋也得有個章程，再者，該走動的人際關係也不能落下，沈素忙得恨不得生出三頭六臂，偏生沈素提議一家子去帝都生活的事還受到了老爹的反對。

沈父道：「我在村裡還要給孩子們上課，哪裡離得開？帶著你媳婦、阿玄和阿絳他們去，我跟你娘就不去了。」

丈夫這樣說，沈母其實挺不想跟兒孫分開的，也只得順著丈夫的意思道：「是啊，咱家也離不開人。房屋沒人住就壞了，就是地裡，如今不用咱自己做活了，可也得有個人看著些，總不能全都託給親家。」

江氏道：「母親只管放心，阿山在姊姊的醬菜鋪子裡幫忙，這幾年很不錯，機靈又實誠。他弟弟阿水也是個穩當人，相公說，咱們去帝都，這房子就叫阿水進來住，便是田地，也叫阿水看著幫忙打理。倘有事，讓他去找我爹或我哥就是，再說，姊姊就在縣城，離得也近。父親母親若不去帝都，相公再不能放心的，要不，我就帶著孩子們留下來服侍。」

當然，最後一句江氏也只是客氣一二。

果不其然，沈母立刻道：「這萬萬不可，阿素身邊只有小瑞一個斷不成的。小瑞忠義，卻是男子，還是女人周到細緻。」自從知道兒子去帝都路上病了幾日後，沈母可是去朝雲觀給兒子燒了幾炷平安香。如今想來都是害怕，她就這個兒子，倘有個萬一，日子也不必過了。

沈父拿出一家之主的威風來，對沈素道：「就這麼定了吧。你帶著你媳婦和阿絳去帝都，把阿玄留下來伴我們膝下，代你盡孝是一樣的。」

「爹，您捨得您兒子，我可捨不得我兒子。」沈家的事早便是沈素做主，他自有說服老爹的手段。沈素一哂，先否決老爹的提議，正色道：「既然爹娘執意不肯去帝都，我這就寫份辭官的摺子，陪著您二老在家裡養老，反正進士也考出來了，在鄉里也好過日子。」

沈父險些叫不孝子氣厥過去，當下就要動手給沈素來一頓狠的。

沈母死活攔了丈夫，勸道：「阿素也是一片孝心，你這是做什麼？」沈素一說要辭官，根本不必他再勸老父，岳父江財主就去勸親家了，連岳母江太太見了沈父也要說幾句。一村子人都說沈素孝順，勸沈父莫執拗了，沈素費這老勁考上進士，當了官，一片孝心，就因你這執拗脾氣，倘把官兒辭了，多可惜，這也對不住沈氏宗族的列祖列宗啊！里正直接找了村裡另一老秀才接替了沈父長水村啟蒙先生的職務，於是，失業的沈老秀才只得帶著幾分不滿幾分驕傲彆彆扭扭地同意了兒子的提議。

沈父同女兒抱怨：「現在我可是管不動那混帳了，家裡的事都是那混帳說一不二。」

沈氏就是受她弟相託回娘家做說客的，勸父親：「阿素還不是孝順？再說，一家子到底得住在一起才好，您要真不去帝都，就是留下阿玄，阿玄這個年紀能頂什麼事？家裡老的老，小的小，阿素如何能放心？還不如一起去帝都。父子爹娘在一處，就是阿素，畢竟剛做官，人情世故上還要爹您指多點著他呢。」

沈父倒很有自知之明，「他在這上頭比我靈光。」

「就是比您靈光，您在他身邊，他就穩得住心，就有主心骨。」沈氏道。

沈父同兒子沈素說話不大能說到一處，卻向來很聽閨女的勸，沈父敲著膝蓋嘆道：「帝都居，大不易。我也知妳兄弟是孝順，在家裡，咱好歹有田有地，吃用都是自家出產，可這拖家帶口的，都去了帝都，阿素能有多少薪俸，還要租房子置東西，開銷艱難呢。」

對著閨女，沈父方把心裡話說了出來。

沈氏笑，「爹，您這實在想多了。咱家又不是沒過過窮日子，難不成帝都裡都是富得流油的人家？我想著，不論哪兒，都是尋常人家占大多數吧？爹說帝都居，大不易，不照樣有許多人在帝都討生活。便是當官的，也不見得個個有錢吧，難不成沒錢的就不過日子了？咱們又不是去帝都享福的，是為了免分離之苦才去帝都的。您看著阿素些，您也放心不是？再者說了，我看阿素不是那等無能之人，能不能養活父母妻兒，難道他心裡沒個數？我聽他說，來前就把房屋都賃好了，裡頭的東西也置辦得差不多了。咱家本就是家風儉樸，到帝都也是一樣簡簡單單過日子。就是阿玄和阿絳，都是念書的年紀，阿素剛做官，官場上的事兒就夠他去忙的了，可阿玄阿絳念書的事耽誤不得。阿素又不是三頭六臂，爹您看著他們啟蒙，也能給阿素分擔些不是？就是家裡，也得爹您在才安定，不然便是弟妹跟著一塊去了，她一個女人家，阿素又不能時時在家，她也是沒出過遠門的，乍然到了帝都，舉目無親，悽惶不悽惶？我每每想到這些，就想著您跟娘要是不去，我再不能放心阿素在帝都過日子的。」

沈氏一席話終於說得沈父動了顏色，沈父點頭，「這也是。」

沈氏一笑，接著沈父又補充一句：「要是去了不行，我跟妳娘再回來也是一樣的。」

「您老就去吧，怕是見慣了帝都的繁華，捨不得回來呢。」沈氏笑。

沈父感嘆，「梁園雖好，終非久戀之家呢。」又擔心閨女，「我們這一去，妳要是有個什麼事可怎麼好？」

沈氏道：「子衿都十一了，阿冽也七歲了，我能有什麼事？爹放心吧，只要你們在帝都過得順遂，我這在老家的更自在。」

沈父笑，「倒也是，女婿是個好脾氣的，子衿和阿冽都懂事。」

沈素在書房同姊夫何恭抱怨：「真不知爹這是什麼脾氣，跟我說話素來沒個好聲氣，我娘也做不了他的主，他老人家這一輩子，就愛聽姊姊說話。」

何恭笑道：「你是沒閨女，你要有閨女，照樣愛聽閨女說話。」何恭就很理解老丈人，他也愛聽他閨女說話。兒子當然也好，只是男孩子淘氣，不比閨女貼心。

閨女的確是貼心，因為知道她舅一家要去帝都，這次何子衿來外公家，還帶了些禮物給沈玄和沈絳，一人一套新製的鵝毛筆。

何子衿如今製鵝毛筆的手藝今非昔比了，她道：「包管帝都那群土包子沒見過，這個寫字雖然不如毛筆好看，但實用得很。」

沈玄早就有他家子衿姊姊送的鵝毛筆，今天又收到一套，也很珍視，點頭道：「比用毛筆寫得快。」他娘就很喜歡用子衿姊姊送的鵝毛筆記帳。字寫得小，可以節省紙張，而且，鵝毛筆寫字比毛筆字好學，寫得也快。

因為要跟父母去帝都城，沈絳有些興奮，「子衿姊姊，我聽爹爹說帝都城可大了。」

何子衿道：「大有什麼稀奇的，碧水縣比起長水村就是大地方了，可跟州府一比，就又是小地方了。帝都城再大，也不過是東穆一個城市罷了。你們這一路，自長水村到帝都城，可是千里之遙，路上能長大見識，就是帝都城那些沒見過世面的小子也得羨慕你們。」

沈絳還小，很容易被子衿姊姊說服，不自覺挺一挺小胸脯，心裡覺得，他們的確是要長大見識了。沈玄主要是捨不得子衿姊姊，拉著子衿姊姊的手作依依不捨狀，「我去了帝都，就不能照顧子衿姊姊了。」

江仁被他酸出一身雞皮疙瘩，「放心，我會照顧子衿妹妹。你就是不走，也沒啥用。」

沈玄深深覺得江仁不是他舅家表哥，而是他上輩子的仇人，專拆他的臺。

沈玄只當沒聽到江仁的話，自己只管跟子衿姊姊說話，還拿著小鉗子剝核桃給子衿姊姊吃。何子衿摸摸沈玄的頭，覺得小男孩兒真可愛。

沈玄還同子衿姊姊道：「有好多人給阿仁哥說親，媒人來了一撥又一撥。」

江仁解釋：「都是些土妞兒，我一個都看不上。」

沈玄道：「對了，那個培培姑娘送了阿仁哥什麼啊，那麼一大包。」

江仁此刻與自己的大表弟罕見的心有靈犀起來，他也覺得沈玄不是他姑媽表弟，而是他上輩子的仇人，專拆他的臺。

於是，何子衿小美女好不容易跟著爹娘駕臨長水村，江仁和沈玄表兄弟卻因一些不大和諧的原因打了一架，最後，江表哥的眼眶被沈表弟打青了，沈表弟的鼻子被江表哥揍歪了。一個烏黑著眼圈，一個長流著鼻血，兩人一道氣哄哄的被沈素罰在院裡面壁。

陸之章　情海生波亂門第

因為兄弟之間不懂和睦友愛，大打出手，江仁和沈玄午飯都沒得吃。沈氏替兩人說情，對弟弟道：「小孩子家，哪裡短得了打打鬧鬧，認個錯算了。」

此事還多多少少與她閨女有關，沈氏相當的頭疼。

沈母則心疼長孫，江氏心疼兒子與侄子，沈素卻是十足的嚴父，硬是鐵面無私。何子衿悄悄給他們一人送兩個肉包子吃，兩人還趁機分別捉住何子衿的手說對方壞話。

縱是以教育小能手自居的何子衿也不知要說啥好了。

唯何洌深覺解氣，他私下同他娘道：「活該！每次一見我姊，阿仁哥和阿玄哥就跟狗皮膏藥似的總圍著我姊說話，理也不理我和阿絳，可目中無人了！」

何洌七八歲的年紀，正是喜歡跟大孩子玩的時候，他在家就特喜歡跟阿念在一處玩。到了舅家，也親近沈玄及江仁，誰知這兩個色膽包天的傢伙不跟他玩倒罷了，還對他姊起了邪心，以致於何洌對此二人也沒啥好印象了。

至於何洌是怎麼知道色膽包天這個詞的，就歸功於沈念對何洌的教導了。沈念自認心志坦蕩，他覺得做為一個男人就得像何涵一樣，對人家姑娘有意，得光明正大提親，不能鬼鬼祟祟一見人家就貼上來，只占便宜不提名分。

尤其這樣被對待的人是子衿姊姊時，沈念每每看到沈玄、江仁在他家子衿姊姊身邊腆著臉的鬼樣子就恨不得咬死這兩個不懂規矩的傢伙。於是，沈念就通過對何洌講道理的方式，與何洌組成了子衿姊姊防色狼護衛隊，防的就是沈玄和江仁這樣的小子。

今日沈玄和江仁翻臉互毆，何洌心裡甭提多解氣了。

因為此二人對他姊心懷不軌，何洌現在的好兄弟就剩下沈絳一個了。

沈絳乖乖坐著小板凳吃子衿姊姊給他做的水蒸蛋，打聽他的小朋友何麗麗的事。怎麼培姑娘知道送大棗給江仁表哥，麗麗姑娘啥都不給自己送呢？上次他推麗麗姑娘溻鞦韆溻了好久呢，麗麗姑娘怎麼問都不問他一句？

沈絳跟子衿姊姊訴說自己的煩惱，子衿姊姊道：「要不你寫封信，我幫你帶給麗麗。」

沈絳點頭，「好吧。」身為男子漢大丈夫，就得主動呀！

趁姊姊不在時，何冽對沈絳道：「你現在還小，等大些就不能總跟人家女孩子通信了，知道不？」一想到沈玄表兄品行很有問題，何冽出於善意，提醒了一下沈絳表弟，覺得絳表弟還是很可愛的，萬不能像玄表兄一樣走上歪路。

沈絳舀一勺蒸蛋放嘴裡吃了，黑白分明的大眼睛天真又無邪，「為什麼？」

「因為你以後的媳婦知道你跟別的女孩子好過，肯定會生氣。」何冽說得有鼻子有眼。

沈絳有些羞，小奶牙咬一咬勺子，蚊子似的應一聲。

雖然沈絳應了，但其實他依舊不大明白，就好像事後爹爹解了他哥和他表兄的禁，他哥和他表兄分別過來策反他時說的話一樣。

譬如，他哥與他道：「阿仁哥太可惡了，不是好人，他都什麼歲數了，一把年紀還總跟子衿姊姊身邊擦前蹭後，一點也不知男女避諱！」

譬如，他表兄與他道：「阿玄這小子好生孟浪，還當自己小屁孩開襠褲時呢，竟然去拉子衿妹妹的手，再有下次，看我不給他爪子剁下來！」

沈絳覺得有些頭暈，不大明白，就去請教他爹，他爹聽後恨恨地罵聲「小兔崽子」，之後如何，沈絳也不知道，因為沈絳也要忙著做小主人招待何冽表兄。

沈素晚上與妻子商量著，是不是把兒子的親事定下來。

江氏有些為難，道：「我看阿仁對子衿很是上心。」這個也是她內侄呢。

沈素道：「他就是上心，要是咱們開口，姊姊、姊夫能不給我這個面子嗎？再說，子衿比阿玄大兩歲，女孩子及笄前後就得張羅親事，咱們倘不先下手，恐怕到時叫別人搶了先。」

江氏挑一挑燈芯，油燈更加明亮了些，映著江氏柔美的臉頰，江氏道：「我瞧子衿也好，只是我想著，阿仁和阿玄剛打了一架，還是放放再說。子衿也才十一，這會兒咱們把親事定了，阿仁年紀小，少年人容易想偏。待表兄弟兩個都大些，莫為這些事生出嫌隙來才好。」

沈素不知妻子是拿此當托詞，還是心下真如此想。兒女之事，江氏以後是做婆婆的，沈素也得聽一聽妻子的意見，他道：「既如此，那就再等兩年吧。」

江氏笑，「我都聽相公的。」江氏心裡倒不是說不樂意子衿，她與沈氏姑嫂關係極好，只是，自從丈夫中了舉人，她也開了些眼界。她兒子不是不出挑，及至丈夫中了進士，又考上庶起士，碧水縣裡不知多少人家打聽她兒子的親事。江氏也是做親娘的，當初丈夫是秀才，她極中意子衿，如今丈夫是翰林院的庶起士，江氏再看何家門第，難免心中有幾分猶豫。

倒是沈素私下教導長子：「為人處事只靠拳頭那是莽夫所為，智者治人，愚者治於人的道理不用我再教你了吧？你想讓人對你另眼相待，只靠一門心思想親近人家是不夠的。」

沈玄鬱悶得很，垂著頭沒啥精神，「咱們一搬到帝都，連親近也親近不來了呢。離得這一老遠，我有天大好處，子衿姊姊也看不到。」

沈素敲他腦門兒，「難不成到帝都咱們與你姑媽就不來往了？起碼寫信不是難事吧？你才幾歲，將心用在課業上是正道。這世上，沒有哪家會把女孩子嫁給無能之輩，懂嗎？」

沈玄道：「我就擔心子衿姊姊被阿仁哥騙了。」

沈素笑，「少胡說八道，難不成子衿是傻瓜？再者，你縱是與阿仁有些小摩擦，心裡也該明白阿仁品行無瑕。他不是隨便的人，只是如今還懵懂些。」

沈玄心下並不太認同他爹的話，他年紀尚小，有話還願意同父親說的，他道：「上次阿仁哥去姑媽家，認識了姑媽隔壁的培培姑娘，他就帶人家玩，現在熟得不得了，兩人還互贈禮物來著。他對咱們隔壁的大妞姊、二妞姊都好，還總要跟子衿姊姊說話。爹，您哪裡知道阿仁哥多花心呢。」

沈素笑，「少年懷春，這也難免。」

沈玄道：「我就只喜歡跟子衿姊姊說話。」

沈素笑問：「為什麼呀？」

沈玄自認是很有追求的人，說起子衿姊姊的好處，沈玄簡直滔滔不絕，他道：「子衿姊姊送我鵝毛筆，還會做好吃的點心給我吃。子衿姊姊做的綠豆糕、紅豆餅、藤蘿餅、糖桂花、蘿蔔糕、奶糕都好吃，還有鍋包肉、糖醋小排、烤肉也比別人烤得好。上次子衿姊姊還送了我一瓶梅子醬、一瓶漬青梅，梅子醬調一勺在水裡就像梅子汁一樣，酸酸甜甜的。」

沈玄最後總結一句道：「子衿姊姊對我這麼好，我當然也得對子衿姊姊好。」

沈素：……

沈素對兒子道：「你要是覺得你娘廚藝平平，到帝都後咱家尋個好廚子是一樣的。」平日裡沒瞧出長子對美食有這麼高的要求啊！

沈玄不反對，「這也成。」

沈素道：「女孩子出類拔萃者不在少數，以後你見多了，比子衿廚藝更好的也有。」沈玄還有些小羞澀，道：「可有哪個會比子衿姊姊更好看嗎？」剛還說人家江仁花心，沈素問兒子：「要是有呢？會燒菜，長得也比子衿好。」

沈玄瞪大眼睛，都不能信，「不會吧？我從來沒見過比子衿姊姊更好看的姑娘呢！」

沈素笑，「蔣三妞也十分貌美。」

沈玄道：「三姊姊是好看，但是太老了。」

沈素莞爾，摸摸兒子的頭，「將來有一日，你子衿姊姊也會老啊。再者，人外有人，天外有天。你沒見過比子衿更好的女孩子，不見得就沒有。行了，以後好生念書。」還當兒子真是表姊弟青梅竹馬有情義呢，原來還是小屁孩一個。

世間最易變的就是情緣了，今日小兒女童言稚語天真無邪，他日柴米油鹽奔波忙碌時，還有幾人能記得今日的童言稚語？便是沈素，都不敢說是癡情之人。不，他的父母妻兒，比癡情重要百倍。

所幸在沈家遷居帝都前，江仁眼睛還有些青，表兄弟兩個卻是合好了。

臨去帝都前，沈家闔家又去何家走動了一回，知道蔣三妞親事已定，沈素還叫江氏備了份添妝的東西。沈母笑，「怕是不能喝三姑娘的喜酒了，這孩子十分出眾，雖喝不了喜酒，添妝的東西我提前備出來了，到時就勞煩親家母一併給三姑娘添妝吧。」

何老娘道：「親家母忒客氣了。」給蔣三妞使個眼色，蔣三妞起身道謝。

「這是應當的。」沈母看著閨女女婿外孫外孫女，心下十分難捨，道：「這一走，不知何日再與親家相見。」

「是啊！」何老娘也有些不捨，道：「跟我那女婿似的，做官雖好，也體面，只是今日東南，明兒個西北，說不準地方，心裡更是掛念。」

大家說著，都惆悵起來。

何子衿見狀笑道：「舅舅去帝都做官也有好處，以後走親戚，省得就是碧水縣、長水村兩個巴掌大的地界打轉了。到時一走親戚去了帝都城，說起來多威風啊！」

沈玄立刻道：「子衿姊姊，妳跟我一塊去帝都吧。」雖然聽他爹說世間竟還有比子衿姊姊更好更漂亮的女孩子，但限於此等女孩子沈玄還未見過。沈玄是個務實的人，於是，如今他還是覺得子衿姊姊最好。聽子衿姊姊這樣說，他是極想邀子衿姊姊一起去帝都的。

不待何子衿拒絕，沈念先說了：「不成！」

沈玄道：「阿念，你也這麼大了，可不能總像小時候一樣離不得子衿姊姊。」

沈念以往第一討厭之人非江仁莫屬，如今沈玄一說要帶他家子衿姊姊去帝都，沈玄立刻取代了江仁的地位。沈念道：「不光我捨不得子衿姊姊，我們一家子都捨不得。」

何子衿生怕他們鬥嘴，道：「今天有一樣好菜，我去瞧瞧火候。」

沈玄很想跟去瞧瞧，偏生是在姑丈家，不好隨意行事，沈念卻無此顧慮，他道：「我跟姊姊一道。」一跟在何子衿屁股後頭去了。

沈玄於內心深處評價：跟屁蟲！

何子衿不過是尋個藉口，她又不是真正的小姑娘，沈玄和江仁為她打架的事兒，沈氏回家可是好生與她談了回話。何子衿自己也覺得，這個年代的小男孩實在早熟了些，何況，一個年代有一個年代的風氣，她漸漸長大，理當入鄉隨俗，是要注意著些。

沈家要去帝都，用過午飯，沈氏與母親弟媳，何恭與岳父小舅子，難免有許多話說。另有沈氏也備了許多東西給父母，皆在包袱裡包好了，沈氏道：「都是輕便衣裳。阿素與弟妹年輕，我想著，各地時興的衣裳樣式興許也是不一樣的，就沒給他們做。爹和娘有了年歲，反正也不講究樣式，這是我閒來做的。」

沈氏平常也會給父母做衣裳來著，裡面還有何子衿給外公外婆做的襪子抹額之類的小件兒。沈母見著衣裳鞋襪，更捨不得閨女了。

依依不捨，還是要捨。

沈氏私下給了沈素一張銀票，沈素很是推卻，沈氏道：「與我還客氣什麼？窮家富路，去帝都不比別處，何況你又不是一個人，上有老下有小，這銀票又不占地方，叫弟妹給你縫衣裳裡去貼身收著。路遠迢迢的，怎麼小心也不為過。」

沈素也是個要面子的人，他道：「我這都快三十了，還要姊姊貼補我。」

沈氏笑，「這也算不得貼補，萬事開頭難，你乍在帝都討生活，我能幫的也有限。不論在朝做官，還是出門在外，平平安安的就好。遇事，多想想家裡。」

姊弟兩個說了會兒話，因帶著沈父沈母出門，更不敢耽擱時辰，不然天黑趕路，再不能放心的，沈素便帶著爹娘妻兒告辭了。

沈家熱熱鬧鬧奔赴帝都而去，娘家人都走了，沈氏難免幾日悵然，不過，她如今夫妻恩愛，兒女雙全，家業不算富庶，也小有盈餘，吃喝不愁。何況，兄弟是去帝都做官的，奔的是大好前程，放眼碧水縣，如今沈家也是數一數二的人家了。

這樣一想，沈氏復又歡喜起來。

主要是，日子過得順遂，實在沒啥好悵然的。

沈氏打起精神準備蔣三妞的及笄宴，小地方不講究，也就比照著何老娘過壽時的樣子，雞魚肘肉的擺上幾桌酒，將族人親眷的請來吃一頓，熱鬧一日便罷。

尋常人家女孩兒的及笄禮皆是如此。

當然，也有例外的。

如何氏家族有名的摳門人家東頭五嬸子家的何琪，這位也是薛千針的徒弟，比蔣三妞還大兩個月。五嬸子家家境與何恭家相仿，也是外頭有個二三百畝的田地，縣裡有個小鋪子掙些活錢。只是，五嬸子素來重男輕女兼摳門，故此，何琪的及笄宴家裡根本沒辦，或者也辦了，只是族人沒聽說吧。而且，何琪、蔣三妞都是薛千針的弟子，兩位姑娘都是有一手好繡活，年歲亦是相仿，人們心中難免做個比較。特別是五嬸子拖家帶口地過來吃蔣三妞的及笄酒，她家裡三女一子，何滄因在上學，何琪要在家做繡活，便沒有來，餘者兩個閨女都帶來了，與五嬸子一起來的還有其公婆妯娌小姑子大姑子等一大家子，其公公在族中排行第三，人稱何三老爺，族人有的叫三伯或三叔或三爺爺的都有。

不過，蔣三妞這及笄酒，畢竟不同於何老娘做壽。何老娘做壽時，何老娘同輩分的老人家，若有相熟的自然會來。如蔣三妞的及笄酒，來的多是與沈氏同輩分的女眷。男人來的都少，祖父祖母輩來的更少，與何老娘同輩的就來了個五嬸子的婆婆三太太。

何老娘早就煩這一家人，無他，每次何老娘過壽，這一家子來得最齊全，送禮送的最單薄，很是令何老娘惱火。當初沈氏下帖子，何老娘忘了跟沈氏說不要請這家人。如今來都來了，大喜的日子，何老娘也不好發作直接將人攆出去啥的。

雖不好發作，何老娘也會揭人個短兒，她笑呵呵道：「丫頭們都大了，怎麼琪姐兒沒來？她與我們三丫頭素來極好的。」

三太太道：「琪丫頭前兒在她李大娘那裡領了些活計，主家要得急，實在是沒空閒。」

何老娘道：「記得兩個丫頭年歲差不多，琪丫頭多大了，什麼時候及笄，我得好好給琪丫頭備份及笄禮。那丫頭可是一等一的能幹，我就稀罕這能幹上進的丫頭。」

三太太臉上便有幾分不自在，五嬸子笑，「我原也說要給丫頭大辦的，只是她那個脾氣，最是節儉的，一直說她兄弟念書花費大，我家裡魚肉都買好了，硬叫她逼著給退了。」

三太太立刻接了兒媳的話：「孩子就是這樣懂事，有什麼法子呢？」

說得好像別人家閨女辦及笄禮就是不懂事似的，三太太多會得罪人啊，這一句話把屋裡有閨女的人家得罪大半。何老娘更是皮笑肉不笑，「哦，原來是這樣啊。孩子懂事是懂事，要我說，妳們也忒實在了。我們三丫頭也是不想叫我大辦，只是我說，女孩子家，一輩子也就及這一回笄罷了。不熱鬧熱鬧，實在不像話。何況，孩子能幹，也配得起這及笄宴。像我們三丫頭，九歲上就從她李大娘那裡拿活計做，直至如今她也有造化，給薛師傅收做徒弟。孩子們不容易，又上進，咱們做長輩的就得知道疼她們。」

不必別人讚，何老娘自己把蔣三妞讚得臉都紅了，若不是親耳所聞，蔣三妞都不能信這話是自姑祖母嘴裡說出來的。不過，蔣三妞也明白，姑祖母是喜歡能幹的姑娘的，就聽何老娘又道：「尤其這繡活兒，不比別的，最是費眼睛。孩子們如今年紀小，倘不知保養，怕眼睛早早就熬壞了。我都跟三丫頭說，做半個時辰，就歇一刻鐘，晚上也不叫她做活，以後日子長著，哪就在這一時一刻？」

何老娘很不客氣將何子衿給蔣三妞提的醒兒占為己有，並繼續把她家丫頭片子的話做個總結，一臉慈愛，「聽大夫說，菊花茶、枸杞子都是護眼的，得叫丫頭們時時喝著些才好。」

說著，何老娘彷彿想到啥似的，對蔣三妞道：「一會兒把妳的枸杞子裝些，給妳三奶奶拿著，帶給琪姐兒喝。我聽說那孩子常常做活到三更呢，這怎麼成？晚上本就黑，就是點了燈燭，也不如白日呢。便是白天，若天光不好，也少做些。」

為了給三太太尋不痛快，何老娘不介意出點兒血。主要是，她家的枸杞子不要錢，是何子衿自己在院裡種後打了籽又往田裡種了兩畝，一家子喝都夠，多餘的還能賣給中藥店。

三太太為蹭這免費席面，被何老娘說得險些一口氣沒上來要了老命。好在活到了這把年紀，都不是省油的燈。三太太還能扯一扯面皮，笑說：「是啊，都說弟妹是有名的疼孩子，三丫頭這也到了說親的年紀，弟妹就這一個娘家侄孫女，可得多給三丫頭備些嫁妝才好。」

何老娘知道三太太一家子摳門到不要臉的地步，三太太也了解何老娘，知這婆子天生一鐵公雞，叫她拔毛是要這婆子的命，故有此一言。

不料此話正對何老娘的心坎，何老娘這輩子難得敞亮一回，便是別人不問，她都想開口顯擺一下自己的。今日三太太運道不大好，出門未看黃曆，原是想懟一懟何老娘，不想竟陰差陽錯給何老娘抬了回轎子。

何老娘笑得歡暢，嗓門亮堂地道：「我家裡什麼樣，老嫂子也知道，多了拿不出來，二十畝地是有的，早給三丫頭置辦下了。咱們小門小戶的，也就拿得出這些了，每年出產些，也夠補貼孩子個脂粉錢。」

何老娘這話一出，屋內女眷皆讚嘆聲連連，都說何老娘大方慈悲。這年頭，碧水縣的尋常人家，肯出三五十兩陪嫁閨女就不錯，鮮有人陪送田地的。何況，蔣三妞是單蹦個人兒投奔來的，娘家一窮二白，一個銅板都沒有。她又不姓何，如今何老娘給她陪嫁二十畝地，實在難得的寬厚了。更有族人覺得，當真人不可貌相，何家老娘平日裡多有摳門之舉，與三太太並稱何氏雙摳的，聽說何老娘給繡坊李大娘送兩包點心，她還得坐繡坊裡吃掉一包才肯走人，不想大事上這般敞亮，委實令人刮目相看。

何老娘還假假謙虛地對三太太道：「我不比嫂子妳家大業大的，到時琪姐兒的嫁妝肯定比三丫頭更豐厚才是。」

三太太頓時被何老娘擠兌得有些坐不住了，不過，她老人家腦子轉得也快，打聽道：「三丫頭可有人家了？」她娘家好幾個侄孫，也有與蔣三妞同齡般配的。一想到蔣三妞有二十畝田地的陪嫁，三太太這心便活了，也顧不得理會何老娘擠兌她的話了。

何涵他娘王氏喜孜孜道：「三嬸子，您晚了一步，五嬸子瞧著，我家那小子還不賴。」這一位五嬸子，說的是何老娘。聚族而居就是這樣，因族人也有分枝輩分管著，所以，一說五嬸子可能是好幾家。

「我也是瞧著三丫頭實在出挑，偏生我家老三還小幾歲，就給阿涵說了說。」何涵的大伯娘，媒人常氏笑呵呵道：「三丫頭模樣好性子好，阿涵念過書習過武，且都是知根底的孩子，可謂郎才女貌，天造地設。」

王氏道：「三丫頭及笄後，這個月十八是好日子，我跟嬸子商量了，十八訂親，到時伯娘嬸子嫂子弟妹的，可得來熱鬧熱鬧。」

屋裡立刻又是一陣恭喜之聲，蔣三妞早在何老娘說她嫁妝時就避了出去，未在當前，也省得一番尷尬羞怯。倒是三太太五嬸子婆媳兩個，為了來蹭這免費酒席，被何老娘這嘴賤的好一通折磨，婆媳兩個覺得族人看她們的目光都有些不對了。

何恆之妻，何洛之母孫氏也來了，不為別的，沈素這不是中進士了嗎？名次還很好，比孫氏爹三榜同進士強出三座山去。無他，人家沈素直接考進了翰林院做翰林。沈素會做人，他衣錦還鄉雖假期不多，不過，該拜訪的人家都拜訪到了，碧水縣裡略有名氣得鄉紳不管怎麼拐著八道彎兒的扯出些關係，還一道請沈素吃了酒。沈素自來八面玲瓏，與鄉紳們吃過酒後，他又去拜訪了縣太爺，縣太爺對他也極是客氣，兩人一個七品小縣令，一個翰林院庶起士，哪怕品級相仿，也知日後前程絕不相仿的。再者，碧水縣能出一位進士，這也是縣太爺治下有方的證明。

而且，沈素應酬來往，在碧水縣都請了何恭一道。何家是碧水縣的老住家了，只是何恭家裡尋常，他本人也僅秀才功名。如今有沈素這位翰林院的小舅子撐腰，郎舅二人一起，也算給何恭壯壯聲勢，起碼叫碧水縣的人知道，他姊夫有他這小舅子，總要客氣三分的。

何家與沈家是正經姻親，沈素又很給何恆家面子，還給何洛寫了封引薦信，引薦的不是別人，正是當初馮姊夫引薦給他與何恭的一位姓薛的大學問家。沈素中了舉人又中進士，少不得此人對他在文章上的指點，對此人深為敬佩。沈素衣錦還鄉第一件事就是先去拜訪了薛先生，這位薛先生素有令名，弱冠之年便中了狀元，做了幾年官歸家隱居，一門心思做學問，才名遠播國外，北涼西蠻南越皆聞其名。薛先生便是歸隱，身上也有朝廷所賜的三品大學士的虛銜，總而言之，這是位德才兼備的大儒，便是府台大人對薛先生都要禮讓三分。薛先生有此名聲，想拜於他門下的人就甭提了，不過，薛先生並不收徒。人們便以能得到薛先生的指點為榮，只是這位先生實在名氣太大，倘無人引薦，如何能輕易得見？

何洛少年秀才及第，沈素忙裡偷閒看了他的文章，便寫了這封引薦信給何洛。此信實在價值千金。

沈素一則是給何族長家面子，二則姊姊、姊夫在族中也能得族長照應，三則何洛的確有些靈性，沈素並非心胸狹隘之人，他有能力時，並不吝於提攜後進。

當然，還有一點原因是，何恆與他交情不錯，不然陳家與他還是拐著彎兒的親戚，陳志雖比何洛大幾歲，也少年得志了。沈素因不喜陳家為人，且並未見著陳志，故此，這引薦信便只寫了一封。何恆家不傻，不大肆宣揚，只自家心裡有數便罷了。

因此，何氏族長一家對沈素印象就甭提多好了，愛屋及烏，同何恭家自然更加親近。便是孫氏，以前深厭何子衿少時帶壞了她家兒子何洛，如今隨著沈素中舉且兩家交好，孫氏也將前事盡忘，知道何家給蔣三妞擺及笄酒，孫氏打扮一番，帶著小女兒伶伶俐俐地來了。

孫氏聽著族人女眷對二十畝地讚嘆不已，心下暗笑，想著就是小地方人，沒得見識。不過，何恭家本就只是小富，能拿出二十畝田地，也相當不錯了。

因蔣三妞嫁妝豐厚，且已與何涵家定了喜事，馬上就是訂親禮，故此，這及笄酒頗是熱鬧。何老娘受了無數逢迎，這次多是出自真心，闔族也料不到以何老娘為人能給蔣三妞二十畝地的陪嫁。還有譬如三太太五嬸子之流，覺得肯定是沈素中了進士接濟姊姊家啥的。

反正，此一日是熱鬧得不得了。

待送走族人，沈氏帶著蔣三妞、何子衿與丫鬟婆子收拾殘席，便是攏起來的雞骨頭及魚刺，節儉人家也能餵狗餵貓，絕不會浪費。

何老娘在屋裡同余嬤嬤瞧今日族人親眷們送的禮，何氏家族是個小家族，族人送的東西尋常居多，或是三尺棉布料子，或是自家產的雞蛋水果之類。如何恆之妻孫氏，何忻之妻李氏，這兩家是族中有名的富戶，送的東西便格外有檔次。孫氏送了兩匹鮮亮的綢緞料子，李氏則送了一對蝶戀花的銀釵，都是極體面的東西。

何老娘瞧過後，特別問：「那一家子摳八兒送了點兒啥？」

余嬤嬤道：「三太太家拿了兩包點心來。」

何老娘驚問：「竟捨得送點心？快拿來我瞧瞧，怎麼太陽打西邊出來了？」

何老娘還以為是飄香園的點心，她老人家愛吃這一口，不想，余嬤嬤取來一瞧，油紙包包了兩包，打開來，何老娘險氣厥，哪裡是飄香園的點心，就是幾個方形炊餅包了兩包。

何老娘罵：「這殺千刀的死摳八兒，這也叫點心！」

余嬤嬤勸：「好歹是白麵做的，趕明兒籠屜上一熱，正好早上省得做饃饃了。」

何老娘火冒三丈，「該死的老摳八兒，一家十幾口子來咱家大吃大嚼，就送幾個炊餅，下次我可饒不得她！」準備有適當時機定要給三太太個好看！

外頭殘席收拾好，蔣三妞和何子衿過來，何老娘從族人送的尋常料子裡挑了兩塊，一人給了她們一塊，叫她們自做衣裳去。

何老娘問蔣三妞：「沒把枸杞子包給摳八兒家吧？」那會兒她就是客氣而已。

蔣三妞道：「包了些給琪姐兒。」

何老娘一拍大腿，嘆道：「妳可真實在，我就是一說。」

蔣三妞道：「唉，就是包了給琪姐兒，也不知能不能進她的嘴呢。上次我就給過她一些，聽她說，五嬸子說滄哥兒念書熬神，都泡茶做湯的給滄哥兒吃了。」

何老娘更厭這一家人，罵道：「看著吧，不積德，早晚有報應！」又道：「琪姐兒那孩子真是前世不修，投生在這一家裡，可惜了好姑娘！」然後細數三太太摳門兒十大罪狀，何老娘直罵小半個時辰，才算堪堪出了一口惡氣。

三太太一家子在何家大吃了一頓，因魚肉吃多了，覺得肚裡有些撐，三太太令二孫女泡了盞茶喝了消食，與兒媳婦報怨：「那鐵公雞今兒是割了肉，怎捨得給侄孫女這般陪嫁？阿常這媒人也不實在，有個好陪嫁的丫頭連忙悄不聲兒說給她侄兒去，別人都不知道，好閨女都給她家搶走了。」蔣三妞也是一手好針線掙錢，只是平日裡太懶散，晚上不肯做活，故此收入遠不如自家孫女。若早知蔣三妞有這般豐厚的陪嫁，說給娘家侄孫，再改改這懶散脾氣，日子也差不了。

五嬸子道：「可不是嗎？託常嫂子給咱們琪姐兒說親，一點兒不放心上，原來忙著給自個兒侄兒張羅呢。就這樣還想賺咱的媒人錢，叫她想著去吧！」

三太太道：「琪丫頭還小，女孩兒家多留幾年也無妨。咱們是嫡親的骨肉，不用急著打發孩子出門。倒是阿滄，明年也十五了，很該有個細心人服侍著。託媒人留意著些，咱們阿滄是念書人，除了門當戶對，女孩子必要溫柔才好。只要懂事，大兩歲也無妨。」

五嬸子亦作此想，「母親說的有理，我記得了。」

婆媳兩個一通算計，尚不知己身已是笑柄。

孫氏回家與婆婆劉氏說了蔣三妞及笄禮的事，難免讚了何老娘一回，「平常只聽人說嬸子是個節儉人，辦起事來真正有裡有面的。」

劉太太笑，「你們嬸子大事上向來不糊塗。」

孫氏雖平日裡自詡進士門第出身的大家閨秀，其實也是個八卦碎嘴，今日瞧了熱鬧，不免拿出三太太五嬸子家的事兒說一個樂。劉太太嘆，「看到沒，老三家就是小事瞎算計，大事上是個糊塗蟲。時人皆重男輕女，其實兒女皆是自家骨肉，要家裡實在沒有不必說，既有，也不能全偏了兒子。閨女結一門好親，難不成有娘家的虧吃？」

「心裡頭便把親閨女當外人，將心比心，閨女略有些志氣，也會把娘家當外處。」劉太太同媳婦道：「妳看妳嬸子家，她就一子一女，敬姐兒雖是嫁得遠些，在芙蓉縣，可馮家姑爺也是有名的能幹，這才幾年，功名也考出來了官也做上了。這是敬姐兒她爹活著時給敬姐兒定下的親事，阿恭呢，眼光好，運道也好，沈大人這樣出息不說，為人也是一等一的好，所以這人家啊，現在瞧著差不多，過二十年妳再看，可就大不一樣了。」

何恭自己功名有限，可何恭是有兒子的，何冽也是念書的。沈素對何洛都肯寫引薦信的照顧，待自己外甥更不能差。何老娘平日裡雖摳些，大事上卻看得明白。給蔣三妞多些嫁妝怎麼了？蔣三妞早沒娘家了，何家就是她的娘家。那丫頭能幹得很，何況，何老娘這樣敞亮，於自家名聲難道不好？哪似三太太這糊塗蟲，就知一門子的摳兒，生生把腦子給摳壞了。孫女及笄，連個及笄禮也捨不得辦，誰不笑話？

孫氏如今對婆婆格外親近，笑道：「是啊，大家都說嬸子都捨得給侄孫女陪嫁田地，將來子衿說婆家，陪嫁更得豐厚。」

劉氏笑，「這是自然。子衿她娘出了名的會過日子，何況，姑家舅家都是做官的，又是實在親戚，將來肯定少不了給這丫頭添妝。」

如今說起何子衿來，孫氏滿嘴親熱，「尤其那丫頭生得好模樣，蔣三妞就是有名兒的美人了，子衿半點不比蔣三妞差呢。今天大家說著話，就有人打聽子衿來著。」

劉氏道：「她才幾歲，這也忒心急了。」

參加過蔣三妞的及笄宴，最歡喜的莫過於蔣三妞的準婆婆王氏了。相較於先時一些內心深處的起伏轉折，如今王氏是越想越覺得這門親事合心。

非但蔣三妞嫁妝不賴，哪怕比不得她娘家侄女的五十畝地的陪嫁，卻有一樣天大好處。何恭家可是著實有幾門好親戚的，而且都是官身。

蔣三妞沒爹沒娘，何恭家可不就是她的娘家？雖以往自家與何恭家關係也不差，但再親近也比不過如今的聯姻。王氏甚至想著，以後鑽營鑽營，興許能沾點光啥的，起碼以後孫子念書不愁先生是一定的。

這樣想著，王氏更是歡天喜地起來，深覺兒子眼光不凡，簡直與何恭何秀才當年有的一拚。倘那時何恭不是非沈氏不娶，如今哪裡有做翰林的小舅子哩？

眼光好，絕對是天生的啊！

福氣好，絕對也是天生的啊！

自家偷樂一回，王氏便歡天喜地繼續去預備兒子的聘禮。

王氏如今對這門親事滿意得不能再滿意，她又只何涵一個兒子，準備聘禮時自然精心。哪怕只是小戶之家，也能看出誠意，何況何涵功夫不賴，還親自去芙蓉山上逮兩隻大雁。

因活雁難尋，時人多有用木雁代替，單這一樣，就不一樣。王氏同何老娘、沈氏道：

「這孩子實誠，他與朝雲觀的道長也熟，在朝雲觀住了五天，逮了一對大雁。」

王氏這聘禮準備得頗有誠意，何老娘瞧著聘禮不賴，心裡也歡喜。她不打算要蔣三妞這聘禮，何涵家送多少來，屆時讓蔣三妞一塊算成嫁妝都帶了去，也是蔣三妞的體面。關鍵是，王氏這聘禮備得好，可見很給她老人家面子。

何老娘笑，「我就稀罕實誠孩子。妳屋裡要收拾好了，跟我來說一聲，我叫人量了尺寸，得開始打家具了。」自來家具是女方出的。

兩家過了訂親書函，這親事就算正經式定下了，便又商量著成親的日子。何涵家就他一個兒子，自然盼著他早些成親，繁衍子嗣。

何恭與何念商量了，還是定在何涵過了十六歲生日之後，因何恭看書上說，男子十六，精水始固。太早成親，於男女雙方都不是什麼好事。何念覺得何恭是個有學問的人，且他雖盼著兒子早些成親，兒子的身子當然也很要緊，何念再去投吉日，兩家將成親的日子定在明年臘月。雖然離成親的日子還有一年半，親事能定下來，何涵也喜得不得了。

經過一段時日的鍛煉，他如今一見蔣三妞便面紅耳赤結巴嘴的毛病好些了，另外得了一種叫「胳膊肘往外拐」的病，只要是瞧見好東西就想給蔣三妞送去。

因這個，何涵沒少挨大妹何培培的白眼外加諷刺。

何涵雖然一見蔣三妞便如同得了蒙古病一般，有些語無倫次，邏輯混亂，但他也開了竅的，很有些熱戀少年的小心思，什麼邀擋箭牌何子衿族妹去爬山啊逛廟啊啥的。何子衿是他族妹，小時候何涵常帶著何子衿一起玩，兩人熟得很。就這樣，何子衿也被何涵頻頻的邀約鬧得哭笑不得。何子衿對何涵道：「以後少請我去這兒去那兒，沒空。」

何涵深覺子衿妹妹不記舊情，道：「小時候天天跟我屁股後邊喊『涵哥哥』，我有一塊糖都分妳半塊，這會兒正有求於妳，妳怎地翻臉不認人了？」

何子衿感嘆，「累啊！」

何涵半點不覺得累，道：「妳再覺得累跟我說，我背著妳走還不成？」其實，他更想背蔣三妞，只是這話沒膽子說出口，而且，蔣三妞也不會說累。

何子衿笑，「你也別總是約我，一個月有一兩回就行了，總出去也不大好。」民風日漸開放，早不是當初賢姑太太守望門寡的時候了，訂了親的小兒女，便略有親近些，家裡大都是睜隻眼閉隻眼的。

何涵應了，又拿出給蔣三妞買的絹花託何子衿帶給蔣三妞，當然，何子衿這幫著遞東西的也有賄賂。何涵給蔣三妞的是一對桃花絹花兒，何子衿也得了一支海棠。

何子衿與蔣三妞每次受何涵之邀出去，沈念都要跟著去，美其名曰他得保護兩位姊姊。沈念一去，何冽也要去。因為不能耽擱男孩子們的功課，故此，何涵都得在沈念和何冽十日一歇時請蔣三妞出去逛逛。

好在蔣三妞和何子衿都心眼兒好，哪怕一起出去，也不會令何涵有太多花銷，時常做些點心帶著，何涵背著便可。

因何涵總陪著隔壁家孩子玩，何培培很是不爽，她也要跟著她哥。

何培培要跟，何麗麗就沒人看了，於是，何涵還得拖家帶口帶著兩個妹妹，然後蔣三妞這邊有何子衿、沈念和何冽三個電燈泡相陪，一大群人出去玩。

離何涵想像中的約會差得遠，何涵是個知足長樂的人，也很滿意了。

何涵最喜歡拖家帶口去朝雲觀，他與朝雲觀的道長只差個師徒名分，同朝雲觀的大小道士以師兄弟相稱，熟得很。拖家帶口去了，一則在觀裡安穩，二則讓小傢伙們自去玩耍，他與蔣三妞能悄悄說幾句話。哪怕那幾句話只限於……

「累不累？」

「還好。」

「渴不渴？」

「還好。」

「咱們在這裡坐一坐吧？」

「嗯。」

就是說這樣的話，何涵能與蔣三妞說上半日，所以說，戀愛中人的大腦回路與尋常人絕對是不一樣的。

何涵蔣三妞去約會了，何培培盡職盡責地看著她妹何麗麗，同時在肚子裡腹誹她哥這見色忘妹的傢伙，賞一賞朝雲觀的好景致，且有隔壁小明何子衿做的點心吃。

何子衿和蔣三妞素來會做人，因總是來朝雲觀，對了，這年頭道觀不收門票，可來得多了，雖沒錢給朝雲觀佈施，便常帶些自家做的點心來孝敬朝雲道長。一來二去的熟了，何子衿聽說朝雲觀道士功夫好，想著能不能開開眼界。

朝雲道長吃人嘴短，便允了。

何子衿看觀中道士打拳，怎麼看怎麼覺得眼熟，不禁道：「道長，您觀裡這拳法，與我舅舅教我的很像。」他舅雖然現在是進士老爺了，正經的文科生，其實拳腳也會一些，說來是他舅少時同長水村的一位獵戶學的，所以，以前他舅常到芙蓉山打獵。後來，何子衿學來強身健體，每早都練一練。非但她會，沈念和何冽都會，只有何恭沈氏何老娘練的是五禽戲。

沈素自中了進士，算是碧水縣知名人物。不過，在沈素未顯名之前，朝雲道長便與沈素相識的，朝雲道長笑，「沈大人是與長水村江獵戶學功夫的，我年輕時與江獵戶有舊，妳覺得眼熟也不怪。沈大人與江獵戶來山中打獵，有時趕上氣候不好，會在我這裡歇個一兩晚。」

何子衿也知道這位江獵戶，嘆道：「聽我舅說，江獵戶好武藝，可惜去得早。」

朝雲道長眼中有一種別樣的滄桑，讓他平凡的面孔看起來有獨特的魅力，他淡淡道：「人世輪迴，天道循環，早與晚又有什麼差別，都一樣。」

何子衿點頭，「只要活的時候問心無愧，沒辜負這一世，也就夠了。」

朝雲道長一笑，「可見女施主是個認真的人。」

何子衿眉眼彎彎，假假謙道：「勉強算吧。」

何子衿請朝雲道長嘗自家做的藤蘿餅，朝雲道長道：「正是藤蘿花開的時候。」

「是啊，藤蘿花裏了雞蛋麵糊炸麵魚也好吃。煮粥時待煮到米花了，摘一些藤蘿花洗乾淨放進去，會有淡淡的花香。」何子衿隨口說了一系列有關藤蘿花的美食。

朝雲道長捏一塊藤蘿餅放在嘴裡細細品嘗，微微點頭，道：「這是千層糕的做法，想是一層麵一層餡疊起來蒸，蒸好切塊吃。」

何子衿笑，「是。」

朝雲道長道：「這糕餅只放藤蘿花、糖與脂油丁就單調了，我這裡有去歲的松子，一會兒妳帶些走，蒸時一併放進去調餡，把藤蘿香松子香揉和到一塊，那可真是冷香繞舌，滿口芳甜，乃時令佳品。」

何子衿不想這位道長如此有品味，道：「待下次我按道長說的試一試。」又道：「我家裡也有松子，不必道長破費的。」

朝雲道長道：「好實誠的小姑娘，焉不知這叫有來有往，不然怎好總吃妳的點心，倒叫老道欠下妳偌大的人情。」

「只是一些家常糕點，道長不嫌棄就好，與鋪子裡賣的沒法比。」何子衿笑，「再說，您與江獵戶有舊，我舅是跟江獵戶學的拳腳和打獵的本事，從因果上論，咱們也有些緣法，道長不必客氣。」

朝雲道長呷口茶，笑道：「妳跟沈大人很像。」

何子衿道：「甥舅之間，總有些像的。」

山中景致空氣都極好，沈念與何洌拎著隻大肥兔子過來，道：「子衿姊姊，妳看。」

何子衿問：「你們逮的？」

何洌樂得就不說話，沈念笑，「我跟阿洌看到南坡有很多春杜鵑，想著幫姊姊挖幾株帶回家養，不想這傻兔子昏頭昏腦的撞樹上了，原來守株待兔是真的呀！」

何子衿笑，「正好給道長添菜。」

朝雲道長一副得道模樣，「無量壽佛，小道卻之不恭了，還請幾位小施主留用午飯。」

何洌就跑去將兔子交到朝雲觀的廚房了。

何子衿道謝應了，倒盞茶遞給阿念，阿念兩口喝光，道：「子衿姊姊，妳要不要春杜鵑，南坡有好多呢。」

何子衿又給他倒一盞，道：「杜鵑不比別的花，這花在松柏地裡開得最好，就是移回家裡也沒在山裡開的漂亮，讓它在山裡開吧。」

沈念解了渴，細品一口這茶，心道：「道長這茶可真好喝。」

老鬼感嘆：「朝雲道長豈是茶好喝？」

沈念道：「你那輩子就認得朝雲道長？」

老鬼道：「道長有恩於我。」他上輩子科舉艱難，朝雲道長資助過他呢！

沈念道：「看來這位道長人不錯。」他就不反對子衿姊姊總帶點心來給這老道吃啦！

道觀的伙食還不錯，與家裡比當然是差些，但自有一種山中菜蔬特有的清鮮味道。何子衿是個會過日子的，回家時還在山路兩旁挖了好些青嫩的蕨菜、苦菜、薺菜、野蔥回去。沈念與他家子衿姊姊心有靈犀，為他家子衿姊姊做了解釋：「蕨菜炒臘肉，苦菜涼拌，薺菜包餃子，野蔥做啥？」

何子衿笑，「與水蔥一起，烙牛油蔥花餅。」

何洌摸著肚子道：「給姊妳這樣一說，我又餓了。」

沈念道：「這剛吃過午飯，你還是忍著些吧。」

何培培也挺饞的，只恨自己沒帶個包袱來，不然也挖些回家吃。何麗麗很實在，有啥說啥，直接說出了她姊的心聲，「子衿姊姊、三姊姊，下次我也帶個籃子來挖。」

何子衿與蔣三妞相視一笑，蔣三妞道：「本就是一起挖的，待回去咱們一家一半。」

何麗麗苦惱，「我娘不會烙牛油蔥花餅。」問她姊：「姊，咱家有牛油嗎？」

何培培有點覺得丟面子，鬱悶道：「沒有。」

蔣三妞笑，「那也無妨，屆時做好了給麗麗送些去是一樣的。」

何麗麗歡喜地道謝。

何培培苦惱，嫂子還沒進門，好像她妹就在未來嫂子面前落下個貪嘴的印象。這不大好吧？於是，何培培一路苦惱地回了家。

一會兒，翠兒被打發到隔壁送野菜，王氏交給閨女，「拿到廚下去叫李婆子晚上燒來吃，這時節野菜也嫩得很，不難吃的。」

何培培說她妹：「一點心機都沒有，張嘴就跟人家要吃的，以後可不許不這樣了。」

何麗麗含著牛乳糖，奶聲奶氣道：「三姊姊不是嫂子嗎？又不是外人。」

王氏笑，「無妨的，又不是什麼金貴東西，一些個野菜罷了。行了，拿廚下去吧。」

何培培嘟囔兩句，便將野菜送廚房去了。

蔣三妞繡花是一把好手，廚藝上則不如何子衿了。何況，她繡花手要好生保養，最好少做粗活，廚下的事蔣三妞也知道，只是做的不多。

何子衿原想明日再烙牛油餅的，結果到家這點兒功夫，何冽念叨三遍了，何子衿回家就把麵和上了。何老娘與余嬤嬤絮叨：「哪家像咱家似的，牛油羊油大油樣樣俱全。丫頭片子也是，往花草上用心便罷了，這個還能賣個錢。天天琢磨吃喝的性子也不知怎麼來的，莫非上輩子是個廚子？」

余嬤嬤笑，「我看太太也喜歡大姑娘弄的吃喝呢。」

何老娘抱怨：「烙個餅都要用我那些油，能不好吃嗎？聽聽這名兒，牛油蔥花餅，我這輩子還是頭一遭聽說，她娘也沒這本事，不知她是打哪兒學來的？這虧得是咱家，不比富戶，吃飯也不愁。若擱個窮人家，三頓飯能把人家吃窮。」

余嬤嬤道：「大姑娘看得書識得字，自是比常人有見識。要擱尋常丫頭，想也想不出這些吃食花樣呢。」

何老娘一嘆，「那人家可不就省下了嗎？」

余嬤嬤道：「如今咱家最得意的就是周婆子了，現在族裡誰家辦個酒席啥的，拿她當半個大廚，做的那幾樣菜就是大姑娘教她的。」哪回都得二三十個錢的賞錢，雖不多，也是一筆小小收益，面子上也好看。如今周婆子就愛跟何子衿打交道，指望著何子衿有了興致與她研究兩道新菜啥的。

主僕兩個說會兒閒話，甭看何老娘這般抱怨，晚上吃的一點也不比別人少，還說：「怎麼只烙這幾張，一人一角就沒了。」

何子衿道：「晚上吃太油不好，祖母想吃，明早我烙新的，配了米粥吃，味兒才好。」

何老娘這才勉勉強強不說什麼了。

何涵家也吃到了何子衿著人送去的牛油蔥花餅，王氏都得感嘆：「子衿跟咱培培一樣大，這手藝真是沒得說。看這餅烙得，分層的，我烙半輩子餅，也沒這手藝。」

何麗麗道：「子衿姊姊做的點心也好吃呀，我跟子衿姊姊說了，待我大些，就去跟子衿姊姊學做點心。那我以後也學烙餅，給娘吃。」

王氏笑，「好。」

小女兒還小呢，王氏對長女道：「咱們兩家不是外處，點心什麼的，我看子衿做得不賴，妳跟她學學，以後也是門手藝。」

何培培捏著塊牛油蔥花餅，彆彆扭扭地應了。畢竟不是小時候了，何況她哥要娶蔣三妞做媳婦，何培培雖有些彆扭，也不是不知道理。

何子衿素來是個周全性子，她家裡條件有限，拿不出貴重東西，但相熟的人家也是要時常走動的。如同她娘喜歡到處送些醬菜，何子衿就喜歡往交情好的人家送些吃食啥的。像她烙這牛油蔥花餅，其實烙的不少，除了自家吃的，切成盤送了何念家兩張，再有賢姑太太、薛千針、李大娘那裡分別切盤送了些。

這三人雖沒來蔣三妞的及笄宴，卻都著人送了東西的。何家不是富戶，稀罕的東西沒有，但日常何子衿做個點心啥的，也常送些去孝敬。這牛油蔥花餅也做的少，便各家送了些。

李大娘都與薛千針道：「阿蔣那個性子，竟養出這兩個機靈丫頭，真是上輩子燒了高香。咱們兩個卻都後繼無人，所以說，這世間許多事實在無道理可講。」

薛千針笑，「我有手藝，妳有鋪子，還怕後繼無人？」到現在，兩人便是什麼都不幹，後半輩子的吃喝也不愁的。有這底氣，生活便格外恣意悠然了。

兩人既是生意上的合作夥伴，交情亦不錯，房子也置在一處，兩套相鄰的小院，中間牆上打通個月亮門，來往方便。因皆是孤身一人，便時常在一塊用飯，圖個熱鬧。

薛千針分了一雙竹筷給李大娘，道：「我聽說有一單大生意，叫妳給推了。」

李大娘倒了兩盞梨花白，酒液芬芳清洌，遞給薛千針一盞，道：「哪有天上掉餡餅的事？這生意來得蹊蹺，不明白的財，再如何惹眼也不能去發。」

薛千針道：「生意的事我不懂，妳看著辦。」

李大娘問：「這事妳聽誰說的？」一個人但凡在某個方面能稱大家，必然癡迷於此的。如薛千針，素來只對繡技上心，於繡莊之事，並不多理。

薛千針道：「阿圓說的。」她收了三個弟子，除了蔣三妞、何琪，便是李桂圓了。李桂圓年紀比蔣三妞、何琪都大些，聽說她娘懷著她時就想吃桂圓，因家裡窮，不要說桂圓，桂圓殼也見不到一個。待生下閨女，為了紀念當初對桂圓的渴望，就給閨女取了個桂圓的名兒。

「吃飯吧。」李大娘岔開話題：「子衿雖沒能跟妳學繡活，廚藝倒是不錯。」

薛千針笑，「是。」心下也覺得何老娘上輩子興許燒了高香，一家人如何，自細枝末節就能看出來。何子衿沒能拜薛千針為師，何家就蔣三妞同繡坊有些關係，蔣三妞並不姓何，何家日常打點卻從不會忘了薛千針和李大娘這裡。雖沒什麼值錢東西相贈，但小事多了，也令人心生熨貼。當然，這種熨貼的事，何老娘的秉性是做不出來的。何老娘人也不壞，不過，她不是這樣的性子。自何家娶了沈氏，婆媳兩個一剛一柔，倒是補了何老娘的不足。有其母則有其女，也不足為奇了。

何家吃了一回野菜晚餐，俱吃得心滿意足。雖是野菜，但周婆子在何子衿的指導下，廚藝一日千里，野菜也能烹調得清香，何況正是鮮嫩時候，乍然吃一餐野菜，都讚味兒好。用過飯，何老娘喝著茶，哼哼唧唧道：「也就是現在，吃喝不愁，平日裡好東西吃多了，覺得野菜味兒好。我小時候鬧饑荒鬧兵禍，天天在山裡挖野菜喝野菜湯，那會兒能吃頓白的就跟過年似的，哪裡似現今這日子，想都不敢想，夢裡也夢不見。」

何子衿問：「祖母，您小時候還打過仗嗎？」

「這話就傻，太祖爺打下的天下，要不是太祖爺，哪裡有如今這太平日子？」何老娘說起古來，「那會兒天天不是東邊打西邊，就是西邊打東邊，鎮上哪裡敢住人，糧食全給當兵的搶了，一家子躲山裡頭去。後來聽說天下太平了，才回來過日子。」

何老娘就說起當年躲山裡活命的辛苦來，其實何老娘那會兒年紀也小，記得記不得的，反正說得有鼻子有眼。據何老娘說，她還在芙蓉山見到過腰粗的大白蛇，何子衿問：「不會是您記錯了吧，白蛇不是青城山上的嗎？」白娘子祖籍便是青城山。

「屁！我根本沒去過青城山！」何老娘吹牛，兩手比劃道：「這麼粗！當時把我嚇得，一鋤頭下去就把那長蟲給剁了腦袋，救了妳祖父一命。」

何老娘吹牛比較沒邊，何子衿十分有八卦之心，合掌一擊，給她祖母捧場，「祖母，原來您小時候就與祖父認識了啊？」

「是啊！」何老娘喜孜孜的，「把那長蟲抱回去，我還留他在我家喝了碗蛇羹。」

總之，老兩口的情分源於一場美救英雄的殺蛇奇遇，何老娘道：「那時就認識了，只是那會兒不知老東西是個短命鬼，真是上輩子欠了老何家的，救老東西一條狗命還沒還清……」

何子衿哄她祖母：「我聽說祖父可是聞名鄉里的美男子哩。」這是何子衿的推斷，要不怎麼據說繡坊李大娘也傾心她祖父呢？但又聽說她祖父其實相貌只算中等。

何老娘心中其實很美，還要作不在意的樣子，「勉強就那樣吧，瞧慣了一樣的。」

「可惜姑姑跟我爹爹像您老人家，也沒遺傳到祖父的美貌。」何子衿每每說兩句實話都要被何老娘臭罵的，何老娘罵何子衿：「漂亮有個鳥用，能當吃還是能當喝？以貌取人，都是那啥，淺顯，淺顯得很！」

何子衿糾正她老人家：「不是淺顯，是淺薄。」

何老娘沒好氣，「對，淺薄！妳個淺薄丫頭，知道個啥？」

何子衿陪何老娘說了會兒相聲，天已盡黑，時人休息得早，何老娘就要打發兒孫各去歇息，陳大奶奶淚流滿面地來了，一進屋便撲到何老娘懷裡，痛哭流涕，「舅媽！」

陳大奶奶這輩子頭一遭與何老娘這般親近，當然，是指肉體上。

陳大奶奶抱著何老娘幾要哭厥過去，何老娘其實挺討厭陳大奶奶，說來話長，陳大妞那死丫頭以前就欺負過她家丫頭片子，何老娘雖然有事沒事也會罵自家丫頭片子幾句，但自己罵行，要別人欺負何子衿一句半句的，她老人家可是極不樂意的。當然，這是以前的嫌隙，何老娘是不打算再計較的，卻也不意味著她老人家記性差就能忘了。近期陳大奶奶也沒少得罪她老人家，上回陳大奶奶來說蔣三妞壞話，明明自己兒子教不好，還敢到她這兒怨東怨西，自此何老娘就看陳大奶奶特不順眼，連陳家也去少了，蔣三妞訂親也沒請陳家人。

倒不是何老娘與陳姑媽老姑嫂兩個生了嫌隙，主要是有陳志這個腦子拎不清的小子，避避嫌也好。如今陳大奶奶鑽她懷裡大哭，何老娘還以為是陳姑媽不好了，臉色都變了，連忙問道：「妳娘怎麼了？」

這話一聽，就知何老娘是個實誠人。

誰家死了婆婆，兒媳能這樣哭啊，不心下暗喜就是有良心的兒媳婦了，何況是陳姑媽那樣的婆婆。陳姑媽與何老娘姑嫂脾氣相仿，那就是對媳婦都不大客氣。以往沈氏剛進門時受的氣就甭提了，要不是沈氏自己能幹，娘家兄弟也爭氣，何子衿能降住何老娘，沈氏又生了兒子，如今日子也痛快不了。

陳大奶奶給陳姑媽做兒媳婦，說來這運道也不差，陳家如今銀子大把的有，陳志還年紀輕輕中了秀才，陳大奶奶也自有其得意之處。只是，她既沒沈氏的聰明，陳大妞也沒何子衿哄住祖母的本事，近期又做了幾件蠢事，以致於做了二十年媳婦依舊沒熬出頭，仍是時不時被婆婆教訓一頓，所以，婆媳兩個有個大面的恭敬就不錯了。倘陳姑媽有個好歹，陳大奶奶又不是被虐狂，怎會傷心痛哭至此？

再者，哪怕陳姑媽真的有了好歹，也該是孝子前來送信兒，怎麼也不會叫陳大奶奶這長子長媳到處亂跑呀？

何老娘不過關心則亂，才以為是陳姑媽有了不好。

陳大奶奶抱著何老娘嚎個沒完，何老娘心下惦記著陳姑媽，急得不得了，何子衿開口安慰老人家：「祖母放心，不是姑祖母的事兒。」

蔣三妞接著道：「倘是姑祖母不好，大奶奶該在家服侍的，就是過來給咱們信兒，也不至於是大奶奶親來。」

兩人這般一說，何老娘放了心，推開陳大奶奶，撫撫衣襟被壓皺的地方，黑著臉問：「妳這是被沖剋了，還是怎地？深更半夜的，好端端的這是做什麼？」

陳大奶奶眼已腫成爛桃，可見不是一時一刻哭功所致，陳大奶奶乍一開口，嗓音亦是沙啞到不行。她跪在何老娘跟前眼淚長流，「舅媽，求三姑娘去瞧瞧我家阿志吧，阿志昨兒上吊了，今天不吃不喝……我也不想活了……」

何老娘嚇一跳，「啥？上吊？」

甭看何老娘震驚若斯，陳大奶奶痛哭苦斯，何恭和沈氏都不知要說啥好了。沈念和何洌完全不能理解陳志表兄的行為，而且接著被沈氏使眼色打發出去。何子衿亦是無語，蔣三妞則根本眉毛都沒動一根，看著陳大奶奶的目光如月色冰涼。

陳大奶奶抽泣哽咽地說陳志的事：「我知道三姑娘是正經姑娘，舅媽家教也好，三姑娘這及笄就訂了親，我也盼著她有個好姻緣……可阿志不知從哪兒知道三姑娘訂親的事，當時也什麼都沒說，誰曉得晚上就想不開了。倘不是他屋裡丫鬟還算伶俐，發現得及時，我就白髮人送黑髮人了……家裡太太也病了，阿志不吃不喝，我也不想活了……」

「這事原是阿志自己想不開，跟三姑娘可有什麼干係呢？可就求舅媽看在太太的面上，看在我也是當娘的面上，叫三姑娘去勸勸阿志吧……這孩子是入了魔了呀……」陳大奶奶哭得上氣不接下氣，「我要早知道他這樣的癡心，我再不禁著他的……」

蔣三妞直接起身回自己屋了。

當天，憑陳大奶奶哭倒長城，蔣三妞也自己反鎖屋裡沒動靜。好在蔣三妞不是個想不開的性子，沈氏勸了陳大奶奶一通，蔣三妞不開門，只得勸陳大奶奶家去了。

沈氏滿心晦氣，便是當著何老娘也不能忍了，道：「阿志怎麼是這樣的脾性？」

何老娘也很來火，大腦不及思量，嘴裡脫口便道：「是啊，阿恭當年也不這樣啊！」

何恭：這話怎麼說的？他可沒要死要活。無非是他娘打斷兩根裁衣裳的尺子，他咬牙忍了，後來他娘便同意了。

沈氏與何老娘做了多年婆媳，經驗早有了，臉皮也練出來了，只作未聞，道：「這可如何是好？三丫頭跟涵哥兒都訂了親的！」過去勸陳志算怎麼一回事？而且，陳大奶奶這做親娘的都勸不好自己兒子，三丫頭能勸得好？萬一陳志見了三丫頭更加入魔，可怎麼辦？憑沈氏本心，是不樂意叫三丫頭去的！這完全是陳志自己單相思，陳大奶奶也是個廢物，這都多長時間了，也沒把陳志勸好，這會兒又來何家哭哭啼啼，當真是腦子不大清楚。

何老娘也沒什麼好主意，嘆道：「你們先去睡吧，明兒個再說。」她老人家雖也心煩，好在陳志與她的親緣遠了，索性先打發小夫妻去睡了。

何子衿在蔣三妞門外轉悠了兩圈，寬慰了蔣三妞兩句，知道蔣三妞精神還好且沒有什麼想不開的，便也去休息了。她一回屋，兩個八卦人士就在她屋等著呢。

沈念、何洌早在陳大奶奶哭天抹淚衝進何老娘懷裡的時候就被沈氏打發回自己屋了，倒不是何家規矩大，實在是沈氏怕陳大奶奶這番形容嚇著兩個小的。

兩人雖被打發出去，其實躲牆根兒底下聽了好半日，這會兒又來跟何子衿打聽。何子衿一揮手，「別以為我沒見你們在祖母的門口探頭探腦，都回去睡覺，沒你們的事兒。」

何洌道：「姊，三姊姊沒事吧？」

何子衿打個呵欠道：「沒事，這跟三姊姊沒關係。」

沈念其實也挺想說點什麼，見子衿姊姊打個呵欠，便拉了何洌道：「不早了，咱們也回去睡吧，子衿姊姊也累了。不知道明天陳大奶奶還來不來呢，真是煩心。」

何洌脾氣比較豪放，「來就來唄，還怕她咋地？」

沈念頓時覺得何洌還是年紀小啊，自己說的話，他好像不大明白，就拖著何洌回屋洗漱睡覺了，臨走前還殷殷叮囑他家子衿姊姊：「天兒還冷呢，子衿姊姊把窗子關好，不要開窗睡覺，會著涼的。」

何子衿應了，讓兩個小傢伙回屋睡覺。

何子衿實在煩了陳家這一家子，自己家孩子不管管好，就知道給別人添晦氣。何子衿滿心晦氣地睡了一夜，果然第二日陳家又上門了。

這次是陳三奶奶陪著陳大奶奶來的，陳二奶奶肚子大了，快生了，不大方便出來走動，便是陳三奶奶伴著妯娌到的。蔣三妞原是在院子裡做繡活，一聽說陳家人來了，立刻跑屋子裡反鎖關門不見人。憑陳家把天說下來，她也不帶應一聲的。

蔣三妞自有其顧慮，她同何子衿道：「他爹娘老子都說不通他，我又不是神仙，哪裡有那個本事去勸好他。陳家這樣，無非是看我好欺，倘是陳大郎換了另一家惹不起的千金迷戀，然後要死要活，陳家敢不敢這樣上門來百般相逼？」

「何況，這樣的事，有一便有二，我總是去陳家，以後一百張嘴都說不清了。」蔣三妞不出房門，與何子衿道：「妳去跟姑祖母說一說，叫她老人家別太心軟。我同陳志，攏共沒說過三句話，這事原就與我無干，是陳家自己沒把兒子教好。如今他要生要死偏賴在我頭上，自來再沒有這樣的規矩。」

何子衿做為傳話筒，安慰蔣三妞道：「不值當為這個生氣，三姊姊只管躲一躲清靜。陳志表兄啊，是被寵壞了，陳家人呢，這幾年乍富，也被寵壞了。就是妳要去，我也不能叫姊姊去。他家拿咱家當什麼了？召之即來揮之即去嗎？自己家但有半點不如意，立刻就賴別人頭上，天下沒有這樣的道理。」

如蔣三妞所說，因陳志看上的是蔣三妞，他才敢要生要死，陳家才敢到何家來一趟趟這樣鬧。倘陳志看到一戶陳家惹不起的人家的千金，他縱使看上，若自知無力求娶，恐怕也不敢這樣要生要死，陳家更不敢去人家做這種無禮要求。

何老娘與沈氏商量出了章程，何老娘就明明白白同陳大奶奶和陳三奶奶說了：「這事我再從頭說一遍，老三媳婦妳也聽聽，回去與妳婆婆學學。我想著，我那老姊姊還是明理的。」

接著，何老娘便道：「阿志這孩子，自幼念書，不大往我這兒來。今年他中了秀才，我這做舅祖母的也為他高興，他來過五六遭吧，向我請安，再同子衿她爹說說文章什麼的。我們三丫頭今年是及笄的年歲，便是來了男人，也是躲屋裡避一避的，話也只說過三兩句，還是當著我的面。我自認，這不算有違規矩禮法。」

「我家貧寒，不比妳家富庶，三丫頭自也配不上阿志。因她生得模樣略好些，自她大了些，門也不怎麼出的。前些天剛及笄，親事也定下來了，不是外處，就是隔壁的涵哥兒，也是尋常的家境。」何老娘道：「阿志這事，從頭到尾的，同三丫頭沒有半點相關。之前大郎媳婦不分青紅皂白來過一趟，妳自己心裡也是明白的。我就是為了避這嫌，三丫頭訂親也沒給妳們信兒。妳說，我孩子都訂了親的，妳怎麼還能過來這樣哭天哭地？妳是不是瞧不起我這做舅媽的，覺得我家裡窮些，比不上妳家，妳就總來鬧我？倘阿志瞧上的是別人家大戶的閨女，妳敢不敢這樣去別人家鬧？」

何老娘指著陳大奶奶直嘆氣，「大郎他們兄弟五個，除了二郎家的小子還沒生下來，哪房沒兒子？怎麼偏生阿志這樣，妳到底是怎麼教的孩子呀？平日裡嘰嘰喳喳話沒個完，怎麼教孩子就不成了？」

「還有，阿志兄弟多了，他這樣，以後是不是別人也能這樣鬧？有樣學樣，他做大哥的也帶了個好頭兒？」何老娘煩心陳大奶奶，道：「妳別在我這兒哭天抹淚了，有這兩缸淚，衝著阿志去流吧。他念書的人，百善孝為先，他不是不懂事的孩子，難不成看著親娘這樣傷心還能無動於衷？妳呀，好好學學怎麼教孩子吧！」

何老娘心下不爽，對陳大奶奶也沒客氣，好一番教訓後，讓沈氏把陳大奶奶、陳三奶奶送走，自己回屋養神，並拎出沈念和何冽教導：「看到你們阿志哥沒？這樣的秀才考上沒用，沒出息，不懂事！以後萬不能學他，知道嗎？」

「知道啦！」兩個小的齊聲回答。

何老娘瞧著自家乖孫白白胖胖，孫女的福星沈念也長得俊秀可愛，再有陳志這樣的反面教材一襯托，越發對自家孩子愛在心上，不覺眉眼彎彎，開懷不已。

陳三奶奶私下同沈氏嘆氣，「阿志實在是不大好。」要不，她也不能跟陳大奶奶過來。沈氏不為所動，「三嫂也體諒體諒我，三丫頭都訂了親的。我聽說州府有好大夫，要不請個好大夫給阿志看看。」是不是腦子有問題呀？

陳三太太嘆，「不要說大夫，大嫂子把芙蓉寺的菩薩、朝雲觀的神仙，還有咱鎮上的黃大仙都拜了個遍……」想說什麼話，又覺得不大合適，人家蔣三妞畢竟是訂了親的，陳三太太嘆口氣，「弟妹只管放心，我們是悄悄來的，沒漏出消息，就是家下人，也都叫閉了嘴。」

沈氏嘆，「那就好。」陳家總算也長了些記性。

陳家知道如今何家不能再像從前視之，的確也做了些保密措施，只是，天下哪裡有不透風的牆。如寧榮二府那樣的人家，都能漏風漏得跟個篩子似的，何況陳家這等暴發戶。

甭看陳大奶奶拿陳志沒法子，她頗有一手賴功，總是來哭求。何涵家就在隔壁，王氏不聾不瞎，琢磨出個問題來，還僵著面皮往沈氏這裡走了一趟。王氏自是沒好直接說，她心裡雖有疑問，只是事關名節性命，若不是有確鑿證據再不能說的，說了便把親家給得罪狠了。於是，王氏委婉道：「這幾天倒是常見陳家大奶奶過來，看她形容十分不好呢。」

沈氏眉心一跳，卻是不動聲色，心下已有應對的說辭，一副惋惜的口氣，「可不是嗎？阿志這孩子病得不輕呢，大嫂子每每過來也是眼淚不乾。有什麼法子呢，都是做娘的人。」

王氏連忙問：「得的什麼病？這麼年紀輕輕的。」

「這也說不上來，反正聽說他娘把芙蓉寺的菩薩、朝雲觀的神仙，連咱們鎮上的黃大仙都拜了個遍，也不見這孩子有所好轉，擱哪個當娘的能不難過呢？」沈氏輕描淡寫的，「不然上回阿素回家，往時阿志都要過來相見的，這回因他身上不好，便沒能相見。」

沈氏說得真，王氏便放下心來，想著也沒見陳志怎麼上何家的門兒，蔣三妞模樣生得雖好，卻不是輕佻性子，斷不至於有事。王氏便順著沈氏的話說了幾句兒女事，及至晌午婉拒沈氏留飯的提議，告辭回家。

陳何兩家都未將事往外宣揚，卻不意味著沒人刻意去說。王氏也是信了沈氏的話的，卻耐不住鎮上一夜之間流言四起。

何老娘和沈氏都以為是陳大奶奶這渾人屢求蔣三妞無果惱羞成怒把事情傳了出去，正要去陳家說道一二，陳姑媽親自來了。陳姑媽面色不大好，這也很好理解，憑誰修來這樣的長孫臉色也好不起來。

沈氏正要問一問何家街上那流言到底是怎麼一回事，正好陳姑媽來了，沈氏的臉色就更難看了。陳姑媽也是帶著陳三奶奶來的，她有了年歲，亦有其閱歷，耳不聾眼不花，一見沈氏的模樣也能猜出沈氏心裡在想什麼。

陳姑媽接了沈氏遞上的茶，先萬分歉意地與何老娘道：「我實在對不住弟妹。」

何老娘長嘆，「這可怎生是好？我就是避嫌，這些天都沒去找姊姊說話。要不，給阿志找個跳大神的來看看。還有，再怎麼，阿志她娘也不該往外頭胡說八道！」

陳姑媽哪裡有喝茶的心，轉手將茶遞給陳三奶奶，道：「阿志她娘是有些糊塗，還不至於糊塗至此！」望向王氏問：「涵哥兒他娘想也是聽到外頭的閒話了？」

王氏扯扯面皮，想給陳姑媽個好臉，可實在笑不出來，晦氣還不夠呢。

王氏說話還好，道：「是啊，可是把我氣個半死，這是哪兒跟哪兒啊？要不是我們左鄰右舍的住著，也非得誤會了不可。阿志不怎麼來五嬸子這裡的，再說，三丫頭跟我家阿涵可是訂了親的，平日裡我都少見三丫頭出門，她也不是隨便的姑娘家。」

「倘不是我叫我家老頭子細查，再不敢來跟我這妹妹說話的。阿志是個糊塗的，他不知怎麼鬼迷心竅就看上了三丫頭，三丫頭是個好姑娘，妳別聽外頭的閒話便誤會了她。自來閨女家生得出眾就容易招惹閒話，三丫頭攏共沒有跟阿志說過三句話，見也沒見過幾面，阿志這是自己不爭氣，再與三丫頭無干的。」陳姑媽與王氏道：「我是有一說一的脾氣，阿志是我親孫子，倘真與三丫頭有關，我現在也不會這般羞愧了。」

王氏聽這話方略略好了些，一個縣住著，陳姑媽也是何氏家族的閨女，這位姑太太的脾氣也是有名的，這話倒還可信。

陳姑媽先穩住王氏，暫不說陳志，先說這縣裡的流言，與何老娘、王氏道：「去歲阿志還未考秀才時，他年歲大了，就想著給他定下一門親事來。這事我這老妹妹也知道，說的不是別人，就是何忻家的長孫女，叫珍姐兒的。你們是同族，肯定也都認得。後來阿志這樣糊塗，親事自是不成了，不知是不是何忻家記恨我家，他娘是病急亂投醫，心裡悶得慌，過來找她舅媽說說話。何忻家覷了時機，便編了這閒話傳了出來。」

沈氏驚道：「可我聽李大嫂子說，珍姐兒也在說婆家，還是州府的好人家，如何會記恨這個？當初姑媽家與忻族兄家議親，也沒定下親事來啊！」親事未定，說不上誰家拋棄誰家！

「侄媳婦說的是，要說自來這親事，成了自是緣分，成不了也不至於結下冤仇，可要不是真查到他家頭上，我這把年紀也不會出來胡說。」陳姑媽臉色微寒，「妳們只管放心，他敢傳閒話，我就得問個究竟。怎麼著，忻老爺家得給我個交代。」

陳姑媽不是什麼有學識的人，但邏輯上真就比陳大奶奶強了三座山去。先穩住王氏，接著把流言的事解釋清楚，陳姑媽面上含愧，對王氏道：「今兒個沒外人，我有一事相求。」

陳姑媽眼圈微紅，「我將話實說了吧，阿志這糊塗東西，是真的不大好了，這會兒拿參湯吊著命……我六十的人了，活這把年紀，沒為這種丟臉的事求過人，如今實在不好開口。」

「三丫頭訂了親的，要是涵哥兒他娘覺得我這老婆子的話還可信，能不能就允三丫頭到我那裡去一趟……這樣，阿志有個好歹，走得也安心……」陳姑媽雙淚長流，傷痛不已。

何老娘立刻就把心裡話說出來了：「阿志果然不大好了嗎？我還以為阿志他娘乍呼呢！姊姊，妳可別這樣啊！」

陳姑媽傷感至極，捶胸慘哭，「我上輩子這是做了什麼孽，修來這等兒孫啊！」

何子衿也覺得陳姑媽肯定是上輩子做了孽，年輕時苦不叫苦，年老來苦才真叫苦啊，尤其陳姑媽的道德標準比陳家其他人要高很多，故此苦處更甚。

陳姑媽這樣痛哭相求，比陳大奶奶那鬼哭狼嚎更令人心生惻隱，王氏實在覺得晦氣又為難，先時覺得蔣三妞這親事挺好的，怎知生出諸多是非來。哪怕如陳姑媽所說，事情與蔣三妞無干，可外頭那些閒言碎語哪裡管你有關無關，屆時叫她兒子如何做人呢？

王氏一時沒了主意，道：「姑太太……這，我……我這也做不了主，要不，等阿涵他爹回來，我們商量一二。」

陳姑媽起身向王氏行一禮，把王氏嚇了一跳，連忙撲過去扶住陳姑媽，道：「可別這樣，您可別這樣……」您這樣的人，到底怎麼養出陳志這樣的孫子來的？

先時王氏還羨慕陳志年紀輕輕的中秀才，如今看陳志這德行，半點不羨慕了。男子漢大丈夫，便是真看中了誰家姑娘，一哭二鬧三上吊是婦人的把戲，怎地一個大男人倒學了個十成十？看她家兒子，雖然考不中秀才，可相中人家閨女也不會這樣壞人家名聲，真個不積德。還有何忻家，自己跟陳家親事沒成，是他自家沒本事，如今傳這閒話，叫她家跟著丟臉。王氏想了一圈，深覺世上果然好人少，托詞兩句回家去了。

陳姑媽覺得對不住娘家，也不好在何家多待，便形容傷痛地告辭了。

何老娘送走陳姑媽，恨恨地罵：「沒心肝的小崽子，看著祖母這樣傷心，才不去瞧他，想死叫他死好了！」對著別人家孫子，何老娘向來鐵血得很。

沈氏嘴唇翕動，卻是沒說話，何老娘已氣成這樣，火上澆油的事，沈氏便沒做。何老娘卻是轉而對沈氏道：「妳去阿忻家問個明白，他家是什麼意思，咱們是哪裡得罪他家不成，叫他家這樣傳三丫頭的閒話！要沒個說法，咱們就去族長家評理！」

先罵了陳志，何老娘接著罵何忻，怒道：「這還是同族呢！平日裡嬸子弟妹叫得親熱，背後捅刀子！自家丫頭說不到可心婆家，不怨自己沒本事，倒賴別人！」

陳家與何忻家結親不成，與她家三丫頭也沒關係呀，又不是她家三丫頭勾引過陳志還是怎地，完全是陳志自己鬼迷心竅。有本事一刀捅死陳志去，卻去傳這沒根由的話，壞她家三丫頭的名聲，何老娘惱火得很。

何恭勸母親：「我看忻族兄不是這樣的人。」

「不是？不是妳姑媽怎麼說就是他家傳的閒話？」何老娘十分有判斷力，「妳姑媽可從來不會騙我的！」又催沈氏：「妳去問清楚，咱家不能白白吃虧，以後叫三丫頭怎麼做人？」

沈氏道：「我這就去。」

甭看沈氏沒替何忻說話，她心裡其實是贊同丈夫所言的，陳大奶奶是有前科的，何忻家素來與她家交好，再說，何珍珍已在說婆家了，說的人家並不差，何苦要放出這等流言，顯得實在狹隘，何況這於何忻家有什麼好處呢？一下子將陳家與何恭、何念三家都得罪了。

哪怕何忻是碧水縣富戶，也不是這樣做事的法子。

不過，此事是陳姑媽親口所言，沈氏還是得去何忻家走一趟。哪怕是誤會，也得問李氏個准話兒，到底是不是他家把流言散出去的。

沈氏去的時候都要晌午了，李氏見了沈氏笑道：「什麼風把妳吹來了？正好，我這裡有新鮮的蝦子，妳留下，咱們一道嘗嘗。」

何康也出來叫人，沈氏摸摸何康的頭，卻是寒暄的心思都沒有，對李氏道：「我有些事，想私下問嫂子。」

李氏命丫鬟帶了閨女下去，還摸不著頭緒，「怎麼了？」

沈氏道：「現在街面上有些三丫頭和阿志的不好風聲，不知嫂子知不知道？」

李氏不好說自己是聾子瞎子，倒是好意勸沈氏：「那些沒影兒的話，不用理會，妳要是理會，可就生不完的氣了。」

沈氏望著李氏，正色道：「今天姑媽到我家去了，說是姑丈親自查的，我乍聽實不敢信，大嫂子，咱們兩家早就交好，可是姑媽親口所說，是府上傳出的這閒話。」

李氏大驚失色，自椅中起身，震驚道：「這怎麼可能？」又道：「絕不可能！」

李氏看向沈氏的眼睛，懇切道：「妹妹，我們可不是認識一年兩年了，咱們有這些年的交情，我豈是這樣的人？就是我們老爺，別的不敢說，可這樣的事也做不出來的。」

「我原也不信，但姑媽說得真切。嫂子也知道，我家姑媽六十歲的人了，親口說出來的話，我也不得不信。倘我問差了嫂子，以後我給嫂子賠不是。倘真有此事，當真是傷了咱們兩家這些年的情分。」沈氏嘆，「我知嫂子與族兄皆不是這樣的人，不至於做出這等糊塗事，可嫂子多在內宅，也只管妳這院裡的事，倘有人有心瞞了妳，也不是不可能。」

李氏緊緊握著扶手，道：「妹妹這樣說，待老爺回來，我定要好好問一問老爺的。妹妹也知道，珍姐兒的婆家已經說定，我們庚帖也換了的，是州府衙門司吏大人家的公子，眼下正忙著預備珍姐兒的嫁妝，如何有閒心管陳家的事？先時兩家是議過親，可親事沒成，也是緣法不夠。如今珍姐兒有了大好姻緣，再不會想著陳家如何的。」

沈氏嘆，「我也盼著這樣。」不然，豈不是好端端的多門仇家嗎？

沈氏和李氏都有些懵，彼此都不能信何忻能幹出這樣的事來。沈氏將事說明白便告辭，好在家裡雖何老娘還在生氣，何子衿知道叫周婆子預備午飯，沈氏回家才有了一餐熱飯吃。

蔣三妞晦氣得什麼都吃不下，同何子衿道：「我與何涵這親事怕會有變。」

何子衿勸她：「三姊姊不要說這樣的話，起碼涵哥哥不是這樣是非不明的人，他對姊姊可是真心得不能再真心。」

蔣三妞冷靜而理智，「王大娘走時，臉色很差。流言從來沒有好聽的，何況這種刻意流出的話？多真的心也經不得流言一日復一日的考驗。」

「涵哥哥還沒說什麼，姊姊倒這樣說，叫涵哥哥聽到，該傷心了。」

蔣三妞一嘆，「真不如跟了賢姑祖母去守寡，起碼有個清靜日子。」

何子衿連忙道：「賢姑祖母有寡可守，妳這嫁都沒嫁人，可別說這樣不吉利的話。」勸了蔣三妞大半日，蔣三妞被她勸得都餓了，何子衿叫翠兒去廚下讓周婆子煮碗麵來。

因何子衿比較講究美食，何家灶上經年溫著一鍋骨頭湯，不論燒菜還是做湯，都是用這湯頭，味兒也好，尤其煮麵，腴潤得很，上面臥了兩個荷包蛋和幾塊中午蒸的臘排骨、幾根燙得碧青的青菜，邊上一小碟辣口的醬菜。

蔣三妞把麵吃光，笑嘆：「餓了吃這一碗麵，便是天塌下來也不令人煩惱了。」

何子衿一笑，蔣三妞自己或者不覺得，但她的確是經過事的人，少時爹死娘跑路，略軟弱一點估計得如她那兩個姊姊一樣，被族人給賣了。蔣三妞能有今日，便不是軟弱的性情，擱別人頭上聽到這流言，多半死的心都有了，但蔣三妞若有死的心，她可能就真的早死八百回了。如今蔣三妞還活得好好的，這流言不見得能傷到蔣三妞，卻有可能傷到蔣三妞的婚姻。如蔣三妞所言，王氏已經很不高興了。

當初訂親的時候，王氏是瞧著蔣三妞嫁妝差不離，兒子又是頭強驢，這才勉強同意。如今這親事都定了，又傳出這種流言來，王氏晦氣得晌午飯沒吃，與丈夫在屋裡說了半日的私話兒。倒是何涵實在一片真心，他也聽了這些話，卻是找了何子衿道：「妳去跟三妹妹說，那些話我一句不信，也別叫她為這事煩惱。以後過日子，她是同我過，又不是同別人的嘴過。我們把日子過好，自然沒人再說這些屁話。」

何子衿這傳聲筒盡職盡責地把何涵這話傳給蔣三妞時，蔣三妞便是素來理智的人也不禁一笑。她少時見慣了父母之間的破事，覺得情愛之事並不可信，至於何涵，蔣三妞也只認為何涵是不錯的結婚對象，跟著這人過日子，比較清靜踏實。

如果女人總要嫁一回，蔣三妞還是願意嫁給何涵這樣踏實穩重的男子的。直至如今，聽了何涵特意叫何子衿傳給她的話，蔣三妞方覺得，或者姑祖母家風水好，她於婚姻上也是有幾分運道的。

流言其實也殺不了人，但無端被傳出這種閒話，憑誰家也痛快不了，哪怕是直指流言出去的何忻家。李氏中午飯都沒吃痛快，哄著閨女午睡後便打發人去叫何湯之妻杜氏過來。

因閨女好事將近，杜氏眉宇間都帶著一絲喜色，笑道：「太太叫我來可是有事？」

李氏讓杜氏坐了，直接把沈氏來說的話與杜氏說了一遍，問杜氏：「我早上也得了風聲，只是這事真不與咱家相干吧？」

杜氏心下一跳，卻是得意之情更占上峰，「看太太說的，他們兩家的事與咱家有甚關連？陳秀才自己喜歡蔣三妞喜歡得要生要死，與咱家有何相關？子衿她娘也是，不好生問問蔣三妞是否真與陳秀才有私，倒聽風就是雨地來咱家說這些沒影兒的話。」

李氏淡淡道：「我不大理府裡的事，不過是叫妳來問上一問，沒關係就好。我也盼著是陳家胡說呢，不然真與咱家相關，別的不說，珍姐兒可是要訂親的人了。妳也別出去亂說別人家的事，不然沾到自己身上，叫珍姐兒受委屈。」

杜氏忙道：「這與珍珍有何相關？」

李氏雖不管內宅的事，可也不是傻瓜，她道：「咱家與陳家先時議過親，只是沒成罷了。倘這流言與咱家有關連，別人不是傻子，叫人如何說珍姐兒？所以我說，咱們家的人都得避嫌，誰也不許多嘴議論這事。把珍姐兒的親事安安穩穩地定下來，才是大善。」

杜氏驚出一身汗，事關閨女終身大事，杜氏連忙道：「太太放心，我豈是多嘴的人？就是家裡下人，我也會管牢他們的。」

「那就好。」打發杜氏下去，李氏也歇息片刻。

李氏一直想等著丈夫回家問一問此事，結果直到晚飯也沒等回丈夫，到夜深了，李氏身邊的心腹趙嬤嬤來回道：「太太，老爺把大爺給打了，叫大爺備車把大奶奶送回娘家去。」

李氏心裡一跳，自語道：「難不成竟是真的？」

趙嬤嬤嘆道：「八九不離十。」

「老大媳婦好生糊塗。」李氏恨恨地一拍榻上扶手，打發趙嬤嬤，「下去吧，叮囑好咱們院裡的人不許多嘴，誰多嘴就攆了出去。」

「是。」趙嬤嬤輕聲道：「太太要不要去勸勸老爺？」

李氏苦笑，「我畢竟不是大爺他們的親娘，見了我，他們面上也不好看。妳叫廚下備幾樣素淡的小菜，煮一鍋黃米粥來。」

趙嬤嬤下去做事了。

李氏實不想管大房的這些破事，她簡直恨死了杜氏，杜氏不把她這個繼母放在眼裡倒罷了，說謊話搪塞她，李氏也不是不能忍。她本就是做人填房的，生就矮元配一頭，何況，繼子都老大了，她膝下只有一個閨女，以後閨女還是得指望著這異母兄弟不是？故此，李氏對長房頗是客氣。不想杜氏做出此等蠢事，連累家裡。

李氏根本不想理這破事，不想何珍珍卻跑來哭求：「求太太看在我娘生兒育女這些年的分上，過去勸勸祖父吧！」

李氏看何珍珍後頭跟著兩個手足無措的婆子，怒斥她們：「妳們是做什麼用的，由著大姑娘深更半夜亂跑！」

兩個婆子連忙請罪，何珍珍撲過去抱住李氏的雙腿，「太太，我娘也是為了我啊……」

「她要是為妳就不該做出這等蠢事！」先打發了丫鬟婆子下去，李氏氣得直拍榻板，「她知不知道，妳是要訂親的人了！她以為別人都是傻嗎？還是覺得自己有本事神不知鬼不覺？妳如今的親事不比陳家強千百倍，她這是著了什麼魔，要做這樣的蠢事？」

何珍珍哭道：「咱家不比陳家差，憑什麼他家敢反口，這樣的奇恥大辱，如何忍得？」

李氏氣笑了，對何珍珍道：「自妳十四上就給妳相看婆家，說過的人家沒有三十也有二十了，多是咱家不樂意，難不成那些被咱家回絕的人家都要說這是奇恥大辱，都要記恨在心，都要去編別人的閒話嗎？」

「妳怎麼這般糊塗？先時咱們與陳家並未訂親，妳看陳秀才如今德行，就該慶幸先時幸好沒與他家結親才是！妳如今的親事可是州府司吏大人家的公子，過去就是做少奶奶，這親事難道不比陳家的親事得意百倍？」李氏冷聲道：「妳是家裡的大孫女，妳祖父盼妳出息，千方百計給妳說了這樣的好親事，妳就是這樣報答妳祖父的嗎？妳與我說，妳娘做的事，妳究竟知不知道？」

何珍珍論心計絕對不是陳大妞之流可比，但母女深情，何珍珍一時啞口，李氏就全都明白了。李氏喚了趙嬤嬤進來，道：「送大姑娘回屋，讓她好生歇著，不許她夜裡亂跑。那兩個婆子既是無用，看不住大姑娘，就換兩個頂用的來。」

何珍珍這才反應過來，哭著央求李氏：「我知道錯了，求太太救救我母親吧……」

李氏說何珍珍：「妳也是有姊妹的人，自作聰明落了把柄在人家手裡，人皆有嘴，妳會說別人，別人就不會說妳嗎？妳即便不替妳姊妹們想一想，也該替自己想想！這事要傳到司吏大人的耳朵裡，妳這親事還要不要？」

何珍珍臉上一片慘白，李氏懶得與她多說，讓趙嬤嬤送她回房去。

何忻夜裡才回房，李氏看他臉色實在不好，還得忍了氣先勸丈夫：「事已至此，乾生氣也沒用，還是想想怎麼辦吧。」

何忻恨恨地罵：「蠢才！」

李氏服侍他換衣裳洗頭臉，道：「老爺這一輩子，經的風浪多了，這事雖棘手，你氣壞了自己的身子更是於事無補。老爺有難處，我雖沒好法子，可要有用得著我的地方，老爺說一聲，我婦道人家不怕丟臉面。你聽我的，先吃點東西是正經。」命人端上清粥小菜。

何忻拍拍妻子的手，長嘆：「我這一輩子老臉都賠盡了。」

李氏寬慰道：「但凡人家過日子，哪就一帆風順沒個溝溝坎坎的？有錯就改了，有坎就邁過去，也就好了。」

何忻道：「老大媳婦不能留了。」

李氏嚇一跳，「這好歹幾個孩子看著呢！」杜氏是得處置，可萬料不到如此嚴重。

「今晚我叫老大送她回娘家了，這無知娘們兒害了老大也害了孩子們！」何忻冷然，「我細審過了，老大活這把年紀，小心思有些，還不至糊塗至此，是杜氏與珍姐兒商量著幹的。珍姐兒好歹姓何，看在祖孫情面上，她倘運道好，平平安安嫁過去也還罷了。杜家若留下杜氏，就讓她歸家，倘杜家過來商議，妳跟杜家太太說，咱家祠堂正缺個念經的。杜家願意就讓杜氏去念經，不願意就讓老大寫休書。過些個日子，找媒人問問，另給老大續娶一房。」

李氏心驚肉跳地應了。

何忻道：「以後家裡的事妳帶著老二媳婦打理，把珠姐兒接過來跟康姐兒一起住。洋哥兒大了，在前頭住著無妨，海哥兒小些，也接過來照看，待老大房裡安穩了，再送回去。」

李氏都應了，沒敢問何珍珍的事。

何忻略用些清粥小菜便與李氏歇息了。

何忻解決事情就比較高端了，他倒想矢口否認，只是陳家不是傻的，陳姑丈拿到證據，這時候他再死不認帳就自欺欺人了，倒不如認下，起碼還落個光明磊落的聲名。

如何忻所料，杜家是不肯接收被休回家的閨女，杜氏犯下了這樣的大錯，杜家也羞愧得很，憑何家處置罷了。

何忻先跟族長請罪，好在他平日裡會做人，連受害者何恭都不大信何忻會幹這種事，事情出在杜氏身上，何族長也跟著罵幾句家門不幸，族中開會把杜氏放擱祠堂去了。

何忻又帶著兒子給何恭何念家賠禮道歉，這兩家是道道地地的受害者，平白無故惹了一身腥。何忻平日裡極為做人，他雖有些家財，在族人間人緣也是極好的，便是有哪家族人家境艱難，何忻也常拿出些銀子救濟。哪怕在碧水縣的名聲，何忻也好過陳姑丈。

如今杜氏做出這種事來，何忻也把人重重處置了，又客氣羞愧地給兩家以重禮，何恭和何念均不是刻薄人，只是晦氣道一句：「要不說娶妻娶賢，這等無知婦人，害人不淺！」

何氏家族一併處置的還有何珍珍的狗腿子何翠丹一家，何翠丹早就與何珍珍交好，何翠丹的父親何洲在何湯手下做事，原是同族兄弟，該更為親近才是，不想背著何湯鬼迷心竅受了杜氏的差遣，犯下如此大錯，便是何湯也饒不了他，而且，這家人也沒何忻在族中地位，何忻連杜氏都能處置了，這家人更沒撈著好兒。何洲帶著揍個好歹的老婆與孩子們被何忻打發到外地做事，何翠丹連夜給說了門親事遠嫁出去。

何家算是先安內，攘外卻另有難處。

要說何珍珍怎知陳家之事，她真是個有心機的姑娘，因與陳大妞有所來往，竟能小恩小惠地收買了陳大妞身邊的丫鬟。更有陳大妞自己嘴也不嚴，給人套了不少話出去。

這等心思也算機巧，卻著實架不住陳家人徹查。陳姑丈都能順著流言摸到何忻家去，這被收買的丫鬟自然也曝了光。小地方的商賈之家，哪怕這幾年發達了，也學著如大戶人家講究起來，但遇著事，陳姑丈難免祭出草根本色，罵陳大妞：「妳這笨蛋，怎麼連自己的丫鬟都管不住，給人賣了都不知道！」

陳大妞到底念幾年書，話還是挺會說的，道：「人家一門心思算計我，以有心算無心，祖父，也不能完怪我啊！」說到最後，她覺得自己也算冤枉。

陳姑丈冷哼，諷刺道：「沒把家賣了，不怪妳？」

陳大妞被罵得臉上通紅，咬牙切齒，「是我信錯了何珍珍，不想那小賤人如此歹毒！」

陳姑丈又說她：「妳這也是念過書的人，閨女家怎能如此粗俗？」

把那賣主的丫鬟安個罪名處置了去，陳姑丈嚴令家裡把下人的嘴管嚴了，又派人去州府何珍珍的婆家說一說何珍珍的壞話。也說不上是壞話，此事原就與這惡毒丫頭脫不開干係，再著幾個機靈人往鎮上散一散何珍珍的閒話風聲，接著，陳姑丈竟沒空去與何忻一較長短，反是同老妻道：「還是接了三丫頭來，叫阿志見一見，興許那孩子能好轉些。」真是造孽，早知長孫這樣一根筋，還不如就娶了蔣三妞罷了，省得大好男兒頹廢至此。

陳姑媽長嘆，「昨兒個我就說了，等信兒吧，人家訂親的，這諸多流言，哪好過來？」

陳姑丈在屋裡轉了幾圈，覺得與老妻說不通，抬腳出去找長子商量了。

反正不論有啥流言，他孫子無非就擔個風流名兒，陳姑丈也認了，這是同長子商量孫子的心病。陳姑丈道：「再這樣下去不是法子，阿志秀才都考出來了，我對他期冀不止於此。你看沈家，原就是長水村一窮家，當初與他家結親，你舅媽死活不樂意。如今沈素一朝金榜題名入了翰林，他家便是咱縣裡數一數二的人家，比咱們這有錢的可體面多了。咱們父子做生意賺銀子，吃喝是不愁了，只是家裡念書人少，便矮人一頭。如今好不容易有阿志這讀書種子，斷不能絆在這上頭。」

陳大郎也是為兒子發愁，嘆道：「早知道他這牛心，當初就去跟舅媽提親了。那三丫頭說是窮些，咱家又不差銀子，好過看那孽障這般自暴自棄。」

陳姑丈老眼一瞇，「好在三丫頭還未成親，既然阿志就這一根筋，也別忒扭了他，萬一有個好歹，後悔就晚了。你舅媽家也不是外人，原我是想著阿行陳遠不論誰跟你舅媽家結親，既然阿志這般，同三丫頭結親是一樣的，反正那丫頭娘家沒人了，你舅媽家就是她娘家。」

到了這地步，陳大郎也不再想給兒子結門好親啥的，現階段叫兒子振作起來方是當務之急。陳大郎思量，「那丫頭親事方定，何念與表弟素來交好，哪怕是因街上這流言，到底與三丫頭無干的。何念家也不是不通情理，不會因此就退親吧？」

陳姑丈拈鬚一笑，招來兒子一番交代，陳大郎臉色變換，「就怕舅媽知道後惱火。」

「婦道人家，惱火也有限，無非是罵幾句罷了。」陳姑丈這等心理素質，可不是會怕被罵的人，「再者，難不成是咱家逼誰嗎？這般天大好事，倘不是看著你舅媽的面子，我再不肯給何念這等天大好處的。到時就看何念心不心動，倘他心動，與咱家又有何干？」

「若何念不動心呢？」

「你呀，就是性子像你娘，這世上許多不動心只是價碼不夠罷了。」陳姑丈有把握，「待安排好，你與我說一聲，我親自與何念談。」

陳大郎實在擔心兒子，顧不得別個，立刻就去安排了。

陳姑丈去給孫子打強心針，「趕緊著，該吃吃，該喝喝，你想求娶三丫頭，也得等站得起來再說，不然你這德行，哪家閨女會嫁你？」

陳志傷心欲絕，生無可戀，「三妹妹已然訂親。」

陳姑丈輕輕給他一巴掌，因陳志這些日子忙著挨打挨罵以及絕食尋死了，身體很虛弱，陳姑丈沒敢用力，低聲同陳志耳語道：「訂親又不是成親，你既這般癡心，如今家裡同意，難不成你不會搏一搏？咱家難道比何念家差，你難道不比何涵，只是失了先手罷了！」

陳姑丈把陳志勸著喝了碗稀粥，又請了平安堂的大夫來給陳志調理身子，而陳姑媽和陳大奶奶聽到陳志不絕食了，不禁喃喃念佛。

柒之章

裝神弄鬼解姻緣

何老娘聽陳姑媽說陳志眼瞅著就要出殯，挺想叫蔣三妞去瞧瞧陳志的，蔣三妞卻道：「去了就是把柄。生死有命，富貴在天。命長命短的也不在於我去不去看他，閻王叫他三更死，誰也不能留他到五更。倘他壽數綿長，這會兒就是餓幾日也要不了命。」

一個大男人，要生要死的威脅誰？便是陳志真就死了，她也坦蕩得很。

何老娘原就猶豫，聽蔣三妞這樣說，便道：「這也是，我去瞧瞧妳姑祖母，順便打聽打聽情況。」不到萬不得已，她也不能叫蔣三妞過去惹這閒話。

王氏和何念也在猶豫著要不要讓蔣三妞去瞧陳志的事，何念十分心煩，道：「叫阿涵去問問，願意去就去，不去就不去！」

何涵便去了一趟，知道蔣三妞的回覆後心下很是熨貼，王氏鬆了口氣，道：「三姑娘還算是明白人。」管他陳志是生是死，都是自找的！

何涵道：「娘，您就放心吧，咱們兩家住了這些年，三妹妹什麼樣的人，難道您不知道？她要希冀富貴，也不是找不著高枝。」

王氏哼道：「你以為高枝是那麼好攀的，還是咱家這樣的人家才可靠。倘換一家聽到這些風言風語，還不知要怎麼著呢。」

何涵道：「管他別人怎麼說，咱們自過日子就是。」

王氏嘆口氣，因蔣三妞還算明白，她也就不再說啥了。

何老娘帶著何子衿去飄香園買了兩包果子，同何子衿道：「妳姑祖母最愛吃栗粉糕了。」祖孫兩個一道去陳家瞧陳姑媽。

出了飄香園拐過兩條街，不想就遇著三太太帶著兒媳婦五嬸子站自家雜貨鋪門口抑揚頓挫口沫橫飛地說閒話：「要我說，蒼蠅不叮無縫的蛋！這要是沒影兒，誰去說她？他五嬸子慣會說嘴，把自個兒娘家侄孫女誇成花朵兒一般，殊不知背地裡這許多手段……」

何老娘耳不聾眼也不太花，臉當下就黑了，這兩天正為這個晦氣，三太太還敢出來說閒話，且正給她老人家聽個正著。何老娘可不是受氣的脾氣，兩人本就不對盤，何老娘抄起一包栗粉糕嗖地就對著三太太的腦袋砸過去了。三太太被砸個正著，何老娘幾步過去，撥開個聽閒話的小子，指著三太太的老臉問：「死三八，妳說什麼呢？」

三太太正說得興起，也沒瞧著何老娘，冷不防挨了一砸。三太太一瞅，竟是何老娘拿暗器傷人。原本說人家閒話叫人家聽個正著有些心虛，可挨了這一砸，三太太也惱火了。上回蔣三妞及笄宴，她受了何老娘的擠兌，有不少族人明裡暗裡說她摳兒，三太太心裡早記恨著何老娘，如今有了何老娘家的閒話，自以為逮著機會，遂拿出來大說特說。三太太揉著老臉喊道：「說什麼？說什麼妳不知道？怕人說就把家裡丫頭管好了，別出去勾三搭四！」

何老娘接著把另一包栗粉糕也拍到三太太臉上了，甭看三太太扯著嗓子會說，論行動力她實在不比何老娘。砸了兩包栗粉糕後，何老娘幾步上前。老太太真正年歲不算老，還沒六十呢，平日天天早上練五禽戲收拾家裡的菜園子，結實得很。這會兒撲到三太太身上將她壓倒在地，反手就是兩記耳光，抽得三太太散了頭髮嗷嗷直叫。

五嬸子這做媳婦的怎能做視婆婆挨抽，過去拽何老娘的頭髮。何子衿也不是瞎子，這會兒講理是甭想講清了，她竄過去一拳搗上五嬸子肋間，打得五嬸子慘叫。何子衿抄起她的手腕就是一口，咬得五嬸子鬆了手，接著何子衿腳下一絆，摔五嬸子個屁墩兒，又跳起來縱身一砸，她便是年歲不大，也把五嬸子砸得翻了白眼，接著朝著五嬸子胸腹間就是一通亂打。

她人小手卻快，也不過一兩分鐘已將五嬸子打倒，見鋪子裡夥計出來，拉起何老娘就往家跑。祖孫兩個腿腳奇快，店鋪就一個夥計，又急著救三太太五嬸子，也沒認真去追她們。

祖孫二人一溜煙跑回了家。

何老娘的髮髻被五嬸子抓了一把，雖沒抓開也有些鬆了，何子衿下手下口都是狠的，咬了一嘴的血，這祖孫二人一回家，險把沈氏嚇死。

沈氏整個人都不好了，「相公……」就把何恭從書房喊出來了。

何恭見他娘滿頭亂髮，他閨女滿嘴是血，祖孫兩個喘得上氣不接下氣，何恭臉都白了，以為是出什麼事了，撲過去扶著他娘，聲音直顫，問：「娘，您怎麼了？」

沈氏顧不得摸帕子，抬袖子幫她閨女擦嘴角的血，問：「是不是在外頭叫給人打了？」

咦，血擦掉臉上也沒腫啊！

何老娘神氣十足，推開兒子，昂頭挺胸地屋裡去了，道：「沒事！就是把那貧嘴賤舌的死三八給打了一頓！」

何子衿要了水來漱口，余嬤嬤給何老娘重梳了髮髻。

何老娘問何子衿：「那賤人打妳了？」她只顧著抽三太太，沒顧上自家丫頭片子，可跑的時候是丫頭片子拉了她，不像是吃了虧的。

「沒，我咬阿滄他娘一口，使的勁兒有點兒大。」漱過口，何子衿又重去刷了牙，回屋時何老娘已威風八面地同兒子媳婦說起三太太婆媳多可恨來，「瞧見我過去，那賤婆子倒來了勁，伸著脖子直說給我聽呢！我要不給她個厲害，她當我是泥捏的！」

何子衿接著說：「就是，阿滄他娘還要上手幫著三太太打祖母，祖母的頭髮就是給她扯歪的，我咬了她一口，給了她幾下子！」

何老娘誇自家丫頭片子：「咬得好！」說著吩咐余嬤嬤：「把粟粉糕裝盤子給丫頭吃！」這是她老人家百忙之中撿回了一包抱回家的，又說何子衿：「妳拽我忒急了，該兩包都撿回來的，要不肯定給那賤婆子撿了去吃，白糟蹋了！」

何子衿十分有智慧，道：「要是在咱家門口，肯定得撿回來，那不是在他家鋪子門口嗎？鋪子裡還有他家夥計呢。咱們打三太太跟五嬸子婆媳沒問題，要是有夥計跟著上手，咱們可就不是對手了。」

「這也是。」何老娘自拿了塊粟粉糕吃，「憋了好幾天的氣，今兒個才算痛快一回。」

何子衿覺得自個兒也出了大力氣，便也拿了塊粟粉糕吃，她想得深遠些，問：「咱們把那婆媳兩個打了，我聽說阿滄家親戚不少，一會兒找咱家來怎麼辦？」她家自曾祖父起就是三代單傳了，有名的單薄人家。

何老娘剛打了勝仗，強橫得很，一揮手，豪氣干雲，「不少就不少，我還怕他不成？來一個，打一個。來兩個，打一雙。敢來，一個個全打出去！」

沈念大聲道：「子衿姊姊放心，誰來我揍誰！」

何冽跟著起鬨：「先把棍子拿出來！」

沈氏頭疼死了。

何恭連忙教育兩個小的：「還是要以理服人。」

何老娘將嘴一撇，對沈念和何冽道：「理說不通只管揍！揍到他怕，什麼理都通了！」

何恭無奈，「娘……」

「你說吧你說吧，淨跟孩子們說沒用的。」何老娘雖說沒念過書，可經的事兒多，「你們這些秀才，就知道講理，似三婆子那東西，你能跟她講通道理嗎？」

何恭被她娘噎得半死，何老娘教導孩子：「為人處事，人不惹咱，咱也不去招惹別人！人若欺負到咱頭上來，也不能怕事兒！怕事兒就叫人小瞧，知道不？」

「知道啦！」沈念和何洌扯著小奶音齊聲應下。

何老娘十分滿意，叫他們一起吃點心，還安慰蔣三妞：「放寬心，這事兒不怪妳，別把星點兒事就往心上放，過來吃吧，這是給妳姑祖母買的，砸得有些扁了。今兒不去瞧她了，明兒個有空再去。」

於是，大家分吃了一包因外力撞擊有些歪碎的粟粉糕，何老娘歡歡喜喜地又對何子衿進行了一次誇讚：「不是那等呆貨，還知道搭把手，幹得好！」

何子衿亦是得意，拍何老娘馬屁，「我這都是隨了祖母的脾氣，吃啥也不能吃虧呀！」

何老娘被自家丫頭片子哄得哈哈大樂。

何恭和沈氏十分憂愁。

夫妻兩個顧不得教育閨女做淑女的事，私下商量，先著翠兒去鋪子裡把沈山與小福子叫回來了。何恭雖然覺得何三老爺家不至於打殺過來，但將心比心，若有人把自個兒娘揍了，他也不會善罷干休的，而且，三老爺家有三個兒子兩個閨女，雖說閨女都嫁人了，二子和三子也分產不分家地分出去過了，可集合起來也是不少的人馬。

沈氏還令周婆子把廚下挑水的扁擔與家裡能使的棍棒找了出來，何恭道：「不至於此。」

沈氏道：「有備無患。咱們家裡老的老小的小，就你還成，你又不是會打架的脾氣。」

何恭被妻子說服，「也好。」

待得小福子和沈山回來了，沈氏才堪堪放心，將事情同他們兩個說了一遍。沈山在碧水縣打理醬菜鋪子也有些年頭了，初來時不過十五六歲的少年，如今老婆娶了兒子也生了，在碧水縣日久，對何三老爺那一家子也有所了解。

沈山道：「大爺和大奶奶只管放心，那一家子素來欺軟怕硬，財迷心竅，只知占便宜的摳索人家。他家兒女是多，可給他家老大何悌娶了媳婦後，勉強給老二何禹和老三何慳娶了媳婦，分了些分家銀子給何禹何慳後，便將人打發出去過日子。家分得本就不公道，何禹和何慳難免心生不滿，這會兒怎會實心出力？」

沈氏道：「哪怕不實心出力，便是為了臉面，恐怕也會來鬧一鬧。」

沈山道：「大奶奶放心，我跟小福子在，不會有事。我想著，街面上我還認識些個熟人，不如一塊叫了來，倒不是為了打架，壯壯聲勢也好。」

沈氏看向何恭，何恭一盤算，反正小福子和沈山都叫來了，這會兒也不是客氣的時候。他雖性子好些，也不是傻瓜。自己家萬一被人砸了，名聲且不說，一家子老小也禁不起。

何恭道：「成，就這麼辦。」

沈山便找人去了。

他是沈素從長水村帶出來給姊姊做掌櫃的，他弟弟沈水如今替沈素看屋子打理田地，連帶著沈素先時替鄉親們倒騰田間出產的事兒，早便交給了沈水幹。兄弟兩個都不傻，早合計好了，這輩子就跟著沈素與何家混了。以後倘兒孫有個出息，念書啥的，也能沾光不少，說不得兒孫輩能熬出個頭兒改換門庭呢，反正總比一輩子埋頭種地強。

故此，皆十分用心得力。

沈山這些年在碧水縣，很是交好了一些人，何恭又將何念及何涵父子叫了來幫忙，他家也有幾個夥計。一時，三太太家裡兒孫女婿的果然抄著傢伙找上門來了。

何恭家大門根本沒關，敞得開開的，三太太家是長子何悌帶頭，那咬牙切齒的模樣，誓要將何恭家砸個稀爛，然後把人挨個揪出來揍成豬頭才罷。不想，甫一進院兒，就看十數個大漢手持棍棒，正嚴陣以待。

何悌當時就慫了一慫，何禹立刻退了一步，找了個比較靠後容易逃跑的位置。何悌見何恭家有所準備，強撐著一口老娘老婆被抽豬頭的惡氣，怒指著何恭的鼻子道：「何恭，你娘你女欺我娘我妻，這事兒沒完！」

何恭自家也有理，「明明是三大娘滿嘴胡話，成心尋事生非，不然我母斷不會動手！」

何悌往地上啐一口，「你自家教導孩子不善，傳出些狗屁倒灶的事，如今還敢強詞奪理，甭以為你人多我就怕你了！」

何恭很老實地說：「你不怕就好。這事錯原不在我家，你要打就動手吧。我也尋了人來，倒是痛痛快快打一場，叫那些碎嘴婆娘們看看我家也不是好欺負的。」

操！酸秀才咋這般強硬了？

何悌把要緊的男人們都帶來了，不想何恭家叫的人更多，且備了棍棒，這打起來，自家不一定有勝算。何悌一時猶豫起來，想打吧，怕要不贏，輸了丟臉。想退吧，老娘給人抽了耳光，自己倘如縮頭龜一般，更令人恥笑。

一時間，何悌進退兩難。

他家三弟何慳比較活絡，大聲道：「這事兒不算完，甭以為你家仗勢欺人就完了，我定要請族長斷個公正！」

何禹跟著勸他大哥：「哥，族規上說，不許族人私下鬥毆，否則驅逐出宗族！你看這酸秀才，外酸內奸，早找好人就等著咱們自投羅網呢！咱們這會兒動手，就是上了他的當！咱們尋族長說個公正，我還不信這世上便沒天理了！」

何禹和何慳都想得明白，他們兩個都是娶了媳婦就被分了家出去的，大家大業都在老大手裡。老大為父母挨揍倒罷了，憑什麼他們也一道來挨揍？明知打不過，還打個啥？俗話說的好，好漢不吃眼前虧。要打讓老大自打去，不然他們受了傷挨了揍，也沒人給出棒瘡錢。

兄弟三個兩條心，不但兄弟慫，姊夫妹婿也不是鐵漢，瞧三太太五嬸子對何琪就知道，這門子的傳統，拿著閨女都不當人，何況女婿呢？

姊夫和妹婿一聽這話，立刻回應。

於是，三太太這一群兒孫女婿是轟轟烈烈地來，蔫頭巴腦地去。

何恭這老實人也算開了眼界，他今兒請這許多人來助陣，如今三太太家這群兒孫滾了，何恭立刻吩咐去叫了兩桌席面，中午一道吃酒。

諸人難免更鄙視三太太一房的為人，哪怕自家不占理，親娘給人揍了，來都來了，拚了命也該打一場，才是做兒孫的道理。誰知竟是這般慫人，哪怕是省了自己手中棍棒的事，也十分看不上這樣的人品。

何悌帶著兄弟子侄往族長家告了何恭一狀，說何老娘夥同其孫女何子衿把他娘他媳婦打出人命來。何族長嚇一跳，「啥？你娘跟你媳婦都不大好了？」

何悌為了把事情往厲害裡說，並不將事說明，只一味哭訴：「大伯，您要不管管，我可是沒法兒活了，指不定哪天把我也打死了事啊！」

何族長以為真出了人命，連忙命人叫了老妻出來，急道：「妳趕緊去老三家瞧瞧，老三媳婦跟悌哥兒媳婦不好了。」

劉太太就懵了，「這是怎麼說的？老三媳婦前兒還來我這兒說話，有說有笑的，精神也好著呢。」難不成是發了急病？

何族長都站不住腳了，起身就往外走，「是被阿恭她娘跟阿恭她閨女打的。」

劉太太一把就將老頭子拽了回來，道：「這話就沒譜兒！阿恭她娘比我小幾歲有限，也是五十多的人了。他閨女多大，剛十一，這麼一老一小能打出人命來？你打一個給我瞧瞧！」

何族長這才覺得不對，問：「到底怎麼回事？你娘你媳婦真沒命了？」

何悌這才說，被打床上起不來了，命還是有的。

何族長倘不是好性子，當下就得給何悌兩耳光，就這樣，何族長也指了何悌罵：「你個不孝的小崽子，有你這樣咒你娘的嗎？」

何悌痛哭流涕，「大伯，您可得替我主持公道，我娘這會兒還起不了身呢！我與何恭家無冤無仇，他家老太太見著我娘就是一番痛打，沒來由啊！」

何族長在其位謀其政，還不能撂開手不管，就是劉太太，身為族長太太，也去瞧了三太太五嬸子一回，又找來何恭問緣由。何恭照實說了，何族長先訓斥了何悌：「你糊不糊塗，這等事也是能胡說的？那些不明底裡的小人倒罷了，你可是姓何的，怎能出去胡說八道？」

何悌冤死了，是他娘胡說，又不是他胡說。

何族長說何恭：「你家太太有理說理，這直接上手也不對。」反正他娘打也打了，氣也出了，自家也沒吃虧，何恭不願意就此事多做糾纏，道：「我娘那脾氣，大伯也知道，她就不是能忍氣的人。今天她是聽三太太胡說，明兒聽著別人胡說，照樣要維護族裡聲譽的。」

何族長嘆口氣，對何悌道：「你去跟你娘說，以後不准再胡說八道。她這般胡言亂語，我聽了都想揍她。」又對何恭道：「你三大娘傷得不輕，還有阿悌媳婦也傷了，事原是你三大娘和阿悌媳婦沒理，你出個湯藥費，這事兒就算了。」

何恭當下也應了。

誰知何老娘聽到要出錢給三太太，那是死都不能同意的，還去劉太太跟前說了回理，何老娘道：「呸！竟敢叫我出十兩銀子？那婆子是不是金子打的？我就是捶死她，也不值十兩！誰說我打她了，我沒打，是她打我了！我也去瞧大夫，算一算，她該給我二十兩湯藥費！沒門兒，我沒錢！」

劉太太這做族長太太的還得給兩邊兒調停，不許何悌家要虛價，另外，何老娘是妳打的人，多少妳得出點兒。何老娘是還價高手，一直從十兩銀子還到一兩二錢，就這樣，她還得刨減了當初落在三太太雜貨鋪子門前的一包栗粉糕的錢，何老娘堅稱她掉的那包栗粉糕是被三太太這刁婆子撿了去，而且，她不是空口白牙一說，她是有人證的。

三太太知曉此事後萬分後悔，同兒媳婦道：「早知這樣，不該撿那一包破糕的！」

五嬸子肚子上的淤青未褪，抱著肚子後悔當初不該看何子衿年紀小就放鬆警惕，倘知何子衿是這般辣手的臭丫頭，她就不去救婆婆了。挨了揍不說，就是那糕撿回來，也沒輪到她嘴裡一口，全給婆婆鎖櫃子裡自己吃。好在她兒子阿滄也得了兩塊，才令五嬸子意氣方平。最後算了算，何老娘一共要出一兩一錢銀子給三太太做湯藥費。

何老娘的錢都是串肋條骨上的，哪兒這麼容易就拿出去啊，尤其是拿錢賠給三太太，何老娘真寧願去餵了狗。只是，要實在不給，劉太太的臉上不好看，且她也應了這價碼的。她老人家不愧是自詡智謀非凡的人，她真沒出這錢，她找了何忻家一趟，與李氏說道一番。歸根到底，都是他家傳的閒話，根兒在這兒。李氏寧可花錢消災，還得何老娘一句實在話：「娶妻娶賢，你這做後娘的本就不易，再給阿湯說親，可得給阿湯說個好媳婦。」

李氏命人秤了銀子替何老娘送到劉太太那裡，然後一臉扭曲地送走了何老娘。

要說三太太也是一奇人，她不知從哪兒得知她那湯藥錢是何老娘從李氏這裡訛來的，還來李氏這裡煽風點火。李氏最不愛聽人提這檔事，且何忻在族中向來有地位，也不至於去給三太太這等人臉面，當下一句話：「是啊，我跟五嬸子說了，以後再聽到人胡說八道，造謠生事，只管去打，打完了，我給出湯藥錢。」當下把三太太噎個半死，面紅耳赤地走了。

李氏厭惡三太太為人，便與丈夫絮叨了一回。

「五嬸子小氣些，倒還明理。卻是三嬸子，哼，她是只嫌事兒少！」何忻在自家說話，也沒顧忌，道：「當初怎麼沒多抽她幾個嘴巴子！」

何老娘在碧水縣小範圍內揚了回名聲，於何氏家族大範圍內打響了名聲，雖然以往老太太名氣也不小，但終不比這次得一「武林高手」的名頭響亮。何氏家族的人都這樣說：「我的天啊，以後說話得小聲些，叫那老太太聽見打一架，贏啊輸的，丟臉是真的。」有人說：「以前看不出這般厲害來，三太太那樣的，竟也招架不住。」

對此，感觸最深的是陳大奶奶，妯娌間也聽說此事，在陳姑媽屋裡說了一嘴。

陳姑媽道：「妳們舅媽早就是這樣的直脾氣，那種無事生非，造謠碎嘴的婆子原就該抽，如今妳們舅媽脾氣好多了，年輕時更直爽。」說著瞧陳大奶奶一眼，幸而弟妹這年老收了些性子，不然大媳婦這樣嘴賤皮子癢的，早被她抽地上去了。

陳大奶奶被婆婆看得心下一抖，陳姑媽問：「阿志好些沒？」

陳大奶奶忙道：「好多了，丫鬟扶著，可以出來走走了。早上冷，我不叫他出來，下晌不冷不熱的時候在院裡坐會兒，今兒中午吃了兩碗粥，阿志想吃些乾的，只是張大夫交代了，他腸胃空得久了，得慢慢往回養，可不能急，不然真落下病根兒，一輩子受罪。」

陳姑媽嘆，「佛祖保佑，這就好。」

陳姑丈與老妻私下說話時，也笑了何老娘一回：「他舅媽還是這樣威武！」

陳姑媽道：「哼，何老三那媳婦早就是生張欠捶的嘴，以後別叫夥計跟他家做生意！」

陳姑丈笑，「這不必妳說。只是他是做雜貨生意的，與咱家來往不多。」

「來往不多也是一樣。」陳姑媽很是唾棄了三太太半日，又與老賊道：「阿志好多了，他總算明白過來了。」

陳姑丈覷了時機，道：「先時還要死要活，妳知道他為何這般乖巧吃飯喝藥不？」

陳姑媽道：「阿志就是一時糊塗罷了，大小夥子，說明白也便明白了。」

「要是這般容易，我少活二十年都高興。」陳姑丈道：「我與妳說，妳心裡有個數，卻也別說漏了嘴。」

「到底什麼事？」

陳姑丈打發了屋裡丫鬟，低聲道：「我同阿志說，待他好了，就讓他娶三丫頭為妻。」

陳姑媽狠捶他一記，「你瘋了？三丫頭早訂親了！」若知孫子這般，陳姑媽也早同意了這親事，只是陳家人拗不過陳志認命時，人家蔣三妞同何涵已訂了親。如此，孫子也沒轍了。當然，這是相對於陳姑媽這般正直的人而言。

陳姑丈挨了老妻一記老拳也沒說啥，他低聲道：「我是這樣勸好了他。妳想想，阿志原本都糟蹋自己成啥樣了？我這把年歲，難不成叫我白髮人送黑髮人？那我寧可走阿志前頭，也不去傷這個心！」陳姑丈這把年歲，人老成精，頗有幾分演技，說著傷感的話，一雙老眼裡也配合著淚光閃爍。

陳姑媽也是心疼長孫的，「你這樣糊弄他有什麼用，人家三丫頭畢竟是訂親的。」

「先給他個念想吧，我說了，他也是堂堂七尺男兒，憑他好後如何吧。這會兒想不了這樣長遠了，再耽擱下去，任他糟蹋壞了身子，咱們有兒有孫，也得為大郎想一想。妳如今嘴把嚴了，先哄著他，待阿志大安，我再想法子。」陳姑丈長嘆，「兒孫都是債啊！」

陳姑丈有前科，陳姑媽對他道：「你切不可去做傷天害理的事！」

「看妳說的……」

陳姑媽淡淡道：「三丫頭都訂親了，待阿志身子好了，好生規勸於他就是。阿志的性子，做不出傷天害理的事來。看三丫頭訂了親，也只能罷了。」

陳姑丈連忙道：「我也是這樣想的。」

陳姑媽深深看老賊一陣，合眸道：「那就好。」

陳姑丈雙手合十，「我的菩薩太太啊！」這是怎麼一回事，他越發往壞蛋裡發展，媳婦則越發往慈悲發展，於是，把他襯得更像壞蛋了。

陳姑丈肚子裡自有一張算盤，他是個男人，覺得老妻不了解男人是怎樣的一種存在。倘孫子能明白過來，早便明白。打過罵過苦苦勸過，都沒能明白，孫子這是認準了那丫頭。雖然蔣三妞的條件與陳姑丈想的差距甚遠，可他也不能看著孫子把大好性命賠在一個女人身上。到這個地步，陳姑丈也認命了，他是拗不過孫子的。好在那蔣三妞是何老娘教導出來的，品行瞧著還好。再說，跟他孫子可比嫁何涵有福多了。

陳姑丈盤算著，陳大郎過幾日自州府回來，與他爹道：「爹，都安排好了。」

陳姑丈點頭，「好。」

事情其實很簡單，陳姑丈保證他沒威脅何念，只是將一樁天大好事擺在何念面前罷了。

陳姑丈的手段是這樣的……

要不說患難見真情呢，經過了流言風波，何涵與蔣三妞的感情更上一層樓，以往蔣三妞只當何涵是合適的婚姻對象，如今看何涵，心裡便多了些別的味道。反應到行動上，蔣三妞對何涵多了些關心。蔣三妞稍稍主動，何涵就甭提多美了，恨不得駐紮到何恭家日日守著蔣三妞才好。蔣三妞送他一盆茉莉，道：「這是我親自養的，放屋裡熏屋子是極好的。」

何涵天天擺床頭供著，服侍這花比服侍他娘還周到。待入了夏，蚊蟲也多了起來，蔣三妞見何涵臉上有抓破的包，知道他是招蚊子咬的，何涵道：「早上我娘拿熏蚊子的藥熏屋子，那味兒實在嗆，晚上還散不去，我生怕中毒，不叫她熏，又招蚊子得很。」

蔣三妞笑，「不早說。」送他盆驅蚊草。

何涵還不大信，聞一聞，「倒有些怪味兒，有用不？」

蔣三妞一嗔，何涵嘿嘿一樂，還挺會說甜言蜜語，悄悄同蔣三妞道：「就是沒用，妳送我的，也是寶貝。」

蔣三妞莞爾，眉眼生動，直瞧得何涵臉上一熱。

驅蚊草效果不賴，蔣三妞便多送了幾盆給婆家。

直待一日，何涵與蔣三妞道：「我家鋪子接了單大生意。」

蔣三妞不是要著意打聽，只是順嘴兒一問：「什麼大生意？」她聽何涵說過，雜貨鋪子其實利兒不小，只是生意小，賺的都是小錢，積小成多，安穩也可靠。

何涵眉飛色舞地說起來，道：「也是我爹一個知己朋友給引薦的，咱們州府不是有駐兵，將軍大人手下得用的管事，管著軍需的，往咱們鋪子裡訂了些貨。啥東西，軍中用的，量便大。這才頭一回訂貨，可嚴了，利不大，量大，算下來也是不小的進項。」

蔣三妞倒沒似何涵這般歡喜，她道：「我聽說軍隊裡的生意難做得很，非有可靠關係不行的。」知己朋友？到底有多知己？來龍去脈是怎麼回事？這年頭誰家不是肥水不流外人田？

何涵自幼偏好武藝，為人亦重義氣，道：「放心吧，我爹同馮叔是多年的老交情了。」

蔣三妞並不知這位馮叔是哪位，她道：「不論如何，還是打聽清楚的好。」

何涵笑，「妳只管放心。我跟妳說，不是叫妳擔心的，是叫妳高興來著。若能把鋪子生意做大，以後也能多給妹妹們攢些陪嫁，咱們兒女也能過好日子。」

蔣三妞臉上微紅，「越說越沒邊了。」

什麼是好日子？讓蔣三妞說，現在安安穩穩的就是好日子了。

何涵家生意做得順風順水，正是興旺之兆。一日，王氏正在何老娘這裡說話，王氏笑咪咪的樣子，「喜房都收拾出來了，嬸子只管著人去量尺寸打家具吧。」

何老娘道：「好，我算著也差不多了。」再收拾不出來，就得耽擱打家具的事了。

沈氏在旁湊趣地聽著，何老娘笑著打聽：「聽說妳家裡又置地了？」

王氏道：「這話不好去別人家顯擺，我是真覺得自從給阿涵定了三丫頭，我家裡這運道就無端旺得不得了。涵哥兒他爹接了單軍中的大生意，人家看他實誠，倒是肯照顧他。我想著麗麗還小些，培培與子衿是同歲，過兩年就是大姑娘了，既然家裡日子寬泛，也得給閨女預備些呢。別的我不大懂，這田地自來最穩當不過，總不會錯。」

「很是。說來還是田地最可靠，雖出息上不如鋪面，可生意不如田地穩妥。」何老娘也是田地鍾愛之人，極贊同王氏的法子。何念家家業興旺，何老娘也高興，還順道讚沈氏：「子衿她娘也是一樣，鋪子裡的盈餘慢慢置了地，每年出產，家裡吃用不盡的再賣了置地，慢慢的就是一份家業了。」雖然沈氏自己置下的自己打理，何老娘不打沈氏私房的主意，可沈氏是她們老何家的媳婦，沈氏的私房，到頭來還不是她家乖孫和丫頭片子的嗎？所以，沈氏私房豐厚，何老娘也很是開懷。

王氏正說買地的事，突然從椅中站起來，直挺挺就躺地上了。

何老娘和沈氏都嚇一跳，連忙將王氏從地上抬到了榻上去，又命人去叫大夫，還有人到隔壁說一聲。王氏這是犯什麼病了啊？沒聽說有舊疾啊！

碧水鎮上的神醫張大夫都請了來，張大夫卻是束手無策，將王氏扎醒後王氏不會說話也不認人了，從榻上跳下來，雙腿僵直地往前蹦。

何老娘大喊：「不好，中邪了！」

何涵抱住他娘，王氏還要一縱一縱地蹦躂，何涵一手刀將他娘砍暈，急出滿頭大汗，「這可如何是好？五奶奶，我娘這是怎麼了？」

何培培和何麗麗聞信兒跟著兄長過來，見娘這樣都嚇哭了，蔣三妞與何子衿一人一個安慰她們。何恭急得團團轉，道：「阿涵，趕緊去找你爹回來！」

何老娘覺得王氏肯定是中邪了，道：「我們正說你家新房收拾好量尺寸打家具的事兒，你娘說要再置些田地，突然就這樣了。」

沈氏道：「要不要叫個跳大神的來看看？」

何涵倒還有主意，「五奶奶、恭叔，你們幫我看著我娘些，我去叫我爹，再去找我師傅過來看　看。」他也覺得他娘是中邪了。

「成，你去吧，我守著你娘！」何老娘這把年紀，經過見過的也多，又讓余嬤嬤去拿洗衣裳的棒槌，「萬一又醒了，倘咱們制不住她，阿恭還有膀子力氣。」

沈氏細看王氏雙目緊閉，直挺挺不動的模樣，與婆婆商量：「好生邪性，莫不是涵哥兒他娘撞剋了什麼東西？」

何老娘道：「不好說，反正瞧著不是病。」

何子衿和蔣三妞誰也沒見過這個，沈念心想，王大娘這不是也鬼上身了吧？

老鬼：……

沈念在心中問：「老鬼，還在不在？」懷疑是老鬼從他身體出去附了王氏的身。

老鬼：真想掐死這小東西，他以為上身是這麼容易的事啊？他老人家決定不理會這沒見識的小東西了！

沈念得不到老鬼的回音，以為老鬼真的附了王氏的體，頓時臉色都變了。

一時，何念急匆匆來了，擰眉臨近了喚王氏幾聲：「阿杏……」

王氏陡然睜眼，雙手如爪，手出如電，一道殘影就扣住了何念的脖子，用力之大，手背都顯出幾分猙獰來。何念被掐得雙眼翻白，何恭立刻去救何念，誰知王氏力大無窮，雙眼圓瞪，咬牙切齒地掐著，喉嚨裡還發出「呵呵呵」的聲音。何恭這樣的大男人都掰不開王氏的手，何老娘生怕王氏掐死何念，抄起棒槌對著王氏的後脖頸子就是一下，王氏咚地又倒了回去，沒動靜了。

何念扶著榻險把肺葉子咳出來，蔣三妞忙倒了盞茶給何念。何念喝一口，一張嘴嗓子都啞了，「這是怎麼了？好端端的，莫不是給髒東西纏住了？」

何老娘道：「莫急，阿涵去請和尚了，叫和尚來瞧瞧再說。」

王氏突然中了邪，何涵將和尚請來也沒用，黃大仙都拜過了，王氏仍是老樣子。何念的老娘方氏也急得來了小兒子家看顧這中邪的兒媳婦，常氏過來幫著照看何培培何麗麗姊妹。這幾天，姊妹兩個都是跟著蔣三妞何子衿的，親娘突然中邪，饒是何培培大些，也被嚇得不輕。何麗麗就更別提了，因為擔心母親，每天都得哭幾遭。

好在王氏蹦躂幾日失了元氣，隨著人越發消瘦，便不蹦躂了，只是躺在床上悄無聲息。

方氏瞧著實在懸心，跟次子商量：「著人給你岳家送信兒。」

常氏道：「弟妹的父親不是他們那塊兒觀裡的仙長嗎？聽說素有些神通嗎？不如請他老人家過來看看。」這樣倘王氏有個萬一，也不能怪到何家頭上了。

何子衿還不知道王氏的爹是道長來著，私下跟她娘打聽，沈氏道：「聽說以前只是在家居士，突然有了神通，妳王大娘娘家那份家業都是王仙長置下的，也是使奴喚婢的人家了。不過，王仙長聽說要修行，塵緣了斷，已鮮少回家。就是妳王大娘回娘家，在家裡也見不著親爹，得去觀裡才見得著。」

這回去請王仙長就是何涵親自去的，怕別人去沒這面子請不來。

何子衿道：「王大娘倒看不出什麼仙氣兒來。」

「要是有仙氣兒也中不了邪。」沈氏十分擔心王氏，這麼多年的鄰居且不說，何況王氏又是蔣三妞的婆婆，倘王氏有個好歹，何涵就得守孝三年。再者，蔣三妞門兒還沒進，婆婆先死了也不吉利。何念還年輕，倘死了老婆，就不定就要續娶。對蔣三妞而言，以後再有什麼後婆婆的事啥的，更是麻煩。

再說沈念憋這幾天，實在憋不住了，悄悄尋了他家子衿姊姊道：「老鬼好幾天不說話了，會不會是上了王大娘的身？」

何子衿連忙掩住嘴，低聲問：「打什麼時候沒動靜的？」

沈念很是擔心，「就是王大娘犯病的那天。」

何子衿想了想，也沒好主意，叮囑沈念：「誰都不要說，他來得奇異，說不定走得也很奇異。現下看不出來，你那會兒可沒像王大娘這樣，看看在說。」

沈念有了子衿姊姊的叮囑，稍稍放了心。何子衿卻是不放心阿念，時時將他帶在身畔。

王仙長哪怕真成了神仙，親閨女有難，也得下凡來。

王仙長的模樣與閨女王氏大不相同，不知是修行久了還是怎地，確有幾分仙風道骨的氣質，渾身上下十分潔淨，一身精工細作的八卦道袍，鬍子收拾得飄飄秀逸，眉宇中帶著恬靜安然之氣，總之，一舉一動不與凡人同。

甭看和尚、道長以及黃大仙皆束手無策，王仙長卻是有策的。只是他言時機未到，於是命身邊的小道童收拾出個乾淨房間來，他老人家要先養精蓄銳，明日午正三刻方能作法。

靠！殺人的時候作法！

何子衿瞅一眼王仙長，也瞧不出什麼，再看蔣三妞，蔣三妞正望向何涵，幾日間的奔波焦急，何涵瘦了一圈，臉上有著顯而易見的憔悴。似是感受到蔣三妞的目光，何涵對蔣三妞微微點頭，叫她放心。

何子衿自己來歷奇異，何況還有阿念身體裡住著老鬼這現成的靈異事件，故此，對鬼神之事也有幾分信的。王仙長作法時並不禁外人圍觀，他老人家的功夫不是鎮壓邪靈，是先請仙姑，問明緣由，再除邪去祟。

王仙長一身本事委實令人大開眼界，儘管何子衿瞧著不大靠譜，但也不能揭露其中的祕密。王仙長兩指夾一黃符紙，嘴裡念念有詞，再將拂塵耍得眼花繚亂，頗有江湖騙子氣息的啪地將黃符紙往地下一拍，裡頭便有一行字。

王仙長閉著眼睛將黃符紙往外一遞，他身邊的小道童連忙雙手接過，遞給何念，道：「這就是仙長法旨。」

何念打開一瞧：祟靈，東十五步。

往東十五步是何家的東配房，何念連忙過去一看，正有隻黃鼠狼在東配房牆根打洞。不待何念過去，何涵一腳飛過便將黃鼠狼攆成了一張皮，只聽屋裡王氏一聲尖叫……

之後，就沒動靜了。

當然，王氏不是死了，是好了。

王氏人是消瘦憔悴許多，但神智是恢復如初了，大家都念佛，更讚王仙長法力不凡。何子衿雖然覺得王仙長有些裝神弄鬼，但王氏的確是好了的。

何子衿悄悄問沈念：「老鬼還在不在？」

沈念剛搖頭，何子衿感嘆，「他可能是真走了。」

沈念說不上是什麼滋味，何子衿笑道：「趕明兒有空，咱們去廟裡上炷香，好不好的，總是一番緣法。」

沈念笑，「也好。」

兩人商量著給老鬼去燒香，老鬼覺得有幾分受用，也不再憋氣了，實在是憋這幾日沒動靜，說是將沈念鬧得有些提心吊膽，但他老人家把自己憋得夠嗆。這會兒不堵氣了，老鬼一語驚人，道：「那個王仙長是在裝神弄鬼。」

要不是沈念早習慣了身體裡有人與自己對話，非尖叫出來不可。

他臉色一變，何子衿忙問：「怎麼了？」

沈念彆彆扭扭地道：「還在。」這回省得燒香了。

老鬼道：「那黃鼠原是他訓練好的。」

沈念問老鬼：「可王大娘……」

「這都看不出來？」老鬼道：「上輩子王道士就靠這一手裝神弄鬼做了道錄司的頭目，後來與弟子反目，方被揭露出來。」

沈念仍是不解，「王大娘是真的中了邪啊！」

老鬼冷笑，「黃鼠狼既是王道士的，王氏的樣子自也是裝的。」

沈念都不能信，他是親眼見王氏撞邪的模樣。不過，他還是與子衿姊姊說了。何子衿倒是很容易接受老鬼的解釋，「約莫是王道長想拓展業務領域，才叫王大娘配合他裝的。」

阿念讚嘆，「王大娘好會裝啊，我都沒看出她是裝的。」

何子衿心道，甭說你沒看出來，她也沒看出來呢。

不過，既然王氏「大安」了，這也是好事。

何恭家也痛痛快快吃了頓飯，說到王仙長的法力，自何老娘到沈氏都是極佩服的，倒是何恭自詡念書人，聖人教誨，子不語怪力亂神。對王仙長這種神神道道，是極為唾棄的，也不准沈念和何冽去信。

何恭私下同沈氏道：「以往我只聽說涵哥兒的祖父是道士，不想竟是江湖術士，好裝神弄鬼，要早知這樣，三丫頭這親事真得細思量一回。」如今親事定了，他是守諾君子，自是不能反悔的，但也很煩王仙長的樣子。在何恭看來，和尚念經，道士念經，這便是本分，若同什麼神神鬼鬼的弄到一處，便失了本分，入了邪道。

沈氏知丈夫是個執正的性子，恐怕就是鬼站他跟前，他也不信這是鬼。沈氏笑，「天下也難免有些稀奇古怪的事兒，你看王嫂子，虧得有這麼個神道人來，不然王嫂子有個好歹，可算怎麼著呢。」

何恭哼哼兩聲，「以後切不能與這種神神道道多來往，想燒香往芙蓉寺燒幾柱便罷。」

沈氏笑，「知道了。」

原以為王氏這就好了，不想王仙長一走，王氏又犯了兩回，何老娘和沈氏聽說都過去探望，瞧著何念與何培培的面色就有些不對，尤其何培培，看著蔣三妞的眼神十分仇恨，婆媳兩個只當她小姑娘家焦心母親的病罷了。及至兩次將王仙長請回來給王氏去祟，何培培是個直性子姑娘，她終於忍不住爆發了，說何涵：「外公都說了，咱娘與蔣三妞的八字相剋，娘每每犯祟，就是蔣三妞八字不好！你這樣，是不是看她剋死咱娘，你就痛快了？」

何培培此話是當著何老娘和沈氏的面說的，何子衿與蔣三妞也在場，何子衿是來看熱鬧的，她覺得王家父女實在是演技派中的實力派，很值得一觀。蔣三妞則是隨著何老娘與沈氏來看望未來婆婆的，何培培驀然爆發，何老娘和沈氏險驚個栽跟頭。蔣三妞臉色微微一白，繼而平靜下來，一雙寧靜無波的眼睛望向神色激動淚水橫流的何培培。

蔣三妞天生就是極富理智的人，她很快恢復鎮定，道：「培培不要急，既然王大娘的病根兒找著了，就不要急。要因我害王大娘生病，我不會坐視王大娘受這種苦楚。」

鎮定在任何時候都是極富感染力的情緒，何培培抹著眼睛，「是我外公親口說的，我也不會學。我就是看我娘太受罪了，我哥不想跟妳退親。」說著便哇哇大哭起來。

蔣三妞道：「既然王道長也在，不如說個清楚。」

王道長就是吃察言觀色這碗飯的，他老人家見蔣三妞反應機敏迅速，便知這丫頭年紀雖小，可不是尋常好糊弄的人。王道長嘆道：「姑娘八字無妨，雖六親無靠，命中卻是有貴人相助，乃是大富大貴的命相。就是與阿涵也八字契和，並無妨剋。姑娘是水中金命，我這女兒卻是白楊木命。說來這事與姑娘無干，都是我泄洩天機太多，故而家中兒女頗多磨難，我便是因此方與他們少些來往。阿涵她娘八字輕，原命中沒什麼大富貴，我給她壓著些，也能平安祥和。姑娘八字太旺，妳與阿涵她娘卻是有些相剋。若往日並無妨礙，人世有婚姻，命中有緣法，她魂輕神弱，故而易生邪祟，這也是命中註定的一道小劫吧。」

蔣三妞問：「可有破解之法？」

王道長道一聲「無量天尊」，臉上隱現悲憫之色，卻是沒再說話。

「是我問差了，道長不是外人，若有破解之法，想來道長也早用了。」蔣三妞道：「此事不是小事，有道長守著，想來王大娘這幾日能平安，且容我們回家商量一二再作答覆。」

不待何老娘與沈氏說話，蔣三妞便告辭了。

蔣三妞走了，何老娘可沒走，她瞧瞧道長，再瞧瞧何念，往在床上睡著的王氏臉上瞄一眼，哼哼兩聲，「真是奇也怪哉！」抬腳也走了。

沈氏是跟著婆婆走的，何子衿拉了何涵到外頭說話，一直將何涵拽到自家房間裡，何子衿問：「涵哥哥，你信王道長的話？」

何涵不同於何子衿，何子衿有老鬼這作弊器，心知肚明是王家父女演的一場戲。何涵也不同於何老娘，何老娘活的年歲大了，稀奇古怪的事雖見的多，還不至於糊塗，處於信與不信之間的懷疑狀態。何涵是王氏的親兒子，他是個孝順的人，只看他如今雙眼裡佈滿血絲，憔悴消瘦，就知道他有多擔心他娘了。幸而何子衿沒直接說，你娘是裝的。要這樣說，何涵非翻臉不可。他娘這些天如何求生不得求死不能，一時糊塗一時清醒，命都沒了半條，何涵是眼見的，誰要說他娘是裝的，何涵第一個不能答應。

如同阿念所說，實瞧不出是裝的來。

真的，演技到了王家父女的水準，憑你火眼金睛，也是無用的。他們的演技，已經到了人生如戲，戲如人生的戲精境界。

何涵不知他娘底細，他用粗糙的手掌揉一揉自己的臉，這些天焦急且擔心，嗓子也是啞的，道：「我也不知道從什麼時候起就喜歡看著三妹妹，我這一輩子也沒這樣喜歡過一個人。子衿妹妹，除了三妹妹，我可能再不會這樣喜歡別人了……」

他真正喜歡蔣三妞入心入骨，說不上來為什麼，就是喜歡，打心眼兒裡喜歡，但他娘如今就剩半口氣了，他但凡有些人性，但凡有一絲治好她娘的可能，他也不能不管他娘。

何子衿還能說什麼，道：「你以後好好過日子吧。」聽她娘說，她舅也曾經刻骨銘心地喜歡過一個女人，後來各成各家，她舅現在更愛自己的家庭孩子。再如何入骨入心的喜歡，敵不過現實生活。王氏能這樣裝瘋賣傻折騰掉半條命也要退親，肯定不是尋常理由。何況，何念知情嗎？是不是同夥？何子衿倒是相信何培培和何麗麗是不知情的，當然，能叫王氏裝瘋裝傻到這個地步，除了利益，唯二的理由就是何涵了。

王氏這樣，何家沒有不退親的理由。

何恭氣得不得了，怒與何念及何涵父子道：「若因別個原由退親，我也認了！阿涵，你可是念過書的人，子不語怪力亂神作何解，難道你不清楚？你娘身子不好，請大夫吃藥便是！荒唐，實在荒唐！」

儘管生了一場氣，何恭仍與他家退了親事，「這般糊塗，就不該結親！」

何念一臉愧色，「要不是因著阿涵他娘，我再不會……」死活不肯收回聘禮。何恭才不理他，怒道：「我家不缺你這個！」硬給何念家送了回去。

何恭在家大罵何念與何涵父子糊塗，發誓賭咒再不與這等沒見識的人家結親，何恭也嚴令家人不許再與何念家來往。王氏身上略好後來過兩回都吃了閉門羹，便也不來了。

倒是何念的雜貨鋪生意越發興旺了。

這親事既退了，何老娘也氣了一場。沈氏心細，特意私下叫了蔣三妞安慰。

蔣三妞道：「嬸子別擔心，我沒事。我知道這並不關我八字的事，王氏裝瘋賣傻，不過是與王道長弄個套兒糊弄著何涵退親罷了。她家既起了這心，我便是嫁過去也沒得好。退便退了，這樣的人家，我也不是很想嫁。」

沈氏皺眉思量，「我也覺得蹊蹺，可若不是有極大的好處，她怎會設這樣的套兒與咱家退親呢？一時間，偏還看不出好處在哪兒？或是咱家也沒得罪過誰，還是有人算計咱家？」

「其實好端端的，她家鋪子突然接到了軍中的大生意就很可疑。」蔣三妞也是想了許久，方道：「我不是瞧不起阿涵他爹，可倘他真是有本事的，發財等不到現在。哪怕發不了財，也不至於大半輩子只守著祖產和小雜貨鋪過活。突然有這樣的大機緣，便可疑得很。當初阿涵與我說時，我便勸他小心，只是沒多想。」

沈氏嘆口氣，「不管怎麼說，倘真是阿涵家裡設的套兒，縱使咱們戳破，妳嫁過去也要艱難。何況裝得跟真的一樣，她要死活在床上裝瘋，咱們也拿她沒轍。妳年紀還小，又這樣聰明，放一放再說一門好人家不難。」

蔣三妞模稜兩可，「嬸子，再說吧，我現在也不大想這些事了。」

沈氏心下也有覺可惜之處，道：「阿涵卻是個好孩子。」

「這回是裝瘋，要哪天王氏真以性命威脅，何涵是孝子……」蔣三妞嘆口氣，他也不想看何涵受此折磨。別這樣，為了一門親事，鬧得闔家不寧，老子娘的豁出命的裝瘋賣傻。蔣三妞倒不是看出王氏是裝的，只因蔣三妞根本不信這些無稽之談。如果不是最後將事引到她身上，她也會相信王氏是中了邪。將矛頭指向她，蔣三妞就確定，這事肯定有蹊蹺。

何況，何子衿當晚就與她說了：「我聽說有人裝神弄鬼先串通好了，再訓練幾隻黃鼠狼，也不是什麼難事。」

何子衿沒敢跟何老娘說這些，王氏是鐵了心要退親，何老娘是炮仗脾氣，真就是兩家翻臉，總是女方吃虧的。何涵再喜歡蔣三妞，有孝道管著，也不會為了蔣三妞六親不認。

再者，王氏如此，何涵已非良配。

王氏理虧，雖心裡想發財，到底還有絲愧意，故此，夥同她爹說是她自己八字輕，禁不得蔣三妞這大福氣之人。

可就這樣，何老娘仍是一口惡氣難出，更不領王氏的情，到處去說：「這事兒也玄，當初合八字忘了合一合婆媳八字。阿念家媳婦一中邪，不論芙蓉寺的高僧，還是朝雲觀的道長，都不成，非得阿念媳婦的親爹來作法才成。以前跟我家求親合八字的時候呢，是芙蓉寺的高僧也沒算出不好來，朝雲觀的道長也沒說不好，今兒阿念媳婦的親爹一來，立刻就不好。我呸！裝瘋賣傻，以為誰是傻子？」

「鋪子裡突然得了大生意，又置房子又置地的，前腳說我們三丫頭旺夫，後腳她卻又中邪，她這邪中得可真是時候。我看接不著這大生意，她也中不了邪呢！」

何老娘天天在家開茶話會罵王氏，王氏初時做出理虧嘴臉，表示完全是迫不得已才與蔣三妞退的親，想著自家演技高超，絕對可以既籠住兒子，又能光鮮亮麗退掉這門親事的。不想，何老娘這嘴臉直接超凡脫俗了，哪怕妳出神入化，人生如戲，戲如人生的演技，她老人家只看實在利益。敢因著八字退親，她老人家不好過，她也不叫王氏好過。管她王氏是不是真撞邪了，管她是不是真因與蔣三妞八字不合，反正她老人家是不會認的。

至於那單大生意與退親之間的關係，倒不是蔣三妞同何老娘說的，也不是何老娘自己想的，憑何老娘的智慧，還想不到這裡，是沈氏私下與婆婆說的。沈氏也氣得很，自來訂親結的是兩姓之好，你嫌棄你不滿意，你別來提親啊。什麼叫訂親，定者定也。定下來的事還敢反悔，真當她家裡好欺負？

沈氏這性子，心裡再有盤算，做不出何老娘的潑樣。她便與何老娘將事大致說了，何老娘原就是不吃虧的性子，哪怕真是蔣三妞八字與王氏相剋，她也不打算認下的。聽沈氏這樣一推測，她立刻就信了沈氏的話。

既有了底氣，何老娘可不是好相與的，先找回裡子，再說面子不遲。

於是，何老娘先罵大街罵得一溜夠，轉頭又在家開茶話會，把相近的族人都找來說道此事，直罵得王氏門都出不了門，半夜一條繩子吊在了房樑上。

當然，王氏這不是真想死，她主要是死給她兒子看的。別人說她不怕，她怕說就不會退親了，她是怕她兒子心中生疑。

待何涵把她救下來，王氏一把鼻涕一把淚地哭，「當初我就說，不叫你們退親，蔣三姑娘是好姑娘啊！有你外公在，咱們再想想辦法，會有法子的！你們把親事退了，又叫你五奶奶誤會，我吊死了，也好說一說我的清白！」

王氏又哭，「趕明兒把鋪子關了，生意也不做了，叫你五奶奶看看，我是不是那等見財忘義之人！我寧可當時死了的好，我對不住蔣三姑娘，趕明兒我就去給蔣三姑娘磕頭賠罪！」

王氏不是沒手段，只是她這手段剛使出一半，蔣三妞在她耳畔低語一句，就把她給嚇死了。蔣三妞沒說別的，只道：「凡事留一線，日後好相見。馮姑丈、沈舅舅都是進士出身，妳以為我家在州府沒人？妳鋪子裡生意怎麼來的，我不信查不出蛛絲馬跡來。我不願撕破臉，也想妳在何涵面前留個面，最好自己也給自己留個面。」

王氏也不理何老娘的茶話會了，立刻叫丈夫另尋宅子，闔家搬去新宅過活。

蔣三妞退親之事，陳姑媽很快耳聞了風聲。

這風聲，還是陳大奶奶帶來的。

陳姑媽很是驚訝，連忙問：「好端端的為何退親？」

陳大奶奶道：「外頭人說，念大奶奶中邪好幾天了，人就剩半條命，仙師說是因著蔣三妞八字與念大奶奶八字相剋，剋了念大奶奶，這才退的親。」

陳姑媽一拍几案，問：「哪家的仙師這般混帳？」

陳大奶奶臉色古怪，「念大奶奶的爹……」

陳姑媽是知道王仙長的，狠狠往地上啐一口，「我呸！他是哪門子的仙師？裝神弄鬼的玩意兒！以前在山上神神叨叨的煉金丹，非說能長生不老，還叫妳舅舅吃，虧得妳舅舅沒吃，他自己吃下肚，燒得屁股都炸了，嘩嘩拉好幾天血，還是妳舅舅想法子給他止了血！」

「當初妳舅舅真不該救他狗命，拉死他才好！」陳姑媽就要出門找王仙長說道一二，問他是哪國的神算，算出蔣三妞同王氏八字不合的。

陳大奶奶忙攔了婆婆，勸道：「那老騙子早走了，您去了也沒用。倒是明兒個我收拾些東西，陪著娘您一道去看看舅媽吧，舅媽不知多傷心呢。」

陳姑媽也是擔心自家弟媳，自榻上起身，道：「還等什麼明兒個，沒三步遠，這就過去！不用收拾東西，又不是外處！」

陳大奶奶又急吼吼叫人備車馬，陳姑媽卻是等不得，道：「等你們備好車馬，黃花菜都涼了。」一直接走了去。陳姑媽微末起家，不覺得走著去有什麼，倒是陳大奶奶不自覺摸一摸頭上金簪玉環，看一看身上綾羅綢緞，想自家這等人家，女眷這麼大喇喇在街上走實在有些丟面子，可又不能不陪著婆婆，且陳大奶奶還有樁心事想去何家探一探口風。

陳大奶奶服侍著婆婆去了，那會兒何老娘剛開完批判王氏的茶會，送走了相熟的族人，正口乾舌燥地喝茶潤喉。乍見陳姑媽，何老娘忙起身相迎，問：「姊姊，妳怎麼來了？」

陳姑媽嘆口氣，「我聽大郎媳婦說三丫頭退親了，哪裡還能在家坐得住？這可怎麼回事，不會是被那王騙子耍了吧？」

沈氏親自端上茶來，陳姑媽接了道：「侄媳婦也坐。」她與何老娘不愧是姑嫂，都是急脾氣，且顧不得吃茶，不待人說話便道：「我聽得十分不像話，怎麼還牽扯上婆媳八字相剋？我活這大半輩子沒聽說過有婆媳八字相剋的道理！就是人家成親合八字，無非是圖個心安，誰還真正信來著？難不成就因這個便叫他們退了親？這也忒窩囊了！」

「說到這個我也來火！」何老娘道：「姊姊妳可是不知道，就前幾天，那王氏正在我屋裡說話呢，突然就倒地不起了，醒來就跟魔怔一般，險把自家男人掐死，人都不認得一個。後來鬧了好幾遭，不是雙腿打直往外蹦，就是見雞殺雞見狗殺狗見人還要殺人！」

「這我如何不知，我不是還令人請方丈過來嗎？」要知道方丈與尋常和尚可是兩回事，這次還是陳姑媽著人拿帖子請的芙蓉寺方丈相助，結果也沒幫上什麼忙。

「姊姊妳聽我說。」何老娘道：「妳可不知道裝得多像，我活這大半輩子，也沒看出是裝的呢。王氏就跟中邪一樣，請神人來也沒法子。那王騙子不也神神叨叨的嗎？這是他親閨女，都死一半了，也沒得不送個信兒的道理。誰知王騙子一來，往他家東廂裡打死一隻黃鼠狼，王氏立刻就好了。這會兒我還傻高興呢，不知是入了人家的套兒。這好是好了，誰曉得王騙子一走，王氏又犯了邪病，王騙子便又回來給他閨女治邪祟。就這樣兩三趟，王氏眼瞅著命都要沒了，他家才說是三丫頭剋了王氏。」

「我倒是不信，恭兒也不信，子衿她娘也不信，我們全家都不信，可有什麼法子，何念阿涵是信的呀。」何老娘冷哼，「咱們不信是因著事關三丫頭，可何念阿涵父子兩個，這是人家親婆娘親媽，王氏那樣要生要死的，事關人命，那父子二人怎能不信？便是病急亂投醫，也不能眼瞅著王氏去死不是？再者，也不知是不是一家子串通設的套兒呢。」

「這種親事，他不想退我也得退。知人知面不知心，要知他家是這種人家，當初我就不能應了他家的提親！」何老娘又想到一處，道：「說來還有件事要託姊姊打聽。」

陳姑媽與何老娘半輩子的姑嫂，感情早便極好的，道：「什麼事，只管說！」

何老娘就將何念鋪子接了大生意的事同陳姑媽說了，「子衿她娘是個心細的，不然我也想不到這兒。他家到底為何裝瘋賣傻也要退親，我自問三丫頭配阿涵綽綽有餘，倘不是他家攀上高根兒，斷不會這樣想方設法退親的。但有蹊蹺，就在此處。」

陳姑媽自然應下，「妳放心，我回去就叫大郎去打聽。」

陳大奶奶勸道：「舅媽也不必為這些個小人生氣，是那小子沒福，配不上三丫頭，說不得三丫頭以後有大福氣哩。」

何老娘根本不大想理睬陳大奶奶，不過，陳大奶奶這話卻是合何老娘的心，「可不是嗎？我去找芙蓉寺的大師算過了，三丫頭的確是命好，以後有大富貴的。」

「是啊是啊，給三丫頭再說一門好親事就是。」陳大奶奶覷著何老娘的臉色，她兒子聽說蔣三妞退了親，高興得午飯都多吃一碗，直嚷嚷著要來探望蔣三妞，還是陳大奶奶勸了幾句，陳志方肯好生休養。但因蔣三妞退親之好消息，陳志整個人氣色都紅潤起來。

陳大奶奶拗不過兒子，這次鼓動婆婆過來，就是想探一探何老娘的口風。她兒子著了蔣三妞的魔，既然蔣三妞退了親，她也不嫌蔣三妞出身了，打算給兒子求娶。

何老娘瞟陳大奶奶一眼，哼一聲，「三丫頭剛剛及笄，倒不急著親事，慢慢再說吧。」

陳大奶奶知道先時得罪何老娘不淺，陪笑兩句：「是啊，舅媽說的是。」心下想著如何回轉一下何老娘對自己的印象，關鍵是，兒子這不是非那丫頭不可嗎？不然陳大奶奶當真是看不上蔣三妞的出身。不就是一會繡活的孤女嗎？父母雙亡，生就命硬……想到這裡，陳大奶奶覺得，以後合八字時也要將蔣三妞的八字與自己的也合一合才好，王氏興許不是裝的呢，說不得真就是蔣三妞剋的。沒爹沒娘，可不就是剋父剋母嗎……

唉，兒子這是什麼眼光啊，死活就瞧上了這剋父剋母的丫頭！

陳姑媽心裡也嫌自己這大兒媳婦不會說話不會做事，除了得罪人有一手，別無長處。何老娘煩陳大奶奶，只與陳姑媽說話，「好幾天了我就說去瞧瞧姊姊，誰曉得這些天不得清靜。那天本打算去姊姊家來著，路上遇著三婆子找抽，就沒去成。後來又有王氏這作神作鬼的，我還沒問呢，姊姊身子可好些了？」

「好了，我都走著過來的。」陳姑媽笑，「我在家裡都聽說了，打得好。我還說子衿也頗是能幹，不愧是咱們老何家的丫頭。」

何老娘心下得意，嘴上還假假謙道：「還算有幾分機靈，不是木頭樁子那類貨。」姑嫂兩個說起話來極是開懷，一時何恭帶著孩子們過來，蔣三妞和何子衿也來向陳姑媽見禮。陳姑媽瞅著娘家親侄兒，再瞅這四個水靈靈的孩子，心下愛得不得了，尤其稱讚了幫著何老娘把三太太婆媳揍翻的何子衿，給了她一塊玉，也給了蔣三妞一個鐲子，道：「丫頭家就得能幹！我都說大妞她們現在學了一肚子的酸文假醋不實在，子衿這樣就很好！三丫頭也很好，那等裝神弄鬼的小人之家，不嫁是妳的福氣。倘嫁了才瞧出他家的真面目來，那才是吃大虧了呢！」

陳大奶奶立刻順著婆婆的話稱讚兩個女孩子，「三丫頭出落得越發好了，有一回我們妯娌說起來，真真是咱們縣裡有一無二的好丫頭。子衿模樣似弟妹，天生的水靈。哎喲，這般叫人喜歡，我恨不得帶回家去。」她原想大手筆一回，叫蔣三妞瞧一瞧陳家的富貴，只是有婆婆的例在先，她做媳婦的再怎麼也不能越過婆婆去，故此擼下手上的寶石戒子，一人一個。

何子衿心道，今兒個看來有財運。

沈氏見陳大奶奶這瘋癲人，不欲女孩子在屋裡多待，笑道：「姑媽和嫂子時久未來了，因這些天我家裡忙，一直也沒空過去。今兒既來了，晚上可得留下來用飯。正好三丫頭和子衿正學廚藝呢，叫她們準備去，總不能白得了姑祖母和大伯娘的東西吧。」

何老娘笑，「很是。」對蔣三妞及何子衿道：「前兒熏的那爐肉就很好，弄些來給妳姑祖母嘗嘗。」至於陳大奶奶，妳就順帶腳的也吃點兒吧。

何恭陪著姑媽說話，問了回姑媽先時的身子。他是念書人，也知道些醫道，「姑媽有了年紀，早上練一趟五禽戲，初時不顯，練上一年，強身健體，很不錯。」

陳姑媽道：「我嫌麻煩，家裡薛先生倒是會。」

何老娘道：「一點也不麻煩。先時我也懶得動彈，子衿勸我早上起床後在院中走一走，這五禽戲是阿恭教我的。以前只覺得在屋裡歇著是福氣，倒是不如天天活動活動。姊姊往昔最會種菜的，弄個菜園子也好。不是指望著吃菜，只當尋些事情做，比天天在屋裡悶著強。」

陳姑媽頗有知音之感，「可不是嗎？年輕時我帶著他們兄妹七個，那老賊天天忙得跟個陀螺似的也幫不上我，我是連閉眼的空都沒有，就盼著哪天能過上使奴喚婢的日子，可覺得是大福氣。如今倒是有的是人伺候，反又覺不如年輕時有滋味了。」

陳大奶奶笑，「待阿志成了家，生了曾孫，母親四世同堂，就有滋味了。」

沈氏都不知該說陳大奶奶個啥，陳大奶奶不叫不會說話，只是這時機明擺著不對呀。何老娘煩她煩得要命，她還弄個司馬昭之心路人皆知，這可真是……

鬧得陳姑媽也煩死這長媳了，一把年紀都要做婆婆的人了，好像這腦袋跟個擺設似的，長來有什麼用啊？陳姑媽隨口打發了長媳，道：「妳前兩天不是說要跟子衿她娘打聽醬菜怎麼做嗎？妳們年輕的自去樂呵，我跟妳舅媽說幾句體己話。」

沈氏請陳大奶奶去自己屋裡坐坐，陳大奶奶在婆婆手裡經常性碰壁，碰得她都習慣了。這會兒她心下盤算著找沈氏打聽蔣三妞，便也樂呵地與沈氏去了，還說：「是啊，我家裡也有醃醬菜，只是總覺不對味兒。」

到了沈氏的屋子，沈氏倒了盞茶給陳大奶奶喝，陳大奶奶果然沒打聽醬菜，直接問：

「弟妹別嫌我說話直，我簡直是心焦火燎。弟妹也知我修來那孽障，實在拿他無法，只得跟弟妹打聽一二了。」

沈氏都氣笑了，哦，合著妳是拿兒子無法，才來打聽蔣三妞親事的？便蔣三妞不是她生的，也在何家養了這好幾年，沈氏一樣疼她。沈氏也素知陳大奶奶為人的，眸中一冷，只管含笑推脫道：「看大嫂子說的，您只管放心，三丫頭絕不是那種攀富慕貴的人。她說了，就找門當戶對的。大嫂子放一千個心吧，您著緊地給阿志說一門親事，我家小門小戶的，雖是親戚，也高攀不起。」

陳大奶奶啞口，連忙道：「弟妹聽差了，我不是這意思。我是說，倘妳願意，三丫頭也沒人家，我想著替我那孽障提親來著。」

沈氏笑，「這我哪能做得了主，家裡的事兒都是太太做主，再者，也得要問問三丫頭的意思。」誰家會把閨女嫁給「某孽障」嗎？

陳大奶奶又跟沈氏打聽何老娘的意思，沈氏多機靈的人，同陳大奶奶繞到吃晚飯，也沒給陳大奶奶一句實誠話。

晚飯的菜是何子衿和蔣三妞一起定的，這幾年陳家有了錢，各方面水準自然是一等一，不過，陳姑媽仍是讚了聲好，「這爐肉烤得好不說，這蔭油味兒也特別，醮來吃很下飯。」

何老娘半是抱怨：「三丫頭還好，她是學繡活的人，廚下的事知道些便罷了，我怕她手使粗了，以後做不好針線。」指著何子衿道：「這丫頭片子上輩子興許是廚子投生到咱家，天天除了養花弄草就是搗弄吃的，剛一開春就叫她爹給她壘了個掛爐，就為弄口吃的。」

陳姑媽笑，「恭兒還會做泥瓦匠的活不成？」

「哪兒啊，外頭找的人，就是西邊成大哥家的三小子，真是好手藝，人也實誠，介紹咱家買了些舊磚，就花了買磚的錢，手藝沒要錢，做活俐落得很。」何老娘道。

「成大哥就是個實在人。」陳姑媽道：「子衿這做飯的手藝可比尋常丫頭要好。」

「她愛搗鼓這個，也是沒法子。阿念和阿冽得實惠，吃得好，口也壯，蹭蹭地長個子。再者，要搗鼓多了，拿到醬菜鋪子當熟食賣，也還賣得出去。」

只要是能增加家裡收入的事，何老娘其實是大力支持的。關鍵是，何子衿搗鼓什麼爐肉啊熏肉啊啥的，都是沈氏拿錢出來給何子衿搗鼓。沈氏是個心眼兒活泛的人，她能想到開醬菜鋪，其實現在鋪子裡不只賣醬菜了，連帶著秋油、大醬、醬肉、醬肘子、醬排骨啥的都有。如今還兼賣燒餅來著，這賣燒餅倒不是沈氏想的主意，是沈山的媳婦章氏想的。章氏娘家原就是做小生意的，章父可是一把打燒餅的好手，後來將絕活傳給了閨女，章氏打出的燒餅也極好吃的。何子衿知道後就跟她娘說了，不如弄些醬肘子燉了搭配賣。醬肘子鋪裡早便有，醬肘子配老湯煮，一定要煮得鹹淡鬆爛入了味兒，屆時切一塊肥肉相間的，拿剛出爐的火燒一裹，肥的部分直接見熱化成油，咬一口順嘴流，那滋味就甭提了。每天傍晚沈念和何冽都要去吃一個熱燒餅夾醬肘子來著。

醬菜鋪子生意本就不錯，如今有這一招，沈氏雖沒說賺了多少銀錢，不過天天瞧著寶貝閨女笑咪咪的。沈氏雖然不會給閨女分紅，但閨女要盤個持爐啥的，沈氏催著丈夫就把這事給辦了。就是現在閨女要搗鼓什麼吃食，沈氏也大力支持，還會拿錢給她買原材料，反正做得好吃了就拿鋪子裡當熟食賣。就是沈氏也覺得，自家閨女大概上輩子是廚子把投胎，但肯定不是尋常的廚子，說不得是天上的天廚哩，不然咋會這樣搗鼓吃食呢？

陳姑媽說何老娘：「這還不好？妳就天生這脾氣，心裡多歡喜，到了嘴上必然是要嫌棄幾句的。」這脾氣還有個別名，叫得了便宜還賣乖。

何老娘呵呵笑，「我還不是像姊姊嗎？」

陳姑媽被何老娘逗得一樂。

老姑嫂兩個吃過晚飯，又說了會兒話，陳行帶車過來接祖母回家，進門又是一通見禮說話。天色不早了，陳姑媽便辭了弟妹，回家去了。

何老娘帶著兒孫送到門口，直看著陳家車子走遠。

陳姑媽在車裡閉目養神，陳大奶奶欲言又止，終於憋到了家，服侍著婆婆回了屋，又奉了茶，這才問：「母親，您覺得蔣三姑娘這親事如何？」

陳姑媽先說大兒媳：「以後不會說話就不要說。」這種媳婦帶出去，真個丟臉。先時傳過流言，陳大奶奶也得罪過蔣三妞，即使想說親事，也不是這種說法，再者……

陳大奶奶道：「母親，我這不是著急嗎？」難道陳大奶奶就樂意蔣三妞這樁親事，可一想到那一根筋的長子，陳大奶奶也只得罷了。

陳姑媽只管吃茶。

陳大奶奶簡直急得不得了，「母親……」

陳姑媽道：「閉嘴！」

陳姑丈晚上回家，陳姑媽就與陳姑丈說了蔣三妞退親的事。陳姑丈擺擺手，「我在鋪子裡都聽說了，咱們縣這麼巴掌大的地兒，有點新鮮事兒傳得飛快。我聽說怎麼還是因著什麼八字相剋的事兒，也沒聽太明白，難不成訂親前沒合過八字？」

陳姑媽眉毛一挑，「普天之下再稀奇不過，說三丫頭同念大奶奶的八字相剋！」陳姑丈將嘴一撇，接過丫鬟捧上的茶，「胡說八道！又不是頭一天訂親，怎麼早沒剋著婆婆，偏生他家得了大生意就剋著婆婆了？」

陳姑媽忙問：「他家果然是得了大生意？」

「是啊，不知誰給他家牽的線，巴結上了軍中，可是得了一筆不小的生意。」陳姑丈輕描淡寫，「與軍中往來，別的不說，何念要發是真的。」

陳姑媽問：「你說，他家退親會不會與這個相關？」

陳姑丈閒閒道：「這誰知道，反正不是八字的事兒，也就蠢老娘們兒會信這說辭。」

陳姑媽盯著丈夫的老臉道：「我還擔心是你使的壞呢。」

陳姑丈瞧老妻一眼，「是啊，在妳心裡哪裡還有比我更不是東西的呢。」接著一撂茶盞，氣呼呼地走了。

陳姑媽叫來長子去細打聽何念退親的事，長子私下同老父一說，陳姑丈笑道：「隨便糊弄糊弄你娘就是。」

陳大郎道：「那咱們要不要去跟舅媽提親？」

陳姑丈拈著下巴三五根稀溜溜的鬍鬚一笑，道：「你舅媽和你娘雖笨些，卻也不傻。咱們要這般急吼吼地提親事，她們老姑嫂定要生疑的。你盯著阿志養好身子，別的一概甭提，待阿志身子好了再說不遲。」

陳大郎道：「倘三丫頭再定了人家呢？」

「她本就無父無母，說八字硬些也不是沒道理，何況八字這種事，人們都是寧可信其有不可信其無的，這剛退了親，一時半會兒定不下來。」陳姑丈自有主張，「只管安定了心，也不要再與何念來往，以後是好是歹都憑他自個兒的本事。」

陳姑丈千萬叮囑：「你記著，與三姑娘說親的事，你斷不要主動提，我也不會主動提。這事啊，阿志最急，阿志一急，女人們就急，由女人們來辦是最好的。」

父子兩個商量一番，將事情計畫得越發周詳，便各自歇了去。

陳家父子這一通盤算，當真是除天知地知就是他們父子心知了。

反正，何家是不知道的。

不過，既退了親事，何家除了何老娘時不時開茶話會罵一罵王氏外，也恢復了正常。主要是蔣三妞絕對沒有尋常女孩子被退親後尋死覓活的事，依舊是去繡紡拿活計做，只是自從何老娘何子衿祖孫倆把三太太五嬸子這對婆媳捶了一頓後，蔣三妞與何琪見面便尷尬。

倒是陳志，自能行動自如後，又知蔣三妞退了親，便三不五時來何家，即使蔣三妞不見他，他寧可去同何恭一道談談書，講講學問啥的，也不走。

陳大奶奶實在見不得兒子這一番癡心癡意，與婆婆再三商量著，想去何家提親。陳大奶奶心下早有準備，同婆婆道：「娘，我不嫌三丫頭出身微寒，出身是沒法子的事，要有法子，誰不願意去投生在富貴人家。我就喜歡三丫頭能幹明理，是個正經姑娘。我問過阿志他爹，他也沒意見，叫我聽娘的。」

天知道這幾句話陳大奶奶練了多長時間才能一臉真誠地對著陳姑媽說出來，而且，她不是同別人學的，也不是自己想的，她是總結兒子對蔣三妞美德的形容歸納。如今兒子好不容易好了，陳大奶奶也顧不得別個，就想著遂了兒子的願罷了。

聽陳大奶奶說完這番話，陳姑媽並無動容，反是沉默半日，道：「不是我不樂意，阿志的癡心，我能不明白嗎？三丫頭也的確退了親，可妳覺得人家願意嗎？」尤其陳姑媽細思量過，陳大奶奶一直覺得三丫頭配不上她兒子，陳姑媽卻比長媳想得長遠些，蔣三妞的出身誰都知道，但這丫頭差的也就是一個出身了，上進能幹明理，就這三條，陳姑媽心裡便是樂意的，特別是在陳大奶奶越發糊塗的時候，一個聰明智慧的長孫媳，哪怕沒什麼出身，陳姑媽也是樂意的。何況陳志這樣喜歡三丫頭。三丫頭不是糊塗人，倘她能再引著阿志上進，這親事陳姑媽便千可萬可的。

只是，三丫頭那模樣，真不像對陳志有意的，這也是陳姑媽一直猶豫沒對何老娘開口的原因。陳家是有錢了，可世上不是所有人都愛財。人生在世，沒錢是不成的，但錢也不是就能代表一切，世間總有幾個是例外。

一聽婆婆這話，陳大奶奶眼睛瞪圓，嗓子吊得老高，如同被掐著脖子的母親，「咱們這樣的人家，進門就做少奶奶，享不盡的榮華富貴，她能不樂意？」

陳姑媽深覺與長媳沒有共通語言，將手一揮，道：「也罷，我沒意見，妳自去問問。只要人家樂意，我亦是樂意的。」

陳大奶奶別具心機，打扮出一番富貴氣象後，乘著自家特製的包金鑲銀鏤空雕花卷紗簾的馬車就去了何家。

話說進了伏天，天氣熱得很，午飯都覺得沒啥食欲，何子衿便每每早起煮一鍋烏梅湯，晾得涼些後裝了罐子往井水裡鎮著，待晌午後熱的時候喝一碗，解暑消熱又開胃。何老娘也極愛這酸梅湯，與沈氏道：「妳鋪子裡不是不賣燒餅了嗎？倒不如熬些這個酸梅湯賣，一準兒有人喜歡。」

沈氏笑，「我跟母親想到一處去了，阿山媳婦是個閒不住的人，天熱不叫她打燒餅，早上還樂意起大早打幾個。」

何老娘道：「這家人勤謹。」

沈氏笑，「是。」

何子衿端著半碗濃稠清香的烏梅湯，伸長了小細脖子強調：「我這也是有祕方的啊，沒人給出祕方錢嗎？」

何老娘將眼一瞥，「家裡供妳吃供妳喝養妳白白嫩嫩長這麼大，妳這個人都是家裡的，還要個屁的祕方錢，想錢想瘋啦！」

何子衿嘿嘿直樂，「我要了來跟祖母均分。」

何老娘險咬了舌頭，強調自己高潔如天山白雪，「我稀罕妳這幾個錢？」

一家子正歡歡喜喜喝酸梅湯，陳大奶奶就上門了。何子衿倒了一碗給陳大奶奶，陳大奶奶喝兩口，笑讚：「這味兒可真好，止渴生津。」

蔣三妞素來一見陳大奶奶便躲的，何子衿也尋個給書房送酸梅湯的活兒避了出去，實在陳大奶奶是個奇人。自蔣三妞退了親，陳志時不時過來就罷了，說好幾回，陳志就是鐵了那片癡心，也不能把他打走。陳志總來就夠心煩的了，陳大奶奶也時不時要湊熱鬧，她這人還有一樁好處，臉皮厚。甭管何老娘是不是臭臉，她只管自己笑嘻嘻過來說話奉承。

如今陳大奶奶又來了，何子衿忙自去尋清靜。

陳大奶奶見閒雜人等避退，奉承兩句何老娘的好氣色後就說起想為長子求娶蔣三妞的事來。沈氏一聽，也不大願意在屋裡坐著了，何老娘道：「妳去瞧瞧，恭兒午飯沒大吃，這會兒興許餓了，弄些個吃食拿過去，念這半日書，也歇一歇。」

沈氏便順勢出去了，何老娘方與陳大奶奶說了：「妳就是不來，我也要與妳說一說這事。阿志大了，以後也該安心科舉，多在家念書，莫要分心。妳說的這事兒，自來結親要門當戶對，三丫頭說是能幹，卻是父母雙亡，嫁妝有限，我只願給她尋個小門小戶的嫁了。阿志是秀才，她哪裡配得上。」一見陳大奶奶又要說話，何老娘一語定江山：「我早就問過三丫頭了，她不願意高攀。」

對於信心十足的陳大奶奶，當真是九天神雷劈下來也不足以形容何老娘拒婚給她帶來的震動：竟然是真的？那剋父剋母的丫頭竟然是真的不樂意？

由於拒婚之事給陳大奶奶自信到自負的心靈帶來巨大創傷，陳大奶奶都不曉得怎麼回家的。她愣愣地坐在自己房裡半日，直到陳大妞來瞧她娘，問：「娘，您不是去提親了嗎？怎麼樣？蔣三妞應了沒？」

陳大奶奶此方回了神，緊緊攥緊雙拳，指甲陷在肉裡都不足以平復內心的屈辱，她青筋直跳，神態猙獰，恨聲道：「那不知好歹的臭丫頭！」竟然、竟然不樂意她兒子！

陳大奶奶再如何恨，也只是心下恨恨罷了。

陳姑媽嘆口氣，陳姑丈道：「蔣三妞倒是奇異。」

不同於陳大奶奶，陳姑丈可是有手段的人。

於是，另一位同薛千針學手藝的李桂圓便時不時來找蔣三妞說話，或是一道做針線。李桂圓為人活絡，也喜歡說話，伶牙俐齒的機靈模樣，很會拍何老娘的馬屁。經常帶些佳果點心過來孝敬何老娘，何老娘有禮可收，樂呵得很。

李桂圓亦是訂親的人了，私下與蔣三妞一塊做針線時，細聲細氣道：「塞翁失馬，焉知非福，我看妳就是有大福氣的。」

蔣三妞不緊不慢地繡著一個蝶戀花的繡面，道：「這話怎麼說？」

「我可是聽說陳財主家的長孫，就是那位十九歲便中了秀才的陳秀才傾心於妳。」李桂圓一副與蔣三妞親暱無比的模樣，彷彿在說閨密間的小祕密，「妳可真有福氣，三姐兒，咱們做繡活兒的，別人不知道，咱自己還不曉得嗎？成天低著頭，脖頸都是酸的，一天天的熬眼睛，許多繡娘三十出頭四十不到眼睛就壞了……咱們師姊妹三個，我與琪姐兒都比不得妳，妳才是有大福氣的人。」

「是嗎？」

「是啊，知道的人都羨慕妳羨慕得不得了呢。」

「陳家大奶奶倒是來提過親，我不願意。」

「這是為啥？妳瘋了不成？」李桂圓微微激動。

「這種公子哥兒的癡情，如何能信呢？來得快，去得也快。他不一定是喜歡我，不過是執著於『求而不得』罷了。」

「這是妳想多了，陳秀才可不是那種今兒朝東明兒朝西的人。」

「妳怎麼知道不是？」

「當然了，他是秀才不是嗎？這樣的有才學，家世也好，以後考舉人考進士，為官做宰的，妳可不就是官太太了。三姐兒，妳是享誥命的命呢。」

李桂圓時不時過來，同蔣三妞私下做針線時總會不經意說起陳志的癡情來。

何子衿在忙著教章氏煮烏梅湯，何子衿先給她喝了一碗井裡鎮的酸梅湯，章氏見這酸梅湯濃稠清香，道：「每年街上都有叫賣酸梅湯的，大姑娘這熬的一看就沒摻水。」章氏沒啥見識，沒吃過沒見過，一口氣喝半碗，覺得是此生喝過的最好喝的酸梅湯，她道：「這樣好喝，定是用足了料，這得賣多少錢一碗？」

何子衿道：「等算一算再說。」料用得足，自然要貴些的。

何子衿教章氏煮酸梅湯，她在廚藝一行的確很有天分，這種天分前世就能看出來，凡是什麼菜，她吃過幾次再搜個菜譜，就能做得八九不離十。煮酸梅湯也是一樣，這東西人們煮千八百年了，照樣有煮得好有煮得差的。

何子衿是個精細性子，她挑的烏梅便是平安堂的上等貨，另外山楂、甘草、桂花等，哪樣往哪個鋪子買的，要挑什麼樣的成色都有講究。用什麼樣的鍋，用什麼樣的火候，還有用什麼樣的水皆有出處。章氏算是腦子靈光的人了，一時卻也記不大住。

何子衿道：「我寫好了方子，一會兒妳帶著。若哪裡忘了，叫山大哥念一念就知曉了。再有不懂的，來問我也方便，咱們離得又不遠。」

章氏笑，「還是大姑娘想得周到。」心裡琢磨著，念過書的人就是聰明。

章氏先瞧著何子衿煮了一鍋，章氏道：「大姑娘看著我做，我也煮一鍋。」

這一天，兩個就搗鼓煮酸梅湯的事，因煮得多了，章氏還抱了一罈回去。沈氏打發翠兒往族長家送了一罈，剩下的自家鎮井裡，放著慢慢喝。

接著，怎樣定價錢，酸梅湯如何賣的事，沈氏與沈山討論時，也叫了蔣三妞、何子衿在一旁旁聽。何子衿是提出，貨真料足賣貴貨，沈山倒覺得可以分兩種，一種摻水的，一種不摻水的，一種貴族價，一種市面價。兩種定了價後，何子衿終於有機會展示她穿越人士的智慧了，道：「前三天不收銀子，每天賣五十碗叫人嘗一嘗，知道個味兒，後頭自然有人來。」

第二日，何老娘知道此事後評價：「真個傻蛋！」免費給人喝，湯不要錢還是料不要錢，連煮酸梅湯的水都是小福子與沈山一大早去芙蓉寺拉回來的泉水，更不用提丫頭片子那挑剔的毛病，啥都要買最好的，「又不是自家喝，賣給別人的，湊合著有個味兒就算了。」

何子衿道：「祖母，您這樣的，一輩子發不了財。」

由於此話涉及惡意詛咒何老娘的財運，於是，何子衿招來一頓好罵。

祖孫兩個正雞飛狗跳熱鬧著，王氏哭哭啼啼來了，打聽何涵可有來過。

何老娘啐她：「妳兒子妳問誰？哪個知道他去了哪兒？」

王氏捶胸摧肝地哭，「早知這樣，我寧可自己死了，也不叫阿涵退親的！」

何老娘冷笑，「呸！別說這好聽的！妳是捨不得那財路，自個兒把孩子作走了！活該！報應！妳爹不是會算嗎？叫妳爹算一算啊！」當下一陣雪上加霜地嘲諷。

何老娘罵人的戰鬥力可不是尋常人可比，她一頓幸災樂禍罵下來，王氏直接暈哭在何老娘屋子裡。何老娘自頭上拔下根簪子對著王氏的人中刷刷兩下，險把王氏扎得炸了屍。何老娘命人將王氏攆了出去，又著人出去打聽，才知道何涵留書出走之事。何老娘半點也不同情王氏，晚上多喝了一碗湯，喜孜孜道：「老天果然有報應，不枉我在菩薩跟前燒的香。」

恰巧這日李桂圓又來了，聽到王氏的哭訴，不禁道：「那就是何家公子的母親嗎？」

蔣三妞點頭，李桂圓又道：「天生的沒福，不必與這等人鬥氣，妳的福氣在後頭。」

蔣三妞微微一笑，給蝶戀花的繡件收掉最後一針，這才對李桂圓道：「明日不要來了。」

李桂圓露出驚訝的神色，蔣三妞道：「我會直接同陳老爺去談的。」

李桂圓被蔣三妞一語道破，面上尷尬，蔣三妞反勸她：「師姊也是受人之託，忠人之事。陳老爺有財有勢，他有心吩咐，妳怎能不照著辦？」

李桂圓果然一嘆，眉宇間幾分羞愧又幾分無奈，話間依舊真誠至極，她道：「我說我福氣不比妹妹，說的也是真心話。我家裡單薄，別人一指壓下來，於我家可能就是滅頂之災，又怎敢不聽他人差遣？其實我也打聽過，如果陳老爺吩咐我做別的傷天害理之事，我是寧死也不會害妹妹的。」

蔣三妞頗是善解人意，「我與師姊認識這幾年，還有什麼不知道的？師姊不必內疚，陳老爺家有財有勢，他家長孫看上我，不算辱沒我。只是，我家與陳家多少沾親帶故，有些事師姊不大知道，還是我與他親談的好。」

李桂圓又說了幾句話便告辭了。

蔣三妞是想與陳姑丈開門見山說一說的，只是這事又得機密進行，不能告訴姑祖母，不然憑姑祖母的脾氣，對陳老爺一通臭罵是免不了的。這樣撕破臉，其實於事無補。陳姑丈的脾氣，蔣三妞多少也知道一些。

蔣三妞先同何子衿商量，何子衿也早對李桂圓生疑，道：「我說嘛，以往桂圓姊鮮少來咱家的，這怎地突然來得這般勤快，還每次帶些不錯的東西給祖母？她家又不是富戶，這樣乾賠錢的買賣，我還以為她要做什麼呢？原來是代為說客，看來陳家真沒少出錢用心。」

李桂圓或者自以為天衣無縫，殊不知處處是漏洞。不要說她家，就是何家，比李桂圓家強的多，何老娘串門都不會總買些個東西。這般無事獻殷勤，已是十足可疑。

「李師姊不過小人一流，只要小心些，不足為慮。」蔣三妞道：「只是陳家的事，倘不能從根兒上解決這事，只要陳志犯一次魔怔，陳家是不會甘休的。陳家姑祖母雖好，奈何管不了外頭的事。」依陳家姑祖母的脾氣，想是不知道陳姑丈做的這些事的。

何子衿想了想，「根兒在陳志這兒，倘陳志能收了這心思，想必陳家再不會動與咱家聯姻的念頭的。」陳家勢利，如今想求娶蔣三妞不過是不得已而為之。蔣三妞沒昏頭是她自己明白，不然陳志如今愛她愛得成魔，倘一日不愛了，厭倦了，陳家這等小人，真要換個孫媳婦什麼的，也不是做不出來。

蔣三妞道：「我想親自同陳老爺談一談。」

何子衿並不覺得蔣三妞大膽，她自己本就是個跳脫思維，與蔣三妞想一處去了，「這事兒不好叫祖母知道。祖母倘知道那老東西在背後搞這許多事兒，直接得打起來，可陳姑丈這種人，打是沒用的，他為著鹽引就能背著姑祖母把小陳姑媽嫁到寧家守望門寡。」

何子衿道：「妳要有把握將陳志掰過來才行。」

蔣三妞似笑非笑，輕聲道：「妹妹，妳雖小，卻是個明白人。妳想，陳志攏共與我說不到三句話，他知道我是什麼性子？還是說知道我的喜惡？一無所知就敢說喜歡我。倘我生得貌若東施，想來他也不會喜歡上我。他這樣的秀才，喜歡的是鏡花水月。」

何子衿道：「那我來安排姊姊與陳姑丈見一面。」

蔣三妞道：「這正是我發愁的事，最好也不要叫嬸嬸知道。」

「叫阿山哥幫忙。」何子衿心下略一想就有了主意，她也不想叫她娘知道。她娘知道要不要告訴何老娘呢？她們瞞著何老娘，何老娘不過生氣罷了。倘她娘這做媳婦的瞞著婆婆，何老娘不知會不會多心？好不容易婆媳關係這幾年融洽了，何子衿道：「明天我去鋪子裡去一趟，阿山哥做事向來牢靠。要是我們兩個女孩子去，陳老爺怕要小瞧咱們，也不安全。」反正在何子衿眼裡心裡，能賣閨女的人都是危險品。

蔣三妞道：「務必要阿山哥保密才好。」

「姊姊放心，我跟他說。」能解決了陳志就好，不然陳志這走火入魔的，拖累得何家也壞了名聲。再者，陳志總這樣半瘋不傻，即使與蔣三妞無干，看陳家這手段就知道，他們已是不打算講理了。

沈山覺得，他的人生雖少時坎坷些，但自從他得了阿素叔的欣賞，往縣裡做起了掌櫃，他的運道就來了。真的，別人家掌櫃大都是小夥計熬多年熬上來了，他這掌櫃，根本沒經過小夥計那一關，直接就是掌櫃，嗯，兼夥計。

但，甭管怎麼說吧，他是從村裡出來了，做起了醬菜鋪的一把手，後來，隨著醬菜鋪生意越發的好，他收入也隨之增加，更兼娶了房不錯的媳婦，如今兒子也生啦。

而當初提拔他的阿素叔，現在去帝都做進士老爺了。

沈山回望自己這一路二十幾年的人生，雖比上不足，但比下也是特有餘的，尤其是與村裡還在種田的同齡人比，他去年已在縣裡置下房產了。

全長水村算下來，他雖比不得阿素叔與徐大人，但也是出挑的小夥子。

如今這位出挑的小夥子卻遇到了一樁難題。

沈山自覺不算個無能的人，醬菜鋪子就是他一手打理起來的，可不算無能的沈山同志今天實在是遇見愁事了。

何子衿現在很有自由行動力，她說去鋪子裡瞧瞧，沈氏道：「去吧，帶著翠兒，看看鋪子裡要不要再買些烏梅甘草。倘要買的話，妳帶著阿山媳婦去買，她挑的不如妳精細。」烏梅湯的生意雖小，也是個進項，沈氏性子細緻，也不在乎進項小。反正能撐起鋪子來，少賺些也無妨，做生意哪兒能沒個淡旺季呢。

何子衿應了一聲，就帶著翠兒就去了。家裡就翠兒這一個丫鬟，何子衿出門是翠兒跟，蔣三妞出門也是翠兒跟。翠兒也不小了，前兩天與小福子的親事定了下來，翻黃曆挑了個好日子，臘月成親。沈氏給了她兩匹大紅的料子，叫她做兩身喜服，也把他們成親後的屋子指給了他們，家具什麼的何家都不缺。

小福子在家無事時多是來醬菜鋪子幫忙，因這十來年，沈氏這鋪子也算做起來了，鋪面早前幾年就買了下來，這鋪面當初租的時候就不貴，是沈素打聽的鋪子，後來沈氏攢了些銀子買下來，人家也沒要高價。沈氏是個喜歡置地置產的人，她攢的銀子，除了買鋪面，就是置田地。甭看醬菜鋪子不過是小生意，架不住細水長流，這十來年，沈氏非但把這醬菜鋪子買了下來，連帶醬菜鋪子邊的一個鋪面也盤下來了，她還攢了七八十畝田地了。說來，沈氏這也是一等一會過日子的人，不怪何老娘越看沈氏越覺順眼。

如今賣酸梅湯的地兒，就是沈氏後來置的門面，地方不大，就一間的地兒，以前賣燒餅醬肘子，熱天這兩樣不好賣，就改賣了酸梅湯。

小福子在鋪子裡跟著忙活，這會兒見了翠兒，章氏笑道：「妳們進去說話兒，翠姑娘也嘗一碗咱們自家的酸梅湯。」

何子衿對翠兒道：「翠姊姊，妳喝碗酸梅湯歇一歇，我跟阿山哥說點兒事。」翠兒是個老實姑娘，何子衿三歲時她就看不住何子衿了，向來是何子衿說啥她聽啥，聞言一點頭，道：「大姑娘走時記得叫我。」就進屋與未婚夫小福子說話喝酸梅湯去了。

章氏往醬菜鋪子給何子衿送了碗冰鎮酸梅湯，見何子衿有話與沈山私下說，便自去支應酸梅湯那邊的活計了。何子衿與蔣三妞商量著寫了一封信，讓沈山悄悄給陳姑丈送去。要是陳姑丈應了，就叫沈山安排個見面的地方。

沈山還奇怪著，「咱家與陳老爺也不是外處，姐兒直接去不就成了？」

「這事不能直接去，阿山哥，你也不准跟我娘說，得保密。」何子衿瞇著眼睛，試圖做出嚴肅表情，奈何她人小皮嫩，漂亮的小臉稚氣猶存，如何擺也擺不出嚴肅模樣，只讓人覺得裝大人樣好笑，何子衿叮囑：「一定不能告訴我娘！」

沈山問：「到底什麼事啊？」

何子衿原就坐在櫃檯旁的椅子上同沈山說話，她想著，也不能不跟沈山透個信兒。她個子小，朝沈山招招手，沈山稍稍彎腰，何子衿湊過去在沈山耳邊悄悄說了兩句。

沈山輕聲道：「早我也覺得何家這親事退得蹊蹺。」

「陳老爺這種手段都使得出來，想他罷手，尋常法子是沒用的，我跟三姊姊同陳老爺直接談一談，但這事不能叫家裡知道，才讓阿山哥幫忙的。」何子衿表達出對沈山的信任。

沈山苦笑，「哎喲，我的親妹妹，難不成連妳娘也不說？不要叫妳娘知道，她還不得罵死我？」阿素叔為啥一個村裡就挑了他現來給沈姑姑看鋪子，還不是看他實誠。沈山的確是個實誠人，當然，這人也精明，沈山心裡明明白白的，他給沈氏看鋪子，吃這碗飯，就得知恩。這會兒背著沈氏聽何子衿的安排，他心裡很是過意不去。

何子衿瞪圓兩隻初見形狀的桃花眼，理由也給沈山編好了，道：「怕啥？等這事成了，你再跟我娘說。你就往我身上推，說我威脅你，不叫你說。」

沈山有些為難，還是應了。何子衿拿出個小荷包塞給他，道：「鋪子裡的錢有帳目管著，不好動，也不能叫阿山哥賠上。這是我攢的私房，待陳老爺應了，阿山哥幫我找個清靜能說話的地方，定下時間，到時候我跟三姊姊過去。」

沈山推脫一二，還是收了，想著阿素叔和沈姑姑都是一等一的精明人，這大姑娘也養得這般伶俐。沈山道：「叫我不說可以，只是一樣，到時妳們去，我可得跟著。」不然出差錯，他賠也賠不起。

何子衿笑，「成。」就是沈山不說，她原也想叫沈山跟的。

捌之章

三妞發威揭隱祕

陳姑丈雖是碧水縣一等一的大財主，好在沈山沾了沈姓的光，他又是幫著打理沈氏鋪子的人，為人精明能幹還很有人品，在碧水縣十來年，也認識不少人了。見陳姑丈倒沒什麼難，親手送了信兒。陳姑丈原是不識字的，但這麼多年風風雨雨下來，也積累了些文化，尋常字都還認得。何子衿與蔣三妞商量過，沒寫什麼之乎者也的拗口話，就是大白話。陳姑丈見自己的手段被人識破，並不覺尷尬羞愧或面上抹不開啥的，更不會如李桂圓一般為自己分辯，他只是嘖一聲笑了，問沈山：「什麼時候？什麼地方？」

真是江山代有人才出，小丫頭都知道邀他面談了。

沈山便道：「您老倘有空閒，明兒個下午翠竹居如何？」

陳姑丈將信收進袖子裡，「成。」這翠竹居是他家的產業，茶館子倒可放心說話。

約好時間，蔣三妞便說去繡莊拿針線，何子衿要一道去，姊妹兩個為伴，故此，沒叫翠兒跟著。兩人便先去醬菜鋪子，沈山找了車，同她們一道去了翠竹居。

翠竹居是一處茶樓，因周圍住了千百株翠竹聞名。

待到了翠竹居，沈山在外頭大堂喝茶，蔣三妞與何子衿隨夥計去了樓上茶室。

陳姑丈是翠竹居的主家，沈山訂的只是尋常包間，這會兒夥計引著蔣三妞二人去的卻是上上等的茶室。陳姑丈雖是個渣中之渣，奈何蒼天無眼，人長得卻完全不渣。想也知道，當初何家曾祖能把閨女嫁給他，除了陳姑丈精明能幹外，一副好皮相也不必不可少。近些年，陳姑丈越發發達，人也發福了，就算這樣，也是個笑咪咪的慈眉善目模樣。

看吧，老天就是這樣不公道。

雖說兩家是親戚，不過，蔣三妞及何子衿見陳姑丈的時候並不多，但何子衿以往是見識過陳姑丈為狐狸精與陳姑媽翻臉的樣子的。如今看陳姑丈，那叫一個慈善和氣，彷彿完全不知自己那些見不得光的手段已被人識破。

兩位姑娘是找他談判的，陳姑丈命人備了些乾果小點心蜜餞，一樣樣放在巴掌大的瓷碟中，精緻得不得了。陳姑丈見蔣三妞和何子衿一大一小，身上衣飾是尋常，卻都是一等一的好模樣，進這翠竹居亦無半分怯色，心下已有幾分欣賞，笑咪咪地請她二人坐了，一開口完全是長輩關愛小輩的口吻：「家裡大妞兒她們都愛吃這些個，也不知妳們愛不愛，我叫他們備了些。嘗嘗看，這是從州府請來的做小食的師傅，家傳的手藝。」

陳姑丈老奸巨猾，他心裡門兒清，這兩個丫頭不知是如何知曉他的手段的，但肯定是沒跟家裡大人說的，不然憑何老娘的脾氣，早打上門了。

何子衿拈了個蜜餞吃，蔣三妞看向陳姑丈，直接道：「我是個急脾氣，若不把事說清楚，怕不能安心吃東西。」

陳姑丈拈一拈自己每天用香油打理的鬍鬚，「我年輕時也是這樣的心直口快。」竟是懷念青春的惆悵口吻，聽得何子衿一陣噁心。

蔣三妞開門見山道：「我願意勸陳志回心轉意，至於姑祖父年些來這些手段，也請姑祖父不要再用了，不知姑祖父意下如何？」

陳姑丈沒說好，也沒說不好，他再摸一把下巴上的美髯，看著蔣三妞，問：「阿志就這般不入妳的眼？」

「陳表兄對我一無所知，談何喜歡不喜歡？我們攏共也沒說過五句話，倘我貌若無鹽，想來他也不會看上我。他有姑祖父這樣的人護著，一帆風順慣了的。他在我這兒碰了壁，你們越是不同意，他越是執拗，越是執拗，便越覺得自己一往情深。他喜歡的人，不過是他臆想出來的，並不是我。」蔣三妞道：「破了他這迷障，他自然便能明白。」

陳姑丈嘆口氣，「兒孫皆是債，半點不由人。阿志念了多年書，卻是不如妳明白。」

蔣三妞雖極厭煩陳家，卻是不想與陳姑丈翻臉。陳姑丈混到現在，不是好相與的，蔣三妞維持著彼此的顏面，客氣道：「陳表兄是念書的人，自不與我相同。」

長孫執拗到現在，陳姑丈都能應了蔣三妞這門親事。蔣三妞不樂意，他還能使出諸多手段。便是不想再叫長孫為蔣三妞這般耽擱了，當然，解鈴還須繫鈴人，此事與蔣三妞無干，到底長孫迷戀的是蔣三妞。倘長孫能迷途知返，那是再好不過。陳姑丈是生意人，不到萬不得已，也不願意去得罪人，尤其自己的手段被這丫頭知道了，他與何家是實在親戚，而且，手段施在暗處，就是陳姑丈不想與何家翻臉的證明。若能勸醒長孫，實則兩全其美，陳姑丈沒理由拒絕。陳姑丈嘿嘿一笑，他人雖渣，卻是個心下透亮的渣，道：「這人呢，只會念書沒有用，如我只會汲汲營營也不好。我先時急著阿志的事兒，手段不甚光明，妳們小姑娘別與我這老頭子計較才好。我這一把年紀，糊塗些也是有的。」

何子衿剝個南瓜子，道：「哪兒能呢，您其實是我家的恩人，要不是您施以手段，誰知道王大娘是這種人品呢？要不是您買通李桂圓，我們也不能知道她是個小人，是不是？」

阿姑丈聽此等妙語，哈哈大笑，「這是在罵我？」

何子衿看老傢伙這麼會兒功夫，摸三五回鬍子了，便湊過去一把拽住他鬍子，眉眼彎彎地一笑，露出兩顆小虎牙，小臉上已有宜喜宜嗔之相，「罵早背地裡罵過了，您老這把年紀，待這事兒了了，以後再出這種招術，我可就要跟姑祖母告狀了。」

陳姑丈當真是能屈能伸的奇人，他先救下自己的鬍子，道：「不會不會，我若還有半點兒法子，也不有使這種手段。實在阿志叫人愁。三丫頭是瞧不上他，倘三丫頭瞧得上，咱們做成親，我也只有高興的。」

陳姑丈底層出身，自己摸爬滾打到現在，自然是想給長孫說一門可借力的岳家，但現在瞧著蔣三妞亦是能幹的性子，這樣的孫媳婦娶家來也能旺家。只是長孫的性子，怕是降不住蔣三妞。再說，人家也沒瞧上他家長孫。對於這個，陳姑丈倒沒覺得啥，瞧不上就瞧不上，長孫折騰到現在，他也有些瞧不上了。

蔣三妞笑笑，「實難高攀。」

「我倒想叫妳高攀來著，怕妳不樂意。」陳姑丈道：「可有用我幫忙的地方？」

蔣三妞道：「屆時恐怕唐突長輩。」

陳姑丈擺手，「無妨，只要法子有用就成。」

把事情說完，與這無恥的老傢伙也沒什麼共通語言，兩人便起身告辭。陳姑丈是場面上的人，已命人包好果子蜜餞給她們拿回去吃，還道：「待事成，必有重謝。」

何子衿笑，「成，聽說姑祖父素來大方，就看有多重的重謝了。」

陳姑丈笑，「妳可不像妳爹。」

何子衿笑，「還是您老眼神好，見過我的都說我像我舅舅。」

也別欺人太甚，真當他家沒人了？

陳姑丈依舊是呵呵地笑，何子衿也不再針鋒相對，道：「今晚我們跟祖母透個信兒，想來祖母要同姑祖母說的。倘以後三姊姊有得罪之處，也是不得已做套戲，您別放心上才好。」

陳姑丈這才覺得人家兩位小姑娘當真是有備而來的，陳姑丈心下又有些好奇，問：「我自問何念李桂圓不會與妳們提及我的事，妳們是怎麼知道的？」

蔣三妞沒說話，何子衿眨眨眼，「你猜。」

陳姑丈又是嘿嘿一樂，送她們小姑娘家下樓，道：「略等一等，妳們坐我的車回去。」

「道又不遠，我們還得去醬鋪子拿東西，姑祖父不必擔心，還有阿山哥呢。」何子衿頗有些笑面虎的本領，哪怕她心裡想抽陳姑丈兩巴掌，這會兒還笑嘻嘻地同陳姑丈說話。

陳姑丈又叮囑兩句，看她們走，自己也回了家，心說，別人家孩子都成精似的，怎麼單自家孩子一個比一個笨？咋回事啊，要不趕明兒也去拜拜菩薩？

陳姑丈就等著蔣三妞能勸得他孫子迷途知返了，他老人家在心裡琢磨著，蔣三妞雖也能幹，畢竟孤女一個，性子略顯得硬些，心機也與尋常姑娘不同。倒是何子衿，這是何家人，小模樣也招人喜歡，說話還笑嘻嘻的，待這丫頭大了，非得給孫子求來娶做媳婦不可。

陳姑丈做著白日夢，蔣三妞和何子衿晚上尋個空就同何老娘將事情說了。蔣三妞是這樣說的：「陳表哥總是過來，他這樣雖不與我相干，可他心裡想什麼，我是知道的。大約是入了迷障，姑祖母與陳姑祖母感情不同尋常，也不能總看著陳表哥這樣，不如我想個法子，讓陳表兄看明白我與他的確不相配。他心裡明白了，也可安心念書，陳姑祖母也能放心。」

何老娘直嘆氣，「這說得容易，他要能明白，早明白了。他家裡打過罵過，他祖母勸他勸得舌頭都說麻了，也不管用。」

蔣三妞自有成算，「姑祖母放心，我自有法子，只是這手段有些硬罷了。」

何老娘不放心地問：「妳要怎麼著？」

「只是我這法子，怕要得罪一下陳表兄的家裡人。」蔣三妞道：「他瞧著我好，只是覺得我模樣稍好些罷了，怎知我的性子為人？他念書的人，生性溫和，倘若我是個打雞罵狗的脾氣，想來就是生成天仙，他也不會喜歡了。」

何老娘猶豫道：「這能有用？」

「有沒有用，總要試一試。」

蔣三妞的法子其實相當有用，她略對陳志露個好臉，陳志已喜難自禁，成日間打扮得風度翩翩欲尋蔣三妞說話。一日見在院裡廊下繡花，陳志便也走了過去，細心在廊椅上鋪了潔白繡一角丁香花的羅帕，他方坐下，尋機會說提親的事，「三妹妹，妳怎麼不樂意呢？」

蔣三妞側臉望他一笑，道：「我對表兄一無所知，表兄對我亦是一無所知。這會兒突然說親事，我若應了，便不是我了。」

陳志迷戀地望著蔣三妞的笑靨，嘴裡道：「我家與表叔家是至親。」

蔣三妞笑，「是啊！」

兩人正說著話，就見翠兒舉刀追著一隻大公雞到了這院子裡。那雞機靈又威風，翠兒一手舉著菜刀，喘得臉上通紅，罵道：「該死的雞，沒殺成反叼我一口！」這就是小戶人家了，何家是三進的院子，其實也沒多大，廚房就設在何老娘一進的西配屋裡，燒火做飯都能聞著味兒。陳志聽翠兒出口粗俗，不禁微皺長眉。

何子衿從何老娘屋裡出來，對翠兒道：「把雞血留著，到時加些鹽做血豆腐，明兒早上用韭菜一炒，就是一道好菜。」

公雞威風凜凜，翠兒舉著刀卻是個外強中乾，何子衿問：「周嬤嬤呢？」

「周嬤嬤出去買羊肉了，太太說中午留表少爺用飯，要添兩個好菜。」翠兒勝在年輕，身法靈活，何子衿還幫著她，費了勁才把雞抓住，何子衿再三叮囑：「把雞血留著啊！」

翠兒腦袋頂著三五雞毛點頭，這終於逮著雞了，舉舉刀，想殺卻不敢殺，悄悄問：「姑娘啊，咱家還有人會殺雞嗎？」

何子衿搖頭，「要不等周嬤嬤回來再殺就是，她是老手。」

「得著緊地褪毛，不然到晌午哪吃得上？」翠兒人老實，說話也直接，鬱悶道：「可惜小福子也不在，這幾日酸梅湯的生意好，他一大早就出去了。」

陳志連連擺手，「無妨，翠兒，不要做雞了，家裡吃什麼，我跟著吃什麼就是。」

蔣三妞將手裡的針線往陳志手裡一塞，道：「這有什麼難的，可得愁死你們。」

蔣三妞伸手就掐住公雞的兩隻翅膀，一手接了翠兒手裡的刀，吩咐翠兒道：「拿個接雞血的碗過來吧。」

翠兒忙忙跑去拿碗，蔣三妞見碗到了，一手揪了公雞頸上的毛羽，將公雞脖子沒毛的地方對準了翠兒手裡捧著的青瓷碗，把刀往雞脖子上一橫，腕子斜斜一拉，那雞一聲慘叫，殷紅的雞血就順著刀口噴在碗裡去。公雞拚了命掙扎，蔣三妞手穩得很，動都不帶一動的，直待血流得差不多，公雞蹬了腿兒，蔣三妞方將雞與刀遞給翠兒道：「把雞血找個陰涼地方放，趁這會兒天還涼快，將雞毛褪乾淨，待周嬤嬤回來整治幾個好菜。」

翠兒接了，響亮應一聲，拍蔣三妞馬屁：「還是表姑娘能行！」

何子衿看她手上東西多，接了那大半碗雞血，「我來做血豆腐，翠姊姊褪雞毛就是。」

何子衿與翠兒去廚下了，陳志心怦怦直跳，不覺打個冷顫，臉都有些白。

蔣三妞不動聲色，道：「表兄稍等，我去洗個手。」

當晚，陳志做惡夢醒了兩遭。

他真的沒見過殺雞的事，如果是他爹陳大郎就不陌生了，陳大郎是長子，小時候家裡還屬於創業時期，殺雞就是過年了，對這事非但完全不陌生，還歡喜得很。陳志出生時，陳姑丈的生意已小有成就，家裡僕婢都有得使喚，他娘也就是做做針線，過的是富戶奶奶的好日子，烹調之事自有廚下料理。陳志自幼念書，哪裡見過這個？

蔣三妞殺雞時那冷峻沉著的模樣，委實令陳志難以忘懷，每每想到，便心跳加速，雙腿發軟，偶爾還要打個冷顫。

經此殺雞事，陳志有個好些天沒去何家報到。

倒是蔣三妞和何子衿隨何老娘到陳家與陳姑媽說話，陳姑媽笑，「我們老太太說話，妳們小姑娘家聽著有何趣，大妞，帶著妳妹妹們去妳屋裡玩。」

陳大妞應了，知道她哥要娶蔣三妞，結果被人拒婚，她娘氣個半死。這會兒她祖母叫她招待蔣三妞與何子衿，陳大妞心下實沒什麼好氣，倒是二妞、三妞和四妞都挺樂呵，尤其陳二妞，拉著何子衿的手親親熱熱地說個沒完。

蔣三妞在陳大妞屋裡坐著，安然享用糕點。陳大妞實在看這狐狸精不順眼，既然不願意她哥這親事，還來她家做什麼？莫不是看她哥不去，這騷狐狸便寂寞了？於是，陳大妞皮笑肉不笑道：「我聽說不少人給三妹妹說婆家，不曉得可有什麼名門貴第入三妹妹的眼？」

蔣三妞笑說：「我不急，倒是大妞姊還長我一歲，看來是要往名門貴第嫁的。」

如今蔣三妞是不打算對陳大妞客氣了。

陳大妞臉一窘，她倒是想嫁名門貴第，奈何無人慧眼識珠，說親的都是土財主。陳大妞自詡滿腹詩書氣自華，琴棋書畫樣樣精通，哪裡能看上那些鄉土人家，故此，這十六了，婆家還沒定下來呢。當然，十六也不大，只是比起蔣三妞就大了。

蔣三妞拈起一塊杏脯子，慢條斯理吃著，看都不看陳大妞一眼，陳大妞臉都綠了。

何子衿與陳二妞說話，道：「二伯娘快生了吧？這會兒覺得怎麼樣了？」

陳二妞笑道：「我也說不上來，就是肚皮大得很。請平安堂的張大夫瞧了，說是雙生胎。我娘總想躺著，張大夫說叫她能走還是多走一走，將來也好生產。」

何子衿問：「張大夫醫道是咱們縣最好的，可說是男是女了？」

陳二妞抿嘴一樂，「說是兩個弟弟。我爹一早就從州府回來了，換了三叔過去瞧著生意，產婆子也請到府裡住著呢。」

何子衿笑，「二伯是個細心人。」

蔣三妞來這一趟，走時陳志出來相送，他頗是矛盾地瞅了蔣三妞一眼。蔣三妞一身大紅繡芙蓉花的衣裙，儘管只是當年敬姑媽留下的舊衣，仍是掩不住的豔色照人。她彷彿沒察覺陳志的打量，扶著何老娘的手臂逕自離去，待回家後與何子衿道：「我當他用情多深，不過是瞧我殺隻雞就這樣。」

何子衿笑，「要知這樣，早便叫姊姊殺雞給他瞧了。」

蔣三妞悄聲道：「初時我也沒想到這法子，阿念阿冽都是小子，也沒他那樣乾淨的。原我只以為是讀書人的緣故，後來想著，約是格外喜潔。這只是殺隻雞，好些手段還沒用，他就這樣了。倘早知道，估計我在他面前挖個鼻孔，他早就不來糾纏了。」

待陳志克服了蔣三妞殺雞的事，時已進七月，天都不大熱了，陳志穿著一身潔淨的湖藍衣袍，乾淨斯文，瞧著蔣三妞幫著何子衿打理花草的模樣，心下不禁再次充滿了愛慕。

蔣三妞心中一動便有了主意，「表兄來得正好，今兒個有好東西吃。」

陳志順著蔣三妞的話問：「什麼好東西？」

蔣三妞為一盆綠菊剪了枝葉，笑靨如花，「這會兒說了還有什麼趣兒？原是想著晚上才吃的，既然表兄來了，一會兒叫周嬤嬤煎來吃。味兒極好的，包管表兄沒吃過。」

陳志便留下用午飯，當時一瞧桌上那盤黑乎乎的蟲子，陳志就有些不大好。

何老娘笑問：「不是說晚上吃嗎？」

蔣三妞笑，「表兄難得來，正好讓表兄嘗嘗。」說著還夾了一隻放在陳志碗裡。

陳志聲音都不對了，問：「這、這是什麼？」

何恭笑，「蟬啊。昨兒晚上小福子帶著阿念阿冽去樹根底下找的，家裡地下也有，從洞裡鑽出來，褪了皮就是蟬。先用鹽醃上，再用油煎，不用特意調味就香得很。」

何冽道：「昨晚小福哥帶著我和阿念哥一路跑到城南那條街上，還帶了個大口袋，樹下點堆火，劈里啪啦往下掉，我們找了一盆呢。阿志哥你嘗嘗，可香了，我們年年找來吃。」

何子衿道：「表哥別怕，這東西餐風飲露，再乾淨不過，蟬蛻還是中藥材來著。」

「垂緌飲清露，流響出疏桐。居高聲自遠，非是藉秋風。虞世南這首詩說的就是蟬。」

沈念搖頭晃腦，筷尖指了蟬最中間的一段，「中間這一段最香。」

何子衿點頭，「我舅也愛吃這個。」

沈氏笑道：「阿素沒有不吃的東西，整個夏天捕魚撈蝦不說，每天必要來一盤的，到立秋後螞蚱更肥，我只嫌那個髒，不比蟬潔淨，阿素也愛吃。」

何子衿道：「我也喜歡，螞蚱也要用油炸，香得很。」

何老娘笑，「我小時候鬧饑荒，在山裡什麼都吃，老鼠挖出來剝皮燉燉便也是好菜。」

陳志要吐了，蔣三妞忙道：「表哥莫怕，不是家裡的老鼠，山裡都是田鼠，田鼠本來就能吃的。」好像她吃過一般。

何老娘一哂，不知是不是眼神不好沒瞧見陳志的樣子，還是故意的，反正老太太更加說得活靈活現，「阿志膽子忒小，不要說地裡的老鼠，家裡的難道就不能吃？不說別人，你爹小時候就吃過。那會兒你祖父正艱難呢，恨不得一個銅子兒掰兩半使，你祖母在家也難得很，帶著你爹、你二叔、你三叔幾個過活，家裡的錢都給你祖父拿去租鋪子跑生意。不要說這雪白的大米飯，糙米飯能吃飽也是福氣。你祖母養了窩兒小雞，可恨都半大雞了，被老鼠叨去了一隻，把你祖母心疼壞了，四處尋那偷雞的老鼠，可惜尋著時，那老鼠把雞吃了大半了。要不說你祖母會過日子哩，乾脆把那鼠皮一剝，連帶吃剩的小雞在鍋裡燉了。你祖母疼孩子呀，哪裡捨得自己吃，給你爹和你兩個叔叔吃了。要說今天的好日子，可也不能忘了以前的難處，人啊，得知惜福。」

陳志到底年歲大了，強忍著沒吐，午飯也實在吃不下了，更有何家炮製的油煎夏蟬，陳志更是一口沒碰，何老娘還著人給陳姑媽送了一盤去。

陳志噁心地回了家，不料晚上他祖母當絕世珍饈般叫了他一塊嘗這油煎夏蟬。由於前些日子絕食落下的後遺症，陳志直接躺床上了，喝了兩天湯水才好了許多，而且，一想到他爹他二叔三叔少時吃過老鼠，便落下個見著他爹他叔吃不下飯的毛病。

轉眼入了秋，八月初一，陳二奶奶產下雙生子，陳家喜得大辦洗三禮，陳姑媽高興得合不攏嘴，臉上皺紋似都少了許多。

陳二奶奶最感激的就是沈氏，還在月子裡，拉著沈氏的手道：「妹妹就是我的恩人。」

沈氏並不居功，「是二嫂自有福澤。」

陳二奶奶嘆，「我總算對得起二妞她爹了。」一個男人，成親十四五年都沒兒子，還守著她，沒啥往外發展的心思，陳二太太在心裡是知丈夫情義的。

沈氏笑，「好日子在後頭呢，二嫂子嘆什麼氣？」

陳二奶奶一笑，「是啊！」

陳姑媽亦是喜得不得了，與何老娘道：「老二有了後，我也放心了。」

於陳姑丈，此乃人丁興旺之兆，洗三酒竟擺了三天流水席。與陳家喜事形成鮮明對比的是何忻家，長子何湯的媳婦杜氏因病過世，於是，長房的孩子們都要守母孝，何珍珍將定未定的親事便此擱置了。

杜氏過世並未大排場發喪，但太冷落也不像樣。何家之所以沒休的杜氏，就是看在幾個孩子的面上。如今杜氏去了，也算給自己給孩子留了個體面。看著何忻的面子，知道不知道內情的，族人們都去走了個過場。

對杜氏的死亡，何老娘早有心理準備，這種惡婆娘，叫何老娘說，早不該活著了。

何老娘根本沒過去，一則她輩分高，二則她厭杜氏厭得要死，就是沈氏，何老娘也沒叫她去。婆媳兩個商量著田地裡的出產，因多了阿念的一百多畝地，沈氏乾脆把自己田裡的出產連帶家裡的出產都算在內。沈山的弟弟沈水是倒騰糧食菜蔬瓜果的好手，索性叫沈水合在一處去發賣，到時在各分各的銀子就是了。

何老娘也沒意見，她為人雖摳門，性子卻是分明的，該是她的，別人一分也賺不走，不該是她的，多眼熱她也不要。從收繳蔣三妞的收入給蔣三妞置地就能看出來，何老娘面上不好相與，心裡卻比大多數人都明白。就如同這秋收後，家裡田地出產的，不必說何老娘就得自己收起來，她老人家如今還是當家人呢。

沈氏的私房，這是歸沈氏的，何老娘也不要。再有，阿念的田裡收入，算清楚了，叫沈氏拿筆記著，以後給沈素給阿念都是個交代。當然，沈念得一個月出一兩銀子算是他吃住用度的錢，裡面吃飯住宿包括不說，連筆墨紙張也含蓋在裡頭。說一句良心話，何老娘收的不少，卻也不算多。何老娘說得清楚，這是阿念還沒去學裡念書，倘去學裡念書，學費自然也要他自己出。剩下的銀錢，留出第二年田裡播種添置東西的錢，還要有過年過節分給佃戶東西的錢，餘下的再置地，能置幾畝是幾畝。這些年何老娘是這麼幹的，沈氏也是這麼幹的。

算清了田裡收入，何老娘和沈氏好幾天都是樂呵呵的，可見收成不差。大家趁著中秋將至，一塊去芙蓉寺燒香帶郊遊，再者，還要陪著阿念去看看他的田地，地段也是在芙蓉山腳下，不算肥田，卻也還好，分給幾家佃戶種著。這幾家佃戶共推出一個姓林的做管事，跟阿念彙報田地的事兒。

沈念裝模作樣聽著，然後說：「我知你們這一年用心，過中秋的，每戶兩罈酒兩條豬腿，明兒個林叔你去我家裡拉來，給大家分一分，也是過節的意思。」

林管事喜笑顏開地千恩萬謝，想著這主家年紀雖小，卻是開眼得很。當然，林管事也明白，這田雖是沈念的，現在後頭有何家人管著，可何家人現在就叫他過來收攏人心，可見最終還是沈念的。故此，林管事頗是恭敬地跟沈念講了講田裡的事，還要家裡女人殺雞宰羊款待沈念一行吃飯。沈念婉拒了，林管事送他們老遠，看他們上了車才罷。

沈念在車上問何子衿他對林管事的應答：「子衿姊姊，還成不？」

何子衿笑，「挺像那麼回事。」

阿念便喜孜孜的。

何冽道：「阿念哥，你可真大方，一家兩條豬腿哩。」還有酒。

沈念道：「子衿姊姊說了，這叫有捨才有得。咱們大方了，佃戶知道咱們是好主家，自然好生幹活。但好也有個限度，人要是一味好，那心眼壞的人便覺得你好欺，所以，好歸好，但也不能叫人覺得好欺負。」

何冽似懂非懂地點點頭，「以前可沒瞧出我姊有這麼多心眼兒。」

何子衿一本正經道：「本大人的智慧，豈是你們小屁孩能領略一二的？」

何冽朝車外乾嘔兩聲，被何子衿曲指敲了兩個暴栗，捂著額頭哎呀哎喲喊疼。沈念呵呵地笑，他今年收成了，想把收成的銀子給子衿姊姊收著，子衿姊姊給他留下幾兩零用後，就又託嬤嬤留意著置地。沈念真心覺得，世上肯定沒有比子衿姊姊更好的人了。以後這些田地他一畝不要，都給子衿姊姊做嫁妝。

蔣三妞望著滿眼秋光，到碧水潭大家便停下來走一走，看碧水潭的風景。正是豐收的季節，來碧水潭遊玩的人不少，初時蔣三妞一行人真沒留意到陳家一行人，不過既見了，也不能裝不認識，尤其陳大妞見著蔣三妞更是罕見笑得一臉燦爛，「哎喲，可真是巧啊！」

蔣三妞一身藍衫杏花裙，嬌豔清麗，只當沒聽到陳大妞說話，「是巧得很。」

陳志依舊是一塵不染的潔淨佳公子模樣，面上有些尷尬，望向蔣三妞的目光不禁帶了些許嚮往，「三妹妹、子衿妹妹帶著阿念阿冽來遊湖？」

「是啊！」蔣三妞瞧見一旁除了陳大奶奶，還有許太太帶著許姑娘。陳大奶奶瞧見蔣三妞就笑了，直接一句話就想將人打發走：「剛看你們祖母在寺裡找你們來著。」

何子衿裝得一副天真無邪，不願與這相親團多糾纏，「那我們這就去了。」

蔣三妞微頷首，「大伯娘、表兄、表姊，許太太、許姑娘，你們慢聊。」原來這就是陳志的真心，蔣三妞終於能安心。她好些手段沒使出，這般容易解決，倒是省了她不少是非。

一行人剛要走，就聽陳大妞慘叫一聲，原來合歡樹上掉下一條豆青蛇，不偏不倚正落到陳大妞頭上，陳大妞嗓子都叫破了，臉色慘白，看著就要厥過去。陳大奶奶也嚇得不得了，卻也不敢去幫閨女捉蛇。

陳大郎六神無主，蔣三妞兩步過去，手出如電，一下子捏住蛇的七寸。那蛇一米左右的樣子，看著頗是肥碩。陳大妞渾身雞皮疙瘩都起來了，指著蔣三妞尖叫：「是不是妳？是不是妳帶了蛇來？妳這狐狸精！」

蔣三妞實在不敢信陳大妞這大腦構造，陳大妞如此不識好人心，蔣三妞覺得自己白做好人，轉手又將蛇扔回她身上，自己施施然走了。

當晚，何家吃了一頓蛇羹。

除了沈氏不吃，其他老的少的大的小的都吃得津津有味。不用太複雜的做法，這蛇稱得上肥大了，剝皮去內臟，拿一塊火腿切絲，與蛇一塊放鍋裡燉。裡頭也不用特別的佐料，只需陳皮、黃酒、鹽即可。待燉熟一聞，當真鮮香撲鼻。

甭聽人說古人這不吃那不吃，物資有限，古人啥都吃。反正何家這樣的小戶人家，如今算是吃喝不愁了，但也是超級節儉的。當然，如今的家境，不至於如何老娘說的去吃老鼠，但忌口的東西當真不多。如沈氏，她是天生性情，且未生在貧寒人家。在多數人家，真的是能吃的東西都吃，而且，沒有半分浪費。

何老娘道：「這蛇羹滋補得很，倒正好秋冬吃。」

何子衿道：「還是三姊姊，一下子就把這蛇給拿住了。」

何老娘道：「三丫頭手腳伶俐，這點像我。」

何子衿早習慣了何老娘的自我讚賞，道：「就是大妞姊，三姊姊好意救她，她還說這蛇是三姊姊帶去的。您說多神經，腦子不知道有沒有長好。」

何恭是個君子，不大喜歡聽閨女這樣背後說人，但陳大妞這人品也實在堪憂，故此，何恭便默許地聽了一耳朵。何老娘才沒有兒子想的這樣多，何況她老人家素日也挺喜歡背後說人一嘴的。對陳大妞此人，何老娘道：「哎，大妞是像她娘，天生傻蛋，理她呢？這樣的，就該嚇嚇她，叫她知道個厲害！要不是看著親戚的面子，誰理她？」

何老娘又說起古來，道：「那會兒給妳大伯說親的時候，妳姑祖母原不是很樂意的，奈何妳大伯娘她爹似是幫過妳姑祖父。後來妳姑祖母生了一場病，親事還沒定下來，妳大伯娘就過去幫著服侍照顧妳姑祖母。這樣上趕著的，妳姑祖母就心軟了，覺得笨些也沒啥。當時真是不該心軟，俗話說的好，爹矬矬一個，娘矬矬一窩。看吧，當初心軟，如今養下這麼個傻蛋。這要是笨，仔細教一教，起碼學個老實。哎，傻就沒法子了，不是人教的。」

何子衿聽何老娘如此妙言，險些笑噴。

一家子用過晚飯，因去寺裡燒了香，大家都累了，略說會兒話，便各自歇息了去。

當晚，何恭因喝了蛇羹，沈氏讓他刷了三回牙，才允他親近。

何恭抱怨：「牙都要刷掉了，有妳這樣對待相公的？」

沈氏眉眼彎彎地湊近了他，「我瞅瞅掉沒掉？」沈氏也是快三十的人了，因受臭美閨女的影響，平日裡很注意保養，一張芙蓉面仍是細緻水潤。她生得好，性子卻從不輕浮，眼裡心裡只何恭一個的。何恭這人性子又好，故此，老夫老妻的，還好得跟一人似的。

何恭一把將妻子抱住，兩人頗是一番笑鬧，恩愛自不需多提。

第二日，李氏過來說話。杜氏這好歹埋了，李氏是長輩，看著主持了喪儀便是，倒是康姐兒做妹妹的，杜氏到底是長嫂，不必守孝，身上也換了素淨顏色。

康姐兒是常來的，打發康姐兒去花房找何子衿玩，李氏臉上都憔悴了，與沈氏道：「總算發送了那個，我也能喘口氣了。」

沈氏倒盞茶給她，安慰李氏：「妳自己且保重些吧，也別忒實誠了。為著個這個，也值當把自個兒累成這樣？」

李氏呷口茶，「總是一家子的臉面，不看她，也得看著湯哥兒還有幾個孩子的面子。」

李氏心地從來不差，她雖是做人填房的，卻極守本分，服侍何忻用心，何忻待李氏也多了幾分敬重。李氏笑，「我來是問問，子衿今年養了幾盆菊花？就是那綠色的。」

「這個我也不知道，叫她來問問就是。」沈氏笑，「怎麼，妳又要照顧她生意？」物以稀為貴，當初是沈素不知從哪兒弄了兩小株綠菊的苗兒，何子衿自己細細養著。養了這些年，何子衿頗是養出經驗來，初時一盆兩盆的，每到重陽前，就叫小福子拿到集市上去賣。

後來扡插分盆，養的多了幾盆，反正綠色菊花是個稀罕物，何恭拿兩盆送給許舉人，許舉人寶貝得很。有一年李氏見了，一下子買了六盆，說是打點讀書人很好用。這一兩年，只要何子衿養出綠菊來，除了何恭照舊拿兩盆給許舉人，李氏總要買幾盆的，這算是固定客戶了。

李氏笑，「子衿養花的手藝，我們老爺也要讚一讚的。這也不是我照顧子衿的生意，一樣的花，我在子衿這兒買便宜，倘是在州府花市，這綠菊可是稀罕物兒，要多花費銀錢的。」

沈氏也知道物以稀為貴的道理，只是她覺得稀奇，「州府花市那樣大，要什麼不是堆山填海的，難不成這個還是稀奇？」

「這也不一樣，聽我們老爺說，尋常這綠菊，說是綠色，其實多是黃中帶綠或是白中帶綠的，還有一種，開始是綠色，慢慢就褪了。去歲我自子衿這裡拿的幾盆也是去送人，有一位大人很是喜悅，說這青綠色調就難得，更難得的是一直是青綠的顏色，晶瑩欲滴，算是上品了。這樣的品相，必是不多見的，不然那位大人何以欣喜至此？」李氏有自何忻那兒聽來的見識，也有自己的揣測，她道：「今年可得再叫我選幾盆。還有一事，我們老爺說，看子衿這養花的水準不同一般，九月初州府有鬥菊會，問子衿要不要去。她要去的話，我們老爺給她弄一張帖子。她既有這侍花弄草的本事，很該去長長見識。」

何子衿在外聽到了，帶著康姐兒進來，她樂意去得不行。

沈氏笑嗔，「看妳這說風就是雨的，哪這樣容易？一聽這名兒，就是行家去的地方，妳那三五盆的花兒，成嗎？」

何子衿素來自信得緊，道：「我這花兒養的是不多，可一盆一盆的都是精品。李伯娘都能拿去走禮，可見不是見不得人，咱們這兒離州府也不遠，娘就是信不過我，也得信得過忻大伯的眼光不是？如今忻大伯想提攜我，就讓我去開開眼界也好啊！」

沈氏道：「不成不成，妳才多大，州府那樣老遠，我再不放心的。」

李氏笑，「一應不用妳擔憂，叫子衿帶上花兒，我家常有車馬來往州府，咱又不是外處，照顧她個小姑娘還顧不來嗎？」

沈氏拿孩子寶貝，還在猶豫，何子衿已快嘴地把事兒應下來了，道：「李大娘，那就麻煩您了。我一個去，我娘恐怕不放心，到時我得多帶兩人，可還方便？」

李氏道：「這有何妨？」

待李氏帶閨女告辭，沈氏才黑著臉訓她：「妳膽子越發大了！」

何子衿笑嘻嘻地幫她娘捏肩捶背地巴結她娘，道：「忻族伯和李大娘因杜氏那事兒心裡過意不去，這才給咱家個好處。她都說出來了，咱們要是不接，她豈不多想？」

沈氏自然瞧出李氏的心意，只是閨女這般小小年紀，也不知哪兒來的這諸多心眼兒，忍不住嗔道：「就妳精。」

「我這都是像娘您啊！」何子衿拍馬屁。

沈氏一指戳她眉心，「家裡哪有閒人跟妳去呢？要不，叫妳爹陪妳一道去？」

「不用，我爹又不懂花草的事，到時叫三姊姊與我做伴，再叫阿山哥跟我們一道，就齊全了。」何子衿早有腹稿，她爹脾氣太好，出去與人打交道什麼的，不如沈山靈便機敏。

沈氏一千個不放心，「妳三姊姊也小呢，還是我跟妳去吧。」

「不用不用，家裡上有老下有小，何況過了中秋就是重陽，我爹還得去芙蓉縣馮姑丈家走動，就是咱們縣裡，族人親戚，還有我爹的朋友家，咱們去別人家，別人也得來咱家，家裡得有人待賓接客，也離不得我爹。祖母這幾年都不管事了，這大節下的，也離不得娘您呢。李大娘特意來說鬥菊會的事，想必是都安排好了的，我們帶著花兒去就是了。」何子衿心裡有數，道：「娘，您只管放心，去也不過三五日，待看完花兒我們就回來。」

沈氏終於被閨女說服，就聽寶貝閨女又道：「到時娘您多給我幾兩銀子零用就成。」

沈氏似笑非笑，「妳不是攢了不少私房嗎？難道不夠使？」

做了十一年母女，何子衿對她娘非常了解，一瞧她娘的神色，她就覺得她娘意有所指。何子衿細思量，難不成她娘知道她收買沈山與蔣三妞單獨去見陳姑太的事兒了？

何子衿又偷瞧她娘一眼，她娘也正瞧她，就聽她娘問：「鬼鬼祟祟看我做什麼？」

何子衿立刻不鬼祟了，嘴巴卻是比蚌殼都緊三分，「真個冤死，我哪裡有鬼祟啊？」她想著，興許是她娘詐她呢。於是，何子衿決定打死也不說。

沈氏硬給氣笑，自床頭小櫃子裡拿出個棗紅木的匣子，從匣子裡取出何子衿的荷包丟給她。何子衿接過覺得沉甸甸，一瞧，裡面正是她的私房。

何子衿陪笑，「阿山哥對娘您可真忠心，這麼快就把我給賣了。」

沈氏瞪她，「走吧走吧，看妳這奸相就來火。」

何子衿湊近她娘，拚命眨著自己的一雙桃花眼，問：「奸嗎奸嗎奸嗎奸嗎？」

沈氏又氣又笑，給她屁股兩巴掌，何子衿趕緊揣著私房跑了，晚上沈氏將事情同何恭說了，何恭道：「忻族兄想的也忒多了。」

沈氏道：「誰說不是？你我都知道忻族兄的為人，就是杜氏的事兒，也怪不到他做公公的頭上。唉，我雖惱火，如今杜氏埋都埋了，一死百事消，這事便罷了。只是，李大嫂子親自來說，倘不應，倒叫族兄和大嫂子多心，何況我瞧子衿那模樣是極想去的，我便應了。反正還有大半個月呢，大嫂子說都備好了，到時叫子衿帶著花兒去就成。我想著叫三丫頭陪著她，再叫阿山跟著，餘下族兄定要安排人，咱們若拖家帶口的弄許多人也不方便，你說呢？」

何恭想了想，終是不放心，「三丫頭也是個孩子呢。」

「我倒是想跟子衿一塊去，她說那會兒正趕著重陽，怕家裡離不得我。母親年紀大了，節下事多，這也有理。」沈氏笑，「我想這倒也無妨，大嫂子主動來提及此事，定是樣樣安排妥當的。三丫頭雖不大，人卻機靈。阿山打理鋪子這些年，大不了再叫他媳婦同去，他媳婦也是個老成的。咱們子衿不是那等呆貨，她長這麼大還沒去過州府，就叫她去開開眼界。」

何恭點頭，「到時多給她幾兩銀子放身上，窮家富路，這也得好幾天呢。」

「好。」

既然爹娘都沒意見，蔣三妞也樂意同子衿一起去州府，她年紀不大，自然想去州府見見世面。何老娘聽說也沒說啥，就是對何子衿的養花技能表示了懷疑，道：「妳成嗎？妳那三五盆花兒，在咱們縣裡糊弄這些沒見過世面的倒罷了，別去了賣不出去，丟臉。」

何子衿聽這喪氣話道：「別人家孩子出門，誰不是說幾句好聽的，就祖母，您可是我親祖母，說這洩氣話。到時我賣了大價錢，您甭想我分您銀子！」

「分不分銀子的，妳把車馬費掙回來就成。」何老娘一個勁兒給何子衿放哀樂，氣得何子衿直翻白眼。

沈念挺想跟去的，只是看這情形，子衿姊姊根本不會帶他去，他憋了憋，就沒說要去的話。何冽問東問西：「姊，妳什麼時候去？能不能帶我跟阿念哥？到時瞧見州府有什麼稀罕物兒，可得買些回來。」何洌巴啦巴啦問了一堆事兒，他話還沒說完，一捂肚子跑出去撒尿，何老娘喊一嗓子：「尿院裡菜地！」

何子衿說：「祖母，阿洌七歲了，甭成天叫他隨地大小便成不？」

何老娘撇嘴，「瞎講究！」卻還是接受了何子衿的意見，又朝外喊一嗓子：「乖孫，尿桶裡吧，一會兒再澆菜地！」

何洌在外應道：「尿完了！」

何老娘十分自得，「我家乖孫就是俐落！」

何子衿也不知老太太瞎得意個什麼勁兒。

一家子正七嘴八舌說著九月初何子衿和蔣三妞去州府的事兒，陳大奶奶便大呼小叫地找了來，一進門兒既不給何老娘請安，也不與沈氏寒暄，更不顧有孩子在場，劈手就去抓撓蔣三妞，嘴裡罵道：「妳個剋父剋母的小蹄子，好毒辣的心計！大妞要有好歹，我跟妳沒完！」

何老娘說蔣三妞手腳俐落隨了她，其實還真有些道理。陳大奶奶瘋瘋癲癲地進來撒潑，直撲蔣三妞。蔣三妞正坐椅子上聽何老娘和何子衿說相聲逗樂，一見陳大奶奶撲來，身下一矮就自陳大奶奶腋下逃了出去。陳大奶奶用力過猛，一下子將椅子撲翻。

沈氏怒拍著茶几，喝問：「大嫂子，妳瘋了不成，這是來我家做什麼？」

陳大奶奶目眥欲裂，恨不得咬死蔣三妞，大聲嚎道：「我就是瘋了！這狐狸精把我大妞嚇傻了，我跟她拚命！」

蔣三妞冷笑連連，「要真傻，妳還心來拚命？妳是把咱們都當傻子了吧？」

陳大奶奶自地上爬起來，追著蔣三妞就要打。蔣三妞往外跑去，陳大奶奶身邊一個丫鬟還要攔她，何子衿抄起碟子裡熟透的大紅柿，兜頭就砸過去，直砸得那丫鬟一個趔趄，臉上柿子開花，淋了一頭一臉的柿子汁水。

何子衿過去拽住這丫鬟的頭髮就是兩個耳光，「妳再動手試試！」

陳大奶奶發瘋，好歹是陳家的大奶奶，如今陳家丫鬟也敢在何家打人了。何子衿指揮沈念和何洌，「先給我打她，打完捆起來！」

陳大奶奶只顧往外追打蔣三妞，哪裡顧得上這小丫鬟。何子衿跑出去，她天天都練健身拳，當初一個人就能把五嬸子幹翻。說句良心話，陳大奶奶在家養尊處優，還跟不上五嬸子的體能呢。何子衿剛要給陳大奶奶些好看，蔣三妞從廚房出來了。蔣三妞可不是何子衿這種用拳腳解決問題的人，她手裡抄著一把菜刀，對著陳大奶奶的腦袋就飛了出去。

陳大奶奶再發瘋，菜刀還是認得的，她嗷一聲慘叫，動作又慢，那菜刀打散她高高梳起的朝天髻，接著往後飛去，落到地上，倒是沒砍下陳大奶奶的頭來。但就這樣，陳大奶奶也嚇傻了，蔣三妞一看菜刀失手，接著又從腰裡抽出一把雪亮的剔骨尖刀，衝著陳大奶奶就撲了來，喊道：「先捅死妳，我再給妳償命！」

陳大奶奶這沒用的，釵環掉了一地，腿也嚇軟了，眼瞅著就要癱。

何子衿也不收拾陳大奶奶了，拽她一把，道：「還不快跑？」

陳大奶奶此方如夢初醒，哭嚎慘叫，披頭散髮，連滾帶爬地逃出何家。

蔣三妞去看兩個隨陳大奶奶來的丫鬟，「主子逃了，正好拿狗腿子來練練刀。」

那兩個丫鬟其中一個已被沈念和何洌打一頓捆了起來，另一個瑟瑟發抖，見蔣三妞要殺人的樣子，哆嗦半日，連句分辯的話都說不出口，兩眼往上一吊，便暈死了過去。

陳大奶奶突然來發瘋，實在把何家一家子氣個好歹。陳大奶奶自個兒跑了，兩個丫鬟卻是留在了何家。

何老娘怒道：「都給我捆起來扔柴房！老娘這般忍讓，這些畜生就以為老娘好欺負！」

何子衿道：「再不能像以前那樣算了！」

何恭先勸老娘，道：「娘就是生氣，也不至於為這種人生氣。」

何老娘怒火難消，將榻邊上放茶盞的矮几拍得砰砰響，「我要生氣，早氣死了！」

「祖母先別氣，為那等渾人，也值不當生氣。」何子衿道：「一個個的，就是看祖母和姑祖母好脾氣，便沒個消停了。翠姊姊，妳去鋪子裡找小福哥，把這事跟小福哥說一說，叫小福哥去找姑祖父，告訴姑祖父，倘沒個說法，以後我們兩家就恩斷義絕，再不來往。」

翠兒忙跑去找未婚夫了。

陳姑丈因多年無子的二兒子喜獲雙生子，正為自家人丁興旺樂呵。這會兒快中秋了，尋常人情交際便交給幾個兒子跑出去打點關係。陳姑丈在鋪子裡轉轉，瞧一瞧生意啥的，聽身邊管事說何家下人有事來回稟，陳姑丈還尋思什麼事呢。

因近中秋，陳姑丈沾沾自喜地以為何恭要請他這姑丈吃酒。何家是老妻的娘家，且這家人不差，認真有幾門不錯親戚，這年頭，姻親故舊的，就得關係多，才做得起生意來。陳姑丈素來很給何家面子的，便令人叫了小福子進來。

小福子一五一十將事說了，就是前天那蛇自合歡樹上掉下來砸陳大妞身上的事，小福子因是趕車送阿念去看田地，也是跟在一干孩子身邊瞧得真真的。

小福子不是笨人，道：「實在是陳大姑娘誤會了，我家表姑娘怎會帶蛇在身上？表姑娘是看那蛇掉陳大姑娘身上，陳大姑娘又害怕得很，就去幫著抓住了。表姑娘好心，貴府大姑娘不知為何，張嘴就罵我家表姑娘是狐狸精，還說這蛇是表姑娘帶去的，簡直不知所云。」

小福子是何恭的親隨，何恭出去拜師訪友都帶著他，也學了幾句文謅謅的話：「原就是姑娘家拌嘴，貴府大姑娘罵得太難聽，表姑娘就把蛇又扔回她身上去了。其實就是嚇她一嚇，終是將蛇捉了去。昨晚家裡吃的燉蛇羹，就為這點事兒，我家是沒放心上的，今兒下晌，貴府大奶奶便張牙舞爪去了家裡，一聲不響就要打死我家表姑娘，還帶了兩個丫鬟做幫手，主僕三個在家裡打罵不休。我們太太氣得不得了，叫小的來跟姑老爺說一聲。太太說……」小福子瞄一臉陳姑丈陰沉的臉，咬咬牙道：「太太還說，要是沒個說法，以後兩家就恩斷義絕，不再來往了，實在是受不得這個氣。」

「竟有這事？無法無天的王八羔子，大過節的，不說去給舅太太磕頭討喜，倒背著我去得罪舅太太，我饒得了哪一個？」陳姑丈怒不可遏，對小福子道：「你回去只管跟舅太太說，我再容不得這些不孝子孫無禮，定會給舅太太一個交代！」

陳姑丈是真的氣個半死，他前些天百般算計過蔣三妞，把人家親事都攪黃了，人家卻幫他把他孫子給勸解了回來，孫子這就要跟許舉人家的閨女訂親了，陳姑太正打算中秋厚厚的送份禮給何家。再者，也得給蔣三妞些好東西，算是對前事稍做補償。還有，陳姑丈早打上何子衿的主意，就等著何子衿大些叫老妻去親上加親。他滿肚子主意要兩家親近一二，不想陳大奶奶這不知好歹的東西，竟然敢去拆臺。

陳姑丈鋪子裡也不待了，命人備車回了家。

他一回家，陳大奶奶正披頭散髮渾身狼狽地在陳姑媽屋裡哭訴：「那狐狸精好生歹毒，把大妞嚇個好歹不算！我去舅媽家問她幾句，她倒拿了菜刀要殺我！母親，我不活了！」

陳姑媽還沒說話，陳姑丈走了進來，「妳不活就去死！」喊人：「大郎回來沒？」

陳大郎正在家裡帳房處清點家裡備下的中秋禮，見僕下叫他去太太屋裡，他繼續瞧著禮單問：「什麼事？」

來傳話的是陳姑丈身邊的小廝，家裡就這麼幾口主子，小廝伶俐，也樂得給陳大郎透個信兒，那小廝湊到陳大郎耳畔，悄聲道：「大爺，您趕緊去瞧瞧吧。大奶奶把舅太太給得罪了，老爺太太氣得狠了，叫您過去呢。」

陳大郎臉色微沉，放下禮單，命府裡管事繼續做事，抬腳去了正房主院。

陳大郎到時，丫鬟婆子都守在外面，陳大奶奶還在屋裡嚶嚶地哭，「把大妞兒嚇成那樣，睡覺都不能安寧，總是嚇醒說屋裡有長蟲。爹、娘，大妞可是我親閨女，難不成我去問問那歹毒丫頭都不成了？」

陳姑媽扭著臉，陳姑丈一見兒子來了，指著陳大奶奶道：「你看看你媳婦做的好事，大過節不說孝敬孝敬你舅媽，反帶著丫鬟跑到你舅媽家胡鬧，把你舅媽氣個好歹！」

陳大郎因媳婦丟了好幾回臉，如今見媳婦這形象便火冒三丈，「妳去做什麼了？」

陳大奶奶拿帕子捂臉哭，「大妞嚇得不得安寧，我、我就是去舅媽家問一問三丫頭。」

陳家原就是暴發戶，陳姑丈也不吝於同兒媳對質，怒道：「妳是怎麼問的？妳怎麼不去問問妳舅媽可好？去了二話不說就要打人，妳還帶了丫鬟去打鬧，妳眼裡還有沒有妳舅媽？有沒有妳婆婆？妳這混帳！」陳大妞那事，不過小姑娘家爭執口角，都是親戚，小姑娘家誰占個上風誰處個下風，都是小孩子家自己的事，哪裡還要大人去討公道？這糊塗東西！

「妳婆婆就是太心軟，我又不願與妳個婦道人家計較，妳就這麼一而再再而三生事！我看，我就該學一學何忻，這家裡方有個規矩！」陳姑丈冷聲道：「大郎，馬上套車送她回去娘家！咱家沒有這沒大沒小、眼裡沒有長輩、不知規矩的媳婦！」

陳大奶奶尖叫：「爹，這事兒可不賴我，你怎麼偏幫著外人？」

陳大郎按捺不住，撲過去就給了媳婦一腳，怒喝：「外人？妳說誰是外人？妳敢帶著丫鬟到我舅媽家打罵！忤逆！不孝！今天就是休了妳，岳家也說不出別的！」

娘舅娘舅，這年頭舅家可不是一般的親戚。何舅舅雖是過世得早些，但何老娘對陳大郎兄弟幾個向來不賴，以往陳家不大富庶時，那會兒陳大郎還小，何舅舅也還在，但凡何家做些差樣的好吃食，都要把陳家兄弟幾個叫去一塊吃的。就是陳姑丈做生意，何舅舅也出過銀子，雖說後來陳姑丈都加倍還了，但親戚情分難道就沒在了嗎？後來兩家還想親上做親，雖因何恭相中沈氏，親事未成，陳大郎心下是生了些嫌隙，可接著他爹鬼迷心竅的迷上了狐狸精，陳大郎這做親兒子的略勸一勸被揍成個豬頭，還是何家出面出主意出人出力地陪著他娘一道去州府找了妹妹，這才把他爹給拗明白了過來。這幾年，陳家是有錢了，但陳大郎對舅家一向很不錯。前兩次陳大奶奶過去哭鬧，還可以說是著急兒子的事，如今兒子好不容易叫蔣三妞使法子給弄得明白過來，蔣三妞這份人情尚未還，陳大奶奶這沒長眼的東西又過去打罵，陳大郎就想一腳踢死這混帳老娘們兒。

陳大奶奶原就不是什麼聰明人，今日又被蔣三妞腦袋飛菜刀，當真是嚇得智商更不夠用了，她捂著肚子方明白自己犯了什麼忌諱。是啊，何老娘是長輩啊！陳大奶奶是個容易衝動的人，要不也不能三番五次去何家折騰，不過，她又很勇於認錯，此刻連忙哭跪在地上抱著婆婆的腿哭求：「我不是想對舅媽不敬啊！」

再怎麼哭也晚了，陳姑媽叫來兩個孔武有力的婆子，把陳大奶奶連抬帶架地塞車裡，陳大郎直接將人送回岳家。

陳大奶奶的娘家韓家還奇怪呢，怎麼姑爺姑奶奶傍晚來了，結果陳大郎將人放下，一句話不說直接走人。陳大奶奶披頭散髮，滿臉淚痕，韓家人直接傻了。

待陳大奶奶在父母的逼問下說出原由，韓老爺一個巴掌抽她臉上，「糊塗東西！」

陳大奶奶又是一通哭。

陳大奶奶在娘家如何哭訴暫且不提，陳大郎回家後與父母商量：「還是快些給阿志定下親事，我親去給舅媽磕頭賠禮。」

陳姑媽十分傷感，掩淚道：「你舅媽待咱家可是沒半點外心。阿志的事兒，還多虧三丫頭明理，要不阿志怎能回轉了心意呢？我正說中秋要去找你舅媽說說話，你媳婦就這樣，我這老臉是再沒臉見你舅媽了。」

陳姑丈臉皮厚，寬慰老妻：「不至於，他舅媽素來明理，是大媳婦糊塗，把他舅媽氣著。妳們女人家心細，一會兒我跟大郎過去一趟，好生向他舅媽賠禮，他舅媽不會與大媳婦這等糊塗人計較的。」

陳姑媽道：「這一回一回的，叫誰誰不寒心？」

「娘，您只管放心，阿志他娘倘不學個明白，就讓她在娘家住著吧。哪怕她明白了，也得叫她去給舅媽磕頭認錯才算完。」陳大郎夥同其父斷過蔣三妞的姻緣，他到底不比其父修練多年，膽厚心黑。故此，陳大郎心裡是有很重的負罪感。人家不念己家舊惡勸回了自己兒子，這怎麼說也是有功無過，結果，媳婦這無知的東西，還把人這般得罪。

陳大郎越想越冒火。

父子兩個商量半日，晚飯也沒吃，陳姑丈道：「先把中秋禮給你舅媽裝車上，咱們這就過去。你娘臉皮兒薄，別叫她去了。」對陳姑媽道：「老大房裡妳照看著些，老二媳婦還在坐月子，妳就在家裡吧。」

陳姑媽覺得沒臉面對弟妹，點了點頭，道：「倘是弟妹有什麼不好的話兒，也是應當的。要擱我，我也說不出好話來，你們只管聽著就是。」

陳姑丈點點頭，「知道知道，認識大半輩子，我還能不知舅太太的脾氣？」

陳姑丈的心理素質，尋常人都難以琢磨，他帶著長子在天剛擦黑的時候就去了何家。何老娘因為生氣，晚飯也沒吃，見著陳家父子實無好氣，冷笑兩聲，「喲，這可是稀客，身後帶了多少人，是不是這回想連我一道打了，好給我些厲害瞧瞧？」

陳姑丈給了長子一腳，又向何老娘賠不是，「他舅媽，千不是萬不是，都是我的不是，我沒給大郎娶個好媳婦啊！」

何老娘心裡極厭陳大奶奶，卻又心疼侄子，「你既知是你的不是，打大郎做什麼？」

陳大郎較其父還是比較有良心的，一聽這話眼睛就泛酸，撲通跪下了，含淚道：「舅媽是看著我長大的，打舅舅在的時候，舅媽但凡做點好吃的，沒一回沒落了我們兄弟的。今天媳婦對舅媽無禮，我實在沒臉來見舅媽，我給舅媽磕頭請罪了。」說著，一個頭叩地上。

何老娘也傷感，側頭拭淚，「你舅舅去的時候還跟我說，知道你爹有本領，可娘舅娘舅，舅家還是多顧看你們。後來你舅舅去了，倒是你們顧看我多些。這幾年你爹越發有銀子了，我這個舅媽，同你娘是好的，只是不入小輩們的眼了。這也不為怪，誰叫我家裡不比你家有銀錢呢？唉，窮在鬧市無人問，富在深山有遠親。老理兒，再不會錯的。」

「倘舅媽家也是大戶，想來你媳婦縱有天大膽子，也不敢三番兩次來鬧騰的。」何老娘嘆道：「人情薄如紙，行了，我知你是好孩子，你爹也不是你媳婦那樣的糊塗人。你們來了，就此罷了，都回去吧，把你家的丫鬟也帶回去。她們是忠僕，為你媳婦出力不小。天黑了，我就不留你們用飯了。」

何老娘扶著余嬤嬤的手回屋裡歇息去了，父子兩個想攔也不能攔，只能與何恭說好話。何恭是個老好人，這回卻是全程板著臉，陳家送的東西，何恭本是死都不肯收的，奈何陳姑丈本領非常，軟磨硬泡苦肉計啥的都使上了，何恭方勉勉強強收下了。

陳姑丈帶著陳大郎回家，越想越來火，決心一定要給陳大奶奶終身難忘的教訓。

何恭送走陳家父子，回去看他娘。

他娘正在裡間床上坐著泡腳，見兒子回來，問：「走了？」

「走了。」

何老娘看兒子手裡拿著張單子，問：「這是節禮？」

何恭點頭道：「我本不想收，姑丈死活要留下，還說不收他就跪下，我就收了。」

何老娘冷笑，「老不要臉的！」

何恭問：「娘，要不要給姑丈家送回去？」

何老娘一瞪兒子，道：「你傻啊？還什麼還？這是我的那啥……」想了半日，何老娘方起以前何子衿說過的一個稀奇古怪的詞，一拍大腿道：「我的精神損失費！」

何老娘不理兒子欲言又止的神色，道：「念念！」

何恭照著禮單念了起來，陳家有心賠禮，這節禮自然豐厚得很。何老娘點點頭，「先一樣樣抬我屋裡來，明兒個再說。倘大郎再來，你瞧著應對，別忒近了就成。中秋節禮也不要去送了，重陽節禮也省下了。」

何老娘容易被東西收買，何恭卻是個執正性子，「倘不是看在姑媽的面子，哼！」

何老娘緩緩出口氣，閉起眼睛道：「這也就是看著你姑媽的面子了，哪天我跟你姑媽一閉眼，老人們不在了，咱家與陳家也就生分了。既然我們還沒死，遠一些無妨，也不用絕交，叫你姑媽臉上難看。」何老娘嘆口氣，「還有，想想你姊夫、阿素，與寧家是交好的。你姑丈是有大把銀子，可不如咱家好親戚多，親戚間糊裡糊塗地過吧，什麼時候把大郎他媳婦好生處置了，再與他家來往不遲。」

何恭恨聲道：「那可惡婦人！大表兄不休了她，再不算完的！」

「這急什麼？我也不能叫那賤人好過！」何老娘是看在陳姑媽的面子上，對陳家格外寬和些，她本就不是什麼好性子，陳大奶奶三番兩次來撩撥，何老娘這回定是要算總帳的，再不能善罷干休。

中秋節陳大奶奶就是在娘家過的，倒不是她不想回婆家，實在是回不去。陳大妞的驚嚇症也好了，陳志還來何家想替他娘說情，叫何恭一句話就噎回去了。何恭性子雖軟，卻是個大孝子，根本沒叫陳志見著何老娘，罕見的這般強硬，直接道：「阿志，你是有娘的人，我也是有娘的人，將心比心吧！不是我不給你臉面，是你娘辦的事叫人給不了臉面！」

於是，阿志如何一塵不染地來，就如何一塵不染地回去了。

直待八月底，陳大奶奶親來何家磕頭賠禮後，陳家給她收拾出了禪院，專供她念經用，無事再不准她出禪院。陳姑媽這最恨小老婆的人，這會兒卻也張羅著給長子尋一門賢慧的二房，至於陳大奶奶娘家，屁都未敢放一個。

（未完待續）

漾小說 206

美人記②

國家圖書館出版品預行編目資料

美人記/ 石頭與水著. -- 初版. -- 臺北市 :
晴空, 城邦文化出版 : 家庭傳媒城邦分公司發行,
2018.12
冊； 公分. --（漾小說 ; 206）
ISBN 978-986-96855-3-5（第2冊：平裝）

857.7 107018411

原著書名：《美人记》，由北京晋江原創網絡科技有限公司授權出版。

城邦讀書花園
www.cite.com.tw

作者　石頭與水
封面繪圖　畫措
責任編輯　施雅棠
國際版權　吳玲瑋　蔡傳宜
行銷　艾青荷　蘇莞婷
業務　李再星　陳紫晴　陳美燕
編輯總監　劉麗真
總經理　陳逸瑛
發行人　涂玉雲
出版　晴空
城邦文化事業股份有限公司
104台北市中山區民生東路二段141號5樓
電話：（886）2-2500-7696　傳真：（886）2-2500-1967
發行　英屬蓋曼群島商家庭傳媒股份有限公司城邦分公司
104台北市中山區民生東路二段141號2樓
客服服務專線：（886）2-25007718；25007719
24小時傳真專線：（886）2-25001990；25001991
服務時間：週一至週五上午09:00~12:00；下午13:00~17:00
劃撥帳號：19863813；戶名：書虫股份有限公司
讀者服務信箱：service@readingclub.com.tw
晴空部落格　http://blog.yam.com/readsky
香港發行所　城邦（香港）出版集團有限公司
香港灣仔駱克道193號東超商業中心1樓
電話：852-25086231　傳真：852-25789337
E-mail：hkcite@biznetvigator.com
馬新發行所　城邦（馬新）出版集團【Cite (M) Sdn Bhd】
41, Jalan Radin Anum, Bandar Baru Sri Petaling,
57000 Kuala Lumpur, Malaysia.
電話：(603) 9057-8822　傳真：(603) 9057-6622
Email：cite@cite.com.my
美術設計　洸譜創意設計股份有限公司
印刷　沐春行銷創意有限公司
初版一刷　2018年12月11日
定價　350元
ISBN　978-986-96855-3-5